KB264399

교환학생 문화충격

나를 바꾼다

재윤, 나민, 지연, 진영이의
선배 교환학생 경험담

교환학생 문화충격 나를 바꾼다

1판 1쇄 인쇄 2008년 8월 11일
1판 1쇄 발행 2008년 8월 14일

펴낸이 | 이순희
펴낸곳 | 제일어학
주   소 | 서울시 서초구 서초동 1512-5호
전   화 | (02) 523-1657, 597-1088
팩   스 | (02) 597-6464
홈페이지 | www.jeilbnl.com
대   체 | 국민 084-25-0012-739
등   록 | 1993년 4월 1일 제 21-429

ISBN 978-89-5621-062-9   03810

교환학생 문화충격 나를 바꾼다

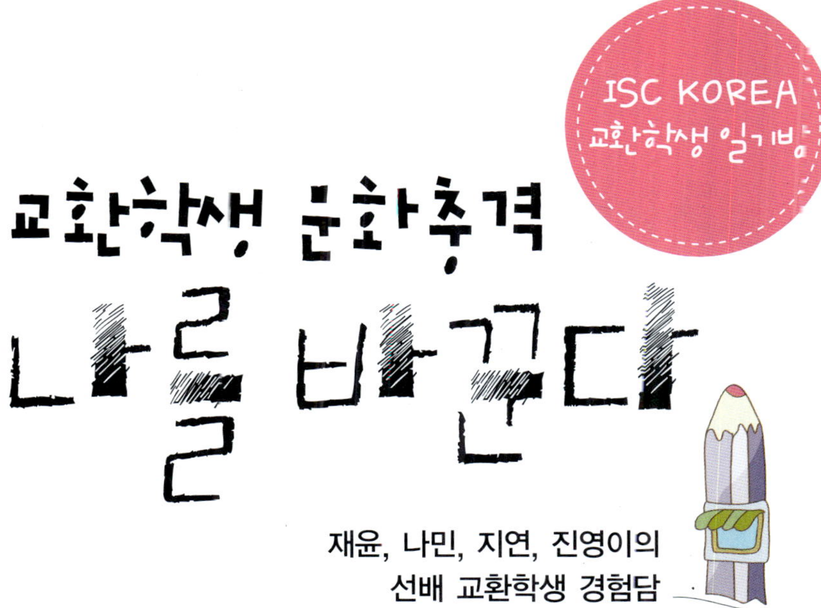

재윤, 나민, 지연, 진영이의
선배 교환학생 경험담

프롤로그

'내 삶에 주어진 경험과 미래는 어떤 과정이 필요한 걸까?'

'내가 꿈꾸는 미래를 위해서는 어떤 경험을 먼저 쌓을 것인가?'

누구나 한 번쯤은 이런 것들을 고민하며, 현실을 이어 나갑니다. 때론 자녀들의 미래에 구체적인 계획을 가지고 있는 부모님이라 할지라도, 현실적인 접근에는 어려움을 겪기도 합니다. 미국 유학이라는 경험은 결코 '영어'만을 익히기 위한 과정이 아니며, 다양한 문화체험과 경험을 통해 삶을 접하는 과정이라고 할 수 있을 것입니다. 그러므로 인생에 있어 가장 중요한 중·고교 학창시절에 성공적인 교환학생 과정을 이수하기 위한 현지 유학생활을 상황에 따른 일기와 경험담으로 소개하고자 합니다. 이 책은 다음과 같은 분들께 도움이 되고자 합니다.

첫째, 교환학생을 준비하는 학생들.

둘째, 유학이라는 기회를 한 번이라도 모색해 본 학부모님들.

셋째, 현재 미국 고등학교 과정을 마치고 대학을 준비하는 학생들.

이 책은 미국에서 체류하며 겪게 되는 어려움을 각각의 상황에 맞게 경험담으로 풀어 이를 바탕으로 무엇이든 해결해 나갈 수 있는 토대를 마련해 줄 수 있는 책입니다. 이 책을 준비하면서, 미국 교환학생을 준비하는 학생들, 즉, 미국이라는 나라와 선진문화를 스스로 경험하겠다는 포부로 교환학생을 꿈꾸는 많은 한국 학생들을 만날 수 있었습니다. 꿈과 염원을 현실화하면서 자신의 미래가 되듯이, 이 책을 읽는 여러분들도 가만히 지켜보는 미래가 아닌, 자신이 경험하는 미래를 가질 수 있기를 바랍니다.

자신만의 미국 생활 얘기를 소개해 준 모든 친구들에게 감사의 마음을 전하며, 특별히 원고에 참여해 준 나민이, 재윤이, 유리, 진영이, 지연이에게 이 책이 좋은 선물이 될 수 있었으면 좋겠습니다.

이 책은 교환학생을 접하게 된 계기부터 미국 대학교 진학에 성공한 학생들의 미국생활 스토리로, 미국생활에서 오는 문화 충격을 자신의 생활로 잘 적응하며, 자신의 인생을 만들어 간 교환학생들의 체험담입니다.

CONTENTS

CONTENTS

이재윤

미국 공립학교 생활

 ## 공립학교에 대한 편견

미국이라는 나라의 특징을 한마디로 표현한다면? 바로 다양성이다. 이 다양성 때문에 미국에 갔다 온 사람들의 이야기가 똑같지 않고 다른 것인지도 모른다.

알려져 있는 것도 많지만 아직 알려지지 않은 것도 많은 나라, 그것이 미국이 아닐까 한다. 이런 미국에 있는 학교들은 어떤 곳일까 하고 많은 사람들이 궁금해 한다. 특히 나는 1년 동안 사립이 아닌 '보통 미국인이 다니는 곳'인 공립학교에 다녔기 때문에 많은 사람들이 나에게 여러 가지를 물어보곤 한다. 그 물어보는 것 중에는 터무니없는 질문들이 간혹 있다. 여기에서 사람들이 흔히 가지고 있는 미국 공립학교에 대한 편견을 이야기해 보고자 한다.

 ## 싼 게 비지떡?!

미국 공립학교 프로그램은 다른 유학 프로그램에 비하면 매우 저렴한 편이다. 학비와 숙식비가 무료이기 때문에 수속비용, 항공료와 개인 용돈만 부담하면 갈 수 있을 정도이다. 이런 이점(?) 때문에 많은 사람들이 걱정한다. "싸니까 그만큼 부실하고 위험한 것이 아닐까?"라고

12

걱정하시는 분들이 많다. 대답은 "NO"다.

모든 교환학생들한테는 코디네이터(Coordinator)라는 지역 관리자가 한 명씩 붙는다. 이 코디네이터는 정기적으로 학생을 직접 방문하면서 학생이 잘 적응하고 있는지를 살핀다. 나 같은 경우는 한 달에 한 번 정도 코디네이터가 직접 방문해서 이것저것 물어 보면서 여러 가지 이야기를 나눴다. 평소에 이 분들은 학생과 미국 재단을 연결한다.

예를 들면 학생이 일주일 정도의 장기여행을 떠날 때는 사전에 코디네이터한테 연락해 재단에 통보한다든가 또 긴급 상황이 발생할 경우에는 학생과 미국 재단뿐만 아니라 한국의 교환학생센터까지 연결하는 중간 수행원 역할도 한다. 이 코디네이터 시스템은 학생이 탈선하지 않도록 잡아 주는 관리 기능과 더불어 학점이 너무 낮은 학생한테 개인과외 교사를 붙여 줘 일정한 학점을 유지하게 하고, 교환학생들끼리 친목 모임을 갖게 해주는 등, 미국에서의 또 하나의 인간관계를 형성하게 하는 '현지 유학 관리인'이라고 보면 된다. 이 코디네이터 시스템 덕분에 관리가 부실해지지는 않는다.

 ## 수업의 질이 떨어진다?!

• 선생님

많은 분들이 사립학교 선생님들에 비해 공립학교 선생님들은 학생에 대한 열의가 부족해 수업이 부실할 것이라는 예상을 한다. 하지만 이것은 통념과 다르다.

보통 미국은 학교를 구역(District)마다 나눠 학생들을 배정한다. 따라서 대다수의 미국의 공립학교는 오랫동안 지역을 지켜오는 그 지역의 상징인 경우가 많다. 실제로 내가 있던 곳에는 100년이 넘은 공립학교도 몇 개 있었다. 그렇기 때문에 학교의 선생님들도 자신이 근무하고 있는 학교에 대해 자부심을 지니고 있다. 또한 미국에는 과외나 학원이 활성화되어 있지 않기 때문에 모든 학생들이 수업 내용을 이해할 수 있게 하도록 노력하신다. 물론 사립학교만큼 선생님 숫자가 많아서 이상적인 학생 대 선생님 비율은 아니지만 보통 모든 선생님들은 학생들이 도움을 청하면 그들을 도와주는 데 적극적이시다. 실제 나는 학기 초 수업시간에 선생님이 과제를 내주셨는데, 처음에는 수업 흐름을 따라잡지 못해 무엇이 숙제인지 알아듣지 못했다. 그래서 수업이 끝난 후 선생님을 찾아가 오늘의 과제가 무엇이냐고 물었다. 그랬더니 선생님께서 과제에 대해서 말씀해 주시면서 이렇게 하면 쉽게 할 수 있을 것이라는 조언까지 해주셨다.

물론 '외국인 학생이니까' 라는 이유로 봐주는 일은 없다. 우리 교환학생들도 애초에 그것을 바라고 미국에 오지는 않는다. 하지만 미국의 대다수의 과목은 학기말 시험보다는 학기 중 과제물 제출과 Quiz 등 '평소의 학습 태도' 를 훨씬 중요하게 여긴다. 그렇기 때문에 평소 본인의 태도가 바르다면, 선생님들은 학생이 도움을 청한다면 기꺼이 도와줄 것이다.

● 과목

사립학교 유학을 보내려는 분들 중에서는 공립학교의 커리큘럼이나 과목이 사립학교에 비해 상대적으로 떨어진다고 판단하시는 분들이 많다. 물론 모든 공립학교에서 Honor, AP와 같은 과목을 개설하고 있는 것은 아니다. 하지만 학교의 규모에 따라서는 많은 학생들의 수요를 충족시키기 위해 사립학교보다 훨씬 더 다양한 과목을 들을 수 있는 학교들도 있다.

내가 있던 고등학교는 대도시 근교에 위치하고 있는 학교라 학생 수가 1,000명 정도로 많은 편이었다. 그렇기 때문에 학교에서 개설하는 과목도 각양각색이었다. 우선 외국인 학생들을 위한 ESL과 더불어, Regular 과정부터 Honor, AP 과정까지 높은 레벨의 수업을 들을 수 있었으며, 컴퓨터, 회계 등 사무적인 과목과 Ceramics, Parenting 등 실습 위주의 과목까지 다양했다.

내가 특이하다고 생각했던 과목으로 Myth, Parenting, Weights, Aerobics 등이 있다. Myth는 영어 교과목 범주에 속해 있는데 주로 서양신화인 그리스·로마 신화를 다루었다. 1학기 때 듣지 못해서 2학기 때 과목 신청할 때는 꼭 듣고 싶었는데 2학기 때도 선착순 마감이 되어버려서 듣지 못해 많은 아쉬움이 남는다.

Parenting은 가정에서도 육아에 관련된 과목이었는데 학기말에는 임신체험과 모형아기를 직접 키우는 것까지 하는데 이 시즌이 되면 학교 안에 아이가 든 바구니를 들고 다니는 애들을 쉽게 볼 수 있었다. 흥미롭다는 생각이 들어서 들어볼까 했는데 호스트 엄마가 극구 말려서 듣지는 않았다. 그 모형 아기는 시간에 따라 울기도 하는데, 이렇게 되면 엄청난 번거로움이 있다. 학기 말에 이 과목을 듣는 다른 학생들이 수업시간에 아기가 갑자기 울기 시작해서 애를 먹는 등 흥미로운(?) 구경거리를 제공해 줬다.

Weights는 우리나라로 치면 헬스인데 정말로 학교 안에 헬스클럽과 같은 시설이 갖춰져 있었다. 당시는 헬스가 막연히 근육 만드는 것이라고만 생각해서 듣지 않았는데 지금에 와서야 그때 몸매 좀 예쁘게 만들고 올 것을 하고 정말로 후회한다. Aerobics는 친구가 들어서 이런 과목이 있는지 알게 되었는데 학교 체육시간에 에어로빅과 같은 것을 접할 수 있었다는 것 자체가 신기했다.

 주변 환경이 위험하고 학생들의 질이 나쁘다?!

• 탈선

보통 개방적이고 자유분방한 분위기인 공립학교에서는 통제나 감시가 심하지도 않기 때문에 술, 담배, 마약과 같은 나쁜 길로 빠지거나 좋지 못한 친구들과 사귀는 등 탈선의 위험이 높다고 생각한다. 물론 사립이든 공립이든 이런 아이들이 없다고는 말할 수 없다. 이런 아이들은 어느 학교에 가도 존재한다고 말해주고 싶다. 실제로 사립학교에 다니는 학생들 중 극히 일부분은 이전에 다니던 학교에서 문제를 일으켜서 편입한 학생들도 있다. 그렇기 때문에 친구를 적당한 선을 지키면서 사귀는 것도 중요하다고 생각한다. 실제로 학교에서 내 친구들 중에도 마약을 한 전과(?)가 있는 친구가 몇 명 있었다. 어떻게 보면 위험하다고 생각하는 사람들도 있을지 모르지만 적당히 선을 지키면서 (예를 들면 술, 마약, 담배와 같은 이야깃거리는 피하면서) 좋은 관계를 유지했다.

또 미국은 한국만큼 탈선을 쉽게 할 수 있는 곳이 아니다. 우선 모든 것이 멀리 떨어져 있기 때문에(학교까지 걸어오는 학생들이 거의 없다) 자동차가 없으면 마음대로 이동하지도 못한다. 교환학생은 운전이 금지되어 있어서〔Permit(25세 이상 성인 동승 시 운전 가능)은 취득 가능〕 마음대로 나돌아 다닐 수도 없기 때문에 더더욱 그렇다.

다른 이유로, 호스트 부모님들은 학생을 1년 동안 책임져 주는 Guardian이기 때문에 학생들이 탈선의 길로 빠지는 것을 마냥 보고만 있지는 않는다. 우선 친구들과 외출을 나갈 때에는 사전에 허락을 받아야 하고 그 친구들이 어떤 친구들인지도 묻는다. 나 같은 경우에는 학기 말에 Prom(댄스파티의 일종)에 갈 때 호스트 부모님이 나한테 파트너 신청한 남학생에 대해 잘 모르셨다. 그래서 그 남학생 부모님과 연락해 파티 당일 일정에 대해서 이야기를 들은 후에 갈 수 있다는 허락을 받았다.

마지막 이유로 호스트 부모님과 더불어 코디네이터도 학생을 같이 관리하기 때문에 탈선의 문은 대우 좁다. 그러나 탈선을 할 경우, 미국 기관에서 경고를 주고 경고 후에도 나아진 모습을 보여 주지 않을 때는 추방이라는 강력한 조치를 취한다. 부모님이 나한테 투자해 주신 큰 돈을 그냥 날려 버리기 싫으면 탈선은 꿈꾸지 않는 것이 바람직하다.

• 사립학교의 반대가 공립학교는 아니다

최근 《사립학교 아이들》과 같은 책이나 〈Gossip Girl〉 같은 드라마로 미국 고소득층의 자녀들이 다니는 사립학교에 대한 막연한 환상을 가지고 있는 사람들이 많다. 그리고 공립학교는 이러한 사립학교의 정반대라고 낙인을 찍는 사람들 또한 적지 않다.

그러나 내가 해주고 싶은 말은 픽션은 픽션일 뿐이라는 것이다. 사립학교도 여러 가지 종류가 있고, 공립학교도 마찬가지이다. 내가 공립학교에 대해 느끼는 바는 사립학교+α라고 생각한다. 물론 사립학교처럼 질이 보장되어 있는 수업을 듣는 것이 아니라 수업 견에서는 떨어질 수는 있다. 하지만 수업을 제외한 extracurricular(과외활동)은 사립학교보다 훨씬 다양하게 즐길 수 있다. 예를 들면 사립학교는 학생들이 많지 않아 학교 운동부에 대한 선택의 폭도 좁다. 심지어 학교의 모든 남학생들이 풋볼 선수인 학교도 있다. 하지만 공립학교는 시즌마다 2~3개의 스포츠 팀이 있기 때문에 여러 가지를 선택할 수 있다. 나는 band(관악연주단, 나는 타악기 담당)에 들었기 때문에 밴드활동을 제외한 다른 활동은 거의 하지 못해서 아쉬움이 많이 남는다. 스포츠를 제외한 클럽으로는 ASL(American Sign Language), Spanish, French Club 등 외국어 클럽이 있고, Knowledge Ball, Debate, Honor Society, Science Club과 같은 학문적인 클럽들도 있다.

• 인종차별

미국으로 가는 학생들 중 상당수가 인종차별을 걱정한다. 그리고 실제로 많은 유학생들이 유학생활 중 Minority의 서러움이 가장 극복하기 힘들었다는 이야기를 많이 하기 때문에 이에 대한 불안감은 상당히 클 것이다. 내가 본 바로는 인종차별은 지역에 따라 차이도 많이 나지만 개인차도 있다. 내가 있던 Washington 주는 미국에서도 Integration(흑인 학생들이 백인 학생들이 다니는 학교에 다니는 비율)이 잘되어 있는 5개주 안에 속할 만큼 인종차별이 큰 문제가 되지 않는 주였다. 그런 연유인지 나는 인종차별이나 Nationality와 관계된 문제로 어려움을 겪은 적은 없었다.

반면에 나랑 같은 학교를 다녔던 유고슬라비아 교환학생은 학교에서 괴롭힘을 당했다고 하는데 나는 그 아이의 태도에 근본적인 문제가 있었다고 생각한다. 이 친구는 영어도 능숙하기 때문에 딱히 괴롭힘을 당할 이유가 없다고 생각했는데 사고방식이나 다른 문화를 접할 때 자기문화가 제일이라고 여기는 좋지 못한 태도를 지니고 있어서 가끔 미국 문화를 비하하기도 했다. 아무리 개방적이라는 미국인들이라도 이런 오만한 태도를 지니고 있으면 불쾌감을 느낄 수밖에 없다. 여기서 강조하고 싶은 말은 자신을 낮출 필요는 없지만 자기 문화만 우수한 듯 건방지게 행동하면 안 된다는 것이다. 교환학생은 미국에서 공부를 하고 미국의 문화를 배우러 온 것이지 자신을 과시하기 위해 온 것이 아니기 때문이다.

우선 미국 공립 교환학생 프로그램에 대해 사람들이 지닌 몇 가지 편견에 대해서 이야기하고 더불어 공립학교의 특징에 대해서도 몇 가지 이야기를 해보았다. 이것을 바탕으로 지금부터 내가 보고 느낀 1년 동안의 미국 공립학교 체험기를 풀어 나가고자 한다.

미국에서 만난 친구들

앞서 언급했던 것과 같이 미국은 다양성이 특징인 나라이다. 특히 나는 일반 공립학교를 다녔기 때문에 여러 그룹의 친구들을 자연스럽게 사귈 수 있었다는 것이 큰 행운이라고 생각한다. 이렇다 보니 1년 동안 만난 친구들 중에서도 특이한 친구들이 많았다. 그 친구들을 지금부터 소개하고자 한다.

• 동양 문화에 관심이 많은 친구

내가 다니던 학교는 인종구성이 다양하지 못한 학교였다(그렇다고 인종차별이 있었던 것은 아니다). 98%가 백인이고, 아시아계가 약 20명, 흑인은 10명 정도였다. 그렇기 때문에 학생들이 아시아 문화에 대해서는 전혀 아는 것이 없을 것이라고 생각했다. 하지만 1, 2학기 때 같은 영어 수업을 들었던 Kelly와 Kelly 친구인 Jessica, Malcom은 그런 내 편견을 깨뜨려 줬다.

Malcom은 첫 영어 수업 시간에 내가 한국에서 온 교환학생이라고 하니까 먼저 관심을 보이면서 말을 걸어준 친구이다. 원래 자기 아버지가 한국에 대해 관심이 많았는데 그래서 자기도 아시아 문화에 관심이 많다고 한다. 머리 뒤에 꽁지머리를 기르고 다니는 것이 본인만의 트레이드마크인 독특하게 꾸미고 다니는 남자애였는데 일본음식, 애니메이션을 좋아하고 검도도 배우러 다닐 정도로 아시아 문화를 배우는 데도 적극적이었다. 이외에도 실제로 일러스트를 그리는 것도 좋아하고 꽤 잘 그렸는데, 수업을 들으러 가면 그림 구경을 하면서 여러 가지 이야기를 나눴다. 그림 그리는 것 이외에도 소설을 쓰는 것도 좋아했다. 나는 첫 부분밖에 읽지 못했는데 친구가 쓴 소설을 읽는 기분은 상당히 묘하면서도 재밌었다. 끝까지 읽지 못해서 많은 아쉬움이 남지만 언젠가 다시 읽을 수 있는 날이 왔으면 좋겠다.

Kelly를 처음 봤을 때 옷을 고딕 (Gothic)풍으로 차려 입고 있어서 상당히 특이하다고 생각했다. 금발에 커트 머리를 했는데 조금 차가워 보여서 말 걸기가 조금 어려웠다. Kelly가 가지고 있는 책 중에 일본 만화책이 있어서 그걸 계기로 말을 붙이게 되었다. 1년 동안 영어 수업을 같이 들었는데 다른 학생들과 다른 견해를 가지고 있어서

Malcom

Jessica & Kelly

Kelly가 발표하는 걸 듣는 것이 기대되었다. 보통 다른 학생들이 아시아 문화에 관심 있다고 하면 일본 것만 떠올리기 쉬운데 Kelly는 한국 문화에도 관심이 많았다. 어설프긴 하지만 일본어, 한국어 두 가지를 다 쓸 수 있었다. 특히 자신이 제일 좋아하는 일러스트 작가가 한국인이라서 나한테 여러 가지를 묻기도 했다. 한국 가수도 정말 많이 알고 있었는데 미국에서도 이렇게 한국에 대해 관심이 있는 친구가 있다는 것 자체가 너무 신기했다.

미국에서 돌아온 후 2년 정도는 꾸준히 연락을 주고받았는데 한국에서의 학교생활이 너무 바빠서 내가 답장을 늦게 보내면서 연락이 많이 뜸해졌다. 최근에 장문의 메일을 보냈는데 빨리 답장이 와서 다시 연락을 했으면 좋겠다.

Jessica를 처음 본 건 스쿨버스에서였다. 집으로 가는 방향이 같아서 하교 때 같은 버스를 탔는데 첫 하교 때부터 강한 인상이 남는 친구였다. Kelly와 마찬가지로 짧은 금발이었고 까만색 베레모를 자주 쓰고 다녔는데 그게 너무 잘 어울렸었다. 엄청난 신비로운 아우라(aura)를 풍기고 있어서 매일 하교할 때마다 어떻게 한번 말을 붙여볼까 고민을 했었는데 어느 날 Jessica가 내 옆에 앉아도 되냐고 먼저 물었다. 나는 당연히 좋다고 대답했다. 그리고 어떤 화제로 이야기할까 하고 생각하고 있는데 Jessica의 바인더에 일본어로 적힌 글귀가 있어서 이건 이런 의미라고 이야기를 먼저 하니까 신기해 하면서 친구가 되었다(참 친구

21

만들기도 쉽도다). Jessica는 나보다 두 살 많은 12학년이었는데 알고 보니 Kelly하고도 친한 친구였다. 하교 때 버스에서 매일 하루 일과와 아시아 문화에 대해서 이런저런 이야기를 하는 것이 큰 재미였다. 그리고 4월쯤부터 Jessica가 직접 운전을 해서 등교를 했기 때문에 하교할 때는 Kelly랑 같이 셋이서 Jessica의 차를 타고 집에 왔다. 보통 집에 올 때는 Kelly가 자기 CDP를 카오디오랑 연결을 해서 같이 음악을 들었는데 그 노래가 모조리 일본 노래와 한국 노래여서 당시 인터넷을 거의 쓸 수 없었던 나한테는 듣는 재미가 쏠쏠했다.

문화적 관심사 외에도 Jessica는 이전에 마칭 밴드 멤버여서 밴드에 관한 여러 가지 에피소드를 들을 수 있었다. 그녀가 해줬던 이야기 중에 기억나는 것 중에는 Spokane downtown을 한 바퀴 도는 Lilac parade가 있는데, 한창 퍼레이드를 하는데 프로의식(?)이 약한 1학년 애들이 자신들이 마칭을 하고 있고, 시내에 모든 사람들이 구경하고 있다는 것을 잊은 채 자기 가족이나 아는 사람이 있으면 연주하는 것을 멈추고 막 인사를 했다는 것이다. Jessica는 지금도 꾸준히 연락을 주고받는 몇 안 되는 친구인데 내 생일이나 할로윈, 크리스마스가 되면 어김없이 카드를 보내온다. 앞으로도 계속 좋은 관계가 유지되었으면 좋겠다.

• 교회에서 만난 친구들

미국에 도착하자마자 만난 사람들은 학교 친구들이 아닌 교회 친구들이었는데 이들은 내가 한국에 오기 전까지 계속 좋은 관계를 유지했다. 또 호스트 패밀리가 내가 있는 동안 교회를 바꿨기 때문에 교회를 통해 사귄 친구들이 꽤 많았다.

Courtney & PJ & Amanda & Me

Courtney는 호스트 동생과도 사이가 좋고, 집도 가까워서 우리 집에 자주 놀러왔다. 학교도 같아서 학교에서도 마즈치면 인사를 했다. 하는 이야기들 중 대부분은 자기 친구와 남자애들에 관한 이야기였는데 말투가 워낙 웃겨서 그냥 듣고 있는 것만으로도 재밌었다.

Joe는 나보다 한 살 어린 9학년이었는데 전혀 그렇게 보이지 않아서 나이를 듣고 제일 놀랐던 아이 중 한 명이었다. 조각미남과는 거리가 멀었지만 코믹한 성격과 유머 감각으로 여자애들한테 인기가 많았다. 교회에서 Joe가 하는 짓을 보면 웃지 않을 수 없을 만큼 최고의 분위기 메이커였다. Joe는 Central Valley High School에 다녔는데 마칭 밴드에서 Battery Percussion을 했다. 실제 대회에서 이 학교가 연주한 것을 본 적이 있었는데 200명 정도의 대규모라서 굉장히 멋있었다. 가끔 Youth Group(교회 소모임)도 연습 때문에 빼먹을 정도로 밴드 활동을 열심히 했었다.

Alicia는 여러모로 인연이 많은 친구다. 내가 갔을 당시 12학년이었는데 교회에서 처음 봤을 땐 안경을 쓰고 있어서 그저 그렇다고 생각했는데 안경을 벗으니까 눈이 커서 너무 예뻤다. 나보다도 작은 키에 귀여운 외모로 도저히 12학년으론 보이지 않을 정도였다. 그리고 같은 학교에 밴드에서 클라리넷을 담당했기 때문에 많은 시간을 함께 보냈다. 우리 학교에서 하는 풋볼 게임이 끝나고 Mixer에 따라가서 놀았던 일도 있었고, 호스트 부모님이 어디 가셨을 때 Alicia 집에서 자기도 했다. 마칭 밴드 대회 때 신장결석으로 갑자기 쓰러져서 많이 놀랐었는데 다행히 수술 후 건강을 되찾았다. 아버지하고 문제가 많아서 사정상 우리 집에서 얼마 동안 머물기도 했고, 우울증이 심해서 우울증 치료 프로그램도 받았는데 프로그램을 받은 후에 훨씬 성격이 밝아졌다. 지금도 인터넷으로 가끔 연락하는데, 대학에서 간호학을 전공하고 있다.

Ben은 Alicia 동생인데 나랑 동갑이다. Ben은 밴드에서 바리톤(금관악기 중 하나)를 해서 나름대로 많은 시간을 보냈다. 맷 데이먼보다 조금 곱상하게 생긴 아이였는데 하는 짓은 코미디언이었다. 겨울에는 스포츠로 레슬링을 했는데 시즌 내내 얼굴에 상처가 가실 날이 없었다. 틈만 나면 자기는 운전면허증이 있다면서 나를 약올리곤 했다.

John도 나랑 동갑이고, 학교가 같아서 1학기 동안 같이 점심을 먹은 친구 중 한 명이었다. 원래 머리 색깔은 금발인데 머리 염색하는 것이 취미라서 며칠 안 본 새에 머리 색깔이 빨간색으로 바뀌어 있었다. 나한테 Homecoming을 가자고 신청해 준 착한(?) 녀석이다.

Amber는 새로운 교회에서 만난 친구인데 Alicia와 매우 친한 사이였다. 굉장히 다정하면서 활발했다. 사실 Amber는 미국에서 돌아온 후 다시 연락했을 때 매우 놀랐었는데 같이 Youth Group의 Josh라는 남자애와 결혼을 한 것이었다. 내 나이와 비슷한 친구가 벌써 결혼을 했다고 생각하니 놀라울 따름이다(지금은 아기도 있다).

Daltin과 Josh도 새 교회에서 사귄 친구들이었는데 둘 다 굉장히 웃겼다. 새로운 교회는 분위기 자체가 굉장히 자유분방했는데 Youth Group도 그런 분위기였다. 딱딱한 성경공부보단 게임을 더 많이 했는데, 절대 평범한 게임은 하지 않았다. 하루는 팀을 2개로 나눠서 봉지 안에 들어 있는 음식을 모두 다 먹는 건데 난 운이 안 좋은지 생양파랑 라임을 먹었는데 정말 최악이었다. Daltin과 Josh는 이러한 게임을 진심으로 즐기는 조금 엽기(?)적인 애들이었는데 잠시도 지루하지 않게 분위기를 띄웠다. 지금은 둘 다 해병대에 입대해 있다.

• 다양한 가족구성

미국은 이혼이나 재혼에 대해 비교적 관대한 편이라 겉으로 보는 것보다 어렸을 적에 이기 한 차례 겪어 본 아이들이 많다. 나도 처음에는 잘 몰랐는데 나중에 가정 배경이 그렇다고 들은 후 놀란 적이 몇 건 있었다.

교회 친구들에서도 언급한 Joe는 워낙 활발해서 전혀 눈치를 채지 못했는데 아버지는 교도소에 계시고, 어머니도 무슨 일 때문에 안 계셔서 조부모님과 같이 살고 있었다. 그리고 내가 미국에서 온 지 한 달쯤 지나고, 밴드 연습이 끝나고 호스트 엄마가 데리러 오셔서 차를 탔는데 그날따라 Joe도 같이 타고 있어서 조금 놀랐다. 평소와 다를 것 없이 농담 따먹기를 하다가 Joe를 집에 데려다줬는데, 호스트 엄마가 Joe 할아버지가 돌아가셨다고 이야기를 해주셨다. 원래 무리해서 학교를 갔는데 도저히 집중을 할 수가 없어서 집에 돌아왔는데 그때 밴드 대회에 출전하기 위해 필요한 것들을 사기 위해 호스트 엄마가 태워줬다고 한다. 이런 어려움을 겪는데 눈치 하나 못 챈 내가 너무 미안했고, 항상 밝게 살아가는 Joe가 대단하다고 느꼈다.

Alicia는 어렸을 적에 부모님이 이혼을 해서 아버지를 따라 살았는데 아버지가 재혼을 하셨다. Alicia 본인은 재혼한 어머니와 그 형제들하고는 큰 문제는 없었지만 Alica 오빠인 Matt은 새엄마하고 문제가 많아 싸우기 시작하면, Alicia, Brianna(새엄마 아이 중 한 명)까지 거들어서 싸움이 번졌다고 한다. 그래서 Matt은 현재 Idaho 주에 있는 조부모님 댁에서 생활을 하고 있다고 한다. 실제로 Alicia가 힘들어 했던 이유는 아버지와의 문제였는데 아직도 왜 그런지는 정확하게 모른다. 아버지가 군인이라서 좀 엄격하고 강압적인 부분이 있는 것 같은데 그 부분이 Alicia한테는 상당히 큰 스트레스였던 것 같았다. 하루는 아버지와 너무 심하게 다투어서 약 두 달 정도 우리 집에서 생활했다. 이때 나는 혈연에 얽매이지 않는 미국 사회의 장점을 볼 수 있었다. 굳이 친척이 아니라도 평소 친하게 지내는 이웃의 도움(그것도 임시 거주!)을 받을 수 있는 것이 보기 좋았다. 최근에는 아버지와의 관계가 어떤지는 잘 모르지만, 별 일 없었으면 한다.

이외에도 같이 영어 수업을 들었던 Carrie는 부모님이 별거를 해서 상황에 따라 거주지를 옮겨 다녀야 하는 일도 겪었다고 한다.

아마 내가 위의 내 친구들이라면 감당해 내지 못하고, 정말 소심한 아이로 변했을 것 같다. 이런 힘든 배경을 딛고 현재를 위해 살아가는 친구들이 앞으로도 당당하게 살아갔으면 좋겠다.

• 위험한(?) 친구들

미국은 개방적인 사회라 경우에 따라서는 위험에도 노출되기 쉽다. 나는 교환학생이라 나름대로 엄격한 관리를 받았기 때문에 일탈은 꿈도 꾸지 못했다. 하지만 학교를 다니면서 그런 일탈을 저질러(?) 본 친구들을 볼 수 있었다.

Tim은 미술과 영어를 같이 들었던 친구였는데 원래 집은 San Diego

라고 한다. 그래서 어디서 생활하느냐고 물었더니 약 1시간 거리에 있는 학교 기숙사(난 있는지도 몰랐다!)에서 생활한다고 했다. 어쩌다가 이리 멀리까지 학교에 왔냐고 하니까 문제를 일으켜서 그 벌로 집에서 쫓겨났다고 한다. 어떤 짓을 했는지 구체적으로 묻지는 않았는데 마약이었던 것 같다. 마리화나를 하면 눈의 흰자가 빨갛게 변하는데 팀 눈이 약간 붉었기 때문이다. Tim은 꽤 가깝게 지냈던 친구였는데 보통 이야깃거리는 학교 수업이나 한국 문화 같은 것이었기 때문에 마약과 같은 위험한 주제에 대해서는 이야기하지 않았다(이야기했다고들 한들 나한테 무슨 이익이 있겠는가). 미술시간에는 점토를 해서 Prisma를 하는 나와 거의 마주칠 일이 없었는데 내가 그림을 생각보다 일찍 완성해서 한 달 정도 점토를 했었는데 그때 왕초보인 나를 많이 도와줬다.

실제로 같이 영어를 들었던 친구들 중에 마약을 한 전과(?)가 있는 애들은 3명 정도 있었는데 나는 아무 문제없이 잘 지냈다. 이것도 나름대로 능력(?)인가보다.

다른 한 명은 Eric이라는 아이인데 체육수업을 같이 들으면서 친해졌다. 이 아이는 겉으로 브기엔 말짱한데 막말을 많이 하는 편이라서 그다지 좋아하지는 않았다. 특히 2학기 말에 내가 다시 한국으로 간다니까 그 전에 한판 하자면서 이야기하는데 정말 최악이었다. 이럴 때 가장 필요한 건 무엇일까? 바로 무시다. 난 그때부터 이 아이를 개보듯 무시했다. 나중에 그 말이 내 신경을 거슬리게 했다는 것을 알고 난 후엔, 그런 류의 화제를 더 이상 꺼내지 않았다.

지금도 가끔 미국에서의 생활을 떠올리곤 하는데, 가끔은 이런 친구들이 생각나고 그리울 때도 있다. 내가 이때까지 보지 못한 별종들이라서 그런가?

• 외국인 친구들

우리 학교는 인종 구성이 다양하지 못해서 외국인 이민자는 그다지 많지 않았지만 외국인 교환학생은 몇 명 있었다. 같은 교환학생이라는 공통점이 있어서 이들하고는 더 긴밀한 관계를 유지했다. 한국인 교환학생은 우리 학교에선 나와 나보다 한 학년 높은 언니가 전부였는데 덕분에 좀 더 많은 친구들을 사귈 수 있었던 것 같다.

Debra는 브라질에서 온 교환학생인데 나보다 나이가 한 살 많았다. 브라질에서 온 아이답게 커다란 이목구비와 까무잡잡한 피부가 매력적이었다(실제로 내가 애랑 찍은 사진 중에 내 눈이 솔방울 만해 보인 굴욕적인 사진이 있다). 1학기 땐 체육, 영어, 미국역사를 같이 들어서 하루의 반을 같이 보냈다. 솔직히 여기에 처음 올 때부터 영어를 잘해서 처음에는 미국인이라고 착각했을 정도였다. 2학기 때는 어떻게 된 일인지 겹치는 과목이 하나도 없었지만 점심을 같이 먹었다. Debra는 오케스트라를 하는 친구들하고 친했는데 그 중에서도 Nick이라는 남자애와 굉장히 친했다. 나중에 친구들한테 전해들은 이야기로는 Nick이 Debra를 엄청 좋아한다는 이야기였는데 그건 내가 봐도 훤히 보였다.

학교 운동으로는 테니스를 했는데 처음 테니스 부에 들었는데도 불구하고 실력이 좋아서 곧바로 Varsity에서 활동을 했다. 지금쯤 어떻게 지내고 있을까 정말 궁금하다.

Me & Debra

Beranek은 캐나다 Quebec

Me & Katie & Beranek

에서 온 교환학생이었다. 영어 발음에 프랑스 악센트가 섞여서 정말 귀여웠었다. 거기에 얼굴도 예뻐서 학교 온 지 일주일 만에 Homecoming 신청을 받았다. 한때 호스트 부모님과 사이가 안 좋아서 많이 힘들어 하기도 했는데 결국은 잘 해결되었다. 1년 등안 영어수업을 같이 들어서 꽤 친하게 지냈는데 현재 이 친구가 어떻게 사는지는 슬프게도 알 길이 없다.

Jessi는 1학기에 같은 영어 수업을 들었던 친군데 점심도 같이 먹었다. 남미에 있는 온두라스에서 이민을 왔는데 흰 피부 때문에 남미보다는 유럽계같이 생겼다. 몸집이 굉장히 작고 귀여웠는데 매주 주말마다 아르바이트를 해서 월요일엔 굉장히 피곤해 보였다. 이민 와서 적응하느라 굉장히 힘들 턴데 Honor Roll(우등생 명부)에 이름을 올리는 걸 보면 대단하다고 생각한다.

시게는 일본에서 온 교환학생이었는데 단도직입적으로 내가 여태까지 본 남자 중에 최악이었다. 미국에 오기는 왔는데 수업태도 불성실에 숙제는 안 해오지, 그렇다고 영어를 잘하나. 뭐 내가 생각했을 때 뭐 하나 내세울 게 없는 아이였다. 성적표에 E였나 F가 뜨고 나선, 개인과외를 붙였는데 그 때부턴 나름대로 열심히 했다. 학기 초기에 호스트 패밀리를 구하기 전까지는 우리 집에서 같이 지냈는데 매일 내가 일기 쓰고 숙제 하려고 하면 일본어가 고픈지 이야기하자고 하는 바람에 정말 짜증이 치밀어 올랐었다. 결국은 5월쯤에 강제추방을 당했는데 무슨 일 때문인지는 아직도 미스터리로 남고 있다.

Nick은 유고슬라비아에서 온 남자앤데 키가 195cm나 되고 체격도 좋아서 처음 봤을 때, "그대는 어느 별에서 온 사람?"이라는 생각이 절로 들었다. 뛰어난 신체조건과 준수한 외모 때문에 여자애들한테는 인기가 많았다. 하지만 이 아이한테 한 가지 결점이 있었으니 그것이 자문화중심주의였다. 원래 성격 자체가 좀 유치하고 이기적이라 그런 면이 없지 않아 있었는데 가끔 보면 "네가 미국에 교환학생으로써 뭘 배우러 온 거냐?"라고 묻고 싶을 정도로 미국을 비하하고 오만하게 굴었다. 이런 태도 때문이었는지 학교에서도 인종차별을 받는데 악센트가 독일인이랑 비슷해서 Nick이 카페테리아로 들어갈 때 누군가가 Nick을 벽에 확 밀어붙이면서 "Go back to your country, Nazi"라면서 모욕을 줬단다. 그 외에도 몇 번 괴롭힘을 당했는데 어떻게 보면 그렇게 당해도 싸다. 뭔가를 배우러 온 학생이 그런 이기적이고 오만한 태도를 지니고 있으면 누구라도 혼내주고 싶을 것이다. Nick을 괴롭힌 애들도 잘못을 했지만, Nick이 그걸 자초한 것이나 다름없었다.

• Love Affair가 있었던 친구들

미국에 있었을 때는 내가 남을 사귀는 것보다 남들 사귀는 것을 구경하는 일이 더 재밌을 정도로 연애에 관심이 없었다. 매일 학교에서 일어나는 일들이 새로움이 연속이라 그런 생각이 덜했는지도 모르겠다. 그렇다고 전혀 그런 일들이 없었던 것은 아니었다.

Britten은 프롬(Prom)을 같이 갔었는데 사실은 가기 전부터 일이 있었다. 1월쯤에 Britten이 나한테 쪽지를 주고 갔는데 "사귀지 않겠냐"는 식의 내용이 적혀 있었다. 솔직히 나는 어떻게 처신해야 할지를 전혀 몰랐고, 딱히 상담할 곳도 없어서 그냥 묵비권을 행사했다. 나중에 이 이야기를 호스트 오빠한테 하니까 어떻게 그럴 수 있냐면서 내가 남자애 가슴에 대못을 박았다고 엄청 놀려댔었다. 그래서 발렌타인 데이 따 아무 기대 안 하고 있었는데 선물을 줘서 기뻤다. 그리고 언제부터였나? 너무 따라다녀서 짜증이 콱 밀려와서 나의 주특기인 무시를 사용해 방어를 했다. 지금 생각하면 내가 너무했다는 생각이 들기도 한다.

통후는 학교에서 몇 명 안 되는 아시아계 학생이었는데 맨 처음 학교에 들어왔을 때부터 약간의 호감을 보였다. 그렇지만 같이 수업을 듣지 않고, 점심도 먹는 멤버들이 정해져 있어서 별다른 교류는 없었다. 그리고 2학기 첫날에 점심 멤버가 정해지지 않아서, 혼자서 점심 먹고 있으니까 와서 말을 걸었는데 괜찮으면 자기 그룹이랑 같이 점심 먹자는 이야기를 했다. 하지만 나는 그 제안을 따르지 않고, 다른 친구들이랑 먹게 되어서 그 이후로는 학교에서 마주치면 간단히 인사하고, 가끔 이야기를 나누는 정도였다. 그리고 2학기 끝나기 일주일 전쯤에 한국에 언제 가냐고 물으면서 언제 자기 집에서 파티를 하는데 괜찮으면 오라는 말을 했다. 통후가 자리를 뜨고 나서 옆에서 듣고 있던 Beranek이 방금 데이트 신청한 거 아니냐면서 막 웃었다. 결과부터 이야기하면 난 파티에 가지 않았고 통후와도 아무 일 없이 끝났다.

미국에 와서 놀란 점은 남자애들이 여자애들한테 너무 잘해 줘서 가끔은 "얘, 정말로 날 좋아하나?"라는 착각을 하게 만들기도 한다는 것이다. 나도 그런 의심이 가는 애들이 몇 명 있었지만 다들 끝까지 좋은 친구로만 지냈다. 열길 사람 속은 모른다는 것은 예나 지금이나 통하는 이치인 듯싶다.

학교 – 교과관련

문화교류도 중요하지만 교환학생의 가장 큰 목표는 일단 정식 학생의 입장으로 미국 학교를 다니는 것이다. 학교생활을 크게 두 가지로 나눈다면 학업과 관련된 내용과 클럽 등에 해당하는 Extracurricular로 나눌 수 있는데 우선 학업과 관련된 내용을 먼저 언급하고자 한다.

• 과목 고르기

흔히 미국의 고등학교라고 말하면 자신이 듣고 싶은 과목을 골라서 듣는 것을 제일 먼저 떠올리는데 이는 미국 고등학교의 최대의 장점이다. 단, 매 학기 자신이 듣고 싶은 과목만 찍어서 듣는 것은 아니다. 카운슬러와 상담해서 본인의 진로와 맞게, 또 Graduation requirement에 맞춰서 수강할 과목을 정한다. Graduation requirement는 학교를 졸업하기 위해 취득해야 하는 학점(Credit)을 이야기하는데 보통 영어 4년, 수학 3년, 사회과목 2년, 과학과목 2년, 체육 2년, 예능 1년 등을 요구한다.

교환학생은 영어, 수학, 미국역사를 필수로 듣고 나머지는 본인이 원하는 과목을 들을 수 있다. 1학기에 수강할 과목은 보통 미국에 도착하고 난 후 카운슬러를 직접 찾아가서 정하는데 나는 호스트 부모님과 사전에 연락해 밴드(Band)를 듣는 것은 확실하게 정해져 있었다. 수학은 내 나이에 맞는(당시 만 15세) 10학년 종합수학을 들었고, 영어는 내 학년(11학년, 학교 방침상 모든 교환학생은 11학년 이상이어야 했다)에 맞는 11학년 문학을 들었다. 미국역사와 밴드 외에는 Digitools라는 컴퓨터와 사무관련 과목과 체육을 들었다.

2학기 때는 1학기 말에 학교 수업시간 도중에 한 명씩 불러서 다음 학기에 들을 Rough Schedule을 작성했다. 그리고 1학기가 끝나기 2주 전에 스케줄링(Scheduling)을 했다. 2학기 스케줄링은 1학기처럼 학기 시작 전에 방학이 없기 때문에 시간이 충분하지 않아 카페테리아에서 과목마다 스티커를 붙여 바코드를 찍어서 접수하는 방식이었다.

나는 같이 학교에 다니는 한국인 언니와 같은 과목을 들으려고 했는데 서로 좋아하는 선생님도 다르고 계속 듣고 싶은 과목도 있어서 미술과 체육을 같이 들었다. 이렇게 해서 2학기는 밴드, 미국역사, 미술 영어 과목으로 11학년 Research/composition, 수학은 1학기와 동일한 10학년 종합 수학, 그리고 체육을 들었다.

만약 학기 중에 자신이 수강하고 있는 과목을 바꾸고 싶다면 카운슬러와 상의해서 바꿔야 한다. 만약 바꾼다면 되도록 빨리 바꿔서 새로운 스케줄에 적응할 시간을 둬야 한다.

• 수업 진행 방식

미국에서 수업을 들으면서 많은 학생들이 놀라는 것 중 하나가 같은 과목을 들어도 선생님이 수업을 어떻게 진행하는가에 따라 굉장히 차이가 많이 난다는 것인데, 이것은 선생님들의 수업 방식에 대한 자유를 보장한다는 의미이다. 특히 공립학교는 반드시 좋은 대학에 보내야 한다는 압박이 없기 때문에 수업 분위기나 내용이 상당히 유연하다. 지금부터 내가 들은 과목들이 어떻게 진행되었는지 이야기해 보고자 한다.

1년 동안 들었던 밴드는 보통 1시간의 수업시간 동안 음악 연주를 했었는데 연주하는 음악은 시기에 따라 각각 달랐다. 10월까지는 마칭 밴드 대회가 있었기 때문에 수업시간에도 그 연습을 했고, 11월에는 Veteran's Day 때 Spokane Arena에서 의식곡을 연주하기로 되어 있었기 때문에 미국 국가와 같은 곡들을 연습했었다. 그 외엔 거의 한두 달에 한 번씩 콘서트가 있었기 때문에 곡 선정과 연습을 반복했었다. 많은 곡들을 연주하면서 연주 실력은 물론 음악에 대한 전반적인 감각을 기를 수 있었다.

미국역사는 1년 동안 같은 선생님의 수업을 들었는데 이 분은 Chapter마다 수업방식이 다양했다. 미국 건국 초기단계는 불필요한 부분이 많아 그룹을 짜서 직접 수업 진행을 하게 했다. 나는 이때 파워포인트로 친구들이 만든 내용을 요약하는 것을 담당했었다. 보통 새로운 단원 진도를 나갈 때는 단순히 교과서를 읽을 때도 있고, 비디오를 통해 혹은 다른 그룹 활동들을 통해 그 단원에 대한

전반적인 이해를 한 후, OHP에 직접 요약을 해주셨다. 여성 투표권에 대한 〈Iron Jawed Angels〉와 〈Memphis Bell〉과 같은 역사적인 영화를 본 것도 이 시간이었다.

10학년 종합수학은 솔직히

나한테 너무 쉬웠지만 1학기 초기엔 마칭 밴드 때문에 너무 바빠서 과목을 바꾸지 못해서 그대로 1년 동안 들었다. 1학기와 2학기 선생님은 달랐지만 수업방식은 수업시간에 개념 설명을 간단히 하고 남는 시간에는 과제물을 푸는 식이었는데 매일 과제가 나갔기 때문에 수업이 쉽다고 나태해지지 않게 성실히 수업에 임했다.

체육은 풋볼, 소프트볼, 프리즈비, 라켓볼, 배구 등 팀스포츠 위주로 하고, 일주일에 한 번은 Fitness Test라고 체력검사를 했는데 400m, 800m, 1200m, 1600m 달리기와 25m 왕복 달리기를 했다. 이 시간에는 여러 가지 스포츠를 익히고, 운동을 하면서 많은 친구들을 사귈 수 있었다.

미술 수업은 Graphite와 Prisma의 둘 중 하나를 고를 수 있었는데 나는 Prisma를 택했다. Graphite는 흑연을 이용해서 그리는 흑백 그림이었고, Prisma는 색연필과 크레파스의 중간정도의 강도인 Prisma 색연필로 그리는 것이었다. 우리나라와 달리 한 학기 동안 하나의 그림에만 열중하기 때문에 상당히 수준 높은 작품이 나왔다. 나는 호스트 패밀리 집에 있던 고양이를 찍은 사진을 바탕으로 그렸다. 우선 사진을 보면서 밑그림을 그리고, 그 후에 채색을 했다. 말로 하면 간단하지만 실제로는 굉장히 긴 시간 동안 그렸다. 그림을 완성하고 얼마 정도 시간이 남아서 나는 점토공예도 했다.

영어 과목은 미국에 있는 동안 가장 나를 괴롭히던 과목이었다. 1학기 때 들었던 문학은 미국 문학사에서도 중요시되는 작품을 다뤘다. 특히 어려웠던 작품은 청교도와 관련된 내용인 《The Crucible》과 자연의 거대한 힘을 보여 주는 《Moby Dick》이었는데 내용은 단순했지만 문장이 너무 난해해서 뜻을 읽어 내기가 힘들었다. 평소 수업은 문학

작품을 읽은 뒤 그것을 바탕으로 토론을 하기도 하고, 에세이를 쓰기도 했었는데 토론은 미국 학생들의 사고방식을 엿볼 수 있어 매우 흥미로운 시간이기도 했다. 2학기 수업은 1학기처럼 부드럽지는 않았다. 학기 초에 리서치(Research)를 하는데 이것을 잘 써야 학점이 보장이 되었기 때문에 어떻게 보면 좋을 수도 있지만 상당히 부담스러웠다. 리서치 주제는 부시(Bush)가 재선 성공 이후, 추진하고 있던 사회보상제도 개혁에 관한 것이었다.

당시 부시는 베이비붐 세대들의 대거 퇴직이 예상되는 10~20년 후에는 늘어나는 퇴직자에 비해 그것을 보조해 주는 인구가 적어 연금이 부족할 것이라고 예상하여 연금제의 전면 개혁을 주장했다. 개혁 내용은 연금을 국가에 의무적으로 내는 세금이 아닌 개인별로 연금 통장을 할당해 적금형으로 할 것을 주장했으나 반대의 목소리도 매우 높았다. 이 주제에 대해서 찬성/반대를 밝히고 나만의 해결책을 찾는 것이었다.

리서치를 제출하는 일주일 동안은 1학기 초로 다시 돌아가는 기분이었다. 그땐 이리저리 모르는 것들이 너무 많아서 밤늦게까지 잠든 일이 많았는데 리서치를 쓸 때는 수업 내용을 몰라서라기보단 자료를 찾고, 그것을 분석하는 데 많은 시간이 걸렸기 때문이었다. 다행히 나는 리서치를 무사히 완성하였고, 리서치가 끝난 이후는 장편소설로 테마별 수업을 했다. 주로 초점은 제2차 세계대전에 맞춰서 했는데 헤밍웨이의 《A farewell to Arms》와 《Hiroshima》라는 실화를 바탕으로 한 소설을 읽었다. 또 이때 일본 문화 체험도 같이 해서 수업시간에 일본 음식도 먹고, 일본어와 한국어 두 가지를 쓸 줄 알았던 나는 간단한 몇몇 단어를 일본어와 한국어를 학생들한테 가르쳤다. 여러모로 사람 피말리게 했던 과목이었지만 가장 미국적인 수업으로 지금도 이야깃거리가 많은 수업이었다.

• 필드 트립(Field Trip)

미국 수업 중에 또 기억에 남는 것은 필드 트립(Field Trip)이다. 필드 트립은 야외수업을 뜻하는 것이었는데 수업시간에 배웠던 내용 중에 좀 더 심화할 만한 것이 있으면 박물관이나 유적지를 직접 방문했다.

밴드 시간에는 Spokane에 있는 3개 대학의 음대 재학생이 연합한 Intercollegiate Wind Ensemble 연주회를 다녀왔다. 단순히 연주만 하는 것이 아니라 표현 방식에 따라 음악이 어떻게 바뀌는지 비교도 해보고 다양한 종류의 음악을 감상했다. 특히 〈La Fiesta Mexico〉라는 곡은 이전에 들어 보지 못한 특이한 멜로디와 엄청난 타악기 효과에 놀랐었다. 또 오케스트라(현악기로만 구성)와 합해 심포닉 오케스트라를 결성해 대회를 나가기 위해 학교를 빠진 것도 필드 트립에 해당되었다.

영어는 수업방식이 가장 다양했기 때문에 필드 트립도 두 번 다녀왔다. 1학기 때는 Idaho 주(내가 있던 Spokane은 Idaho 주와 Washington 주 경계에 있다)에 미국 원주민(Native American) 기념관인 Old Mission Park로 갔다. 우선 박물관에서 비디오를 보고, 미국 원주민들의 공예품도 감상을 했다. 박물관에서 나온 후 그 근처에 있는 원주민 유적지를 둘러봤는데, 미국 원주민이 사용한 카누, 교회, 의례식을 거행한 터 등을 둘러봤다. 특히 교회는 지어진 지 150년쯤 되었는데 최근에 복구한 것이라고 한다. 여러 식민 국가들에서 온 이민자들 때문에 약 5~6년 전에 교회를 다시 되찾았다고 한다.

점심식사도 특별한 곳에서 했다. Enaville Resort라는 레스토랑이었는데 지어진 지 100년 정도 되었다고 한다. 레스토랑에 대한 설명을 들

고 식사를 하는데 나름대로 열심히 야외 공부(?)한 탓이었나? 굉장히 맛있게 먹었다. 말로만 듣던 미국 원주민의 유적지에 가본 건 이것이 처음이었는데 문화와 종족 상실을 겪은 원주민에 대해, 그리고 미국 이민 역사의 이면에 대해 깊은 생각을 하게 되었다.

2학기 때는 일본 문화에 대해 배울 때 무코가와 여대(일본 간사이 지방의 여학생들이 다니는 어학연수 학교)에 있는 Japanese Cultural Center와 Northwest Museum of Art & Culture을 갔다왔다. Japanese Cultural Center에서는 일본 문화에 대해 좀 더 깊이 알아볼 수 있게 서예도 해보고, 히나 인형(3월 3일 여자 아이들을 위한 히나 마쓰리를 위해 장식하는 인형)과 같은 전통문화에 대해서도 이야기를 들었다. Northwest Museum of Art & Culture는 기본적으로 미국 북서부에 있는 미술품에 관심을 두었는데 그 중에는 일상생활에서 사용하는 공예품도 있었는데 이 박물관의 가장 큰 볼거리는 Campbell House라는 Spokane에서 유명한 사업가의 사택이었는데, 이 사업가의 딸이 이 집을 주(州)에 기부하고 그 이후로는 박물관으로 사용되고 있다. Neoclassical(신고전주의)의 면모를 보여 주듯 전체적으로 매우 고풍스러웠다. Spokane의 역사적인 면을 볼 수 있었던 유익한 시간이었다.

미국은 절대평가를 택하고 있기 때문에 선생님이 매우 깐깐하거나 학기말 시험이 터무니없이 어렵지 않은 이상 본인이 노력을 하면 충분히 A를 받을 수 있다. 또 앞서 언급했듯이 학기말 시험과 같은 큰 시험의 비중보다는 숙제와 단원평가에 해당되는 퀴즈(Quiz)를 훨씬 중요하게 생각한다. 또 수업태도도 큰 몫을 차지하는데 만약에 수업태도는 정말 좋은데 시험 점수가 그렇게 좋지 않다면 선생님들을 Extra Point라든가 어떻게든 점수를 올려 주려 애쓴다. 그렇기 때문에 평소 자기 관리가 최종 학점을 단든다고 보면 된다.

내가 들었던 과목 중에 2학기 때 들은 11th grade English Research / Composition이 학기 초에 제출하는 리서치가 성적을 좌우했던 것을 제외하면 나머지는 모두 평소 학습 상황으로 학점을 줬다. 기말고사 기간에 파티를 했던 반도 있었는데, 1학기 때 들은 영어 과목이 그 중 하나였다. 평소 태도와 과제물로 모든 성적 처리 다하고, 기말고사 시간에는 한국산 라면이랑 김도 먹고 놀았다. 미국에서의 학기말 고사가 이런 초라한(?) 위치라고 해서 "대충대충 하면 되겠지"라는 생각은 절대 해서는 안 된다.

어떻게 하면 쉽게 점수를 딸 수 있을까 하고 잔머리를 굴리는 것보다는 어떻게 하면 선생님들에게 호감을 줄 수 있을까 하고 고민하는 것이 훨씬 더 가치 있을 것이다.

학교 – Extracurricular&이벤트

교환학생으로 미국에 온 학생들 중에 공부만 하러 온 학생들은 당연히 없을 것이다. 대부분의 교환학생들은 많은 것들을 체험해 보고 싶어 하는데, 그 중 하나가 학교에서 제공하는 Extracurricular Activity와 이벤트일 것이다. Extracurricular Activity는 스포츠팀과 음악 관련 클럽활동을 가리키고, 이벤트는 학생집회인 Assembly와 댄스파티 등 여러 가지 이벤트를 통틀어서 이야기를 한다. 지금부터 내가 체험해 본 활동들을 소개하겠다.

● 스포츠팀

스포츠팀은 계절마다 시즌(Season)이 정해져 있다. 내가 있던 북서부를 기준으로 이야기를 하면 가을에는 남자는 풋볼(Football), 여자는 축구, 배구를 하고 남녀공통으로는 크로스컨트리(Cross Country)가 있었다. 겨울에는 남자는 레슬링, 남녀공통으로 농구를 한다. 봄에는 남자는 야구, 축구를 하고, 여자는 소프트볼, 남녀공통으로 트랙(Track), 골프, 테니스를 할 수 있었다. 또 연중 거의 모든 행사에 참여하는 치어리더(Cheerleader)와 댄스팀(Dance Team)이 있다.

나는 우리학교에서 하는 풋볼과 농구시합은 한 번도 빠지지 않고 봤는데, 왜냐하면 내가 마칭 밴드(Marching Band)부에 속해 있었기 때문이다. 덕분에 좋은(?) 구경을 많이 했다.

풋볼은 우리나라에서 거의 하지 않는 운동이라 처음에는 규칙을 몰라서 굉장히 지루했다. 하지만 나중에는 대충 규칙을 터득하고, 재미를 붙여보려고 노력해 봤는데 지겹기는 마찬가지였다. 고등학생 경기도 보통 3시간을 넘겨서 하기 때문에 나한테는 너무 지루한 운동경기였다. 그러나 많은 사람들이 알다시피 풋볼은 미국 내에서 최고의 인기를 자랑한다. 매번 경기 때마다 많은 사람들이 와서 응원을 했는데 심지어 학교 주변에 거주하는 주민들도 경기를 보러오기도 했다. 내가 미국에 있던 해에 우리 학교 풋볼팀이 지역별 리그전에서 좋은 성적을 거둬서 플레이오프(Play-off)에 진출했었다. 예상을 뛰어넘는 성적에 모든 사람들이 상당히 놀랐었다. 그 시즌 우리 학교 풋볼팀은 Washington 주 8강까지 진출하는 쾌거를 이뤘다.

축구와 배구경기의 홈지임(자기 학교에서 원정팀과 하는 경기)은 마칭밴드 연습과 겹쳐서 본 적이 없지만 배구팀은 인원이 많아 Varsity(학교 공식 대표팀)과 Junior Varsity(학교 비공식 대표팀), Frosh(9학년들로만 견성된 팀) 팀까지 합하면 모두 다섯 팀이나 되었다. 아쉽게 축구와 배구는 모두 플레이오프에는 진출을 못했다.

크로스컨트리는 장거리 달리기 경기인데 나는 장거리 달리기엔 젬병이라 애초에 관심조차 없었는데 친한 친구가 크로스컨트리 선수라서 여러 이야기를 전해 들었다. 천천히 뛰면서 여러 가지 생각을 하려 명상에 젖는 기분이 들어서 좋다고 하는데 참 낭만적으로 들리긴 했지만 조금만 달려도 숨을 헐떡대는 나는 전혀 공감할 수 없었다.

레슬링은 우리 학교가 매년 우수한 성적을 거두는 종목이었다. 체육관에 각 종목별로 우수한 성적을 거둔 해를 표시해 놓은 전광판이 있는데 레슬링은 Washington 주 1등도 몇 번하는 등 여러 종목 중에서도 가장 화려한 경력(?)을 자랑했다. 사실 레슬링은 한 번도 구경한 적이 없었지만 유고슬라비아에서 온 Nick이라는 친구가 레슬링을 해서 이것저것 들었는데 역시나 주 챔피언에 걸맞게 훈련은 매우 빡빡하게 진행한다고 한다. Nick은 레슬링을 하는 것이 처음이라 공격보다는 위기에서 벗어나는 순발력을 중요시 한다고 했다.

농구팀은 여자팀은 플레이오프에 진출했지만 남자팀은 리그전에서

41

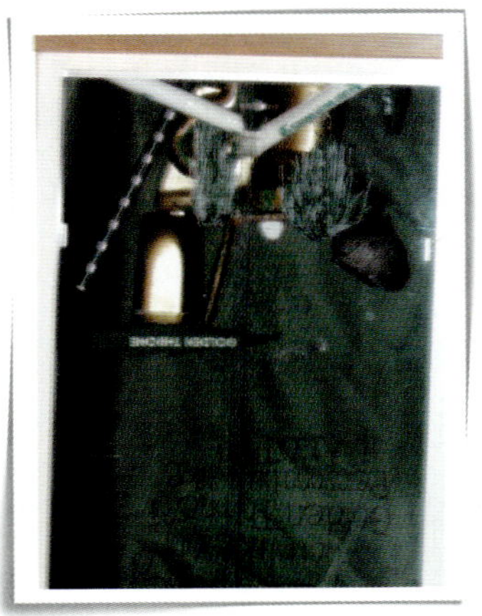

교환학생 문화충격 - 나를 바꾼다

탈락했다(홈게임에서조차 이긴 적이 그리 많지 않았다). 두 팀 모두 항상 그저 그런 경기를 했는데 시즌 마지막 홈게임에서는 갑자기 무슨 일이 있었는지 남녀 두 팀 모두 흥미로운 모습을 보여 줬다. 특히 남자 경기는 여러 가지 묘기까지 구사하면서 좋은 구경거리를 제공했다.

봄에는 워낙 많은 스포츠를 하기 때문에 학교에 있는 모든 필드(Field)는 항상 사용 중이었다. 따라서 마음만 먹으면 모든 경기를 구경할 수 있었지만 나의 게으름으로 인해 결국 한 번도 구경을 못하고 시즌이 끝이 났다. 야구는 풋볼과 맞먹을 만큼 많은 남학생들이 하고 싶어 하는 스포츠 중 하나였는데 풋볼만큼 뽑는 인원이 많지 않아서 트라이얼(Trial) 때는 약 150명의 학생들이 왔다고 한다. Varsity는 물론 Junior Varsity, Frosh 팀까지도 매우 높은 경쟁률을 보였다.

'Track'은 육상을 뜻하는데 그야말로 육상의 모든 것이 총집합이 되어 있다. 단거리와 장거리 달리기, 허들, 멀리뛰기, 높이뛰기, 포환던지기 등등이 있다. 이렇게 많은 세부 종목이 있으니 팀 자체도 거대하다. 트랙은 한 번 트랙 미트(Track Meet)라는 것이 열리는데 하루 종일 봄볕 아래에서 움직이기 때문에 트랙에 있는 아이들은 한 명도 빠짐없이 빨갛게 잘(?) 익었던 기억이 난다.

1년 내내 활동하는 팀은 치어리더와 댄스팀이 있는데 치어리더는 모든 여자아이들이 꿈꾸는 존재라고 해도 과언이 아니다. 보통 치어리더 애들은 예쁘고, 학업 성적도 우수하고, 사교적이라 많은 친구를 두고 있는데 나도 솔직히 들고 싶었지만 마칭 밴드 때문에 들지 못했다. 하지만 학교를 다니면서 치어리더 스케줄을 보니 들지 않은 것이 다행이다 싶었다. 거의 모든 스포츠 경기에 참가하는데 경기 내내 서 있고, 율동을 하며 소리 지르고, 또 일주일에 두세 번은 연습까지 한다. 그리고 미국은 운동부 학생들이 과제물이나 공부를 소홀히 하는 것에 가차 없이 점수를 깎아 버리기 때문에 학기 초에 고군분투하고 있던 내가 들었으면 아마도 큰일 날 뻔 했겠다는 생각이 들었다.

댄스팀은 마칭 밴드 시즌 때도 컬러 가드(Color Guard)라는 명칭으로 활동을 한다. 컬러 가드는 마칭 밴드가 필드에서 마칭할 때 깃발이나 여러 소품을 이용해서 마칭을 더 화려하게 만들어 주는 역할을 한다. 이 시즌이 끝나면, 농구 시즌에서 매 홈경기마다 하프 타임 때 공연을 한다. 봄엔 Spokane Lilac Parade가 있어 다시 마칭 밴드와 같이 활동을 한다.

• 밴드(Band)

미국에서 거의 모든 클럽을 포기한 데에는 나름대로 이유가 있었다. 바로 밴드에 소속되어 있어서 1년 내내 행사에 참여했기 때문이다. 흔히 우리나라에서 밴드라고 하면 록밴드를 떠올리는 경우가 많은데, 미국에서는 관악기(금관+목관)와 타악기로 이루어져 있는 관악단을 뜻한다.

마칭 밴드(Marching Band)

마칭 밴드는 단순한 연주가 아니라 풋볼 필드 위에서 마칭, 즉 움직이면서 연주를 한다. 하나의 퍼포먼스(Performance)를 가지고 한 시즌 동안 연주를 하는데, 준비 기간이 매우 길다. 우선 여름방학이 되기 전에 다음 시즌에 마칭 밴드에 참가할 사람을 조사해서 인원수에 맞춰 방학동안 퍼포먼스를 구성한다. 구성이 끝난 후엔 학기 시작 일주일 전부터 아침 9시부터 4시까지 밴드 캠프(Band Camp)라고 불리는 집중

훈련을 한다. 개학 후에는 일주일에 두 번씩 방과 후에 5시까지 연습을 하는데 타악기 연습도 있었기 때문에 나는 일주일에 3일씩 방과 후 연습에 참여했다.

나는 시즌 동안 팀파니를 담당했었다. 처음에는 곡이 관현악에서는 접할 수 없었던 빠른 곡이라 놀랐지만 곧 적응을 했다. 또 팀파니는 곡에 따라서 페달을 밟아 음계를 맞추는데 학교에 있던 팀파니는 페달을 밟으면 음이 어느 위치에 있는지 표시해 주는 음계 표시 부분이 고장나 있어서 연주할 때마다 튜닝하는 것이 큰 고역이었지만 나중에는 음감이 생겨 기계의 도움 없이 음을 맞출 수 있었다.

곡은 총 4개 악장으로 구성되어 있었는데 연주 시간은 약 15분이었다. 나는 타악기 중에서도 피트 퍼커션(Pit Percussion)에 속해 있어서 마칭을 하지 않았다. 피트 퍼커션은 실로폰, 마림바, 팀파니와 같이 크기가 큰 악기를 뜻하는데 이런 악기들은 보통 지휘자 앞에 악기 세팅을 하고 연주를 한다. 반면 Quads, Snare Drum, Base Drum은 배터리 퍼커션(Battery Percussion)으로 분류되어 마칭을 했다.

마칭 밴드를 하면서 힘든 일, 즐거운 일 등 여러 가지 일을 많이 겪었다. 연습은 보통 비가와도 계속 진행을 했는데 팀파니 연주를 할 때는 악기 위에 물이 고여 음이 다 내려 앉아버린 일도 있었고, 연습하는 도중에 갑자기 우박이 쏟아져 맞아가면서 연습한 적도 있었다. 우박이라는 것을 본 적이 없어서 우박을 잘 몰랐던 나는 팀파니 위에 뭔가 통통 튕기고 있어서 '빗줄기가 참 굵구나' 라고 생각했었다. 또 마칭은 눈은 지휘자를 보고 있고, 발은 알아서 움직이는 것이라서 한 명이 마칭하다 필드에서 넘어지면 줄줄이 넘어지는 도미노 현상도 벌어졌었다.

대회는 모두 세 번 나갔었다. Spokane 북쪽에 위치한 Joe Albi에서 열린 Spokane Lilac Festival Pacific Northwest Marching Band Championship, Spokane에서 3시간 거리에 있는 Yakima에서 열린 Harvest Marching Band Festival, 마지막으로 약 6시간 떨어진 Everett에서 열린 Puget Sound Festival of Band를 참가했다.

대회마다 여러 일이 많았는데 여기서는 Puget Sound Festival of Band에 참가한 이야기를 해보고자 한다. Everett은 거리가 거리인 만큼 2박 3일 일정이었다. 금요일에 수업 끝나고 학교에서 곧바로 출발해서, 밤에 시애틀에서 저녁을 먹고, 자유시간을 가졌다. 저녁은 Ivan's라는 시애틀에서도 유명한 Seafood 레스토랑에서 먹었다. 그리고 영화에서만 본 유명한 시애틀 거리를 친구들과 쏘다니면서 즐거운 시간을 보냈다.

그리고 그 다음날은 대회였는데 피트 퍼커션 멤버 중 애런(Aran)이라는 아이가 금요일에 풋볼 게임에 참가하느라고, 토요일 아침에 왔다. 이렇게 다 모인 후에 타악기 세팅을 다 끝내고, 예선에서 퍼포먼스를 했다. 그런데 3악장은 타악기 솔로에서 전반적으로 속도가 빨라지는 실수를 했다. 예선 경기가 끝나고 나서 예선전에 대한 시상식으로 했는데 우리 학교는 AAA-Small Division에서 1등, Best Music, Best Effect, Best Percussion까지 휩쓰는 쾌거를 이뤘다.

여기서 AAA는 학교 크기를 의미하고(AAA는 가장 큰 규모의 학교), Small은 밴드 규모를 뜻 한다(약 60명 정도, 규모가 큰 밴드는 200명이 넘는다). 보통 규모가 클수록 표현력과 효과, 소리가 좋아진다. 따라서 작은 규모의 밴드가 큰 규모의 밴드를 따라잡기 힘들기 때문에 Division을 나눠놓는다. 결승에서는 전체 7등을 했는데 이는 큰 규모의 밴드를 제외하면 1등에 해당하는 성적이었다. 올 시즌은 3개의 모든 대회에서 우리가 속한 Division에서 1등상을 받았던 기쁨이 가득한(?) 해였다. 이로서 마칭 밴드 시즌은 끝이 났다.

윈드 앙상블(Wind Ensemble)

마칭 밴드에 있는 학생은 인원수와 연주 실력에 따라 윈드 앙상블 (Wind Ensemble)과 콘서트 밴드(Concert Band)로 나누는데 나는 운 좋게 수준이 더 높은 윈드 앙상블에 들어갔다. 두 밴드의 차이는 거의 없지만 윈드 앙상블 쪽이 3~4학년이 많고, 잘하는 학생들이 더 많다. 2개 밴드에 모두 소속 되어 있는 학생도 몇 명 있었다.

마칭 밴드가 끝나고 윈드 앙상블에서는 Veteran's Day(재향군인의 날) 행사에 사용될 의식곡을 연주했다. 미국 국가, 〈God Bless America〉, 〈Battle Field〉, 〈The Stars and Stripes Forever〉, 〈Molly on the shore〉 같은 곡들을 연습했었다. 그런데 나는 재향군인의 날 며칠 전에 교통사고가 나는 바람에 이 모든 연습이 수포로 돌아갔다.

교통사고가 난 후, 2주 정도 학교를 가지 않았는데, 다시 학교로 돌아갔더니 한창 크리스마스 콘서트 준비 중이었다. 내가 돌아왔을 즈음엔 콘서트 곡은 이미 다 정해져 있었다. 연주했던 세 곡 모두 우리한테 친숙하게 알려져 있는 크리스마스 캐롤을 편집한 곡들이었는데 연주할 때마다 크리스마스 생각이 떠오르면서 즐거웠다. 특히 〈Christmas Fantasia〉에서는 팀파니 솔로 파트가 세 번이나 있어서 팀파니를 담당하는 나로서는 너무 좋았다. 팀파니 음을 맞추는 게 조금 골치 아프긴 했지만 이젠 절대음감이 있어서 문제없었다. 실제 콘서트에서는 재즈 밴드(Jazz Band), 콘서트 밴드, 윈드 앙상블 순서로 연주를 했다. 그때까지 나는 재즈 밴드가 연주한 것을 본 적이 없었는데 역시 선발된 학생들이어서 그런지 수준급이었다. 모든 순서가 다 끝나고 윈드 앙상블 차례가 되었다. 연주는 성공적이었다. 그리고 마지막 곡인 〈Christmas Fantasia〉를 연주하기 직전에 Band Director인 Mr. Lewis가 내 절대음 감에 대해서 청중들한테 소개를 했는데 조금 쑥스러웠지만 그래도 기 분이 좋았다.

4월에 있던 콘서트는 펑스 콘서트와 다르게 매우 특이했다. 보통 콘 서트라고 하면 정장을 입고 오는데 이번 콘서트는 전원 우습고 컬러풀 한 옷을 입고 오라는 지시(?)를 했었다. 이유인즉 이번 콘서트 컨셉은 카니발이었다. 그래서 모두들 정말 패셔너블한 옷을 많이 입고 왔다 심지어 바리톤을 담당하는 Ben은 머리에 스팅치 인형까지 쓰고 왔다. 곡들도 모두 유쾌하고 즐거운 곡들이었다. 특히 〈Roller Coaster〉라는 노래는 정말로 롤러코스터를 타는 듯한 느낌이 나는 신나는 곡이었는 데 연주 중간에 타악기를 제외한 밴드 멤버들이 롤러코스터가 급하강 할 때처럼 소리를 지르는 부분이 있었는데 나도 덩달아 기분이 고조되 어서 엄청 크게 연주했었다.

솔로/앙상블(Solo/Ensemble)

2월 12일에는 Spokane에 있는 Lewis & Clark High School에서 밴 드 전체가 참가하는 것이 아닌 솔로/앙상블(Solo/Ensemble) 대회가 있 었다. 나는 참가하고 싶은데 어쩔까 하고 고민하고 있었는데 같은 밴 드에 있던 르셀의 제안으로 같이 참가했다. 타악기 중에서도 마림바 2 중주로 나갔다. 연습을 늦게 시작했기 때문에 2주 정도의 시간밖에 없 었는데 주어진 상황에서 나름대로 열심히 했다. 실전에서는 르셀이 중 간에 악보를 까먹어서 잠시 멈춘 것만 제외하면 무난했다. 앞부분에 박자를 잘못 센 부분을 지적당했고, 곡 중간 중간에 있던 트릴은 깔끔하게 처리했다며 칭찬을 받았다. 이 대회에서는 Red Ribbon을 받았는데 Blue Ribbon(가장 높은 등급) 다음 등급의 상이었다.

밴드에서는 클라리넷과 금관 앙상블 외에도 많은 학생들이 솔로 부문으로 참가를 했다. 클라리넷 앙상블은 윈드 앙상블에서 클라리넷을 담당하는 5명이 새해 초부터 약 한 달 반 동안 준비했는데 전체 클라리넷 앙상블 참가자 중에서 2등을 해서 Blue Ribbon을 받았다. 솔로 부분에서는 클라리넷의 Drew, 바순의 George(거의 모든 악기를 다룰 줄 안다), 베이스 클라리넷의 Shawna(거의 모든 관악기를 할 줄 안다)가 주 대회 본선에 진출했다.

심포닉 오케스트라(Symphonic Orchestra)

3월에는 심포닉 오케스트라(Symphonic Orchestra)를 했는데 Band와 Orchestra(현악기로만 편성)랑 합치는 것이다. 밴드 학생들에게 들은 이야기로는 오케스트라와 밴드는 원래 사이가 좋지 않다고 한다. 하지만 서로 으르렁거리면서도 동업(?)을 할 수밖에 없는 시기가 바로 심포닉 오케스트라를 할 때이다.

콘서트 때는 총 4곡을 했는데 브람스 교향곡을 제외하곤 다 신나는 곡이었다. 〈The Great Steamboat〉라는 곡은 타악기에 Water jug이라는 것을 쓰는데 페트병에 물을 넣어서 연주 때 흔드는데 정말로 기차가 달려갈 때 나는 소리랑 비슷했다. 또 〈The Great Locomotive Chase〉에서는 항상 팀파니와 벨, 마림바를 담당했던 것과 다르게 Snare Drum을 했는데 굉장히 빠른 속도로 연주를 해야 했기 때문에 이 곡 연주할 때마다 바짝 긴장을 했다.

심포닉 오케스트라는 이 이후 다시 2번 결성되는데, 한 번은 5월에 활동을 했다. 대회 참가를 위해서였기 때문에 곡들도 난이도가 높고, 작품성이 있는 것으로 선택했는데 한 곡은 콘서트에서 연주한 브람스 교향곡이었고, 다른 한곡은 〈Hoe-down〉이라는 곡이었다. 브람스 교향곡에서는 Crash Cymbal을 담당해서 연주할 때 분위기 확 깨지 않게 하기 위해서 열심히 박자를 세었다. 〈Hoe-down〉에서는 실로폰을 담당했는데 하드스틱으로 해서 굉장히 소리가 크고 강하게 났다. 그래서 틀리지 않으려고 무진장 애를 썼다(타악기는 틀리면 정말 무안할 정도로 소리가 크게 난다).

다른 한 번은 6월에 있는 졸업식 때문에 합쳤는데 이땐 Choir까지 합쳐서 규모가 약 100명 정도 되었다. 졸업식은 학교에서 진행한 것이 아니라 Spokane에 있는 오페라 하우스에서 했는데 서울로 치면 세종 문화회관 같은 곳에서 식을 거행한 것이다. 초대장이 없으면 졸업식에 참석조차 할 수 없는 정도였는데 나는 밴드 멤버였기 때문에 초대장 없이 당당히(?) 졸업식을 봤다. 졸업식에서는 영화 〈이집트 왕자〉의 삽입곡은 〈When you believe〉를 연주했는데 곡이 너무 좋아서 푹 빠져서 연주했었다. Choir랑 Orchestra까지 합치니까 더 웅장해졌다. 그야 말로 졸업식에 딱 맞는 곡이었다. 사실 졸업식은 연주보다는 대기 시간이 훨씬 길어서 이리저리 구경하기 참 바빴다. 수석 졸업생은 총 8명 이었는데 2명이 밴드 출신이었다. 졸업식 마지막에 졸업의 상징인 학사모를 던지는 행사를 했는데 던지면서 폭죽 같은 것도 터트렸는데 소리가 엄청나게 컸다. 졸업식이 끝나고 나선 친구들이랑 사진 찍으러 다닌다고 정신없었다. 그렇게 화려했던 졸업식이 끝나고, 동시에 윈드 앙상블 활동도 끝났다.

• 어셈블리(Assembly)

어셈블리(Assembly)는 사전적 의미로는 조회라는 뜻인데, 많은 한국 학생들이 조회라고 하면 교장 선생님 훈화 말씀만 30분 듣는 지루한 시간을 떠올린다. 하지만 미국의 어셈블리는 학생 집회로써 학교 이벤트 중 한 개로 불릴 만큼 재미와 많은 볼거리와 선사한다.

우선 계절이 바뀔 때마다 Sport Assembly를 하는데 이땐 그 시즌에 해당하는 모든 운동선수들이 다 참여해서 여러 가지를 한다. 운동부끼리 짧은 퍼포먼스를 하기도 하고 치어리더나 댄스팀에서 공연을 하기도 한다. Fall Sport Assembly는 학기 시작한 지 2주 정도 지나고 했는데 International Students를 소개하는 코너도 있어서 나도 전교생 앞에서 인사를 했었는데 말실수라도 할까봐 상당히 떨렸다.

이것 외에도 Golden Throne Assembly와 Battle of Sex Assembly가 기억에 많이 남는다. Golden Throne Assembly는 자신의 학교와 라이벌 관계에 있는 학교와 매년 1월에 농구 게임을 하는 건데 황금색으로 칠한 변기를 차지하기 위해 경쟁한다. 이때의 어셈블리는 그날 경기 하프타임쇼에서 선보일 퍼포먼스를 보여줬는데, 댄스팀, 치어리더, ASB 소속 학생들까지 동참해서 굉장히 화려했다. 나는 실제 경기는 보러가지 않았는데 그 해는 우리 학교가 이겨서 다음날 학교에 가니까 황금 변기가 학교에 장식되어 있었다.

Battle of Sex는 남녀로 나눠서 경쟁을 하는 것인데 굉장히 흥미로웠다. 경쟁은 어셈블리가 있는 주 월요일부터 시작한다. Sprit Week라고 해서 날마다 테마를 정해 주는데 남녀를 구분해서 테마에 맞춰 옷을 입고 온 학생이 몇 명인지 조사해서 기록한다. 그리고 어셈블리 당일에는 게임을 했는데 어느 쪽이 더 트림을 길게 하는지, 멀리뛰기와 같은 재미있는 게임을 했는데 결과는 여자의 승리였다.

이런 어셈블리와 같은 행사가 있어서 하루도 조용하고 밋밋하게 넘어가는 날이 없었다. 그래서 나는 학교에 항상 카메라를 들고 다녔다. 그곳에서는 평범한 이벤트에 지나지 않았지만 우리나라 고등학교에서는 볼 수 없는 그야말로 신기한 볼거리였기 때문이었다.

• 파티(Party)

내가 미국 갔다 온 후 많이 받은 질문 중 하나가 "정말로 드레스 입고 파티를 하냐?"라는 질문인데 실제로 그렇다. 우리 학교에서는 총 4번의 포멀 댄스 파티(Formal Dance Party)와 풋볼 시즌에는 매주 홈경기가 끝나고 믹서(Mixer)라는 파티가 있었다. 나는 믹서는 한 번, 포멀 댄스 파티는 두 번 참가했다.

포멀 댄스 파티에는 Homecoming, Sadie Hawkins, Valentine Dance, Prom이 있다. 홈커밍(Homecoming)은 10월에 있었는데 남자가 여자한테 신청하는 것이라서 나는 별 기대를 하지 않고, 같은 학교

에 있던 한국인 언니랑 같이 가려고 했었다. 그런데 홈커밍 바로 전날에 신청을 받아서 좋아라 하고 갔었다. 드레스는 몰(Mall)에서 돌아다니다가 마음에 드는 것으로 샀다. 이런 파티 시즌이 되면 웬만한 상점에서는 거의 다 드레스를 파는데 가격대도 50~200달러 수준이라서 싸게 살 수 있다. 또 드레스에 맞춰 액세서리, 신발, 가방도

맞춰서 사는데 나는 신발을 너무 작은 걸 사서 실제 파티에 가서는 제대로 춤도 추지 못해서 너무 아쉬웠다.

새디 호킨스(Sadie Hawkins)는 다른 댄스들과 달리 여자가 남자한테 신청해서 가는 이벤트인데 나도 참가하고 싶었지만 그 주에 교통사고가 나는 바람에 결국 가지 못했다. 발렌타인 댄스(Valentine Dance)는 발렌타인 데이를 기념해서 하는 댄스였는데 이것도 Solo/Ensemble이 겹치고, (슬프게도)신청하는 사람이 없어서 가지 않았다.

프롬(Prom)은 댄스 파티 중에서도 제일 중요하게 여겨지는데 11, 12학년만 참여할 수 있었다. 물론 파트너가 11학년 이상이라면 가능하다. 나는 매일 스쿨버스를 같이 타는 Britten이라는 애가 신청해줘서 갔다. 이때 한 가지 에피소드가 있었는데, 나는 생일이 지나지 않아 만 15세였지만 11학년이었고, Britten은 10학년에 생일이 지나 만 16세라 나이와 학년이 맞지 않는다면서 이야기했던 기억이 난다. 이 날 꾸민답시고 나는 인조손톱까지 붙였는데 Britten 가슴에 꽃을 달아줄 때 손톱이 제대로 달리지 않아 핀으로 고정시키다가 Britten을 찔러 버린 웃지 못한 사건도 있었다. 파티 자체는 그저 그랬는데 그 이유는 Britten이 너무 조용했던 것이다. 또 둘이서 가니 조금 어색하기도 했다. 그래도 파티장에서 만난 친구들이랑 다니면서 사진 찍고 놀았던 것은 정말 재있었다.

BATTLE OF THE GIRLS
Monday Tuesday Wednesday Thursday Friday

포멀 댄스 파티를 즐기는 방법으로, 나는 댄스 파티는 파트너랑 단둘이서 가지 말고, 친구들끼리 같이 모여서 가는 쪽을 추천한다. 단 둘이서 가면 정말 친밀하지 않는 이상 할 말도 없고, 춤추기도 좀 껄끄럽다. 혹시 나만 이런 건가?(웃음)

믹서는 같이 마칭 밴드를 했던 Alicia랑 갔다. 믹서라고 해도 특별한 건 없고, 카페테리아에 모든 테이블이랑 의자를 치우고, DJ를 불러서 나이트처럼 춤추는 건데 나는 포멀 댄스 파티 때보단 믹서 때 더 신나게 놀았다. 옷도 평상복에 친구들과 함께 갔기 때문에 그야말로 광란의 두 시간을 보냈다. 또 춤추다가 1학기에 미국역사를 같이 들었던 Jeb을 만났는데 자기에게 어깨동무를 해보라고 해서 젭의 어깨에 팔을 올렸더니 갑자기 나를 번쩍 들어 올리는 것이 아닌가! 순간적으로 깜짝 놀랐는데, 시간이 지날수록 '무거울 텐데' 하는 걱정을 하기도 했다. 하여튼 미국에서만 할 수 있는 경험이었다.

 미국에서 돌아온 이후 – 대학 입학 준비

많은 학생들의 고민거리 중 하나가 1년 동안의 교환학생 과정 이후 어떤 길을 택할 것인가 일 것이다. 특히 나는 미국에서 11학년이어서 1~2년간 미국에서 사립학교를 다니면 졸업을 할 수 있었기 때문에 더욱더 망설여졌다. 하지만 부모님의 권유와 많은 고민 끝에 한국행을 선택했다. 한국에서의 고등학교 생활은 매우 힘들지만 이 과정이 대학과 사회생활에서 나에게 큰 도움이 될 것이라고 믿었기 때문이다. 이제부터는 한국에 돌아온 후 어떤 고등학교를 택하고, 다시 적응할 것인가에 대해 이야기해 보고자 한다.

• 어떤 고등학교에 진학할 것인가?

우선 미국에 가기 전부터 특목고 진학 여부를 결정해 놓는 것이 좋다. 나는 개인적으로 교환학생을 마치고 한국에 다시 돌아온다면 일반 인문계 고등학교보다는 외국어를 중요시하는 외국어 고등학교 진학을 추천한다. 이 학교들은 외국어를 중요시하기 때문에 교환학생들에게는 입학뿐 아니라 입학 이후 학업을 수행하는 데도 유리하다.

내가 다니고 있는 부산국제외국어고등학교를 예로 들면 1~2학년 때 공식 성적표에 기재되는 영어 관련 교과목만 3과목이다. 거기에 전공어와 제3외국어까지 합하면 외국어 관련 교과목은 총 6과목이나 된다(공식 성적표에 올라가는 것이 이 정도면 실제 수업시수는 이것보다 훨씬 더 큰 비율을 차지한다). 이런 커리큘럼은 영어실력이 다른 학생들보다 우수한 교환학생들한테 매우 유리하게 작용한다. 나도 이런 체제 덕분에 외국어 고등학교에 진학했을 때, 교과목 면에서는 조금 더 빨리 적응할 수 있었다.

하지만 최근에는 외국에 다녀온 학생들과 영어를 잘하는 학생이 워낙 많기 때문에 특목고를 들어가는 것도 쉽지 않다. 미리미리 대처를 하지 않는다면 본인이 원하는 고등학교에 들어가지 못하는 경우가 많다. 만약 영어특기자로 특목고에 진학하기를 원한다면 미국에 있을 때부터 차근차근 준비를 해놓는 것이 좋다.

나는 미국에 있을 때부터 특목고에 진학하겠다는 다짐을 하고 부모님한테 부탁해서 이것저것 자료를 받았지만 마땅한 준비를 하지 않았다. 그것이 내가 1순위로 원하던 고등학교에 진학하지 못한 이유 중 하나라고 생각한다. 이러한 불상사가 일어나지 않게 하기 위해서는 본인이 빨리 결정을 내리고 곧바로 움직이는 것이 좋다.

• 어떤 외국어 고등학교에 진학할 것인가?

현재 우리나라에는 전국에 30개의 외고가 있는데 외고에 진학하겠다고 마음을 먹어도 어느 외고에 지원할지 또 고민을 할 수밖에 없다. 도대체 어떤 기준으로 나한테 딱 맞는 학교를 골라야 할까?

외국 대학에 진학할 것인가?

외국어 고등학교에 진학하고자 할 때 가장 흔하게 고민하는 사항이 외국 대학 진학 여부이다. 원래 외국어 고등학교는 외국어 우수 인재를 키우기 위해 만들어졌지만 최근에는 단순히 많은 학생들을 좋은 대학으로 보내는 명문학교로 치부되는 경우가 많다(대학 진학 시 외국어 관련 학과를 택하는 학생은 10% 미만). 따라서 모든 외고가 외국 유학에 관심을 두고 있지는 않다.

우선 외국 대학 진학을 전제로 외국어 고등학교에 진학한다면 가고자 하는 학교에 외국 유학반이 있는지를 알아보아야 한다. 대다수의 외고들은 유학반을 운영하고 있다. 따라서 그 유학반이 어떤 방식으로 운영되고 있는지를 정확하게 파악해야 한다. 단순히 외국 유학반 유무를 따질게 아니라 외국 유학을 준비하는 학생들을 위해 따로 마련된 커리큘럼이 있는지를 알아보아야 한다. 외국 대학 진학 준비는 많은 것들을 요구하기 때문에 국내 대학 진학을 준비하는 학생들과 같은 커리큘럼으로는 준비하기 벅차다. 그렇기 때문에 외국 대학을 준비하는 학생들만 따로 모아서 내신산출을 하는지(현재 내신제는 상대평가이기 때문에 웬만큼 노력하지 않는 한 좋은 GPA(Grade Point Average, 미국대학에 제출하는 내신)를 따기 힘들다.] 수업 시간표가 다르게 짜여 있는지 꼼꼼히 알아보아야 한다. 현재 유학 준비를 하는 학생들을 위해 독립적인 커리큘럼을 운영하는 학교로는 서울의 대원외고, 한영외고, 경기도 용인의 한국외국어대학교 부속 외고, 강원도 횡성의 민족사관고등학교가 있다.

기숙사가 있는가?

한국의 고등학교 스케줄을 고려해 봤을 때, 시간은 정말 금과 같은 존재이다. 매일 밤 늦게 잠들고 아침에 일찍 일어나야 하기 때문에 등하교 시간은 결코 무시할 수 없는 존재이다. 이런 이유로 기숙사가 있는 학교들이 인기가 많다. 또 학원을 가는 것도 까다롭기 때문에 사교육비를 줄일 수 있는 장점도 지니고 있다. 특히 특목고는 지방에서 오는 학생들 때문에 대부분 기숙사가 있는데 학교에 따라 기숙사 운영은 천차만별이다.

기숙사 학교인 경우, 귀가를 할 수 있는 날을 알아봐야 한다. 학교에 따라서 매주 주말마다 귀가를 할 수 있는 곳, 둘째 주와 넷째 주 토요일에 허락하는 곳, 또는 한 달에 한 번 귀가할 수 있는 곳이 있는데 이럴 경우 집과 학교의 거리를 따져 볼 필요가 있다. 학교 방침상 둘째 주와 넷째 주 토요일에 의무적으로 귀가를 해야 하는데 집이 학교와 너무 떨어져 있다면 상당히 불편할 것이다.

나의 경우, 학교는 부산시 해운대구에 있고 집은 창원(시외버스로 약 1시간 거리)이라 매주 주말마다 귀가가 가능한 1~2학년(3학년은 주말 의무자습) 때는 주말이 되면 매주 집으로의 퇴근(?)을 했다. 최고의 학교를 가는 것이 우선순위이기는 하지만 이런 점도 가끔은 고려해볼 필요가 있다.

어떤 전공어가 있는가?

모든 외고가 영어를 기본으로 학교마다 2~3개, 많게는 4~5개 정도의 전공어 과정을 개설하는데 이것은 입학 후 학교생활을 좌우한다. 만약 본인이 영어 외에 다른 외국어를 할 수 있으면 그 외국어가 전공어인 학교를 선택하는 것이 나중에 성적을 받을 때 훨씬 유리하다. 만약 미국에서 스페인어, 프랑스어와 같은 외국어 강좌를 들었으면 이점을 이용하는 것이 좋다. 나는 영어 외에 일본어 실력이 괜찮았기 때문에 일본어가 있는 학교를 선택했고, 이 선택으로 전공어 시간에 좋은 성적을 받는 등 많은 이득을 봤다.

나의 100%를 발휘할 수 있는가?

이 질문은 입학 전형뿐 아니라 입학 후 학교생활에도 해당되는 말이다. 유명한 명문 외국어고등학교에 입학한 후, 많은 학생들이 치열한 경쟁과 열등감 때문에 어려움을 겪고, 자신감을 상실하는 경우가 많다. 이렇게 되면 교환학생을 통해 얻은 실력을 발휘하지도 못할 것이다. 무엇 때문에 교환학생을 갔는가? 한국에서의 새로운 시작을 할 때도 이것을 마음에 두고 해야 한다.

• 나의 경험담 #1 – 외국어 고등학교 입학 전

앞서 말했듯 나는 외고 진학에 대한 뜻은 있었지만 구체적인 행동을 취하진 않았다. 그래서 중학교 3학년으로 한국 학교에 복학한 후 하루 빨리 한국 공부에 적응을 하는 데 초점을 맞추었다. 일단 학교 수업을 열심히 듣는 것을 기본으로, 전 과목 과외와 고등학교 수학 과외, 또 TOEFL 수업을 들었다.

전 과목 과외는 보통 생각하는 1:1 고액과외가 아니라 하루에 2시간씩 하는 그룹과외다. 선생님 한 분이 모든 과목을 담당하셨는데 그때까지 내신고사 준비를 대충 대충 해왔던 나에게 "시험은 이렇게 준비하는 것이구나" 하는 것을 깨닫게 해주었다. 교과서를 여러 번 정독하고, 문제지를 풀어 보면서 실력 점검과 문제 유형을 익히는 등 특별한 비법은 없었지만 매일 꾸준히 공부를 한 것이 큰 도움이 되었다. 시험 기간이 되면 선생님도 우리와 같이 시험기간을 보냈다. 자정이 넘는 시간까지 선생님 집에서 성공적인 재기(?)를 상상하며 공부를 했다. 결과는 성공적이었다. 전교생 약 430명 중 40등을 한 것이다. 3학년 2학기라 어떻게 보면 높은 성적은 아니지만(특목고 내신은 3학년 1학기까지만 들어가니까), 1년이라는 공백을 뛰어넘었다는 뜻에서 나한테는 의미가 컸다. 이때 쌓은 내공은 고등학교 생활에서도 유용하게 쓰였다.

그리고 외국어 고등학교 원서 접수 기간이 다가왔다. 나는 미국에 있을 때부터 가고 싶었던 한국외대 부속 외국어고등학교에 원서를 넣었다. 원서를 넣을 당시 영어 능력을 입증해 줄만한 공인 성적이 없어서(TOEFL 시작한 지 두 달 만에 뭘 바라는가!) 이전에 친 JPT(Japanese Proficiency Test, 일본어능력시험 중 하나)로 외국어 우수자 전형에 지원을 했는데 고사장에 가서야 외국어 고등학교 입시를 준비하지 않은 것에 대해 뼈저린 후회를 했다. 일본어 우수자는 고작 2명 정도 뽑는데 전국에서 내로라하는 학생들이 다 온 것이었다. 결과는 당연히 불합격이었다. 솔직히 준비를 안 한 나에게는 당연한 처사였다. 그리고 2순위였던 부산국제외국어고등학교에 원서를 넣었다. 이미 한 번의 고배를 마셔서 합격할지 안 할지 매우 불안했지만, 다행히 합격을 했다.

합격한 후에는 고등학교 과목에 초점을 맞추었다. TOEFL과 수학 과외를 중심으로, 시간이 많은 방학 때를 이용해 단과학원에서 언어영역 수업도 들었다. 중학교 때부터 유난히 국어가 취약했던 나한테는 언어영역에 대한 전반적인 이해를 할 수 있었던 좋은 기회였던 것 같다. 특히 선생님이 진도보다는 학생들이 제대로 이해를 했는지에 초점을 두었기 때문에 기초가 부실한 나한테는 매우 유용했다.

방학 때 두 번의 배치고사가 있었다. 국어, 영어, 수학 영역으로 나눠서 시험을 쳤는데 역시 한국에 돌아온 후 반년 동안 공들인 수학이 점수가 제일 좋았다. 영어와 국어에서는 그리 좋은 점수를 얻지 못했다. 배치고사가 끝난 후 내가 느낀 것은 단 한 가지였다. "이제 이런 경쟁 속에서 3년을 살아남아야 하는구나."

• 나의 경험담 #2 - 입학 이후

1학년

입학과 동시에 기숙사로 들어갔기 때문에 처음에는 조금 두렵기도 하고 설레기도 했다. 하지만 학교생활이 시작되자 설렘보다는 고되다는 생각밖에 들지 않았다. 아침 6시 반에 일어나 자습까지 끝나면 12시가 되는데 평소 같았으면 고된 일정이 끝나면 집에 가서 짧게나마 가족들과 대화를 나누면서 스트레스를 날릴 수 있었지만 이젠 그런 것들 없이 모든 것을 혼자서 이겨내야 했다. 특히 나는 학기 초기에 핸드폰이 없었기 때문에 부모님의 따뜻한 한마디가 너무 그리웠다. 그래서 지리적 이점(?)을 이용해 매주 집에 가서 스트레스를 풀고 다시 새로운 일주일을 시작했다.

학교 시간표 배정은 영어, 전공어, 수학, 국어 시수가 많고, 대신 예체능과 과학 시수가 적게 할당되어 있는데 이 점은 영어와 일본어가 강점인 나한테 매우 유리했다. 우선 교환학생 생활을 통해 다져진 영어 실력은 학교 수업시간에도 자신감을 불어넣어 주고 좀 더 분발할 수 있는 동기유발이 되었다. 전공어 수업은 기초부터 시작해서 처음에는 매우 지루했다. 하지만 나는 공식적으로 일본어 수업을 들은 적이 없었기 때문에(어렸을 적 일본에 살았지만 공식적인 일본어 공부를 하지 않았다) 수업을 통해 머릿속에 흩어져 있던 지식을 체계적으로 정리했다.

그리고 얼마 뒤, 고등학교 입학 후 처음으로 전국연합학력평가를 봤다. 결과는 언어 4등급, 수리 1등급, 외국어 1등급이 나왔다. 언어영역에 대한 보충이 필요하다는 것을 느끼고 학교에서 제공하는 현대소설 특강을 신청했다. 수업은 상당히 흥미롭게 진행이 되었다. 단순히 수업만 하는 것이 아니라 토론이나 서술형 문제를 같이 풀면서 문학 작품에 대해 다양한 접근을 했다. 이 특강 덕분에 나는 문학에 대한 감각을 어느 정도 기르고, 언어영역에 대한 약간의(?) 자신감도 가졌다. 나머지 과목은 예습보다는 복습을 철저히 하면서 4월 말에 있는 중간고사를 대비했다. 중간고사 1주일 전에는 시험 대비용 오답노트를 만들어 그 노트에 모든 과목에 대한 중요 요점을 정리했다. 사회와 국사는 시험범위 내에서 나만의 요약을 하고, 영어는 모르는 단어와 중요 구절을 써서 외웠다. 그리고 첫 중간고사가 시작되었다.

나름대로 열심히 준비했다고 생각했지만 시험은 정말 어려웠다. 상대평가를 채택하는 내신제 때문에 동점자가 나오지 않게끔 선생님들이 문제를 어렵게 내신 것이다. 특히 모든 학생들이 열심히 공부하는 특목고에서는 문제가 어려운 수준을 떠나 가끔은 치사하기까지 했다. 가장 점수가 낮았던 과목은 국사였는데 60점대였다. 아니 공부를 안 했으면 억울할 것도 없는데 나름대로 공들인 국사에서 이렇게 발등을 찍히니 정말 억울했다(그리고 이 악연은 3년 동안 계속되었다).

그래도 나름대로 나한테는 믿는 구석이 있었으니 그것이 영어와 일본어였다. 영어는 총 3과목이었는데 3과목 모두 90점을 넘는 높은 점수를 받았다. 특히 그 중 한 과목은 한 문제를 틀려 95점이었는데 시험 문제가 매우 어려웠기 때문에 전교에서 가장 높은 점수를 기록했다. 일본어는 수행평가에서 방심하다 1문제를 틀렸지만, 다른 일본어 과목에서 만점을 받으면서 자존심을 지켰다. 전과목 평균은 87점이 나와서 큰 기대를 하지 않았다. 다만 최선을 다한 데에 만족해야겠다고 생각했다. 나중에 등수가 나왔는데 반 2등을 했다는 것이다. 반 2등이라니! 중학교 때조차 한 번도 해보지 못한 등수였다. 특히 입학 당시, 나의 중학교 내신 성적은 반 인원 34명 중 28등이었다는 것을 감안한다면 엄청난 발전이 아닐 수 없다.

이 첫 중간고사를 통해 얻은 자신감으로 기말고사를 준비했다. 기말고사를 시작하기 전에 친 6월 모의고사에서 언어, 수리, 외국어 모두 1등급을 받으면서 그 페이스에 박차를 가했다. 기말고사 또한 중간고사와 비슷한 점수가 나왔다. 1학기 최종 성적은 총 14과목 중 1등급 3과목, 2등급 7과목으로 영·일본어과 5% 내에 들어 학교에서 주는 장학금도 받게 되었다. 교환학생을 통한 영어 실력 향상과 내 자신에 대한 신념이 내게 가장 큰 힘이 되어 준 것이다.

2학기 또한 1학기와 같은 노력으로 좋은 점수를 받아 다시 장학생으로 선발되는 기쁨을 누렸다.

2학년

1학년이 자연계와 인문계열 공통과정이라서 잡다한 과목이 많다면, 2학년부터는 계열별로 나눠서 수업을 하기 때문에 1학년 때보다 과목에 대한 부담이 많이 줄어든다. 우리 학교는 외고＋여고(전국에 단 2개뿐인 여자외고, 다른 한 학교는 이화여자외고)라 인문계열 과정밖에 개설이 되지 않는다. 현재 우리 학교에서 택한 사회탐구 과목은 윤리, 국사, 한국지리, 사회·문화인데 국사를 제외한 3과목은 표준점수(난이도를 고려했을 때 받는 상대적인 점수)가 높게 나오기 때문에 상대적으로 유리하다. 등급을 받는 것이 상대적으로 어려움에도 불구하고 학교에서 국사를 선택한 이유는 서울대에서 국사 성적을 요구하기 때문이다. 또 1~2년 후에는 서울에 있는 유명 사립대학교들도 국사성적을 반영한다고 하니 어떻게 보면 개설할 수밖에 없는 것이다.

1학년 때 이미 국사를 했기 때문에 2학년 때는 윤리, 한국지리, 사회·문화 진도를 나갔다. 나는 한국지리는 1학년 수업 때 3학년을 담당하시는 선생님이 가르쳐 주신 덕분에 기초가 잘 잡혀 있어서 큰 걱정을 안 했지만, 윤리와 사회·문화는 처음 해보는 과목들이라 상당히 부담이 되었다. 특히 사회·문화는 개념은 제대로 알고 있어도 문제 푸는 기술이 필요했기 때문에 정말 난감했다. 과목에 따라 상황이 이렇게 다르니 문제지를 사는 것도 고민스러웠다. 그래서 서점에 직접 가서 한 권씩 살펴보면서 나한테 맞는 문제지를 골랐다. 기초가 잘 잡혀 있는 한국지리는 문제 푸는 기술을 익히기 위해 문제가 많은 《수능다큐》를 택했고, 기초가 부실한 윤리와 사회·문화는 설명이 자세히 되어 있고, 핵심적인 개념을 물어보는 문제가 많은 《완자》를 택했다.

2학년 첫 중간고사에서 지리는 1개를 틀려 95점이라는 고득점을 받았는데 다른 두 과목은 아직 내공이 쌓이지 않아서였는지(아니면 기초적인 이해가 부족했는지) 점수가 그다지 높지 않았다. 처음으로 자연계와 인문계로 나눠서 치른 6월 전국연합학력평가에서는 언어, 수리, 외국어는 1등급을 받은 데 비해 사회탐구를 칠 때는 집중력이 떨어졌는지 점수가 형편없었다. 자신 있었던 한국지리마저도 3등급을 받고, 사회·문화는 과목코드도 잘못 표기했는지 점수조자 표시되지 않았다. 모의고사 성적표를 받은 후, 사회·문화와 윤리는 중간고사 때보다 더 비중을 두고 공부를 했다. 중간고사의 타격(?) 때문에 위 두 과목의 1학기 최종 성적은 그리 높지는 않았지만 '이렇게 공부하면 되는구나' 하는 확신을 얻을 수 있었다.

2학년이 된 후, 나는 학교에서 개설하는 토플 특강을 들었다. 신청자가 많아 반을 나눴는데 내가 들어간 반은 재미교포 선생님이 수업을 하셨다. 이 분은 단순히 영어만 가르치는 것이 아니라 토플에 나올 수 있는 배경지식도 같이 가르치셨다. 또 수업을 영어로 진행하셨기 때문에 간접적으로 Listening과 Speaking에도 큰 도움이 되었다. 일주일에 네 번, 하루에 두 시간씩 하는 특강이라 처음에는 공부하는 시간을 많이 뺏기지 않을까 하고 걱정을 많이 했는데 이 점이 오히려 나한테는 더 열심히 할 수 있는 자극제가 되었다. 다섯 시간의 자습시간 중 '남들보다 두 시간 공부를 적게 했으니까(그렇다고 특강시간에 놀고 온 것은 아니지만) 남은 세 시간 동안은 정말 열심히 해야 한다' 라는 압박을 가지고 공부를 하니 더 몰입할 수 있었다. 이렇게 해서 2학년 1학기 때에도 좋은 성적을 유지했다. 공부는 양보다 질이라는 것을 절실히 느끼게 해줬던 한 학기였다.

2학년 2학기는 지금까지 통틀어 가장 낮은 성적을 받았던 학기라고 말할 수 있다. 외국 대학에 가고 싶은 마음만 있었고, 구체적인 준비는 토플밖에 하지 않았기 때문에 나는 점점 조급해졌다. 특히 여름방학 때 사진 촬영과 일본에 다녀온 것 때문에 이번에는 좋은 자극이 되는 정도의 압박이 아닌 부담스러운 압박 속에서 공부를 했다. 중간고사 성적도 그것을 증명해 주듯 평소보다 낮은 성적이었다. 중간고사가 끝난 후, 기말고사까지 2달 동안은 정말 정신없는 시간이었다.

주말에는 부산시 사하구 도서관에서 주관하는 시각장애우들을 위한 영어 구연동화와 지역아동센터에서 아이들을 봐주는 봉사활동을 했다. 평일에는 11월에 있던 SAT Ⅱ Subject Test를 준비했다. 내가 친 과목들은 Japanese with Listening, Math Ⅰ와 Math Ⅱ다. 일본어와 Math Ⅰ은 큰 문제가 없었는데, Math Ⅱ가 골칫거리였다. 제아무리 미국 수학이 쉽다고 해도 Math Ⅱ는 수Ⅰ에서 다루지 않은 개념들이 여러 개 나왔다. 미국 수학이 응용보다는 기초 개념을 중요시 하는 것을 알고 있었던 나는 우선 Princeton Review에서 나온 Math Ⅰ/Ⅱ 책에서 모르는 개념이 나오는 부분은 모두 체크를 해놓았다. 그리고 점심시간을 이용해, 수학 선생님 중 설명을 간단명료하게 해주시는 분을 찾아가 가르쳐달라고 부탁했다. 비록 20분 남짓 되는 짧은 시간이지만 핵심을 찌르는 설명 덕분에 나는 기초적인 이해를 할 수 있었다. 그렇게 2주간의 벼락치기를 하고 시험을 쳤다. Japanese with Listening은 790점(어디서 한 개 틀렸나보다), Math Ⅰ은 760점, Math Ⅱ는 780점을 받았다. 나름대로 만족할 만한 점수가 나와서 다행스러웠다.

SAT가 끝나자마자 교내 말하기 대회 준비와 12월 초에 있던 일본어

급수 시험 준비를 시작했다. 말하기 대회는 친구와 같이 참가했는데 원고를 쓰고, 연습하는 것과 더불어 파워포인트로 여러 가지 시각자료도 준비해야 했기 때문에 많은 시간을 투자했다. 역시 결과는 노력을 배신하지 않았다. 나와 내 친구는 일본어 부문 1등상을 받았다.

일본어 급수 시험은 말하기 대회가 끝나고 2주 후에 있었기 때문에 거의 준비를 못 한 채 시험을 봤고, 커트라인에서 1점이 모자라 1급을 떨어지는 굴욕(?)을 겪었다.

기말고사도 중간고사와 마찬가지로 압박에 짓눌려 시험기간에 괜히 새벽 3시 모드를 돌리다가 시험 칠 때 집중을 제대로 하지 못하는 실수를 해버렸다. 중간고사보다 조금은 나은 성적이었지만 평소에 받던 성적과 비교했을 때 결코 만족할 만한 점수가 아니었다. 2학기를 통틀어 느낀 것 한 가지: 내 페이스를 유지하자!

3학년

본격적인 유학 준비가 남들보다 늦었던 나로서는 이제 발등에 불이 떨어진 것이나 다름이 없었다. 지금 여기서 주춤거리다간 죽도 밥도 안 된다는 생각을 머리에 새겼다. 3학년이 되기 전 겨울방학 때 서울에 있는 학원을 다니면서 SAT와 AP(Advanced Placement, 대학선수학점이수제) micro/macroeconomics를 공부했다. 그리고 다시 학교에 온 이후엔 5월에 있는 AP시험을 중심으로 공부했다(SAT는 5, 6, 10, 11월도 있지만 AP는 5월이 끝이 아니던가). 사실 우리학교는 공식적으로 AP수업을 제공하지 않아 AP점수가 없어도 불리하게 작용할 것은 없지만 최근엔 미국 대학에 원서를 내는 학생들 중 AP 없는 학생을 찾아보기가 힘들다. 그래서 어렵지만 나는 과감하게 Calculus BC, Micro/macroecono

mics, Human Geography, Japanese까지 총 5과목을 치기로 했다. 문과생이라 Calculus BC(Calculus AB보다 어려운 단계의 시험)를 선택한 것은 하나의 모험이었는데 굳이 택한 이유는 점수가 잘 나오기 때문이었다. 실제로 작년 AP Calculus BC 응시자 중 절반 정도가 만점에 해당하는 5점을 받았다.

경제는 작년 여름에 골든벨 참가를 위해 공부했을 때부터 흥미가 있었고, 거기에 다른 과목보다 조금만 더 공을 들이면 micro(미시)와 macro(거시)를 동시에 따 2개의 AP를 취득할 수 있는 장점을 지닌 점이 강하게 작용하였다. Human Geography는 개인적으로 지리과목을 좋아하고 한국지리 부분에서 다룬 부분이 있어서 다른 과목보다는 준비하기가 수월할 것 같아서 도전해 보기로 했다. 이렇게 다짐을 한 것까진 좋았지만 내신과 SAT 공부도 같이 병행을 해야 하는 것이 문제였다. 모두 다 중요해서 어느 것 하나를 버릴 수도 없는 상황이라 나는 최대한 머리를 굴려서 스케줄을 짰다.

우선 3학년이 되니까 아침 등교시간도 7시 20분까지로 당겨져 아침에 약 40분 정도 공부 할 수 있는 시간이 생겼다. 경제는 일단 한 번 훑어봤으므로 감을 잊어버리지 않게 유지만 하면 되었기 때문에 경제는 아침 자습시간에 하기로 했다. 자습시간에는 최대한 시간을 아껴야 하기 때문에 모든 내신 공부는 수업시간에 끝내겠다는 마음으로 수업을 들었다. 특히 새벽 3시까지 공부하는 날이 많았던 나에게 수업시간의 잠은 피할 수 없는 최대의 적이었다. 잠이 좀 온다 싶으면 곧바로 교실 뒤에 가서 서서 수업을 들었다. 심지어 잠이 많이 왔던 날은 9교시 내내 거의 서 있던 날도 있을 정도로 어떻게든 수업을 듣기 위해 끈질기게 노력했다.

자습은 저녁 6시 50분부터 12시까지 총 5시간이었는데 보통 3시간은 유학공부, 2시간은 국내 내신공부에 할당했다. 3시간의 유학공부 중 2시간은 Calculus를 공부하는데 투자하고, 1시간은 Human Geography와 SAT Critical Reading을 병행했다. 12시까지의 자습이 끝나면 나는 기숙사에 있는 정독실에 가서 새벽 2시까지 공부를 하고, 기숙사에서 조금 더 하고 잠자리에 들었다. 이때 하는 공부는 SAT 단어를 외우거나 그날 다 못 끝낸 것들을 했는데 5월까지는 주로 미적분 공부를 하는 데 시간을 들였다.

Calculus 공부는 수학의 정석과 Barron's에서 나온 AP Calculus 대비용 책을 사용했다. 처음 미적분 시작을 할 때 나는 한 가지 실수를 저질렀는데 한국어로도 미적분의 '미' 자를 모르는 내가 Barron's에 나온 미적분 핵심정리 책을 먼저 보려고 덤빈 것이었다. 나는 한 번 보면 딱 이해가 가는 그런 뛰어난 두뇌의 소유자가 아니었기 때문에 미적분 공부를 시작한 첫 일주일은 책을 펼치면 눈물이 날 정도로 스트레스를 받았었다. 다행히 담임선생님이 수학선생님이셔서 도움을 요청하면 언제든지 해결해 주셨지만 이것도 한계가 있었다. 어차피 공부는 내 것으로 만드는 것이 최종 목표이기 때문에 과외나 인터넷 강의를 듣기보다는 혼자서 수학의 정석을 붙들고 개념 이해와 기본문제를 푸는 데 주력을 했다.

이렇게 해서 2월말부터 AP시험이 있던 5월 초까지 나는 수학의 정석 수학Ⅱ와 미분과 적분을 어느 정도 끝내고 나서 Barron's 책을 봤다. Barron's 책을 볼 때는 계산 실수를 줄이고 문제 푸는 속도를 올리는 데 초점을 두었다. 미적분 시험 2주 전에는 하루 3시간의 수면시간이 사치라고 느껴질 정도로 절박하게 공부를 했다. 이런 노력에도 불구하고 시험은 정말 못 쳤다. 고작 2개월 반 정도밖에 미적분 공부를 못한 나는 계산속도가 느렸기 때문에 계산기를 사용할 수 있던 section은 무난하게 푼 반면 계산기를 사용하지 않는 section에서는 무너졌다. 아직 점수가 나오지는 않았지만 점수는 상대적이기 때문에 아직 조금 (?)의 기대는 하고 있다.

Human Geography는 시중에 있는 책도 많지 않았기 때문에 Barron's 책을 택해서 봤는데 맨 처음 볼 때는 정독을 하면서 공책에 주요 내용을 일일이 적었다. 이렇게 한 번 정독을 한 후엔 속독으로 여러 번 보면서 정확한 구조를 머릿속에 그렸다. 내용이 어렵지 않고, 무난하게 할 수 있기 때문에 AP를 준비한다면 이 과목을 준비하는 것도 한번 고려해 보길 바란다.

1학기 동안 어떻게 내신 성적을 유지해야 할까라는 문제가 가장 부담스러웠는데 우선 수업시간에 들은 것을 기본으로 삼고, 자습시간 다섯 시간 중 두 시간 동안 항상 복습을 했다. 시험기간 1주일 전 이외에는 그날 배운 수업 분량과 상관없이 항상 두 시간만 할당했기 때문에 한 시간 안에 몇 과목을 보는 경우도 있었다. 그날 나갔던 진도를 몇 번 읽어 보고 정리노트에 정리를 하는 식으로 복습을 했다. 이때는 시간이 모자라서 압박을 받았는데 "나는 다른 학생들과 가는 길이 다르다"라는 것을 머릿속에 되새기고 내가 하는 공부에만 집중하려 애썼다.

1학기 중간고사는 온갖 AP시험과 중간고사가 겹치는 바람에 정말 절망적이었다. 일단 내신이 중요하기 때문에 AP는 약간 뒷전으로 미루고, 내신 위주로 공부를 했다. 우리 학교의 장점 중 하나가 선생님들이 학생들을 위해 많은 신경을 써주시는 것인데 연도별 기출문제는 물론, 고난이도 문제까지 직접 편집하셔서 인쇄해 학생들한테 나눠 주셨는데, 시간이 부족한 나한테는 정말 고마울 따름이었다. 문제는 주로 선생님들이 주셨던 프린트에 있는 것을 풀고, 개념 이해에 좀 더 큰 비중을 두었다. 스터디 플래너에도 과목별로 교과서나 문제를 몇 번 정독했는지 체크하는 표를 만들었는데 이것으로 모든 과목을 골고루 공부할 수 있었다. 이렇게 해서 3학년 중간고사는 좋은 성적을 받을 수 있었다.

기말고사는 모든 AP시험이 끝나고 봐서 어찌 보면 부담이 없을 수도 있었지만 나는 오히려 이것이 힘들었다. 갑자기 모든 시험이 한꺼번에 끝나 버린 탓에 나는 약 일주일 정도 무기력해졌다. 항상 내신공부 외에 병행하는 무언가가 있던 내가 갑자기 내신 공부 하나만 매달리게 되니 오히려 집중도 잘 되지 않았다. 그래서 기말고사는 중간고사보다 점수가 조금 떨어졌다.

만약 본인이 집중력이 부족하고, 무기력함을 느낀다면 나는 학교 공부 외에 토플이나 텝스와 같은 다른 공부를 하면서 적당히 압박감을 느끼면서 공부하는 것이 좋다고 생각한다. 그렇게 되면 시간이 부족하다는 것을 저절로 느끼고, 모든 공부에 최선을 다할 수 있는 원동력이 되기 때문이다. 나는 3년 동안 이 방법으로 많은 이득을 봤다.

나의 경험담 #3 - 교과외 활동

내가 사람이 아닌 이상 고등학교를 다니는 동안 공부만 하고 있을 수는 없다. 이런 것들이 있었기 때문에 힘든 공부를 이겨낼 수 있었던 것 같다. 그 중 몇 가지를 소개하고자 한다.

첫 번째로 봉사활동은 학교에서 부산시 사하구 도서관에서 주관하는 시각장애우들을 위한 영어 구연동화 봉사활동과 지역아동센터에서 아이들을 봐주는 일을 했다. 구연동화 봉사활동은 실제로 장애우들한테 직접 영어 동화를 읽어 주는 것이 아니라 기계를 통해 녹음을 해 그것을 통해 장애우들에게 전달하는 방식이었다. 기계를 통해서 하는 것이라 처음에는 기계를 사용하는 것이 익숙하지 않아 많이 애먹었지만 색다른 경험이었기 때문에 즐기견서 했다.

지역아동센터는 학교에서 버스로 15분 정도 떨어져 있는 비교적 가까운 곳에 위치하는데, 보통 1, 3, 5째주 토요일에 가지만 가끔 평일에 갈 때도 있다. 주말에 가면 보통 아이들이 특별활동을 하는 것을 도와주는데 최근에는 펠트 공예를 해서 옆에서 바느질하는 걸 보조해 주기도 하고, 가끔 나도 직접 만들어 본다. 평일에 가면 아이들을 직접 가르치는데 직접 아이들과 마주보고 하는 것이라 특별활동 보조보다 피곤하긴 하지만 훨씬 더 재밌다. 평일에 학교를 나올 수 없는 것이 아쉬울 따름이다.

두 번째로는 교지편집부다. 교지편집부는 말 그대로 학생들에게 나

뉘 주고, 학교 홍보에도 쓰이는 학교 신문과 연말 최대 행사인 교지를 만드는 부다. 1학년 때 활동은 주로 2학년이 주도했기 때문에 학교 신문에는 거의 참여하지 않았다. 대신 교지에서는 영·일본어과라는 지위(?)를 이용해 일본어 선생님과 일본 유학에 관한 기사와 일본 와세다 대학교 문화구상학부에 합격한 선배 인터뷰를 했는데 인터뷰 때 분위기가 화기애애해서 괜찮은 기사를 써낼 수 있었다. 이외에 내가 일본어로 작성한 비빔밥에 대한 글이 교지에 실렸다.

2학년 때는 작년 2학년이 존경스러울 정도로 바쁜 편집부 생활을 했다. 매주 편집회의를 하면서 쓸 글을 정하고, 담당을 정했다. 학교 신문에는 일본어 원어민 선생님과의 인터뷰 기사를 싣고 사진 담당도 했었기 때문에 기숙사 탐방 사진 촬영과 편집도 담당했다. 연말 교지에는 그 해 여름 일본 시모노세키에 다녀온 수기, 교내 말하기 대회 원고, 또 방학 때 해외어학연수와 여행을 다녀오신 선생님들 기사를 썼다.

세 번째는 사진촬영이다. 평소 사진 찍는 것에 관심이 많고 전공을 하고 싶은 마음도 있어서 방학을 이용해서 사진학원에 다녔다. 다행히 학교 근처에 학원이 있어서 방학보충수업을 듣고 학원에 가서 사진에 대해 여러 가지를 배웠다. 촬영기술은 물론, 직접 손으로 현상, 인화를 하면서 사진에 대해 더욱 애착이 생겼다. 2학년 여름방학에는 광안리 해수욕장을 주제로 사진을 찍었는데 습한 바닷바람 때문에 고생은 했지만 한 달 동안 한 장소에서 사진을 찍으면서 여러 가지 특징을 끄집

어 낼 수 있어서 좋았다. 광안리 바닷가 외에도 학교 근처의 재개발 지역에서도 사진을 찍는 등 시간이 나면 카메라를 들고 다니면서 많은 것을 찍어보려고 했다. 이렇게 2년 동안 찍은 사진은 학교 사진부 전시회(정식 부원은 아니지만)에 전시도 했다.

네 번째는 2학년 여름방학 때 조선통신사 400주년을 기념해서 일본 시모노세키에서 〈KBS 도전! 골든벨〉 촬영을 하러 간 것이었다. 특집이라 사전에 학생을 모집해서 가는 것인데 '밑져야 본전' 이라는 생각으로 오디션에 지원했다. 공개 오디션이었는데 자기소개, 일본어 인터뷰, 장기자랑을 했는데 경쟁률이 굉장히 높아서 어떻게 될지 불안했지만 다행히 붙어서 4박 5일의 공짜 일본 여행권을 따(?)냈다. 특집이라 문제 푸는 방식도 평소 골든벨과 많이 달랐다. 일본인 학생과 2인 1조로 해서 문제를 풀어서 일본인 파트너를 만나는 것이 엄청 기대되었다. 내 파트너는 야마구치현 부속 대학교에 다니는 이하라 쇼타로라는 오빠였는데 준수한 외모, 완벽한 매너, 넘치는 끼에 활발한 성격까지 모든 것을 갖추고 있어서 일본에 있는 동안 나는 정말 행복했다. 비록 골든벨을 울리지는 못했지만 고등학교 입학 이후 많은 사람들을 사귈 수 있는 좋은 기회였다.

다섯 번째는 2학년 11월에는 교내 말하기 대회를 준비했다. 나는 과감하게 영어와 일본어 두 개 언어로 지원을 했다. 영어는 친구와 함께 교복에 대한 것을 주제로 하고, 일본어는 그 해 여름 조선통신사 400주년 특집 〈도전! 골든벨〉에 참가한 내용을 바탕으로 했는데 영어 부문은 예선에서 탈락해서 입상한 것에 대해 만족해야 했다.

우선 일본어 부문에 본선 진출을 했기 때문에 그 부분에 대해서는 최선을 다했다. 주제는 여름방학 때 조선통신사 400주년 특집 〈도전! 골든벨〉로 일본 시모노세키에 다녀온 이야기를 바탕으로 같은 학교 학생으로 같이 다녀온 친구와 함께 준비를 했다. 대본 구상하고, 외우고, 프레젠테이션을 만드는 등 어려운 점도 많았지만 워낙 즐거운 추억이었기 때문에 그야말로 즐기면서 했다. 대본을 쓸 때는 내가 쓸 수 있는 모든 일본어 표현을 다 같다 붙였는데 어렸을 적 오사카에서 살았을 때 저절로 입에 붙은 사투리가 자꾸 나와서 둘이서 엄청 웃었던 일도 있었다. 실전에서는 중간 중간에 애드립도 넣으면서 재밌게 전달하려 애썼는데 호응이 좋아서 기분이 좋았다. 이 대회에서 일본어 부문 1등상을 받았다.

여섯 번째는 영어 토론을 했다. 학교에서 공식적으로 지원하는 동아리는 아니었지만 몇몇 뜻이 맞는 친구들과 원어민 선생님의 도움으로 일주일에 두 번 모여서 토론을 했다. 아직 토론을 하는 것에 익숙하지 않아 어색한 점도 많았지만 여러 주제들을 다루면서 사고의 폭을 넓힐 수 있었다.

일곱 번째는 SAT 스터디 그룹이다. 겨울 방학 때 애써 서울까지 가서 배운 것을 잊어버리지 않기 위해서 2학년 중 유학에 관심이 있는 아이들을 모

아서 스터디그룹을 했다. 남을 가르쳐 본 적이 별로 없던 나한테는 좀 어려운 일이었지만 나름대로 책임감을 가지고 최선을 다했다. 실제로 후배들한테는 도움이 되었는지는 모르지만 나는 이 스터디 그룹 덕분에 장문독해 실력이 많이 늘었다.

만약 교환학생을 마치고 외국에 있는 대학교에 가고 싶다면 빨리 마음을 정하고, 곧바로 행동에 옮기는 것이 좋다. 그렇지 않으면 나와 같은 지옥의 3학년을 보내야 할지도 모른다. 또 준비를 하면서 항상 좋은 내신을 유지해야 한다. 내신이 좋으면 유학 외에 국내 대학교 수시모집에도 지원할 수 있는 기회가 생긴다. 횡설수설 늘어놓은 글이라 좀 정신이 없지만 그래도 내 이야기가 교환학생을 마친 많은 학생들에게 도움이 되었으면 한다.

배나민

미국 고교에서 대학 진학까지

남다른 사연

　나의 미국생활에 대해서 이야기하자면 다른 교환학생들과는 다른 점들이 많을 것 같다는 생각이 든다. 모든 유학생과 교환학생들이 나름대로 사연이 다 있겠지만 나에게는 그들과는 다른 무엇인가가 있다. 나는 영어를 전공하셨던 아버지와 해외에서 공부하셨던 어머니의 영향으로 어릴 때부터 한국보다는 해외에 더 관심이 많았다. 성악을 전공하시며 가르치는 어머니의 제자들 중에서는 유럽에서 유학을 했던 사람들도 많았던 덕분에 나는 유학과 해외에 대한 관심을 자연스레 키울 수 있었다.

　내가 고등학교 1학년이던 어느 날, 아버지께서 영어가 적힌 종이 몇 장을 주시면서 영어 공부를 좀 하라고 하셨다. 그리고 며칠 뒤, 부산에서 SLEP이라는 영어시험을 치게 되고 그로부터 몇 달 뒤에는 신청서를 작성하게 되었다. 그때는 교환학생이라는 게 거의 알려지지 않았을 시기였다. 어릴 때부터 영어를 배워왔다고는 하지만 보통의 한국 학생들과는 다르게 문법과 독해는 거의 할 줄을 모르고 쓰는 것 또한 거의 하지 못했다. 다만 자신이 있었던 것은 듣기 정도였다. 학교 영어 시험에서는 높은 점수를 받은 적이 거의 없었으나 듣기 시험에서는 항상 높은 점수를 유지했다.

오랫동안 영어를 배웠지만 영어에 대한 지식이 얕았고 그때는 영어에 대한 자신감도 없었다. 미국에 가기 전에 영어 학원에 다니면서 에세이 작성과 듣기, 원어민 선생님과의 회화수업을 했지만 사실 공부를 열심히 했다고는 생각하지 않는다. 에세이 작성은 어떻게 하는지 막막했으며 듣기 또한 어렵기는 매한가지였다. 가장 충격적인 것은 원어민 선생님과의 대화였다.

• 원어민 수업

원어민 선생님과의 첫 회화수업에서 선생님은 학생들에게 본인을 소개하면서 학생들에게 여러 가지 사소한 것들을 물어보기 시작했는데 나에게 질문이 던져졌을 때 나는 전혀 대답을 하지 못했다. 쉬운 것을 물었기에 알아듣기에는 문제가 없었다. 다만 문제는 말하기에 있었다. 당시 영어에 대한 자신감이 없었고 또한 무슨 말을 어떻게 해야 하는지 많은 고민을 했다. 결국 대답을 하지 못했고, 그 반에서 대답을 하지 못한 사람은 나 하나였다. 지금은 몇 년간에 걸친 유학생활로 인해서 영어 실력이 많이 좋아졌다고는 하지만 그 당시만 하더라도 미국에 가서 적응을 할 수 있을까 없을까 하는 고민이 심각했다.

내가 일찍 신청을 했음에도 불구하고 배정은 나지 않았고 결국 8월 초반에서 중반으로 지나갈 무렵에야 나의 배정을 알리는 소식이 들려왔다. 그런데 전혀 생각하지 못했던 사립 고등학교가 아닌가? 분명 나는 공립 고등학교로 지원을 했는데 말이다. 가끔 공립으로 지원을 했지만 사립으로 배정이 나는 경우가 있다고 한다. 나쁘지는 않을 것 같았고 오히려 공부하기에는 더 좋다는 사람도 있었다. 그렇게 미국에 오게 되었다.

나는 아직도 미국으로 떠나던 그날을 잊을 수가 없다. 2003년 8월 22일. 아침 일찍 가족들과 다 같이 대구 공항에서 사진을 찍고 동생들은 집으로 가고 부모님은 나를 배웅하기 위해서 같이 비행기를 타고 인천 공항으로 함께 왔다. 공항에 도착해서 비행기를 기다리면서도 내가 미국에 간다는 것이 실감이 나지가 않았다. 굳이 말을 하자면 잠깐 해외여행을 혼자 가는 기분이라고나 할까? 그렇게 비행기를 타는 시간이 되고 시카고로 가는 비행기에 몸을 실었을 때, 드디어 내가 진짜로 미국에 간다는 것을 느꼈다. 비행기를 타고 가는 내내 긴장이 심하게 되었고 한국에서 샀던 회화책을 보고 또 봤다.

공항에 도착해서 짐들과 같이 출구로 나왔을 때 호스트 패밀리들은 큰 피켓에 내 이름을 적어놓고는 기다리고 있었다. 생각했던 것과는 너무 다른 호스트 패밀리의 모습에 실망도 했지만 일단 인사를 했는데 실수는 거기서 시작됐다. 처음 만나는 사람에게는 대체로 "Nice to meet you!"라고 하는 것은 다들 알 것이다. 나도 비행기에서 내리기 전까지도 회화책에서 그렇게 외우고 있었다. 그런데 막상 호스트 패밀리를 만났을 때 나의 입에서는 "How do you do?"가 나온 것이다. 물론 크게 틀리지는 않았다. 다만 잘 안 쓰이는 표현이었을 뿐이다. 그때 속과 겉이 따로 노는 상황에 당황을 했고 곧이어 창피함에 얼굴을 들 수가 없었다.

호스트 패밀리가 나를 데리고 제일 먼저 간 곳은 가까운 핫도그 가게였다. 그곳에서 나는 핫도그와 콜라를 주문했는데 그 가게에서 웃지 못할 사건이 하나 있었다. 한국에서는 콜라는 Coke라고 배웠기에 당연히 Coke라고 주문을 했다. 그런데 그 점원이 Coke가 없다고 말해서 뒤에 있는 기계를 봤더니 Pepsi가 있었다. 그래서 다시 Coke 달라고 했더니 점원은 Coke는 없고 Pepsi가 있다고 말했다. 처음에 나는 점원이 나에게 말장난하는 줄로만 알았는데 호스트 패밀리의 설명을 듣고 나서 이해했다. 미국에서는 Coke는 코카콜라를 말하는 것이고 Pepsi는 펩시콜라를 말하는 것이었다. 엄연히 다른 것이란다. 결국 미국의 문화를 이해하지 못한 나의 잘못이었고 좀 황당하기도 했던 경험이었다.

 ## 미국에서 공부하기

교환학생으로 미국에서 공부한다는 것이 쉽지는 않다. 아무리 한국에서 영어를 잘했다 하더라도 영어로 모든 것이 돌아가는 미국에서 생활한다는 것이 쉽지는 않으며 학교에서 공부를 영어로 하는 것은 더욱 쉽지 않은 일이다. 따라서 대다수의 학생들이 처음에 미국에 가서는 성적이 B는커녕 C, D를 유지하기에도 벅차다. 나 역시 처음에는 다른 유학생들과 마찬가지로 C, D를 받는 것도 힘들어 했다. 교환학생의 규칙 중에서 평균 C를 유지해야 한다는 항목이 있다. C를 유지하지 못한다면 이로 인해서 추방까지 당할 수도 있다. 물론 초반에는 C, D를 어느 정도 받더라도 추방시키지는 않지만 교환학생들이 미국생활에 적응을 한 뒤에도 C, D를 받으면 추방시키는 경우도 있다. 그렇기에 교환학생들은 무슨 일이 있더라도 성적을 C 이상을 받아야 한다.

영어로 공부를 한다는 것은 말처럼 쉽지가 않다. 많은 학생들이 그저 영어만 잘하면 되는 게 아니냐는 생각을 하고 있는데 사실 그렇지가 않다. 미국에서 공부를 한다는 것은 2중으로 공부를 한다는 것을 의미한다. 첫째는 영어의 이해이며 둘째는 교과 내용의 이해다. 단어와 문장이 어려워서 해석하면서 읽다 보면 몇 번씩 문장을 읽어야 겨우

해석이 되는 경우가 허다하다. 그런데 이 작업을 한 뒤에 이것을 밑바탕으로 다시 내용을 이해해야 하니 교환학생들의 입장에서는 공부를 하는 데에 미국 학생들보다 2~3배의 시간이 필요한 것은 말할 필요도 없다. 결국 수많은 학생들이 밤을 새워 가면서 공부를 하고 공부를 해서 좋은 점수를 얻는데, 나는 단 한 번도 밤늦게까지 공부를 해본 적이 없다. 자랑하느냐고 할지도 모르겠지만 공부를 천성적으로 좋아하지 않으며 적당히 하는 것을 좋아하기에 한국에서도 밤늦게까지 공부를 했던 적은 손가락으로 꼽을 정도다. 그럼 성적을 어떻게 잘 받느냐? 성적이 좋다고 하기에는 부끄럽지만 미국에서 나의 성적은 교과목의 절반은 A였고 나머지 절반은 B였다. 다른 한국 학생들이 하는 만큼 했다면 전과목 A도 무리는 아니었겠지만 문화체험과 노는 것에 더 힘을 기울이고 성적에는 크게 관심을 두지 않았다.

• 나만의 공부 방법

처음에 미국에 도착했을 때는 영어를 전혀 이해할 수가 없었다. 학교에 가서 수업을 들으면서도 전혀 이해가 가지 않았고 숙제가 무엇인지도 몰라 제출을 못했을 정도다. 나는 공부를 열심히 하는 학생이 아니었기에 다른 방향으로 공부를 하기 시작했다. 바로 주위 사람들이다. 실제로 미국에 가면 선생님들이나 주위의 친구들이 공부를 도와주려고 먼저 다가오거나 물어 보지는 않는다. 유학생들이 성적이 안 좋더라도 선생님은 학생들에게 공부를 조금 더 하라는 말을 할 뿐이고 도와줄 생각은 하지 않는다. 나도 처음에는 이런 것들에 많이 당황하고 놀랐으나 이내 주위에 도움을 요청했다.

가장 어려웠던 미국사 선생님에게는 매일매일 숙제가 무엇인지 물어 보았고 시험 또한 양해를 얻어서 'Open Book' 테스트를 했다. 'Open Book' 테스트란 말 그대로 책을 펴고 시험을 보는 것이다. 미국에서는 선생님들이 본인의 담당 교과목에 한해서 한국과는 비교도 할 수 없을 만큼 막대한 권한을 가지고 있다. 그렇기 때문에 선생님이 허락을 한다면 책을 보면서 시험을 칠 수도 있는 것이다. 이 외에도 'Open Note' 테스트가 있는데 이것은 종이 한 장 혹은 선생님이 지정하는 분량 내에서 학생이 모르는 부분을 적어 와서 그 노트를 참고해서 시험을 치는 것이다. 결국 'Open Book' 테스트로 인해서 성적은 올랐다.

숙제 또한 역사는 읽어야 하는 분량이 많기에 호스트 패밀리에게 도움을 요청했다. 호스트 패밀리는 미국에서 태어나서 지금까지 살았기에 아무리 전공이 아니더라도 자기 나라의 역사에 관해서는 어느 정도의 지식이 있어서 나에게 도움을 주기에는 충분했다. 호스트 패밀리는 어려운 문장과 그 역사 부분에 대해서 나의 영어 실력에 맞추어서 알아듣기 쉽게 설명을 해주었고 이것은 나의 성적뿐만 아니라 호스트 패밀리와의 관계가 좋아지는 데도 한몫을 했다고 생각한다.

호스트 패밀리뿐만 아니라 친구들과 공부를 하는 것 또한 도움이 많이 되었다. 평균적으로 미국의 학생들은 한국의 학생들보다 성적은 좋지 않다고 보면 되는데 그렇다고 도움을 받을 게 없는 것은 아니다. 미국에서 오랫동안 살았기 때문에 미국 학생들은 자기들 나름대로의 공부 요령과 여러 가지 지식들을 많이 갖고 있다. 이러한 것들을 친구들로부터 듣고 나에게 적용함으로써 나의 성적도 올리고 친구들과의 관계도 더욱 더 돈독히 할 수 있다.

친구들에게 도움을 받은만큼 나도 역시 친구들에게 수학을 가르쳐 주었다. 미국에서는 수학의 분류가 한국과 다르게 대수학, 기하학 같은 형식으로 나뉘어 있으며 수준 또한 한국의 고등학교 이하일 경우가 대부분이기 때문에 수학은 나에게 아주 쉬웠다. 나는 기하학를 들었는데 이 과목은 도형과 관련된 문제가 대부분이다. 삼각형의 넓이, 원기둥, 원뿔의 부피 및 넓이 구하기 같은 것을 주로 배우는데, 11학년 학생들이 삼각형의 넓이 구하는 것을 어려워할 정도로 수학에 취약한 모습을 보인다. 나는 그렇게 친구들에게 수학을 가르쳐 주면서 친구들로부터는 다른 과목의 도움을 얻었다. 이런 형식으로 공부에 도움을 얻으면 친구를 사귀는 데도 큰 어려움이 없고 공부 또한 잘할 수가 있어서 일석이조의 효과를 거둘 수 있다.

위에서 말한 것들은 현지에서 미국 학생들을 따라가고 적응하는 정도까지에는 문제가 없는 방법들이다. 그러나 그 뒤에 미국 학생들보다 더 뛰어나고 점수를 더 잘 받기 위해서는 별 다른 방법이 없다. 그저 남들보다 많이 공부하고 남들보다 잠을 적게 자는 것 외에는 달리 방법이 없을 것이다.

• 미국의 고등학교는 학점제

미국의 고등학교 제도는 한국과는 다르게 학점 제도로 운영이 된다. 그래서 학생들은 본인이 무엇을 들을 것인지 카운슬러와 이야기를 통해서 과목을 선택할 수 있다. 과목에는 영어, 수학, 과학, 역사를 비롯한 필수 과목들과 음악, 미술, 체육, 밴드, AP 등의 선택 과목들이 있다. 교환학생들은 학교에 도착하면 카운슬러와 이야기해서 이 과목들을 정하게 되는데 역사는 반드시 들어야 한다, 그것이 세계사건 미국사건.

미국사는 당연히 한국 학생들에게는 어려울 수밖에 없는 고목이다. 한국에서 태어나서 미국의 역사에 대해서 배운 것이라고는 영국의 청교도들이 종교의 핍박을 피해서 메이플라워 호를 타고 건너간 것이 오늘날 미국의 시초라고 알고 있는 것이 전부일 정도다. 그렇기 때문에 많은 학생들이 역사 수업을 가능하면 피하고 싶어 하며 대신허서 세계사를 듣는 학생들도 많다.

나는 미국사를 들었는데 한국에서 미국 역사책을 서점에서 사서 읽었고 미국에도 가져갔지만 직접 가서 들어 보니 여러 가지 면에서 많은 어려움이 있었다. 미국사를 공부함에 있어서 약간의 팁이라고 하면 한국에서부터 미국 역사책을 사서 읽고 그것을 미국에 가져가는 것이 많은 도움이 된다는 점이다. 역사책은 읽어야 하는 부분이 많다. 덕분에 처음에는 시간을 많이 빼앗기는 것이 보통이다. 그렇기 대문에 처음에는 한글로 된 역사책을 보면서 참고하면 많은 도움이 된다.

책은 서점에 가면 많은 책들이 있는데 그 중에서 시간의 흐름에 따라서 설명하는 형식으로 된 것이 좋을 것이다. 실제로 내가 가져갔던 책도 미국 학교에서 받은 역사책과 거의 동일한 내용을 동일한 순서대로 나열하고 있어서 공부에 많은 도움이 되었다.

필수 과목 중의 또 다른 과목은 과학이다. 과학은 한국과 마찬가지로 물리, 화학, 생물, 지구과학, 그리고 그 외에 몇 가지가 더 있는데 이 중에서 하나를 선택해서 들어야 한다. 나는 처음에는 생물을 들었다. 한국에서 생물은 가장 자신 있었던 과목이며 내용 자체는 그리 어렵지 않다고 알고 있었기 때문이다. 그런데 직접 수업을 들었을 때, 내가 잘못 생각했다는 것을 깨달았다. 과학 수업의 경우에는 내용 자체는 별로 어렵지 않다. 오히려 한국에서 고등학교 1학년 때 배우는 내용이 상당히 많다. 결국 한국에서 다 배웠던 것들인데, 문제는 다른 곳에서 발생했다. 바로 영어였다.

내용은 배웠던 것이라고 하더라도 영어 단어를 모르니 많이 힘들었다. 특히 생물의 경우에는 그리스어가 많고 다 비슷비슷한 단어라서 내가 보기에는 다 같은 단어 같은데 미국 아이들은 다르다고 했다. 스펠링 한두 개 차이로 완전히 다른 단어가 되어 버리는 상황의 연속이었다. 생물 선생님이 매일매일 쪽지시험을 쳤는데 아무리 공부를 해도 D 이상을 못 받았다. 결국 과학수업을 다른 과목으로 바꿔서 C 이상의 성적을 유지했는데, 다른 학생들도 수업은 모두 어렵지만 제일 어려운 것은 과학이라고 말을 한다. 그런 만큼 과학은 영어로 공부를 아무리 많이 해도, 한국에서 아무리 공부를 잘 했어도 어려운 과목임에는 틀림이 없다.

그렇다면 과학 공부는 어떻게 해야 할까? 사실 내가 보기에는 과학은 별다른 방법이 없다. 무조건 외우는 방법을 제외한다면 말이다. 교환학생으로 간다고 하면 주위에서 대체로 하는 말이 과학 수업은 피할 수 있으면 피하라는 것이다. 나중에 영어가 익숙해지면 그때 가서 과학을 들어도 된다. 그때는 어느 정도 시간적으로 여유가 있을 테니까 말이다. 그런데 처음에 가서 영어를 알아듣지도 못하는데 과학을 듣게 되면 시간적으로도 부족한 데에다가 성적조차도 잘 나오지 않기 때문에 많이 힘든 것이 사실이다.

그렇기 때문에 과학은 듣지 않아도 된다면 다른 수학계열의 과목을 하나 더 듣는 것이 가장 좋으며 꼭 들어야 한다면 2학기에 듣도록 미루는 것도 나쁘지는 않다. 1학기부터 꼭 들어야 한다면 지구 과학, 물리, 환경 과학을 추천한다. 지금 말한 3가지의 과학은 과학이지만 교과 내용 자체도 어렵지 않으며 단어 자체도 크게 어려운 것이 없다. 그렇기 때문에 조금만 노력을 한다면 성적이 잘 나오는 그런 과목들이다.

영어 과목은 절대로 피할 수가 없는 과목 중의 하나다. 사실 영어라고 하면 별로 어려울 것 같지도 않고 한국과 거기서 거기일 듯하지만 실상은 많이 다르다. 미국에서의 영어 과목은 한국의 국어와 비슷한 커리큘럼을 가지고 있다. 한국에서 고려, 조선, 일제 시대의 시와 소설을 읽듯이 미국에서는 중세 시대의 시와 소설을 읽는다. 소설은 대부분이 《맥베드》, 《천로역정》 같은 것들이며 시의 경우에도 한국과 많이 다른 내용을 표현하고 있다. 그렇기 때문에 어떻게 보면 영어만큼 힘든 과목도 찾기 힘들다. 영어 과목이 어렵다기보다는 힘들다고 말한 이유는 단어와 정서 차이 때문이다. 앞에 말했다시피 시의 경우에는 우리나라와 다른 정서를 포함하고 있어서 그 나라의 문화를 깊이 있게 이해하지 못하면 전혀 갈피를 잡지 못한다.

한국의 시는 대부분의 경우에는 자연, 인생에 대한 표현, 군주에 대한 충성, 서민들의 삶, 그 시대에 대한 비판이 많다. 그러나 반대로 미국 영어 수업에서 배우게 되는 시들의 경우에는 표현 방법은 물론이고 그 정서 자체가 한국과는 판이하게 다르다. 대부분의 시들은 미국보다는 중세 유럽 특히 영국에서 쓰인 시들이 대부분인데, 이 시들의 경우에는 우리로서는 이해하기가 힘들다. 이 시들의 내용은 대다수가 남자들이 여자들에게 고백 혹은 찬양하기 위해서 만든 시로서 여자들의 모습을 미화시킨 것들이 많다. 또한 그 외에는 군주를 향한 충성심을 표현한 것들이 있을 뿐이다. 처음에 시를 읽었을 때 전혀 이해가 되지 않았고 한참을 읽고 또 읽었지만 깊이 이해하는 것은 불가능에 가까웠다. 이런 시들의 경우에는 공부를 한다고 해서 이해할 수 있는 것들이 아니다. 그 나라의 문화, 역사, 상황 같은 여러 가지들을 이해하였을 때 비로소 이해를 할 수 있기 때문이다.

시를 제외한 소설의 경우에도 일반 수필이라거나 소설도 있지만 중세에 쓰인 소설들도 많다. 내가 읽었던 것은 《맥베드》와 《천로역정》이었는데, 너무나도 많이 힘들었다. 분량도 분량이었지만 가장 어려웠던 것은 영어 단어가 아니었나 싶다. 중세에 쓰인 소설이다 보니 현재는 쓰이지 않는 단어 혹은 의미가 바뀐 단어 등등의 수많은 알지 못하는 단어들이 있었다. 그로 인해서 한 장을 넘기기 위해서는 모르는 단어를 적게는 십여 개에서 많게는 수십 개까지 찾아봐야 했다. 단어를 어느 정도 모른다면 그냥 문맥상 이해를 하겠지만 너무 많이 모르다 보니 문맥상으로도 이해가 안 됐다. 때문에 미국 아이들보다 수배의 시간을 들여서 책을 읽어야 했고, 인터넷에서 줄거리를 읽어 보고 한글판도 읽어 보면서 많은 노력을 했다.

영어 시간에는 그렇게 시와 소설을 주로 읽게 되는데 그 외에 문법을 배우기도 하고 사회적인 이슈들로 토론하기도 한다. 그리고 토론을 하면서 선생님이 자주 학생들에게 요구하는 것이 학생들의 생각을 종이에 적으라고 하는 것이다. 이것을 짧은 수필 혹은 평론(Short essay)라고 하는데 미국에서는 고등학교뿐만 아니라 대학교에서도 자주 하며 수업에 따라서는 점수에 반영하는 수업도 있다. 그렇기 때문에 이것은 한국에서부터 준비해야 하는 공부 중의 하나다. 대부분의 경우에는 노트에 1장 또는 2장 정도를 적게 되는데, 한국 학생들의 경우에는 이것을 학교에서 배우거나 하지 않기 때문에 사실 많이 힘들다. 나도 처음에 이러한 공부를 전혀 하지 않았기 때문에 쓸 때마다 많이 써봐야 5~6줄 쓰는 것이 고작이었고 한두 문장만 쓰는 경우도 많았다. 그럼 이런 공부는 어떻게 해야 할까?

　　교환학생으로 가게 되면 가기 전까지 영어학원에서 영어를 배우게
된다. 나는 토플학원을 다녔는데 일주일에 한 번 3시간 정도 했다. 2시
간은 토플에 대한 공부였고 1시간은 에세이 쓰기였는데 사실 에세이는
거의 쓴 적이 없었다. 물론 미국에 가서는 많이 힘들었지만 말이다. 사
실 에세이 쓰는 것도 좋은 방법이라고는 생각한다. 그런데 문제는 나
같은 일부 학생들에게는 그게 힘든 일이다. 지금이야 미국에서 유학을
했기 때문에 충분히 쓸 수 있지만 그 당시에는 영어를 거의 못 했었고
쓰기와 문법은 거의 아무것도 모른다고 해도 과언이 아닐 정도였다.
결국 에세이 쓰는 것은 도움이 되는 문제는 벗어나 작성 자체를 할 수
가 없었다.

• 영어로 일기 쓰기

　　미국에서 생활해 보니 가장 좋은 방법은 영어로 일기를 쓰는 것이
다. 에세이와 일기는 영어로 쓰게 되면 난이도의 차이가 많다. 에세이
의 경우에는 사회, 과학, 시사 등등의 여러 가지 분야에 대한 단어를 알
아야 하기 때문에 처음으로 쓰는 학생들에게는 많은 어려움이 있다.
그러나 일기의 경우에는 전부 자신이 그날 했던 일에 관련된 것뿐이기
에 단어 자체가 생활영어 수준이다. 결국 처음에는 일기를 영어로 쓰
는 것이 도움이 되리라고 생각한다. 한글로 일기를 쓰듯이 굳이 길게
쓸 필요는 없다. 처음에는 몇 문장으로만 쓰더라도 괜찮다. 시간이 지
나가게 되면 쓰는 방법도 늘고 자연스레 익숙해질 것이기 때문이다.
일기를 쓴다고 무작정 느는 것은 아니다. 이것을 학원이든 학교든 누
군가에게 문법을 체크 받아야 한다. 그래야 어디가 어떻게 틀렸는지

알게 아닌가? 본인은 글을 작성하고도 틀린 줄도 모르는 것이 다반사다. 그렇기 때문에 이것을 선생님에게 점검 받음으로써 틀린 부분과 어떻게 고쳐야 하는지 또한 배울 수가 있다.

그 외의 과목들로는 외국어, 체육, 미술, 밴드 등등이 있는데 외국어의 경우에는 대부분 스페인어를 배운다. 미국에 사는 사람들 중 10% 이상이 남미 혹은 스페인어 권의 사람들이다. 그렇기 때문에 스페인어는 자연적으로 제1외국어가 될 수밖에 없다. 스페인어의 경우에는 학교마다 다르지만 내가 있었던 학교에서는 필수과목이었다. 물론 나는 듣지 않았지만 말이다. 교환학생으로 갔을 때 외국어를 배우는 것은 좋은 기회라고도 생각을 하지만 사실 추천하고 싶지는 않다. 외국어를 배우면 보통 스페인어고 그 외에 프랑스어, 독일어 등이 있는데 어느 것을 배우든 영어로 외국어를 배운다는 사실에는 변함이 없다. 영어로 당장 한국에서 배웠던 수업도 못 따라가는데 영어로 외국어까지 배워야 한다고 생각을 해보자. 쉬울 것 같은가? 결코 그렇지 않다. 오히려 그 과목에 시간을 많이 뺏기는 것이 현실이라고 봐야 한다.

체육, 미술, 밴드 같은 경우에는 하면 좋다. 미술과 밴드는 하나 정도는 해야 할 것이다. 체육의 경우에도 학교가 큰 경우에는 웨이트 트레이닝, 구기운동 등 종류가 나뉘어 있고 미술도 수채화, 도자기 등등 많이 있다. 우리 학교는 작았기 때문에 세분화되어 있지는 않았으나 나는 미술과 체육을 들었다. 체육의 경우에는 선생님 마음에 따라서 농구, dodge ball(피구), 야구, 배드민턴 등등의 여러 가지를 했다. 미술의 경우에는 대부분 그림을 그리기보다는 무언가를 만드는 데 더 집중했다.

공부 방법에는 정답이 없다. 내가 앞에서 길게 말을 했지만 실질적으로는 사람들마다 살아온 환경과 공부를 해온 스타일에 따라서 내가 제시한 방법이 오히려 독이 될 수도 있다. 공부를 하는 데 가장 중요한 것은 자신에게 맞는 공부 방법을 찾는 것 같다. 내가 말한 방법이 자신에게 맞는 것일 수도 있고, 혹은 그냥 무작정 외우는 것 또한 한 가지 방법이 될 수도 있다. 그 외에도 여러 가지의 방법들이 있을 수 있다. 모든 것은 case by case다.

 친구들과의 관계

친구들과의 관계는 매우 중요하다고 볼 수 있다. 미국생활을 함에 있어서 적응을 하느냐 못하느냐의 기준은 호스트 패밀리와의 관계, 성적 그리고 친구들과의 관계를 주요하게 보게 되는데, 호스트 패밀리 그리고 성적은 큰 문제가 되지 않는다. 성적은 공부를 하면 오르게 되어 있다. 호스트 패밀리는 같이 살면서 계속 마주치고 이야기를 하게 될 것이고, 성적도 영어가 늘어남에 따라서 오르게 되어 있다. 그런데 친구들과의 관계는 약간 다른 양상을 보인다.

많은 예비 교환학생 및 유학생들이 걱정을 하는 것 중의 하나는 '인종차별' 이다. "내가 한국인이라고, 동양인이라고 무시하지 않을까? 왕따 당하지 않을까?" 이런 생각은 유학을 가는 학생들이라면 누구나 한 번 정도씩은 해봤을 법한 고민들이다. 그러나 실상 미국에 가면 생각했던 것들보다 인종차별은 없다. 미국에서는 인종차별에 관해서는 법적인 조치가 엄격하게 되어 있기 때문에 쉽사리 누군가를 무시하거나 할 수는 없다. 만약 인종 혹은 문화 때문에 차별을 받는다면 소송을 걸어도 될 정도로 민감한 문제다. 물론 중고등학생은 법적인 성인이 아니기 때문에 법적으로 제제를 가하지는 못하더라도 학교에서 정학, 심하면 퇴학 조치까지 가능하다. 그렇기 때문에 실질적으로 인종차별은 학교 내에서는 거의 일어나지 않는다.

미국에서 친구를 왜 만들어야 하는가? 사실 미국에서 생활하면서 친구가 없더라도 생활 자체에는 크나큰 문제는 없다. 친구가 없다고 미국에서 추방을 당하는 것도 아니며 친구가 없다고 학교에서 퇴학을 당하는 것도 아니다. 그럼 왜 친구를 만들어야 하는가?

첫째, 미국의 문화를 직접 느낄 수 있기 때문이다. 교환학생들은 사립의 경우에는 학문적인 취지가 더욱 강하지만 공립의 경우에는 문화교류의 목적이 더 강하다. 미국의 문화는 호스트 패밀리와의 생활, 학교생활, 종교생활 등등 여러 가지를 체험함으로써 얻을 수도 있지만, 내가 보기에는 미국의 친구들과 같이 어울리면서 보는 미국의 문화 또한 적지는 않다고 생각한다. 10대들이 이해하기 가장 쉬운 문화는 다름 아닌 10대들의 문화가 아닌가 싶다. 그런 면에서 같은 또래의 친구들과 어울리면서 미국의 문화를 보는 것도 좋다고 생각한다.

둘째, 영어 능력의 향상이다. 미국에서 생활하면서 호스트 패밀리와 생활하는 시간은 극히 한정적이다. 호스트 패밀리들의 대부분은 바쁘다. 부모들은 일하느라 바쁘고 자녀들은 자기들끼리 놀기 바쁘다. 호스트 부모들의 경우에는 새벽에 일어나서 아침 일찍 일을 가고 들어오면 오후 6시 정도다. 그 이후에는 저녁 식사시간과 취침 전까지의 시간밖에 없다고 봐도 된다. 호스트 형제나 자매가 있다면 다를 수도 있으나 나이가 달라서 어울리지 못할 수도 있고 혹은 아예 없는 경우조차 종종 있다.

결국 호스트 패밀리는 학생과 보내는 시간 자체는 주말을 제외하면 그리 길지 않다. 더더욱 한국 학생들은 미국에 가게 되면 본인의 방에서 숙제와 공부만을 하면서 호스트와 어울리지 않는 경우가 많은데, 이렇게 될 경우에는 호스트와의 의사소통은 전혀 기대할 수 없다. 그렇기 때문에 호스트 패밀리와의 대화를 통한 영어능력의 향상은 제한적이며, 이를 위해서는 본인이 친구를 만들어서 지내는 방법밖에 없다. 미국인 친구들이 많으면 아무래도 영어를 쓰는 빈도가 늘 수밖에 없으며 이는 본인의 즐거운 미국생활과도 직접적으로 연관이 있다.

또한 학교생활의 도우미들이라고 할 수 있다. 영어로 공부를 한다는 것은 쉽지가 않다. 초반에는 성적조차도 이상하게 나올 정도로 공부에 어려움을 느끼고 어쩌면 본인의 실력에 회의를 느낄지도 모른다. 이럴 때, 학교 선생님과 호스트 패밀리에게는 크게 기대하기가 힘들다. 물론 선생님은 학생들의 편의를 봐줄 수도 있고 호스트 패밀리 또한 역사의 경우에는 쉽게 설명해 줄 수도 있다. 그러나 가장 좋은 것은 친구에게 도움을 받는 것이 아닌가 싶다. 나의 경우에는 스터디 룸의 시간 때에 내가 친구들에게 수학을 가르쳐 주고 친구들이 내가 모르는 것을 가르쳐 주었다. 또한 친구들은 학교생활에 익숙해져 있고 실질적인 학교생활에 관한 많은 것들을 알고 있다. 그렇기 때문에 미국에서 친구들을 만드는 것은 학교생활을 원활하게 하기 위해서도 필요한 부분이다.

그 외에도 사소하지만 친구를 만듦으로써 쇼핑을 보러 가거나 주말에 같이 영화를 본다거나 학교 활동을 함에 있어서 참여를 하게 된다든가 등등의 좋은 점들이 많이 있다. 그럼 친구를 만들기 위해서는 어떻게 해야 할까?

• 친구만들기

친구를 만들 때는 먼저 다가가는 것이 중요하다. 한국에서도 그렇지만 미국에서는 특히 더 심한 것이 무시다. 쉽게 말하자면 먼저 말을 걸지 않으면 그쪽에서도 말을 걸어오지 않는다는 것이다. 미국인들의 대다수는 활동적이고 친근하다. 그렇기 때문에 버스에서 옆자리에 앉은 사람에게도 처음 만나는 사이지만 친근하게 대화를 할 수가 있다. 그런데 이런 현상은 10대들에게서는 잘 나타나지 않는 경우가 있다. 그래서 종종 같은 수업을 듣는 학생들이 한국에서 온 유학생들과 교환학생들에게 말을 먼저 안 거는 경우가 있는데, 이때는 한국 학생들이 먼저 다가가서 인사를 해야만 한다. 일단 다가가서 간단하게 인사를 하고 이름을 주고받으면 된다. 그렇게 간단하게 인사를 주고받은 뒤에 친분을 서서히 쌓아가면 된다.

미국에서의 친구란 한국에서 말하는 친구하고는 사뭇 다른 개념을 가진다. 한국에서의 친구란 같이 수업을 듣고 같이 어울리고 허물없이 지낼 수 있는 또래 사람들의 의미가 강하지만, 미국에서는 그저 마음이 맞는 사람 정도의 의미를 가진다. 좀 더 많은 의미를 포함할 수도 있지만 내가 보기에는 그랬다.

한국에서는 친구가 되면 사생활과 고민 같은 여러 가지 문제들에 대해서 서로 이야기를 하면서 도움을 청하는 경우가 대부분이다. 특히 친구들이라면 개인들의 사소한 것들까지 공유할 수 있을 정도로 많은 것을 서로서로가 알고 있다. 하지만 미국에서는 아무리 친한 친구라고 하더라도 개개인의 문제와 프라이버시 같은 것들은 절대적으로 존중해 줘야 하는 것이며, 한국에서처럼 친한 친구의 물건이라고 마음대로 손을 댔다가는 큰 문제가 발생할 수도 있다. 또한 미국은 개인주의가 강하기 때문에 한국에서 말하는 '정(情)' 이라는 것이 없다. 그런 개념을 이해를 못 한다고 보면 쉽다.

한국에서는 가장 친한 친구들을 위해서라면 자신의 소중한 것들을 포기한 친구들간의 우정을 볼 수가 있다. 그러나 미국에서는 그 친구가 아무리 소중하더라도 본인에게 해가 있다면 쉽사리 도와주지 않는다. 개인주의의 사회에서 살아왔기 때문에 한국에서 말하는 정을 이해하지 못한다. 친구를 만들게 되면 주로 하는 것 자체도 한국고는 많이 다르다는 것을 느낄 수 있다.

한국에서는 친구들끼리 주로 쇼핑, 노래방, PC방에 가지만 미국에서는 만 16세부터는 운전면허를 딸 수 있기 때문에 많은 학생들이 자동차를 소유하고 있다. 자동차를 가지고 있다는 것은 갈 수 있는 장소의 선택이 많다는 것이고 갈 수 있는 거리도 늘어나게 된다. 미국어는 노래방과 PC방은 없다. 있다고 하더라도 대부분의 경우에는 한인타운에 있을 뿐이며 자주 가지도 않는다. 고환학생으로 가게 되는 지역은 대부분 중소도시이므로 그런 것과는 거리가 많이 멀다. 예로 내가 있던 지역은 시카고에서 자동차로 2시간 30분 정도 걸리는 시골 동네였는데 주위에 있는 것이라고는 월마트, 영화관, 볼링장뿐이었다. 쇼핑몰을 가려 해도 운전으로 1시간 걸렸으니 말 다한 셈이다. 미국에서는 자동차로 1~2시간 정도의 거리는 옆 동네에 해당하는 거리기 때문에 그리 먼 거리는 아니다. 미국 동부 끝에서 서부 끝까지가 비행기로 6시간이 걸리는데 자동차로 1시간 정도의 이동은 멀다고 느껴지지도 않는다.

또한 땅덩어리는 넓지만 번화가는 대도시에 한정되어 있다고 볼 수도 있다. 뉴욕, 시카고, LA, 시애틀 같은 대도시에서 30분만 운전해서 가면 한국에서 말하는 미국판 시골을 볼 수 있다. 인구가 1만여 명밖에 되지 않는 소규모 도시가 대부분이기 때문에 교환학생으로 미국에 갔을 때는 대부분 할 것이 없다. 그래서 주로 친구들과는 영화를 보거나 볼링을 치거나 혹은 쇼핑을 한다. 한국 학생들의 입장에서는 지루할 수도 있는 다른 문화활동을 미국 친구들은 당연하게 한다.

간혹 가다가 호스트의 집에서 살면서 방에만 있고 식사시간 외에는 밖으로 나오지 않는 학생들이 간간히 있는데 이것은 매우 좋지 않다. 호스트 패밀리와 어울리지 않고 방에서만 있을 거라면 왜 미국에 왔느냐고 묻고 싶다. 미국에 온 것은 미국의 교육을 체험하기 위해서기도 하지만 문화적인 체험과 교류를 하기 위해서기도 하다. 그냥 방에만 있다고 문화적인 교류를 할 수 있을까? 절대 아니다. 호스트 패밀리, 친구들과 어울리면서 밖에 돌아다니고 여행도 해야 미국의 문화를 다양하게 체험할 수가 있다. 그런 체험을 하기 위해서는 친구들을 많이 다양하게 사귀어야 한다.

나 또한 학교가 작았기에 수많은 친구들을 사귈 수는 없었지만 그렇다고 친구의 수가 적다고는 생각하지 않는다. 내가 있던 학교는 전교생의 숫자가 1학년부터 12학년까지 해서 200명 정도의 작은 학교였는데 11학년의 학생들은 나를 포함해서 13명밖에 되지 않았다. 얼마나 작은지 상상할 수 있으리라고 본다. 또한 남녀 비율이 6:1 정도이었기에 농구부를 운영하는 데 문제가 있을 정도로 남학생의 숫자가 적어서 나 또한 자의 반 타의 반으로 농구부에서 활동을 해야 했다. 학교가 작았기에 학교 내에서 이루어지는 이벤트들의 다양함은 다른 공립학교에 비할 바가 아니었고 또한 규모도 많이 작았다.

그때 사귄 친구 중에 몇 명은 아직까지도 연락을 하고 있다. 11학년 전체 학생 중에서 나를 제외하면 기존의 남학생은 딱 1명밖에 없었는데 그게 Mike였다. Mike의 이웃은 한국 사람이었다. 그리고 처음 내가 미국에 갔을 때도 한국말로 어설프게 인사를 시도했고, 또한 같은 학년 안에서 유일한 남학생이라는 동질감에 더더욱 친해지게 되었다. 나중에는 학교생활이 끝난 뒤에 호스트 패밀리에게 동의를 얻어서 Mike의 집에서 한국 가기 전까지 지내기도 했다. 나중에 한국에 들어올 때에 Mike가 나에게 한국에 찾아오겠다고 했는데, 사실 그때는 그냥 지나가는 말로 들었다.

그런데 내가 한국에 돌아온 몇 주 뒤, Mike에게서 메일이 왔는데 한국에 온다는 것이다. 내가 살았던 한국이라는 곳이 궁금하고 내가 미국을 체험했듯이 자신도 한국을 체험하고 싶다는 말이었다. 그렇게 한국에 들어온 Mike는 나의 친구들과 어울리면서 한달 정도를 우리 집에서 머물면서 한국 곳곳을 둘러보고 여러 가지 체험도 하다가 미국으로 돌아갔다. 그 다음해에도 한국에 왔었는데 그때도 한달 정도를 우리 집에서 머물다가 돌아갔다.

처음에 한국에 왔을 때는 부모님이 경비를 대줬지만 두 번째 왔을 때는 본인의 돈으로 왔다는 사실에 많이 고맙기도 했고 재미있는 기억을 많이 만들어서 신나기도 했다. 그 계기로 인해서 Mike는 아시아를 대상으로 한 국제무역에 관심을 갖게 되었고 현재는 미국에서 중국어를 배우면서 국제무역을 공부하고 있다. 언제 한번 시간이 나면 다시 한국에 오고 싶다고 하는데 언제쯤 들어오게 될지는 모르겠지만, 이번에는 내가 다시 한 번 미국에 찾아가는 것도 나쁘지는 않겠다는 생각을 하고 있다.

이처럼 미국에서의 친구는 문화적인 체험이나 교류뿐만 아니라 미국에서의 생활을 도와주고 학교생활을 도와주는 도우미도 된다. 또한 교환학생 프로그램이 끝난 뒤에도 친구들과의 관계를 얼마든지 이어 나갈 수가 있다. 내가 미국에 가서 체험하는 것뿐만 아니라 이를 계기로 미국의 친구들이 한국에 와서 한국의 문화를 체험한다면 얼마나 좋은 것인가? 미국 친구가 한국에 와서 지낸다면 한국의 친구들에게도 소개시켜 주고 같이 이런 저런 활동들을 하면서 한국의 문화를 미국 친구에게 알려주는 것도 의미 있는 일일 것이다.

 미국의 명절과 공휴일

미국의 명절과 공휴일은 한국과는 사뭇 다른 점들이 많이 있다. 미국은 흔히 말하기를 'melting pot'이라고 한다. 미국의 상황을 아주 잘 표현한 것 같다. 미국의 경우에는 수많은 문화권의 사람들이 한곳에서 섞여 사는 나라이다. 각각의 사람들은 같은 나라 혹은 같은 문화의 사람들과 같이 어울려서 사는 경우가 많다. 그리고 그런 곳의 경우에는 자기들만의 명절을 지내는 경우도 많다. 그렇기 때문에 한국과 다르게 미국은 연방정부에서 지정한 공휴일과 주 혹은 시에서 정한 공휴일이 따로 있다. 연방 정부에서 정한 공휴일은 New Year's day(1월 1일), Martin Luther King Jr's day(1월 세 번째 월요일), President's day(2월 세 번째 월요일), Memorial day(5월 마지막 월요일), Independence day(7월 4일), Labor's day(9월 첫 번째 월요일), Columbus day(10월 두 번째 월요일), Veteran's day(11월 11일), Thanksgiving day(11월 네 번째 목요일), Christmas(12월 25일)이고, 그 외의 수많은 각 주 혹은 시 단위로 지정한 공휴일도 많이 있다.

위의 공휴일의 날짜들을 보면 한국과는 다른 점을 하나 알 수 있다.

바로 공휴일이 날짜로 정해진 것이 아니고 몇 번째 무슨 요일로 정해졌다는 점이다. 이유는 모르겠지만 미국의 경우에는 공휴일이 정확하게 날짜로 정해지기보다는 그렇게 정해지는 것이 상당히 많다는 것을 알 수가 있다. 그렇기 때문에 공휴일이 일요일이라거나 토요일인 경우가 한국만큼 자주 있는 일은 아니다.

명절이 다가오게 되면 미국인들은 대부분 집에 있지 않는다. 일부 사람들의 경우에는 친척들이 같은 지역에 살기 때문에 자기들의 집에서 머물면서 부모님이나 친척들의 집을 방문하지만 대다수의 경우 호스트 패밀리들은 가족들을 만나서 다른 주로 간다. 이렇게 가게 될 경우에는 항상 교환학생들이랑 같이 간다. 호스트 패밀리의 입장에서는 본인들이 교환학생의 안전에 대한 책임이 있기 때문에 여러 측면에서 신경을 써줘야 하며 가장 안심이 되는 것은 항상 본인이랑 같이 다니는 것이다. 그렇기 때문에 대부분 호스트 패밀리는 교환학생들을 같이 데리고 가려고 한다.

호스트 패밀리와 같이 다니는 것이 부담스럽고 어디에 가는 것이 싫은 학생들도 있지만 호스트 패밀리와의 가족활동에 참여하는 것은 미국에 가기 전부터 강조되는 부분이므로 반드시 가야 한다. 호스트 패밀리와 가족활동에 같이 참여하지 않으면 처음에는 괜찮을지 몰라도 호스트 패밀리가 점점 불만사항이 생기고 만약 재단에 보고가 된다면 경고를 당한다.

호스트 패밀리와 같이 명절을 보내는 것은 생각 외로 즐거운 일이기도 하다. 대부분 크리스마스와 추수감사절에는 멀든 가깝든 친척의 집을 방문하는데, 나의 경우에는 추수감사절에는 호스트 엄마의 집 그리고 크리스마스에는 호스트 아빠의 집을 방문했다. 추수감사절에 갔을 때는 우리가 흔히 TV와 영화에서 보던 미국의 추수감사절 음식을 맛볼 수가 있었는데 어릴 때부터 양식을 좋아했던 나로서는 입에 딱 맞았다. 칠면조, 콘브레드, 매쉬포테이토 등등 많은 음식들이 있었다. 칠면조는 고기가 많이 텁텁해서 소스와 같이 먹지 않으면 먹을 수가 없었을 정도였지만 호스트 패밀리들과 그 친척들과 같이 식사를 하면서 시간을 보냈기에 아주 즐거운 미국의 명절을 보낼 수가 있었다.

크리스마스에는 호스트 아빠의 집을 방문했는데 호스트 아빠의 부모님 결혼기념 60주년도 겹쳐서 축하해 줬다. 나는 호스트 패밀리의 선물밖에 준비하지 못해서 다른 친척들의 선물은 생각지도 못했는데 호스트 패밀리는 나에 대한 이야기를 이미 친척들에게 다 했는지 나를 위해서 선물까지 준비해 놓았던 게 기억에 남는다.

위에서 말한 것처럼 호스트 패밀리와 근처의, 혹은 다른 주의 친척들을 방문하는 것은 아주 흔한 경우이다. 미국의 국토는 동쪽 끝에서 서쪽 끝으로 가려면 비행기로 6시간 걸리기 때문에 평소에는 친지들을 보는 것이 쉽지 않다. 그렇기 때문에 이런 공휴일이나 명절을 이용해서만 만날 수가 있는데 이는 한국과 비슷한 것 같다.

가끔 가다가 호스트 패밀리가 대가족이 아닌 경우에는 호스트 패밀리가 명절을 보내기 위해서 여행을 계획하는 경우도 종종 있다. 이 경우에는 가까운 도시일 수도 있으며 LA, 뉴욕, 시카고, 시애틀 등의 대도시일 수도 있다. 아마 교환학생으로 가게 되면 호스트 패밀리가 이에 관한 이야기를 할 것이다. 대부분 호스트 패밀리는 경제적으로 문제가 없기에 학생의 비행기 표를 포함하여 모든 경비를 부담하려고 하지만, 호스트 패밀리가 경제적으로 여유롭지 않은 경우에는 비행기 표정도만 학생이 부담하라고 하는 경우도 있다.

미국의 공휴일과 명절은 한국과는 다르게 많이 길다. 특히 크리스마스, 추수감사절, 부활절의 경우에는 심하게 긴데, 크리스마스는 보통 보름이고 추수감사절도 일주일 정도의 연휴를 준다. 그렇기 때문에 하루 이틀을 지내는 게 아니다. 호스트와의 여행은 관계를 발전시키는 데도 좋은 역할을 하면서 학생들에게도 미국 문화를 경험할 수 있는 좋은 기회가 될 수 있기 때문에 나는 가능하면 반드시 가라고 추천한다.

 미국의 대학생활

나 같은 경우에는 미국에서 대학교까지 다니다가 2학년 1학기까지 끝내고 한국으로 왔다. 결국 한국에서 고등학교 2학년 1학기를 마치고 미국으로 갔던 나로서는 졸업까지 1학기밖에 남지 않았음에도 불구하고 연장을 하지 못해서 이도 저도 아닌 상황이 발생하게 된 것이다.

그래서 개인적으로 유학을 하려고 Mike에게 도움을 얻어서 이곳저곳을 알아보러 다녔다. 결국 사립 고등학교를 하나 찾기는 했으나 교환학생 프로그램을 통해서 하는 것과는 비용이 하늘과 땅 차이였다. 그 당시에는 초창기여서 프로그램 비용이 많이 저렴했으나 직접 사립학교에 가려고 알아봤더니 터무니없는 가격이 나와 버린 것이다. 학비가 1년에 대략 2,000만 원을 호가하며 홈스테이 비용도 한 달에 100만 원 이상이 나와 버린 것이었다. 그 외에 잡다한 부대비용을 포함한다면 1년에 대략 4,000만 원이라는 비용이 나오는데, 한국에서 부모님이 그만한 경제적인 여력이 없었으므로 다른 방법을 모색하게 되었다.

그냥 한국으로 돌아와서 복학해도 되지 않느냐고 생각할지 모르나, 나에게는 한국으로 돌아갔을 때 잘해 낼 자신이 없었다. 한국에서 공부는 중간 정도인데다가 한국에 갔을 때 2학년으로 복학하려니 자존심이 상하고 3학년으로 복학하려니 수능과 내신이 겁이 났다. 결국 미국에서 유학을 계속 해야 하는 상황이었는데, 어느 날 ISC에서 연락이 왔다. 서부에 있는 일부 CC(Community College)의 경우에는 고등학교 졸업장이 없이도 입학이 가능하다는 것과 그 학교에는 고등학교 졸업장을 받을 수 있는 High School Completion이라는 프로그램이 있다는 것이다. 별다른 방법이 없었고 고등학교를 1년 더 다니면서 그 많은 돈을 지불하는 것보다는 이렇게 하는 편이 훨씬 나을 듯하여 CC로 입학하게 되었다.

나의 대학교 생활에 대해서 이야기하기 전에 먼저 CC에 대한 이야기를 하고 싶다. CC, 즉 2년제 대학교는 한국과 미국 사이에 엄청난 차이가 있다. 한국에서 2년제 대학이라고 하면 흔히 말하는 전문대로서요 몇 년 사이에 인식이 많이 좋아졌지만 여전히 어른들의 입장에서는 만족스럽지 못한 대학교라고 할 수 있다. 그러나 미국에서는 2년제 대학은 한국과는 다른 개념을 가지고 있다. 미국에서의 2년제 대학교는 커리큘럼은 4년제의 첫 2년과 거의 동일하며 다만 학비가 많이 저렴하면서 교과목의 내용 자체도 4년제 대학보다는 조금 더 쉽다. 그렇기 때문에 2년제 대학교에도 약학, 의학, 등등의 일반 전공이 전부 다 있다. 그리고 2년제를 졸업하고 난 뒤에는 흔히 말하는 주립대는 물론이고 공부를 열심히 했다면 UCLA와 하버드까지 입학이 가능하다. 나의 주위에도 UCLA는 입학하지 못했지만 UC 버클리에 입학했던 사람들은 몇 명 있다.

처음에 입학했을 때는 토플 성적을 가지고 가지 않아서 바로 정규수업을 듣지 못하고 ESL을 들어야만 했다. 처음에는 불만이 많았지만 지금 생각해 보면 정말 많은 도움이 됐던 수업들이다. ESL은 대체적으로 문법, 읽기/쓰기, 말하기/듣기의 3개 부분으로 나뉘어 있는데 내가 있던 학교의 경우에는 문법 1시간, 읽기/쓰기 1시간 30분, 말하기/듣기 1시간 30분으로 하루에 수업시간만 4시간이었다. 크게 도움이 안 되는 영어수업이라고 생각할지도 모르지만 실질적으로 ESL 수업은 미국에서 학교를 다니기 위해서는 한 번 정도는 듣는 게 좋다고 생각한다. 입학할 당시에 나는 에세이는 2장을 쓰는 것도 벅찼으며 문법은 거의 몰랐고 발표 또한 어떻게 해야 하는지 몰랐다. 내가 ESL을 듣지 않고 바로 정규 수업으로 들어갔다면 얼마나 힘들었을지는 상상하기조차 하기 싫다.

많은 유학생들이 한국에서 토플 성적을 가지고 미국에 와서는 바로 정규수업을 듣는데, 물론 ESL이 정규수업으로 인정이 되지 않으므로 시간과 돈의 낭비라고 생각하는 학생들도 많이 있다. 그러나 내가 여태껏 보아 온 유학생들은 한국에서 토플 학원에 다니면서 영어를 배운 게 아니라 토플 성적을 잘 받는 요령을 배운 학생들이 많았고 미국에 와서는 수업을 따라가지 못하는 학생들도 부지기수였다. 듣기와 노트 정리, 그리고 에세이 작성과 발표하는 방법을 전혀 몰라서 곤란해 하고 성적이 안 나오는 학생들도 수없이 많이 봤다. 또한 영어를 알아듣지 못해서 집에서 책을 펼치고 본인이 교과서를 독해하는 학생들도 수없이 많이 봤다. 내가 생각하기에는 그렇게 힘들게 공부를 하는 것도 좋지만 ESL을 들음으로써 미국 대학교에서의 공부 요령과 이런 저런 학습 방법을 먼저 배우는 것 또한 좋다고 생각한다.

미국의 대학에서는 발표가 상당히 중요하며 수업에 따라서는 굉장히 자주하기도 한다. 영어 수업의 경우에는 문학에 대한 해석을 발표하고, 과학의 경우에는 어떠한 현상에 대해서 설명하고 풀이를 그리고, 나머지 수업들도 프로젝트가 많으므로 수많은 학생들의 앞에서 발표를 하는 것은 미국 학생들에게는 익숙한 것이다. 이러한 발표 활동은 미국 학생들의 입장에서는 어릴 때부터 해오던 것이라 새삼스러울 것들이 없지만, 한국에서 유학을 온 학생들에게는 매우 생소하며 낯선 부분이기도 하다. ESL 수업에서는 정규 수업에서의 발표를 대비해서 말하기 시간에 1~2주에 한 번씩 발표를 하게 한다. 발표 시간은 ESL의 레벨에 따라서 달라지며 점점 길어지기도 한다. 처음에는 3분이었던 발표 시간이 ESL을 마칠 때는 9분 정도로 길어졌던 것을 생각하면서 많은 도움이 되었다.

또한 ESL에서 배우는 것들 중에서 중요한 한 가지는 에세이를 작성하는 방법이다. 에세이에 무슨 방법이 있냐고 물을지도 모르겠지만 이것은 미국에서 학교에 다닐 때는 아주 중요한 부분으로 발표도 중요하지만 발표를 위한 에세이 작성은 더욱 중요하다고 볼 수가 있다. 에세이에는 학교에 제출하는 리포트와 발표를 위해서 작성하는 에세이가 있는데, 둘 다 작성 요령은 똑같다. 에세이 작성의 경우에는 무슨 과목을 듣더라도 체육을 제외하면 모든 수업에서 에세이를 한 학기에 몇 번씩은 작성하게 된다. 그만큼 에세이는 학교에 다니면서 발표와 더불어 어쩌면 성적을 받기에 가장 중요한 키 포인트라고 할 수도 있다.

나는 처음 교환학생으로 미국에 갔을 때는 에세이를 작성하는 방법을 몰라서 영어시간에 내야 하는 5장짜리 리포트를 작성하는 데 1년이라는 시간이 걸렸다. 물론 1년짜리 프로젝트였고 선생님에게 중간 중간에 제출해서 점검도 받았기에 1년이 걸렸지만 5장을 채워서 쓰는 데 많이 힘들었다. ESL 시간에 배우는 에세이 작성 방법은 매우 체계적이고 효율적인데, 배우고 난 뒤에는 많은 도움이 되었다. 에세이는 과목에 따라서 작성 분량이 다르지만 대체로 적게는 3장에서 5장 정도가 보통이다. 영어 과목의 경우에는 12장 이상을 요구하는 경우도 있다. ESL 수업에서는 이런 에세이 작성하는 방법을 배우는 시간도 있다. ESL 수업은 본인의 성적에 따라서 들을 수도 있고 듣지 않을 수도 있다. 그럼 정규 수업에 대해서 알아보자.

• 정규 수업

정규 수업은 학생들의 상황과 선택에 따라서 많이 달라진다. 또한 학교마다 학기가 4학기 제도인지 아니면 2학기 제도인지에 따라서 달라진다. 내가 있던 CC는 4학기 제도였는데 학교가 상당히 큰 편이라서 많은 수의 전공이 있었고 약학, 간호학, 경영학, 경제학 등의 전공도 있었다. 입학을 한 뒤에 제일 먼저 하는 것이 고등학교 때와 마찬가지로 카운슬러와 이야기를 하는 것이다. 카운슬러를 만나면 먼저 전공을 정한 뒤에 2년간 들어야 하는 과목과 언제 무엇을 들을 것인지 선택하게 된다. 대부분의 경우 CC에서는 전공 과목보다는 교양 과목이 주를 이루고 있으므로 전공에 따라서 크게 과목이 바뀌지는 않는다. 다만 의학이나 미술계열의 경우에는 조금 다를 수가 있지만 말이다.

필수 과목과 선택 과목을 학생이 카운슬러와의 상담을 통해서 정할 수 있는데, 몇 과목을 들을 것인지는 학생의 마음이다. 보통 2년 뒤에 졸업을 하려고 한다면 한 학기에 3과목이 보통이지만, 학성의 능력에 따라서는 5과목을 들을 수도 있다. 학교에서 재학생으로 인정을 받기 위해서는 그 학기에 몇 학점 이상을 들어야만 인정을 받을 수 있는데 대체적으로 3과목이며 그 이하로 들을 경우에는 특별한 상황을 제외하

고는 재학생으로 인정을 해주지 않는다. 5과목을 들으려 할 때도 제한
이 있다. 일단 5과목을 듣게 되면 유학생들에게는 많은 부담이 된다.
그러므로 우선적으로 성적이 좋아야만 5과목 이상을 신청할 수가 있
고, 만약 성적이 좋지 않다면 카운슬러가 5과목을 신청 못하도록 제재
하기도 한다.

학점을 일정 학점 이상을 듣게 되면 등록금 또한 오르게 되는데 우
리 학교의 경우에는 12학점 이상을 들어야만 재학생으로 인정을 받을
수가 있었고, 18학점까지는 등록금이 12학점과 동일했다. 그러나 19학
점부터는 등록금이 기하급수적으로 상승하여 1학점당 10만 원 정도 증
가했다. 수업 하나당 보통 5학점이니 18학점을 넘어서 수업을 더 듣게
되면 등록금의 증가는 무시하지 못할 수준인 것이다.

카운슬러와 이야기를 할 때 주의해야 할 사항이 몇 가지 있다. 첫 번
째로 무슨 과목을 들을지는 본인이 결정해야 한다는 것이다. 고등학교
까지는 카운슬러가 추천해 주는 과목을 듣더라도 교과목 자체가 크게
어렵지 않으니 그다지 문제는 없지만 대학교에 오게 되면 상황이 많이
달라진다. 일단 과목을 본인이 정해야 하는 이유 중의 첫 번째는 카운
슬러와 학생의 시각차이다. 카운슬러에게 어떤 과목과 교수가 좋고 쉬
운지 물어 보는 것은 흔한 일이다. 그렇지만 여기서 문제가 발생하는
데, 다름 아닌 인식의 차이다. 학생들이 물어 보는 것은 한국 학생들의
입장에서 쉬운 과목과 좋은 교수지만, 카운슬러는 미국인의 입장에서
쉬운 과목과 좋은 교수를 대답해 준다. 얼핏 보면 왜 그런 문제가 생기
는지 이해할 수 없을지도 모르나, 사실 흔히 있는 일이다. 나의 경우에
는 카운슬러에게 어떤 과목이 있으며 필수 과목이 무엇인지 물어 본
뒤에, 주위의 선배 유학생들에게 추천할 만한 교수와 과목들을 알아

내서 수업을 들었다. 처음에 카운슬러가 쉽다고 추천해 준 과목을 들었다가 많이 힘들었던 경험이 있었기 때문이다.

두 번째로는 수강할 과목의 배치다. 카운슬러와 이야기를 할 때 앞으로 졸업할 때까지의 수강할 과독을 선택하고 언제 무슨 과목을 들을 것인지 결정하게 된다. 확실하게 결정을 하는 것은 아니고, 그렇게 할 것이라는 예정표인데 나중에 바뀔 수도 있는 것이다. 이 배치를 신경 써서 잘해야 하는데, 잘못하면 어느 학기에는 엄청나게 힘들고 어느 학기에는 엄청나게 한가한 현상이 발생할 수 있다.

어려운 과목으로는 과학, 통계학, 회계학 등이 있고, 쉬운 과목으로는 수학, 체육, 음악, 커뮤니케이션 등이 있다. 이런 과목들을 골고루 잘 배치해서 들어야만 편안한 학교생활을 할 수가 있다. 추가적으로 과학, 회계학 외의 몇몇 과목들의 경우에는 가을 학기에 첫 수업이 시작되는 경우가 있으므로, 가을에 듣지 못하면 그 다음해 가을까지 기다려야 하는 상황이 발생한다.

쉽게 말하자면 모든 과목은 단계적으로 들어야 하는데, 물리 2를 들으려면 물리 1에서 C 이상의 성적을 받아야 한다는 규칙이 있다. 그런데 물리 1이라는 과목이 가을학기에만 있다면, 가을학기에 물리 1을 듣지 않은 학생들은 겨울이나 다른 학기 때 물리 2는 물론이고 다른 물리 수업을 듣지 못한다. 결국 그 다음 가을 학기가 돌아오기를 기다려야 한다는 소리다. 만약 학생이 수강할 과목을 잘못 계획했다면, 마지막 학기임에도 불구하고 그 학기에 수강해야 하는 과목이 없어서 못 듣는 경우가 생긴다. 이런 일을 방지하기 위해서는 카운슬러와 이야기를 할 때, 계획을 잘 짜야만 한다.

• 거주 방법

　거주 방법은 여러 가지 방법이 있는데, 호스트의 집, 기숙사, Home share, 그리고 자취가 있다. 이 중에서 학교에서 제공하는 것은 호스트의 집, 기숙사 그리고 Home share인데, 모든 것들이 고등학교 때와는 많은 점에서 다르다. 우선적으로 호스트 패밀리는 교환학생과 다르게 학교 측에서 전담해서 뽑는다. 그러므로 호스트 패밀리의 경제적인 수준과 많은 점에서 다를 수가 있다. 일례로 학교에서 정해준 호스트의 집에 갔던 누나 한 명은 호스트 집의 실태를 보고 일주일도 지내지 못하고 아파트로 이사를 했다. 그 호스트는 돈을 벌려고 호스트 패밀리를 하는 것이었는데, 방이 부족함에도 불구하고 다락방을 수리하고 방으로 줬다. 또한 식사도 대부분 냉동식품이었고 본인들끼리는 외식을 하러 다녔으니, 어느만큼 심각했는지는 짐작할 수 있을 것이다. 물론 모든 호스트가 그런 것은 아니다. 다만 교환학생 재단에서 하는 것만큼 호스트가 봉사정신과 문화를 향한 호기심으로 호스트를 하는 것은 아니고, 돈을 목적으로 하는 경우도 많다는 것을 말하고 싶다. 나 또한 처음에 CC에 갔을 때 호스트 패밀리와 살았는데 나의 경우에는 호스트 패밀리가 한인 2세였다. 호스트는 2세 남자였는데 한국말도 잘하고 한국에서 영어 선생님을 했던 경험도 있어서 여러 가지 면에서 도움이 많이 되었다.

　호스트외 에도 자취와 기숙사, 그리고 Home share가 있다. 대부분의 학교에는 기숙사가 있다. 몇몇 학교의 경우에는 입학으로부터 1년간 기숙사에 살아야 한다는 조건이 있지만 대다수의 경우에는 그런 조건은 없다.

　기숙사의 경우에는 학교마다 시스템이 많이 다르므로 뭐라고 하기는 힘들지만, 내가 있었던 CC의 경우에는 아파트 형식이었다. 총 7개의 동이 있었으며 한 동에 12거의 집이 있었는데, 한 집에는 4개의 방이 있다. 그리고 각각의 방에는 한 명씩 살고 있으며 2개의 화장실과 1개의 부엌이 같이 있다. 인터넷과 케이블 TV가 들어오며, 컴퓨터와 TV는 본인이 알아서 마련해야 했다. 또한 식사는 전자레인지, 가스레인지, 식기세척기가 있으나 냄비를 비롯한 모든 도구들은 본인이 알아서 구해 와서 식사를 해먹어야 했다. 돈은 처음에는 deposit 120달러를 내고 한 달에 방값을 500달러를 내면 인터넷, TV 그리고 전기세와 물세는 없었으나, 내가 한국에 들어오기 전에는 deposit 500달러와 방값 600달러 정도에 전기세, 물세를 따로 냈다.

기숙사에 살게 되면 여러 가지 좋은 점들과 나쁜 점들이 있다. 우선 좋은 점들로 말하자면, 학교의 안 혹은 근처에 존재하기 때문에 짧은 시간에 등교와 하교가 가능하며 학교의 여러 시설들을 이용하기에도 편리하다. 또한 기숙사에는 여러 국가에서 온 많은 학생들이 거주하고 있기 때문에 교환학생 때와는 또 다른 경험을 할 수가 있다. 단점으로는 일단 식사를 본인이 해먹어야 한다는 점에서 많이 불편하고, 장을 보러 갈 때에도 친구의 차로 가지 않는 이상은 버스나 택시도 가야 한다는 점이다. 또한 가장 큰 단점은 여러 학생들이 모여 있기어 서로 어울리고 놀다가 어느덧 공부보다 파티와 놀이에 좀 더 집중하게 되는 경우도 많다. 대학교에서는 고등학교 때와는 달리 많은 점에서 자유롭다. 그러므로 학생들이 나이간 된다면 술, 담배를 하는 데도 전혀 지장이 없고, 주말에 친구들끼리 모여서 기숙사에서 술을 마신다 하더라도 전혀 제재를 가하지 않는다. 결국 거기에 휘말리게 되면 공부보다는 파티에 빠질 수도 있게 된다.

Home share의 경우에는 많은 점에서 자취와 비슷하다. Home share의 사전적인 의미는 집을 나눈다는 뜻인데, 실질적으로 한 집에서 여러 명의 학생들이 같이 살게 된다. 이 경우에는 집값이 많이 싸지고 집에서 산다는 편한 점도 있지만, 반대로 불편한 점도 많다. Home share의 경우에는 학교에서 누구와 같이 그리고 어디서 살지를 정해 준다. 학생은 정해 준 학생들과 같이 살아야 하는데, 완전히 학생들끼리만 산다. 이 경우에는 여러 문제가 발생할 수 있는데, 같이 사는 학생이 정리를 잘 안 하거나 혹은 방값을 안내는 경우에는 여러 문제가 발생할 수가 있다.

자취는 내가 CC에 다니면서 가장 오랫동안 살았던 방법인데, 나 같은 경우에는 호스트 패밀리와 살게 아니라면 자취를 선호한다. 자취의 경우에는 본인이 직접 학교를 통하지 않고 집을 알아보는 경우다. 학교의 근처에는 일반 집들도 있지만 아파트도 있다. 미국의 경우에는 대도시를 제외하면 아파트가 잘 없지만 학교의 근처에는 유학생들을 위한 아파트가 종종 있다.

이 아파트의 경우에는 대체로 deposit을 요구하며, 방값은 매우 다양하나 대체로 기숙사보다 조금 더 비싸다. 나 같은 경우에는 방이 2개인 집에서 3명이 살았는데, 거실이 넓어서 거실에서 사는 데에 전혀 무리가 없었다. 그렇게 살게 되면 방값은 기숙사 이하로 내려가며, 식비와 전기세, 물세, 인터넷 요금을 포함하면 기숙사와 비슷하게 되지만 차라리 마음은 편했던 것 같다. 이 경우에도 여러 장점과 단점이 있는데, 일단은 기숙사와는 달리 주위에 여러 학생들이 없어서 본인이 조용하다면 본인만의 조용한 공간이 된다는 점이고, 나쁜 점은 같이 사는 사람 중 한 명이라도 방값을 늦게 낸다면 Late fee라고 벌금을 내게 된다.

　위에서 말한 것 외에도 아는 사람 혹은 친척의 집에서 살 수도 있지만 그 경우는 거의 없으니 제외하도록 하겠다. 거주의 경우에는 본인의 생각, 경제적인 여력, 성격 등에 따라서 많이 다를 수도 있다. 공부에 전념을 할 수 있는 학생이라면 기숙사에서 살아도 전혀 문제가 되지 않으며, 경제적인 여유가 있다면 아파트에서 혼자 사는 것 또한 나쁘지는 않다. 이런 여러 상황에 따라서 학생들이 알아서 선택해야 하는 것이다.

• 편입

　Transfer, 즉 편입의 경우에는 대체로 일정하다. 편입을 하려면 우선 1년 이상 CC에서 학교를 다녀야 한다. 즉 2년을 졸업의 기준으로 잡았다면 절반 이상의 요구 과목을 들어야 한다는 것이다. 그래야 최소한의 편입 조건이 충족된다. 편입은 거의 같은 시기에 신청을 받는데 가을에 편입을 하려고 한다면 편입 신청은 보통 1월에 마감된다. 그리고 결과는 4월 정도에 나온다. 편입도 같은 주에서 편입을 하는지 아니면 다른 주의 대학교로 편입을 하는지에 따라서 다르다. 같은 주의 대학교로 편입을 하려고 하는 경우에는 특별히 신경 쓰지 않아도 상관이 없지만, 다른 주의 대학교로 편입을 하려면 이 부분에 관해서 상당히 신경을 써야 한다.

　미국의 각 주에서는 대학마다 학위를 위한 요구 과목이 다르고, 본인이 있던 CC에서 들었던 과목 중의 몇 개가 다른 주의 대학교에서는 인정이 되지 않는 경우도 많다. 그러므로 다른 주의 대학교로 편입할 때는 이런 점들을 잘 살피고 편입을 신청해야 한다. 만약 1년의 과정을 마쳤는데 편입하려는 대학교에서 몇 개의 과목을 인정해 주지 않는다면 1년의 과정을 마치지 못한 것으로 되어, 편입 신청의 자격 자체가 되지 않는다. 물론 2년 과정을 마쳐서 CC에서 졸업을 한다면 그것은 인정이 된다. 그러므로 편입을 할 때는 어디로 편입을 할 것인지에 따라서 신경을 써야 하는 점들이 많다.

미국에서의 교회생활은 상당히 중요하다고 볼 수 있다. 왜 하필이면 교회생활이냐고 묻는 사람들도 있겠지만, 미국은 어디까지나 기독교 국가다. 기독교에 많은 혜택이 있는 것은 미국의 역사를 볼 때 아주 당연한 일이며, 실제로 한국에서 기독교인이 아니더라도 미국에 와서는 교회에 다니는 사람은 아주 많다. 그럼 미국에 있는 사람들은 왜 교회에 나가는가? 이것에는 나이에 따라서 여러 이유가 있다. 우선 이민을 온 사람들의 경우에는 한인사회에서의 교류는 필수이다. 대부분의 경우에는 이 교류는 교회를 통해서 이루어진다. 교회에서 사람들끼리 정보를 주고받고 도움을 받는다. 오죽하면 몇몇 미국의 한인들은 "비즈니스는 교회에서 이루어진다."라고 할까? 그 정도로 한인들에게 교회는 단지 종교적인 의미를 가진 곳이 아니라 사회적으로나 경제적으로나 많은 의미를 가진 곳이다.

그렇다면 유학생들이 교회에 가야 하는 이유는 무엇일까? 유학생들의 경우에는 몇 가지 이유가 있겠지만 우선적으로 정보 교류에 있다. 같은 학교에서도 한국에서 유학을 온 학생들이 많이 있겠지만, 교회에 가면 다른 여러 대학교에 다니는 많은 유학생 및 2세의 학생들이 있다. 이 사람들은 서로 다른 정보를 가지고 있으며, 경우에 따라서는 본인에게 매우 유익한 정보를 다른 사람이 가지고 있을 수도 있다. 또한 정보 교류뿐만 아니라 유학생들끼리의 교류를 통해서 미국생활에서의 또 다른 활력소가 되기도 한다. 미국의 유학생들에게 각각의 교회는 많은 노력과 지원을 하고 있으며, 이는 유학생활을 함에 있어서 여러 도움이 되곤 한다.

자매교환학생 체험담

문지연

미국 문화와 한국 문화의 차이점

 1년 후 달라지는 나의 모습

미국에서 생활을 하면서 힘이 들고, 한국에 있는 가족이나 친구들이 그리울 때에는 나도 가끔 미국에 온 것을 후회한다. 그러나 나도 놀랄 만큼 발전하는 영어 실력 그리고 달라지는 나의 모습을 보면, 내가 미국에 오기를 잘했구나 하는 생각도 한다.

나는 미국에 오기 전에 한국에서 도덕 선생님을 무척 존경했다. 도덕 선생님께서는 정말 좋은 말들을 많이 해주셨다. 그 중에서 가장 인상 깊었던 말이 바로, "어여쁜 온실 속 화초"라는 말이었다. 온실 속 화초는 야생에서 폭풍을 이겨내지는 못한다는 말이 나의 가슴에 와 닿았다. 선생님으로부터 그 말을 듣는 순간, 공부하느라 고생한다며 예뻐해 주시던 부모님이 생각이 났고, '집에서 내방 청소조차 내손으로 직접 하지 않던 나를 두고 하는 말이 아닐까?' 라는 생각이 들었다.

나중에 사회에 나가면 나도 우리 부모님들처럼 어려운 일도 직접 처리해야 하고 살아야 한다. 게다가 평소 많은 일을 처리하시던 엄마의 모습을 떠올리면서, 내가 사회에 나가서 힘들고 어려운 일을 해야 할 때에는 정말 힘들겠다는 생각을 했다.

나는 중학교에 다닐 때 방송부에 지원을 한 적이 있다. 학교에서 많은 활동을 경험해 보고 싶었던 나는 방송부에 들어가기 위해 정말 많은 노력을 했던 것을 기억한다. 노력 끝에 나는 높은 경쟁률을 뚫고 방송부에 들어갔다. 그런데 방송부 모임 첫날 나는 생각지도 못한 기합을 받았다. 방송부에 들어가면 원래 선배들로부터 기합을 받는 전통이 있었다. 그런데 그것을 알지 못했던 나는 방송부를 지원한 것이 몹시 후회가 되었다. 나는 기합을 받으러 온 것이 아니라 그 속에서 뭔가를 배우고 싶었는데 내가 꿈꾸는 것과 많이 다르다고 생각했다. 그래서 인내심이 너무 부족했던 나는 그렇게 힘들게 얻은 그 방송부 자리를 포기했다.

하지만 지금 생각해 보면 그때 잠깐 힘든 것들을 이겨 냈으면 나는 뭔가 배웠을 텐데 하는 생각을 한다. 앞으로 사회에 나가면 더 많은 인내심을 가져야 할 것이다. 하고 싶지 않은 일도 더 많이 생기고, 만약 하기 싫은 일이 생겼을 때 투정 부리는 것을 받아 주는 사람도 없을 것이다. 이렇게 쉽게 포기하고, 힘든 일을 참지 못했던 나는 달라져야겠다고 수도 없이 결심했다. 하지만 작심삼일 나의 결심은, 중학교 3학년 1학기를 끝내고, 교환학생으로 가기 전날까지 아침에 엄마가 깨워 주지 않으면 일어나지 않는 아이로 만들었다.

그땐 정말 몰랐다. 이런 나의 모습이 교환학생으로 가서 어떻게 바뀌게 될지, 그리고 지금까지 얼마나 많은 일들을 내가 직접 하지 않고, 부모님 손에 의지했는지, 그때까지 나는 내가 할 일은 내가 하고 있다고 생각했다.

하지만 막상 미국이라는 나라에 가서 미국인들과 함께 생활을 하다 보니, 내가 이제까지 얼마나 많은 일들을 부모님 또는 다른 어른들의 손을 빌려 했었는지 알게 되었다.

미국에서의 생활은 한국과는 많이 다르다. 우리가 해야 할 일은 우리가 해야 하며, 호스트 패밀리는 우리가 해야 할 일, 그리고 우리가 할 수 있는 일을 도와주려 하지 않는다. 우리를 아끼지 않아서가 아니라, 그게 미국 가정의 교육 방침이다.

내가 그런 미국 가정 환경에서 제일 먼저 걱정이 되었던 것이 바로 아침에 혼자 일어나는 것이었다. 평소 남다르게 우렁찼던 엄마의 목소리로도 쉽게 일어나지 못했던 나는 소리가 정말 큰 자명종을 구입해야 했다. 그리고 MP3, 전자사전에 있던 알람까지도 모조리 사용했다. 처음에는 이렇게 알람을 사용해야지만 일어날 수 있었다. 하지만 정말 신기하게도 이제는 알람 없이도 일어날 정도로 단련이 되었다.

미국에서는 혼자서도 잘 일어나야 한다. 간혹 깨워 주는 집도 있지만, 어떤 집은 일어나지 않으면 학교에 데려다 주지 않고 출근해 버리는 집도 있다. 만약 내가 나쁜 버릇을 고치지 못했더라면 우리 호스트 엄마께서도 나를 두고 출근해 버렸을 것이다.

그리고 미국에 오기 전에 Debit card를 가지고 왔는데 이런 것을 써 보지 않았던 나는 한 달 동안이나 돈을 꺼내 쓰지 못했던 기억도 난다. 몇 번 계속해서 잘못된 비밀번호를 찍으면 정지된다는 사실도 몰랐고, Debit card가 정지되었을 때 어떻게 해야 하는지도 몰랐기 때문에 나는 한 달 동안 정말 많이 고생했던 기억이 난다.

나 정도면 사회에 나가서도 충분히 자립할 수 있다고 생각했던 것은 큰 오산이었다. 지금도 나는 충분하지 않다고 생각하지만 그때에 비해 달라진 것을 느낀다. 비록 처음에 미국에서 생활할 생각을 할 때에는 긴장이 되고, 가족 말고 다른 사람들과 살아야 한다는 생각에 왠지 모르게 힘들 것 같아 무섭기도 했다. 사실 미국에 처음 왔을 때 비행기에서도 잠도 못 자고 집에 와서도 잠을 설쳤었다. 다른 사람들 같았으면 설레는 마음에 잠을 설쳤겠지만 겁이 많았던 나는 앞으로의 생활을 걱정하면서 잠을 설쳤다. 이렇게 겁도 많고, 자립성이 없었던 나는 어쩌면 우리집이라는 화목한 가정 속에서 자라던 온실 속 화초가 아니었을까 생각한다.

하지만 교환학생으로 와서 미국이라는 낯선 땅, 낯선 가정에서 생활하면서 나는 조금씩 사회에서 어떻게 적응하고 문제를 해결해야 하는지 알아가고 있다. 조금이라도 변화가 생기면 두려워하고 걱정하던 나는 이젠 두렵지 않다. 무언가를 도전해 보고 싶다는 생각도 해보고, 앞으로 혼자서 계속 살아간다고 해도 힘이 들지 않을 것 같다. 나처럼 교환학생을 선택하는 많은 학생들이 미국에서 살면서 공부도 하고 영어도 많이 배워 가겠지만, 이렇게 미국에서 생활하면서 자립심도 키워가게 될 것이다.

많은 교환학생들이 미국에 오면 사회에서 어떻게 적응해야 하는지 배운다. 그리고 많은 교환학생들은 외국에서 살면서 한국이라는 나라를 다시 배우게 된다. 미국에서 보는 한국은 일본 못지않은 발전한 나라일 수도 있고, 상황이 좋지 않은데도 꿋꿋이 많은 일들을 이겨내고 있는 자랑스러운 나라일 수도 있다. 간혹 다른 나라에서 좋지 않은 모습을 보여 주는 몇몇 한국인들도 있지만, 미국에서 보는 한국은 작지만 자랑스러운 나라이다.

처음 미국에 왔을 때에는 한국이 얼마나 작은 나라인지 실감하게 될 것이다. 미국에 오면 많은 사람들이 먼저 중국인이나 일본인이냐고 묻는다. 한국인이라면 누구나 알고 있는 미국이라는 나라에 살고 있는 미국인에게는 한국이라는 나라가 아직 생소한 나라일 뿐이다. 그런데도 한국 식당이라든지 한국 마트를 가면 미국인들이 북적거린다. 이렇게 한국 문화를 좋아해 주고 음식을 사랑해 주는 미국인들을 볼 때마다 뿌듯하고 고맙다는 감정을 느낀다.

• 나는 중국인, 일본인이 아니다.

처음 Utah 주에 와서 길을 못 찾고 헤매고 있었다. 날도 덥고 유타 특유의 건조한 여름 날씨 때문에 뜨거워서 견딜 수가 없을 것 같았다. 이렇게 반 시간을 헤매고 있었는데 어떤 한 미국인이 대뜸 한국인이냐고 물었다. 나는 그 미국인이 너무 신기했다. 동양인을 보면 대부분의 미국인들이 중국인 또는 일본인이냐고 묻기 때문이었다. 나는 그 덥고 갈증 나는 날씨 속에서도 그 고마운 미국인을 위해 애써 미소 지으며 한국인인데 지금 길을 잃었다고 말해 줬다. 사실 길을 알려줬으면 해서 덧붙인 말이었다. 그러자 그 미국인이 자신은 한국인들을 너무 좋아한다며, 거의 30분 동안 따라다니면서 길을 안내해 주셨다. 그 미국인의 이웃 중에 한 명이 한국인 요리사인데 항상 음식을 나눠 먹는 것을 좋아하고, 영어하는 것도 힘이 들 텐데 명절이면 저녁에 초대해 주는 등 너무 친절했기 때문에 한국인들이라면 정말 많이 도와주고 싶다고 말했다. 나는 그 미국인이 길 잃은 나를 도와준 것도 고마웠지만 더 고마웠던 것은 한국이라는 나라와 사람들을 좋아해 주고 있다는 것이었다.

그리고 단지 한 사람의 한국인이 베푼 친절 덕분에 한국이라는 나라 자체를 좋아하게도 된다는 것을 깨달았다. 그리고 그 반대로 만약 나 하나가 잘못하면 많은 한국인들의 얼굴에 먹칠을 할 수도 있겠다는 것을 깨달았고, 앞으로 나도 그 가족들처럼 한국이라는 나라를 빛내 주고 싶다는 마음도 가졌다.

한국에 있을 때에는 한국을 위해 내가 무언가를 해야겠다는 결심을 한 적이 없다. 외국에 나가면 누구나 애국자가 된다더니, 미국에 오고 나서부터는 한국을 자랑스러운 나라로 만들고 싶다는 마음이 생겨난다. 그리고 내가 미국인들에게 한국이라는 나라의 본보기가 될지도 모른다는 생각도 들게 된다.

아직 많은 미국인들이 한국이라는 나라에 대해서는 모르고 있다. 우리 학교조차도 일본인 클럽은 있어도 한국인 클럽은 없다. 그리고 미국에 이미 많은 한국인들이 있는데도 동양인이면 중국인이나 일본인이라고 생각하는 사람들도 많다. 나는 앞으로 많은 사람들이 동양인 하면 한국인이라고 생각해 줬으면 좋겠다. 그리고 한국이라는 나라의 본보기가 될 수 있는 많은 교환학생들이 미국에 와서 한국이라는 나라와 한국인이 좀 더 자랑스러워질 수 있었으면 좋겠다.

 ## 호스트 패밀리

• 어색하기만 했던 호스트 상봉

처음 가는 미국, 처음 혼자 타보는 비행기, 처음으로 오랫동안 헤어져 보는 가족들. 나는 너무 긴장이 됐다. 1년 동안 가족, 친구들과 떨어져 있을 생각을 하니 벌써부터 보고 싶었다. 한국에 있을 때부터 울보였던 나는 눈물이 나는 걸 꾹 참았다. 그런 혼란 속에서 나는 비행기에서 잠도 못 자고 멍하니 앉아 있었다. 그렇게 기나긴 13시간이 지나고 착륙을 알리는 안내방송이 들려 왔다.

공항에 도착해서도 영어에 능숙하지 못했던 나는, 짐을 찾는 것조차 힘이 들었고, 결국 다른 사람보다 한참 뒤늦게 밖으로 나갈 수 있게 되었다. 밖으로 나가자마자 호스트의 얼굴이 보였다. 태어나서 처음 보지만, 앞으로 1년을 같이 살아야 할 가족들이었다. 영어도 잘 못하고, 어찌나 어색하던지 집으로 가는 2시간 동안 말도 제대로 못 붙여 봤다. 영어 실력도 부족했지만, 나에게 더 부족했던 건 용기였다.

사실 나는 처음에 한국과 미국에 관한 문화 충격 얘기를 해 주고 싶었다. 한국의 고등학교는 9시까지 남아서 공부해야 하고, 학교 말고 학원도 가야 한다는 얘기 같은 것을 말해 주면서 친해지고 싶었다. 그런데 너무 자신이 없던 나는 그 얘기를 미국에 온 지 3일 만에 했다. 그때 내가 왜 그 얘기를 하지 못하고 차 안에서 그렇게 민망해 했을까?

그렇게 짧은 시간이었지만 호스트와는 생각보다 별 문제가 없었다. 내 영어는 많이 알아듣기 힘들었겠지만, 지금 생각해 보면 호스트와 처음에 분위기가 좋았던 것은 나를 이해해 주고 가까워지려고 노력했던 호스트 덕분이었던 것 같아 지금 생각해도 정말 고맙다. 영어도 못하는 나를 어떻게 1년 동안 함께 하고자 하는 마음을 가졌는지 정말 마음씨가 따뜻한 것 같다.

• 호스트와 가깝게 된 계기는 배구

시간이 지나고 여름 방학이 끝이 났다. 처음으로 가는 미국 학교는 나에게 큰 긴장감을 안겨 주었다. 사실 설레기도 했다. 미국에 가기 전에 교환학생에 관한 책을 읽었는데 그 교환학생은 자신이 학교에 처음 간 날 교환학생을 신기해했던 미국 아이들이 많았고, 수업시간이나 쉬는 시간에 많은 아이들이 말을 시켜 줬다는 걸 읽었다. 그런데 내가 학교에 처음 간 날 나한테 필요 이상의 말을 거는 아이들은 없었고, 오히려 너무 관심이 없었던 학교 아이들한테 내가 먼저 말을 걸어야 했다. 학교에 다니게 되면 학교에 대한 이야기를 호스트한테 많이 하고 싶었

던 나는, 너무나 나의 학교생활이 조용했기 때문에 호스트한테 이야기
해 줄 수 없었다. 그래도 호스트와 좋은 사이를 갖고 싶었기 때문에 무
슨 좋은 방법이 없을까 생각을 하다가 결정을 한 일이 바로 배구팀에
드는 일이었다. 사실 우리 호스트 동생, 그리고 호스트 엄마까지 모두
배구를 좋아한다. 아니 호스트 패밀리 모두들 스포츠를 좋아했다. 우
리 호스트 엄마께서는 고등학교 배구팀, 그리고 호스트 동생은 학교에
있는 모든 스포츠 활동에 참여하고, 호스트 아빠께서는 대학 때 풋볼
팀에서 장학금까지 받았을 정도였다. 하지만 나의 경우 정말 건강에
해로울 정도로 운동을 하지 않았기 때문에 가족 간의 대화에 잘 끼지
못했다.

그래서 공도 못 튕기는 내가 배구팀에 들기로 결심했던 것이었다.
물론 형편없이 부족했던 나의 배구 실력은 나를 벤치에 앉게 했지만,
그래도 그때 이 결심이 나와 호스트가 조금 가까워 질 수 있는 기회를
마련해 주지 않았나 싶다.

• 어떤 목표를 가지고 왔는가?

한국에서 생활할 때에는 그리 열정적이지 못하던 언니가 미국에서
꿈도 찾고 철도 들었던 이유는 교환학생 생활을 하면서 자신이 이미
가지고 있는 것에 대한 소중함을 알고, 힘든 일을 조금씩 이겨 내면서
자심감도 찾았기 때문이라고 생각한다.

교환학생으로 오려는 많은 사람들이 목적과 목표를 가지고 미국에 왔
으면 한다. 그리고 교환학생들을 위해, 자신의 많은 시간과 돈을 투자해
서 그 학생들과 한 가족이 되고 싶어 하는 우리들의 호스트를 위해, 우
리들도 많이 노력하고 고마운 호스트를 기쁘게 해드렸으면 좋겠다.

교환학생을 잘 끝내려는 것이 그리 쉽지만은 않을 때도 있지만, 그래도 많은 고비들을 넘기고, 호스트 가정에서 행복한 추억도 만들면서 잘 이겨내면, 1년 후에는 나도 모르는 사이에 얻는 것이 많게 될 것이다.

 다른 나라의 교환학생

내가 교환학생을 가겠다고 한참 정신없어 하며, 이것저것 준비하고 있을 때, ISC Korea에서 개최하는 오리엔테이션에 참석한 적이 있다. 그때 한국 교환학생에 대한 정보도 얻었지만, 미국에는 많은 유럽인들 또한 고등학교에 다닌다는 말을 들었다. 그때 정말 신기하기도 하고 빨리 만나 보고도 싶었다. 왜냐하면 나는 이전에는 한 번도 유럽인을 만나 본 적이 없었기 때문이다. 나는 이 나라 저 나라에 좋은 친구들이 많이 있었으면 좋겠다고 생각했기 때문에 교환학생 프로그램으로 미국에 갔을 때 우리 학교에 많은 교환학생들이 있었으면 좋겠다는 생각을 했다.

처음으로 갔었던 학교에는 폴란드인과 독일인 학생들이 있었다. 이 두 학생들 모두 나와 같은 수업이 있었다. 사실 영어도 제대로 못하고 부끄러움이 많았던 나는 정말 말을 붙여 보고 싶었지만 용기를 내지 못했다. 그런데 오히려 그 유럽 학생들이 "너는 어디에서 온 학생이냐"며 먼저 물었다. 그러면서 이런 저런 이야기를 하는데 그 유럽 학생들은 나와는 많이 달랐다. 유럽 학생들은 나와는 다르게 처음 오는 교환학생이었는데도 영어도 굉장히 잘 했다. 비록 특유의 악센트는 있었어도 어휘력 하나는 뛰어났다. 그리고 영어에 익숙하지 않아 영어를 띄엄띄엄 발음했던 나와는 다르게, 마치 영어로 많은 대화를 나눠 본 사람처럼 능숙하게 이야기했다. 그런데다가 붙임성도 굉장히 좋았다.

그런 이유 때문에 그 유럽 아이들은 나와는 다르게 처음부터 미국 아이들로부터 인기가 폭발했다. 그리고 나는 그때부터 밀려오는 후회를 느낄 수 있었다. 나도 한국에 있을 때 놀지 말고 영어 공부 열심히 하고 올 걸, 재미있는 토픽을 준비해 올 걸 하고 많이 후회했다. 그래서 집에 가자마자 나는 오늘 들었던 어휘를 다시 써보고 연습했다. 그러면서 영어 실력이 늘수록, 친구들도 많이 생기게 되었다.

어릴 때부터 영어를 공부해 오던 난, 미국 학교에 와서 이렇게 한 마디도 못할 줄은 몰랐었고, 미국에 와서 입을 쉽게 떼지 못하는 것이 당연한 건 줄 알았던 나는, 유럽인 교환학생들을 보고, 내가 처음에 미국에 와서 쉽게 영어를 하지 못하는 것은 당연한 것이 아니라고 느꼈다. 물론 유럽인들이 영어와 비슷한 언어를 쓰기 때문에 영어를 쉽게 배우는 것은 사실이지만, 그래도 타지에서도 영어만을 쓰고 미국인들과 거리감 없이 잘 사귀는 유럽 학생들한테는 배울 것이 많이 있다는 생각이 들었다.

수업시간에도 유난히 많았던 유럽 학생들 때문에 긴장도 많이 했었다. 같은 교환학생인데 유럽 학생들은 영어를 잘하고 나는 영어를 잘 못해서 학교에서 내가 점수를 잘 못 받으면 선생님들께서 한국 아이들은 공부를 잘 못한다고 오해할까봐 두려웠다. 게다가 수업을 받을 때 유럽 아이들은 오히려 다른 미국 아이들보다 질문도 훨씬 많이 하고 수업시간에 재미있는 이야기로 지루한 분위기를 전환하기도 했다. 그래서 그 아이들은 나를 더 노력하도록 만들었다.

한국에서 영어를 많이 준비해 가지 못했던 나는, 학교 성적에 자신이 없었기 때문에, 일부러 성실한 모습이라도 더 보이려고 방과 후 또

127

는 아침 일찍 선생님들을 찾아가 뵙고 잘 보이려고 애썼다. 그렇게 노력을 하다가 어느덧 mid-term의 시간이 왔다. term 중간에 점수를 확인할 수 있도록 나눠 주는 통지표가 있는데, 나는 조마조마해 하며 내 통지표를 확인하고 혹시 다른 교환학생들이 더 잘 했을까봐 그 아이들 것을 물어보려고 기회를 엿보고 있었다.

유럽 교환학생이 교실에 들어오자마자 미국 역사 선생님께 F를 주면 어떡하냐고 장난스럽게 말했다. 나는 그걸 어떻게 장난처럼 말하는지 이해할 수 없었다. 수업시간 내내 궁금했다. 12학년 즉 내년이면 대학을 들어가야 했던 유럽 아이들에게 지금이 어느 때보다 중요한 때일 텐데 욕심이 없는 것일까 하는 생각을 했다. 수업이 끝나고 내년에 대학 들어가는데 F를 받으면 나쁜 거 아니냐고 조심스럽게 물어봤다. 그런데 그 유럽 교환학생은 자신은 미국에서 대학에 들어가거나 다시 유럽으로 돌아갔을 때 좋은 대학에 가기 위해 미국에 온 것이 아니라, 단지 좋은 경험과 추억을 만들기 위해 미국에 온 것이라고 말했다. 이전에도 몇 번 들었지만 정말 유럽 아이들이 교환학생을 순수하게 좋은 경험을 위해 올 줄은 몰랐다.

사실 유학이라는 것이 쉬운 일이 아닌데 대학이나 직업에 대한 욕심 없이 순수하게 좋은 경험을 위해서 오는 것일 줄은 꿈에도 상상 못했고, 그 동안 나 혼자 라이벌 의식을 느끼고, 같이 듣는 수업에서 그 아이들보다 잘하려고 했던 것이 민망하게 느껴졌다. 그 아이들은 신경조차 쓰지 않았던 것을 나는 혼자 라이벌 의식을 느꼈던 것이다.

나는 처음부터 영어도 뛰어나고 수업도 열심히 들었던 유럽인들이, 우리 한국인들처럼 치열한 교육열에서 살고 있을 거라 생각했는데, 그 유럽 아이들은 내가 비자 인터뷰 때 말한 그 말을 미국에서 지키고 있었다. 비자 인터뷰에서 문화를 교류하고 미국 친구들도 사귀며, 영어도 배웠으면 한다는 마음에서 교환학생을 신청하게 되었다고 말했던 나였다. 그러나 사실 영어도 배우고 좋은 대학에 가고 싶어서 미국으로 가는 것이 내 속마음이었다.

교환학생이라는 것이 문화를 교환하고 많은 친구들을 사귀는 것이 참 의미인데, 그때까지도 나는 어떻게 하면 영어를 더 배우고 수업을 더 잘 들을 수 있을까 하는 고민만 했다. 나는 그때까지도 미국 정부가 왜 많은 돈을 투자해서 나를 미국 학교에 다닐 수 있게 해 줬는지, 그 교환학생의 참 의미를 잊고 있었던 것 같아, 나를 다시 돌아보게 하는 기회가 되었다.

사실 유럽인 교환학생들이 나보다 더 즐겁게 생활하는 것 같았고, 수업 시간에 발표도 많이 하면서 다른 아이들에게 자기 나라의 역사를 말하곤 했다. 비록 유럽 아이들이 공부를 열심히 하지는 않지만, 친구들도 더 많이 사귀려 노력하고, 호스트와도 허물없이 지내는 것은 정말 좋은 행동인 것 같았고, 본받아야겠다는 생각이 들었다. 교환학생을 하다가 보면 유럽인들도 많지만 우리와 같은 동양에서 온 교환학생들도 많이 있다. 중국, 홍콩(홍콩 아이들은 자신과 중국인을 같다고 생각하지 않음), 그리고 일본인들이 많다. 이 아이들의 공통점은 한국 아이들과 같이 수학에 뛰어나다는 것이다. 그리고 대부분의 동양인 교환학생들은 공부도 열심히 하려고 한다.

중국인들의 경우에는 처음 오는 교환학생인데도 AP(대학 수업 과정)을 듣는다. 사실 동양에서 오는 교환학생들의 경우 수학을 제외한 AP 과목을 듣는 것은 정말 어려운 일이다. 다른 과목들처럼 수업시간에 선생님이 책 내용을 정리해 주는 것이 아니라, 선생님이 처음 수업을 시작하기 전에 한 20페이지에서 30페이지까지 읽어 오라는 숙제를 내주는데, 우리처럼 영어를 힘들어 하는 교환학생들이 그 많은 양을 하루에 읽기 위해서는 정말 굉장한 노력을 기울여야 한다.

게다가 책을 읽으면서 책에 나오는 것을 정확하게 이해하는 것 또한 쉬운 일이 아니다. 책에 나오는 단어 자체가 어렵기 때문이다. 게다가 책을 읽은 다음 바로 쪽지 시험을 보기 때문에 책을 읽어 오지 않으면 너무나 당연하게도 좋은 점수를 받을 수 없다. 그런 수업에서 다른 나라에서 온 교환학생들이 좋은 점수를 받는다면 정말 대단한 것이라고 할 수 있다.

우리 학교에 있었던 중국인 교환학생은 AP 미적분 BC(미적분, 2교시를 소비해야 들을 수 있는 과목) 그리고 AP 생물을 들었다. 영어도 서툴면서 3교시를 대학 과목 수업을 들었다. 같은 동양인으로서 정말 대단하다고 느꼈다. 그 어려운 과목을 듣기 위해 얼마나 노력해야 할까 하는 생각을 했다.

그리고 대부분의 동양인 교환학생들은 국제학부나 미국에 있는 대학에 들어가기를 원한다. 그래서 우리와 같이 토플을 공부해야 하거나, 미국 아이들보다는 더 열심히 SAT, ACT(미국대학 입학시험)을 공부해야 한다. 같이 공부를 하거나 사이가 정말 좋지는 않지만 공부를 하다가 좋은 정보가 생기거나 도울 일이 생기면 친절하게 서로 도와준다.

내가 미국에 와서 토플을 처음 봤을 때 토플 경험이 있었던 홍콩 아이가 4시간 동안 앉아 있으려면 정말 집중하기가 힘이 드니, 옷을 편하게 입고 가라고 해주었고, 긴장을 하지 말고 주변 사람들이 시험 보는 것을 신경 쓰지 말라고 조언해 주었다. 사실 처음 보는 토플이어서 많이 긴장도 되고 어쩔 줄 몰랐는데 이렇게 조언을 해주니 마음이 한결 나아지는 기분이었다. 같은 나라 사람도 아닌데 서로 도와주려 하고 어려움을 이해해 주는 모습이 정말 좋아 보였다.

한국에 있을 때 언론에서 중국에 관해 좋지 않은 모습을 많이 보여 줘서 나도 마음 한구석에 좋지 않은 인식을 갖고 있었던 것이 사실이었다. 그런데 이렇게 교환학생들을 하나하나 만나 보니 역시 나는 귀가 얇게도 언론에서 떠드는 것 하나 가지고 많은 사람들을 한꺼번에 판단하고 있었다는 걸 알았다. 그리고 그 친구들을 만나 보면서 내가 그동안 가졌던 생각들이 많이 틀렸다는 생각도 하게 되었고, 내 자신이 부끄러워졌다.

동양문화의 경우 서양 문화와는 많은 차이를 가지고 있다. 게다가 언어를 사용하는 악센트도 많이 다른데, 이 때문에 가끔 못된 미국 아이가 동양인들을 놀리려는 경향이 있다. 사실 그러면 기분이 많이 상하고 서럽다. 처음에는 이런 못된 미국 아이들의 행동이 정말 미웠지만, 소수의 미국 아이들이 이런 행동을 보이는 것도 어쩔 수 없는 일인 것 같다고 생각하고 넘어갔다.

미국인들은 사람을 가지고 농담을 하거나 웃음을 만들어 내는 것을 좋아한다. 원래 자기 자신을 가지고도 웃음거리를 만들어 내는 것이 미국인이다. 그래서 만약 학교에서 한 명의 교환학생이 좋지 않은 짓을 하면, 학교에 있는 많은 교환학생들은 걱정을 하게 된다. 나도 같은 부류로 생각하지 않을까 하고 걱정한다. 미국인들이라고 해서 모두 그렇게 생각하는 것은 아니지만 그래도 혹시 모를 일이므로, 학교에 있는 동양인 모두, 자신의 나라 문화지만 미국인이 보기에 좋지 않다고 느낀다면 하지 않도록 노력하고, 동양의 문화에 맞게 좋은 예절을 보여 줄 수 있도록 노력한다. 그래서 가끔 선생님들이나 학생들이 동양인이 생각보다 예절이 바르다는 말을 듣기도 하는데, 정말 듣기 좋은 말이 아닐 수 없다.

미국 학교에 가게 되면 생각보다 많은 다른 나라의 교환학생들이 있을 수도 있고, 그 교환학생들마다 색다른 특색을 가지고 서로를 이해하고 도와주려고 노력한다. 내가 미국 학교에 갔을 때 만난 그 유럽 학생들은 내가 생전 처음 본 유럽인이나 다름이 없다. 그런데도 유럽인의 좋은 붙임성 때문에 정말 좋은 친구가 될 수 있었다. 그리고 교환학생인 이상 학업도 중요하지만 내가 여기 와서 해야 할 일이 문화를 교류하고 한국의 좋은 면을 보여 줘야 한다는 것이기 때문에 유럽인들에게도 더 잘하도록 해야 한다.

그리고 미국 학교에는 또한 중국인이나 일본인과 같은 동양인들도 있는데, 대부분의 이들은 한국 아이들처럼 노력을 하고 서로 도와주려는 면을 보여 준다. 미국에 와서 이 나라 저 나라 사람들을 보면서 그들의 특색을 보고 좋은 점을 많이 보고 배웠으면 좋겠다. 그리고 우리나라 교환학생들이 세계에 좋은 모습을 널리 보여 줬으면 하는 바람이 크다.

 ## 쇼핑

• 호스트에게 한국 음식 대접하기

이건 짐에 대한 얘기가 아니라 그냥 작은 팁으로 알려주는 것이다. 우리가 집에 와서 웬만큼 적응을 하게 되면 호스트한테 한국 음식을 만들어 주기도 한다. 이때 대부분의 학생들이 마트에 가서 쌀을 사게 된다. 마트에 가면 한국처럼 쌀을 한 포대 사야 하는 것이 아니라 적은 양의 쌀을 살 수 있다. 그런데 이때 아무 쌀이나 사면 큰 코 다친다. 잘

못된 쌀을 사면 정말 후회하는데, 어떤 쌀은 불면 쌀이 날아다닐 것 같다. 한국 쌀과 비슷한 모양의 쌀을 사야지만 비슷한 느낌을 받을 수 있다. 가끔 일본 쌀을 팔기도 하는데 한국 쌀과 같은 이런 쌀을 미국인들이 정말 좋아한다. 그리고 대부분의 아이들이 불고기를 하는데 미국에서도 간장 그리고 불고기 양념과 비슷한 양념들을 팔기 때문에 일부러 간장 같은 소스를 싸 올 필요는 없다.

• 학용품은 기회 닿을 때 많이 사야

학교마다 다르지만, 어떤 학교의 경우 특정한 학용품을 정해 주기도 한다. 내가 사립학교에 있었을 때 학교에서 펜은 검정색 볼펜만 쓰고 바인더에 종이를 가지고 다녀야 한다는 규칙이 있었다. 하지만 한국에서 모든 학용품을 모조리 사왔던 나는 돈을 학용품에 쓰는 것이 너무 아까웠다. 가뜩이나 처음 미국에 와서 살 것도 많았는데 넘치는 학용품을 또 사야 한다니 돈을 쓰고 싶지 않았던 것이다. 그래서 정말 최소한의 양을 샀다.

그런데 나는 어리석게도 그 일을 다시 후회하게 되었다. 나는 다 써 버린 학용품을 다시 사러 갈 수 없어 안절부절 했다. 물론 가끔 집이 마트 주변에 있어 걸어갈 수 있는 학생들도 있지만, 많은 학생들이 마트에 가려면 호스트가 차로 태워다 줘야 갈 수 있다. 미국은 인도가 발달해 있지 않고 건물과 건물 간격도 무척 멀다. 호스트도 차를 타고 번거롭게 마트에 가는 것을 원치 않는다. 그래서 한 번 가서 살 때 되도록 많이 사고, 마트는 그렇게 자주 가지 않기 때문에 우리도 한 번 살 때 되도록 많은 양을 사는 것이 좋다.

특히 종이의 경우 생각보다 많은 양을 사용 한다. 한국은 공책을 쓸 때 앞장 뒷장 빈틈없이 쓰는데, 그런데 미국의 경우 쪽지 시험도 많이 보고 내용이 달라지면 종이도 바꿔 쓰기 때문에 생각보다 종이를 많이 쓴다. 그것을 몰랐던 나는 하루 종일 친구들한테 종이를 구걸해야 했다. 나처럼 종이를 구걸하러 다니지 말고 한 번 마트에 갈 때 충분한 양의 종이와 학용품을 사는 것이 현명하다.

• 마트에 가기 전에 꼭 메모를 한다

내가 원할 때마다 마트에 갈 수 없어서 잘 확인을 해야 하는 것들에는 샴푸와 같은 꼭 필요한 용품도 있다. 미국은 한국과 다르게 샴푸를 개인별로 따로 쓰는 가정이 많다.

나의 경우 지하에 있었던 손님용 화장실을 사용했기 때문에 샴푸를 내가 직접 사야 했다. 샴푸가 떨어져 가면 다음에 마트에 갈 때 사야겠다고 생각하고 있다가 마트에 막상 가면 그걸 까먹고 엉뚱한 것에 돈을 낭비하는 경우가 많다. 이렇게 되면 샴푸도 충분히 못 쓰고 다음 마트 가는 날까지 기다리거나 미안하게 호스트한테 말해야 할 때가 있다. 호스트도 마트에 가는 것이 쉬운 일이 아니기 때문에 핀잔을 듣기도 하고 그렇게 핀잔 듣기가 싫으면 마트에 갈 때까지 비누로 머리를 감아야 한다. 때문에 만약 물건을 쓰다가 거의 다 써간다면 무조건 메모를 하고 나중에 마트를 갈 때 그 메모를 가져가는 것이 좋다. 이렇게 하면 필요한 물건만 살 수 있어 돈도 아끼고 정말 필요한 물건을 빼놓지 않고 살 수 있어 좋다.

샴푸나 학용품의 경우는 미국 마트에서도 살 수 있으므로 한국에서 조금씩은 가져 오더라도 많이 살 필요는 없다. 그런데 미국 마트에서는 귀이개, 때수건 그리고 쇠젓가락 같은 것은 팔지 않는다. 미국에서도 약은 팔지만 한국에서 주로 먹던 영양제나 약 같은 것은 챙겨 오는 것도 좋다. 한국에서 주로 먹던 감기약이나 배탈 약이 미국에서 사먹는 약보다 훨씬 더 효과가 좋고, 막상 약국에 가보면 한국과는 다르게 너무 종류가 많아서 좋은 약을 고르는 것도 쉬운 일이 아니다. 약은 무겁거나 부피를 많이 차지하지 않으니 넉넉히 가지고 오는 것이 좋다.

말하기 쑥스럽지만 속옷과 양말을 많이 챙겨 와야 편히 지낼 수 있다는 말을 하고 싶다. 한국에 있는 집에서는 온 가족의 빨래를 한꺼번에 하지만 대부분의 미국 가정은 한 사람씩 돌아가면서 빨래를 한다. 그렇기 때문에 일주일에 한 번 또는 10일에 한 번씩 내 차례가 돌아온다. 그래서 항상 학교 갈 때 양말 찾느라 시간을 허비한다. 처음에 넉넉히 속옷과 양말을 챙겨 오지 않았던 나는 화장실에서 손빨래를 했는데, 미국은 빨래를 하고 말리는 기계를 쓰기 때문에 내가 손빨래한 옷들을 말리기 위해서는 내방에서 말려야 했다. 그래서 가끔 가족들이 방에 들어오면 민망하기 그지없었다. 그렇기 때문에 손빨래보다는 한 10일에 한 번 빨래를 한다고 생각하고 충분한 양의 속옷과 양말을 가져 오는 것이 좋다.

• 드레스 코드를 챙겨야 한다

만약 학교 배정이 나면 해당 학교 사이트라든지 아니면 그 지역의 날씨를 잘 알아보고 추가로 이것저것 챙겨야 할 것도 있다. 만약 공립이 아니라 사립이라면 학교 사이트에 들어가서 드레스 코드를 봐야 한다. 드레스 코드는 학교에서 정해 주는 옷차림이다. 나는 미국에 간다고 청바지만 사갔다가 다시 면바지를 사야 했다.

그리고 호스트 패밀리들이 교회를 다닌다거나 사립학교가 종교를 가지고 있다면 정장은 아니더라도 캐주얼한 정장을 챙겨가는 것이 좋다. 미국의 교회는 한국의 교회처럼 자유로운 분위기가 아니다. 게다가 성당과 같은 경우에는 정말 청바지도 못 입고 간다. 그리고 몰몬교와 같은 경우는 여자는 무릎을 덮는 치마를 입고, 남자는 넥타이를 꼭 착용해야 한다. 이는 종교가 있는 사립학교도 마찬가지이기 때문에 만약 그런 상황에 놓여 있다면 준비가 필요하다.

그리고 주마다 다른 특색의 날씨를 가지고 있는데, 유타와 같은 경우 땅의 고도가 한라산과 같은 높이이기 때문에 여름철에는 하루라도 자외선 차단제를 바르지 않으면 살이 까질 정도로 타버린다. 게다가 고도가 높다 보니 눈도 많이 와서 부츠나 잘 미끄러지지 않는 신을 챙겨 와야 한다.

물론 지역마다 다르겠지만 미국은 눈이 정말 많이 오거나 날씨가 덥고 비가 많이 오는 경우가 있기 때문에 자신이 배정이 난 지역에 대한 조사와 준비가 필요하다. 그리고 만약 주변에 이미 교환학생을 경험한 사람이 있다면 꼭 물어보고 조언을 받는 것이 좋다.

• 카페에서 선배들과의 소통

교환학생으로 가는 것이 생각보다 준비할 것이 많고, 미처 생각하지 못한 것들도 많아 나중에 후회할 때도 있다. 만약 주변에 이미 교환학생으로 간 선배들이 없고, 이번이 처음 가는 유학이라면 ISC Korea 사이트에 가서 많은 사람들을 만나고 쇼핑도 같이하고 전에는 알지 못했던 정보도 주고받으면, 훨씬 실수도 적어지고 동료가 생겼다는 생각에 긴장도 많이 줄어 들 것이다.

교환학생으로 가기 전에 그룹으로 모여서 공부도 같이 하고 서로 준비하는 것을 도와주면서 즐겁게 준비를 잘해서 미국에서 조금이라도 더 편하게 생활할 수 있었으면 좋겠다. 그리고 내가 조금의 도움이라도 된다면 정말 기분이 좋을 것 같다.

 미국생활이 힘들었을 때

• 미국에서 느낀 가족의 소중함

미국에서 생활을 할 때 늘 행복한 일만 있는 것은 아니다. 정말 포기하고 싶기도 하고 외롭기도 할 때가 많다. 그렇지만 나는 이런 과정을 거치는 것이 헛수고라고 생각하지 않는다. 언젠가는 더 많은 것을 얻게 될 것이고, 힘든 것을 참고 견디면서 자기 자신을 발전시키는 것이라고 생각한다.

미국에 가는 것 중 가장 걱정이 되는 부분이 가족들, 친구들과 헤어지는 일일 것이다. 평생을 함께할 것만 같았던 친구들, 가족들과 헤어져 먼 곳에 가서 생활을 한다는 것이 싫을 수도 있다. 그리고 가기 전에는 느끼지 못했지만 나중에 미국에 가서는 그런 가족들 또는 친구들이 너무 그립고, 한국으로 돌아가고 싶은 마음이 굴뚝 같아질 때가 많다. 나는 대학에 가서 배낭여행을 함께 가고, 열심히 공부해서 꼭 같이 성공하자고 약속했던 친구들과 나를 믿어 주시고 내가 아플 때마다 밤새 걱정해 주시던 부모님을 멀리 떠나 미국에서 생활을 하고 있다. 어떨 때에는 친구들 또는 가족 생각에 눈물이 흐를 때도 있다.

나는 처음 미국으로 떠날 때 허전한 마음은 있었어도 가족들과 친구들이 이렇게 그리울 줄은 몰랐다. 미국에서 연락도 주고받을 수 있으므로 설마 내가 그들을 많이 그리워하지는 않을 줄 알았다. 하지만 평

137

소 눈물이 많았던 나는 미국에 와서 얼마 뒤에 엄마와 전화 통화를 하다가 눈물을 흘렸다. 나도 왜 그랬는지는 모르지만 그냥 목소리만 들어도 눈물이 났다. 나는 내 자신이 어른인 줄로만 알았는데, 아직 거쳐야 할 과정이 많구나 하는 생각을 했다.

그리고 목소리조차 듣지 않았는데 눈물이 흘렀던 적도 있다. 바로 크리스마스 때였다. 대부분의 미국 가정이 크리스마스는 온가족과 함께한다. 아침에 일어나서 선물을 확인하고 저녁쯤에는 사촌과 친척들까지 초대해서 함께 크리스마스를 보낸다. 정말이지 미국 가정의 크리스마스는 화기애애하다. 많은 사람들도 만나고 맛있는 음식도 먹고 서로 선물도 나누기도 한다. 그래서 크리스마스는 많은 미국 사람들이 가장 좋아하는 날로 손꼽힐 정도이다.

그날도 이렇게 즐거운 시간을 보내다가 사람들도 하나하나 집으로 돌아가고 집도 정리를 마쳤다. 그리고 가족들이 늦은 시간에 잠자리로 돌아갔다. 나도 잠을 자기 전에 씻기 위해 화장실로 들어갔다. 그런데 두 딸을 미국으로 보내고 외롭게 크리스마스를 보내고 계실 부모님을 생각하니 갑자기 마음이 아팠다.

한국에 있을 때에는 힘들 때마다 투정도 많이 부리고 집안일도 많이 도와드리지 못했는데 정말 그런 것이 후회가 될지는 몰랐다. 그때 교환학생을 마치고 돌아가면 정말 작은 일이라도 도와드려야겠다는 결심을 했다. 이렇게 미국에 가게 되면 한국에 있을 때와는 달리 부모님을 걱정하게 되고 많이 생각하게 된다. 부모님을 많이 생각할 때도 있지만 한국에서 좋은 추억들을 많이 만들어 주었던 친구들도 무척 생각난다.

한국에 있었을 때 딱히 유학 계획이 없었던 나는 친구들과 고등학교

도 같이 들어가고 대학교 때 배낭여행과 같은 많은 계획들을 세웠었
다. 그때 추억도 많았고 친구들 덕분에 학교 다니는 것도 재미있었다.
지금도 그때를 생각하면 웃음이 나올 정도이다. 그러나 우연히 교환학
생 프로그램에 참여할 기회가 생겨 유학을 오게 되자 소중했던 친구들
과 멀리 떨어지게 되었다. 그리고 그런 친구들의 소중함은 미국에서
학교를 다니면서 더 많이 느끼게 되었다. 미국에서 친구들을 사귀는
것은 한국에서 친구들을 사귀는 것처럼 쉽지가 않았기 때문이었다. 미
국인들과 문화도 다르고 태어나서 처음으로 다른 나라의 학교 문화에
적응하는 것이 쉽지도 않았고, 게다가 영어가 부족해서 하고 싶은 말
을 자유롭게 설명하지 못했던 나는 미국에 있는 친구들과 한국에 있었
던 아이들처럼 친해지지는 못했다.

그래서 그럴 때마다 한국에 있는 친구들을 생각하게 되었다. 한국에
서는 당연하게 받았던 부모님의 사랑 그리고 친구들의 관심이 미국에
서는 정말 너무나 소중히 느껴졌다. 미국에 오면 많이 성숙해지거나
철이 든다고 하는데 이런 것을 많이 느끼고 소중히 여겨서인 것 같다.

• 영어 때문에 받은 충격적인 점수

미국에 와서 이런 그리움 말고 또 나를 힘들게 하는 것이 바로 영어
이다. 지금도 나의 영어 실력은 훌륭하지 않지만 내가 미국에 왔을 때
에는 너무 힘이 들었다. 나는 처음에 영어로 말하는 것이 얼마나 어색
하고 긴장이 되던지 한숨이 나오고 진땀이 흘렀다. 한국에서 영어 공
부를 열심히 하지 않았던 것이 너무나 후회가 되었다.

영어도 못하는 내가 혼자서 미국행 비행기를 타는 것은 정말 긴장이
되지 않을 수 없었다. 어디로 가야 하는지 몰라 비행기에서 내려 무작

정 많은 사람들을 따라 갔어야 했고 학교에서 들어야 하는 과목을 정해야 되는데 솔직히 무슨 말인지 잘 못 알아들어서 카운슬러가 들어야 한다고 했던 과목만을 들었다. 게다가 처음에 학교에서 몇 몇 아이들이 말을 붙일 때 어떻게 대답을 해야 하는지 몰라 미소만 짓고 있기도 했다.

그때 나의 심정은 답답하고 긴장되고, 머리에는 수도 없이 많은 생각들이 났다. 한국에서는 수다도 많이 떨고 이래저래 말도 많이 했던 내가 이렇게 의기소침해지기는 처음인 것 같았다. 게다가 영어를 제대로 못하니 수업을 받는 것도 엉망이었다. 미국 고등학교는 쪽지 시험을 굉장히 많이 본다. 그래서 미리미리 배운 것을 공부하고 준비해야 하는 특징이 있다. 그러나 영어가 모자랐던 나는 이런 쪽지 시험을 짧은 시간 안에 준비할 수가 없었다. 특히 어렵고도 유난히 쪽지 시험이 많았던 biology 시간에 나는 태어나서 처음 받아보는 가슴 아픈 점수를 받았다. 정말 충격적이었다. 한국에서 준비를 좀 더 많이 했더라면 그래도 이런 점수를 받지는 않았을 텐데 하는 후회도 했다.

그렇게 영어에 자신도 없고 실력도 많이 좋지 못했던 나는 미국에서 가족과의 생활도 학교를 다니는 것도 정말 힘이 들었다. 그때부터 나는 하루에 조금씩이라도 영어를 공부하기로 결심했다. 한국에서 가지고 온 영어책으로 어휘를 외우며 혼자 예문을 만들어 연습도 하고, 일부러 그 예문을 생활에 이용하려고 노력했다. 그렇게 영어를 제대로 쓰지 못했던 나는 조금씩 기본을 이해해 가고 있었다.

이렇게 나처럼 한국에서 영어공부를 열심히 하지 않으면 정말 절망적인 점수를 받고, 힘든 생활을 할 수 있다. 한국에서 미국으로 유학을 준비하는 것이 짧은 시간일 수도 있지만 그래도 그런 짧은 시간에서라도 공부를 열심히 해두는 것이 좋다.

• 내 행동이 한국인을 대표한다는 생각

영어 때문에 사람들과 가까워지지 못하는 힘든 상황도 있지만 어떤 아이들은 내가 동양인이라는 이유 때문에 가까워지지 않으려 할 때도 있다. 바로 인종차별 문제이다. 외국인도 많고 여러 인종이 도여 사는 미국이라는 나라는 인종차별이 없을 줄만 알았는데 그렇지 않았다. 오히려 더 많은 인종이 모여 사는 곳에 그만큼 인종차별도 심한 것 같았다. 내가 맨 처음 Illinois주의 Marqutte High School에 있을 대는 흑인이라든지 히스패닉이 많지 않았다. 그런데 신기하게도 인종차별이라는 것을 별로 느껴보지 못했다. 오히려 동양인을 신비하게 생각하기도 했다. 그런데 1년 뒤 Utah주에 있는 Murray High School에 갔을 때에는 학교가 커서였는지 이상하게도 약간의 인종차별을 받고 있다는 느낌을 많이 받았다. 잘 모르는 사람인데도 놀리거나 발음을 잘 못하는 외국인들의 서툰 영어를 따라하는 등 정말 나를 민망하고 창피하게 하는 일들이 많았다.

처음에 Murray High School에 왔을 때 어떤 한 아이가 그런 행동들을 했다. 그래서 사실 그렇지 않아도 힘들었던 생활을 더 힘들게 했었다. 어느 날 Spanish반에서 그 아이와 가까운 자리에 앉게 되었는데 영어가 서툰 나를 보고 놀리기 시작했다. 나는 그 아이가 너무 미워서 수업이 끝날 1시간 동안 그 아이를 째려보았다. 지금 생각 하면 웃기지만 정말 그때 나의 눈빛에는 악기가 서려 있었다. 그런데 정말 신기하게도 그 다음날부터 그 아이의 태드가 달라지기 시작했다. 그날부터는 놀리기는커녕 오히려 말도 많이 걸어오고, 정말 친절하게 대하기 시작했다.

정말 의아스러웠지만 어쩌면 그 아이는 내가 기분이 상할 것이라고 생각하지 못하고 그렇게 행동했던 것 같았다. 나는 그 아이를 1시간 동안이나 째려봤던 것이 못난 짓이라고 생각했다. 그래도 그 다음부터는 놀리지 않은 것이 다행인 것 같았다. 하지만 역시 그때로 다시 돌아간다면 나는 그렇게 1시간 동안이나 째려보지 않을 것이다. 그렇게 행동한 것도 창피하지만 내 생각에는 인종차별을 느꼈을 때 기분이 나쁘다는 것은 10초의 눈빛만으로도 상대가 느꼈을 것이라고 생각한다.

인종차별이라는 것이 그냥 사람들의 인식일 수도 있지만 결국 그 시작은 유색인종들의 폭력이라든지 비개념적인 행동들로부터 오는 것이다. 모든 유색인종들이 그렇다고 생각하는 것은 정말 잘못된 생각이지만 어쨌든 간에 우리 아시아 사람들도 인종차별을 당하는 것은 우리에게도 그럴 만한 문제점이 있었기 때문이라고 생각한다. 대부분의 아시아 사람들은 정말 똑똑하고 성실하다는 장점을 가지고 있다. 하지만 몇몇의 사람들 때문에 많은 아시아인들이 욕을 먹는다.

미국에서 가끔 중국 음식점에 가는데 그릇이 정말 너무 지저분해서 먹고 싶지 않은 때가 있다. 이런 경우 그 음식점을 더럽다고 생각하는 사람도 있지만 어떤 사람들은 중국 음식점은 더럽다거나 아시아 사람들은 더럽다고 생각하는 사람들도 많다. 유색인종들이 백인들처럼 흔하지 않고 특징을 가지고 있기 때문이다.

그렇기 때문에 만약 내가 잘못하면 많은 한국인 또는 많은 아시아 사람들까지 욕을 먹을 수 있다. 반대로 생각하면 만약 우리가 좋은 본보기를 보여준다면 미국인들은 한국인에 대한 좋은 인식을 가지고 살아갈 수 있다. 미국에 오면 나는 외국인이 되고 내 행동으로 한국인이 욕 먹을 수도 있고 칭찬 받을 수도 있다는 생각을 가지고 행동을 해야 할 것 같다. 우리 한국의 교환학생들이 미국에서 한국의 좋은 문화를 보여주고 친절하고 예절 바른 모습을 보여준다면, 언젠가는 아시아인에 대한 좋은 인식을 가지게 되고, 더 이상 인종차별을 하지 않을 것이라고 생각한다.

• 즐겁게 지내고 웃음을 주는 것이 돕는 일

인종차별처럼 사회적인 문제들도 나를 힘들게 했지만 사실 미국에서는 미국 가정에 적응을 한다는 것도 쉬운 일이 아니다. 한국에서는 집에서 노력하지 않아도 부모님들께서 아껴 주시고 예뻐해 주시지만, 미국에서는 내가 노력해야지만 가족들과 가까워질 수 있다. 게다가 샤워를 하는 문화라든지 집에서 공부를 하는 문화가 조금씩 한국과 달라 힘이 들 때가 있다.

내가 있었던 집은 화목하고 밝은 분위기의 가정이었다. 그러나 규칙과 예절을 잘 지켜야 하는 집이었다. 그래서 내가 가자마자 호스트 엄마께서, 집에서 지켜야 할 규칙을 적어 주셨다. 내가 지켜야 하는 규칙은 방과 내가 쓰는 화장실은 내가 치우고 집안일을 조금씩 도와야 한다는 것과 샤워는 6시 반에 하는 대신 10분 정도 할 수 있다는 것이었다. 한국에서는 한번 씻으러 들어가면 나올 줄 몰라 했던 내가 그것을 잘 지킬 수 있을지도 의문이었고, 한국에서는 내가 하고 싶은 대로 했는데 미국에서는 가끔 집에서 지켜야 할 의무들이나 규칙들이 있는 것이 적응되지 않았다. 게다가 낯선 곳에서 적응을 잘 못하는 성격을 가진 나로서는 남에 집에서 사는 것이 눈치가 보이고 힘이 들었다.

다른 사람 집에서 공짜로 자고 먹는다는 것이 이렇게 힘든 일인 줄은 몰랐다. 나도 뭔가를 보답해야 하지 않을까라는 생각을 하게 됐고 그 가정을 위해서 내가 어떤 일을 해야 하는지 생각해 보았다. 아무리 생각을 해봐도 내가 그 가정의 도움이 많이 되는 일은 없었다. 그래서 결국 호스트 엄마께 내가 어떤 일을 해야 도움이 될지 물었다. 호스트 엄마께서는 집에서 즐겁게 지내고 우리에게 웃음을 주는 것이 도움을 주는 것이라고 말씀해 주셨다.

사실 호스트 엄마께서는 아들이 대학에 가서 몹시 외로웠다고 하셨다. 그리고 그 이유가 나를 이 집의 교환학생으로 맞이한 것이라고 말씀해 주셨다. 물론 내가 친아들처럼 잘하지 못하겠지만 그래도 내가 조금이나마 이 집에 웃음을 주고 친아들이 떠나고 빈 자리를 조금이나마 더 채워 주고 싶었다. 그래서 일부러 말도 많이 하고 많이 웃으려고 노력했다.

미국 호스트 가정은 가정을 화목하게 하고 가족들에게 좋은 경험과 추억을 남기기 위해 우리를 가족으로 받아들이는 것이다. 가족들이 우리에게 미국에서 생활할 수 있는 기회를 주고 우리가 생활을 할 수 있는 공간을 주는 보답으로 우리는 가족들에게 웃음과 좋은 추억을 남겨 주어야 한다고 생각한다.

• 대중 교통수단은 walk?

대중 교통수단이 잘 정리되어 있는 한국에서만 생활을 하다가 대중 교통수단이 거의 존재하지 않는 미국에서 생활을 하는 것도 만만치가 않다. 친구와 약속을 해도 약속 장소로 태워다 줄 사람이 없으면 약속을 취소해야만 했다.

나는 너무나 어려웠던 미국 역사를 보충받기 위해 아침 일찍 태워다 줄 사람이 필요했지만 다른 학교 유치원 선생님이었던 호스트 엄마께서는 아침에 다른 일정이 있어 태워다 주실 수 없었다. 그래서 나 혼자 아침 일찍 일어나 학교로 걸어가야 했다. 집에서 학교까지의 거리는 1시간 반이었다. 미국에서 걸어서 이 정도 거리면 먼 거리가 아니었다. 하지만 문제는 사람들이 잘 걸어다니지 않아 잘 정리되지 않았던 인도와 무지막지하게 빨리 달리는 차들이었다. 게다가 그때는 한 겨울의 아침이었다. 정말이지 그때 나는 걸어가다 동사하는 상상까지 했다. 난생 처음 느껴보는 뼛속까지 스며들던 추위였다. 비록 선생님께서 아침 일찍 나오면 Extra credit(미국 학교 선생님들이 주는 추가 수행평가 점수)을 주겠다고 약속했지만 나는 그 약속을 포기해야 했다. 이런 Extra credit은 포기하면 되지만, 참석하지 않으면 안 되는 약속 같은 경우에는 정말 난감하다.

가끔 미국 학교에서는 학교가 끝나고 저녁쯤에 음악회 같은 것을 할 때가 있다. 학교 내에서 음악을 좋아하거나 재능 있는 아이들을 모아 놓고 공연 같은 것을 하는 것이다. 그런데 하필이면 내가 음악회에 참석해야 하는 그때 호스트 동생이 배구 경기를 해야 했기 때문에 나는 또 걸어서 학교에 가야 했다. 나는 그때 음악회에서 연주를 해야 했으므로 정장을 입고 두껍지 않은 신을 신어야 했다. 발은 얼 것만 같고 밤이라 너무 무서웠다. 게다가 녹지 않고 남아 있었던 얼음들이 너무 미끄러워서 넘어질 것만 같았다.

거의 한 시간을 걸었을 때 학교가 있는 마을이 나왔다. 하지만 거리는 너무 어두웠다. 나는 어디에 발을 디뎌야 하는지도 모르겠고 날씨는 너무 추웠다. 그러다 너무 어두웠던 나머지 나는 얼음판에서 넘어져 버렸다. 옷은 많이 버리지 않았고, 발이 너무 시려워서 아픈 줄도 몰랐다. 그때 그 상황은 꼭 영화 속에서 도생들이라든지 선비들이 한겨울에 산을 넘는 상황 같았다. 영화 속에서 선비들이 눈을 맞아 머리와 수염이 하얗게 변하고 추위에 떨면서 어디론가 향하는 모습이 꼭 나의 모습과 같았다. 나는 이런 잡다한 생각을 하면서 늦지 않게 학교에 도착했다. 그런데 나도 모르게 발목에서 피가 나고 있었다. 넘어졌을 때까진 모양이었다.

연주회는 잘 끝났지만 왠지 모르게 서운하기도 하고 한국이 너무 그립기도 했다. 한국에서 학교에서 연주회를 하거나 발표를 할 때 열일을 제쳐 놓고 나를 챙겨 줬던 부모님, 그리고 내가 원하면 어제든지 갈 수 있게 되어 있는 한국이 나는 너무 그리웠다. 한국에 있을 때는 연주회라든지 발표가 있으면 왠지 모르게 뿌듯하고 좋았는데, 이렇게 미국에 있을 때에는 걱정부터 들게 될 때가 많았다. 왜 나는 한국에 있었을 때 한국이 좋다는 것을 몰랐을까 하는 생각이 들었다. 미국에서는 한국에서 몰랐던 많은 것을 소중하게 느끼게 되는 것 같다.

• 영어 에세이

The World Viewing

In the world there are 22 immigrant travels to other country in a second, and when we are wake up in morning, the world isn't same as yesterday. Now can you imagine how big is the world? Or those sentences are still sound like gossip?

For me those sentences were such a gossip and I thought that the society which I learn since when I was 4th grade, is simple like elementary school text book.

Since I was in middle school I knew that how hard is to enroll to university is and I thought even I study the hardest in my school, I still found that going to university is the hardest things to do, so I try to study until all the light of apartment turned off to prove myself "I can do it".

I don't know it helped my study but it was like self contentment for me.

After I finished study I felt the every single people goes sleep and I felt that I was the only person in the world not yet sleeping, but I didn't know the fact there was other side of world that is different than us. But since I rived in the place that 10,000km far from korea, I start see the world that bigger than I thought and more complex than I thought.

when I was in illinois one of my class visited state hall, before I arrived the state hall I thought it will be really tedious, but when I push the door so can see the inside of building and hear people's voice from inside, the idea of world had changed.

The plenty of language that even I never heard before and many people that seem so busy, it seem so different from outside.

The place was really amazing and complex, and it was also huge place, but the place will be much smaller than a dot, If I watching it from artificial satellite. It doesn't seem like much efficient to us because we don't get the

most of things that they do directly.

The building that I thought really big and really busy, was just little big building from outside, than how complex it will be the world. I realized that

Those building had so much meaning to the people in state and there are

So many thing that have to be done to satisfy our desire to every single people. After I visited there I realized that I need to learn far more than a textbook.

When I was in illinois, I lived around chicago, so many people who came from other country lived in town in especially.

Even some people came from country that I never heard before, so when I was walking on the street of Chicago, I felt like there are no line between people around the world.

on the street the people who doesn't speak english and doesn't have a exterior that look like other country person, but they seems

like nothing to bother their look or their pride of country. And so many people that came from other country walking on the street, was miraculous things to me so whenever the people that look like from other country, passing by me I couldn't thrust temptation away and watching the person. Even I also foreign person to them.

I shouldn't do that because the person that I was watching can stressed because of me. So on the street even they speak other language most american never watching at them, I can be a just pretending not interesting but many people grow up with culture that could contact with global social like exchange students so they think the social that being with foreign people is natural to them.

so when I realized that I was only person that watching a foreign people, I think my self I am a rustic, and should have the good view point of world and know in the world now days there is so many people adapting in other country.

When walking on the street the person that already adapting at global, show to me I should be a people that not surprising at global, and become a person that can have harmonious relationship with other country people.

The street teach me I still have many things to learn, and makes me try so after several month later, I learn if I successed adapting in, we also find in the world there is so many chance that I can get.

I was so happy about many things that I learn in america, but those things that I learn about world, cannot be accepted If you don' t try to learn about something.

But if we try to learn about something we are going to learn so many things even when we are walking or see something because the street and the land isn' t same as the place that we been lived.

So I hope many people that leave korea, try to learn something and get great view of the world.

자매교환학생 체험담

문진영

미국 대학 입학까지의 경험담

 공립학교와 사립학교의 다른 점

나는 미국과 캐나다에서 고등학교를 다니고 졸업 후에 지금은 유타 대학교에서 생물학을 전공하고 있다. 유학생활의 노하우를 깨우치고 캐나다 공립학교와 미국 사립학교를 무사히 마칠 수 있었음에 매우 만족스럽게 생각한다.

이곳에서 공립학교와 사립학교는 하늘과 땅 차이다. 나는 두 학교에서 유학생활을 하면서 각각의 장점과 단점을 알 수 있었다. 큰 차이점부터 이야기하자면, 공립학교는 사립학교보다 크고 분위기가 많이 다르다는 것이다.

공립학교는 주로 교환학생이 많으며 미국문화를 즐기면서 쉽게 성적을 얻을 수 있는 곳이다. 이곳은 공부보다는 다른 분야를 즐기는 학생들을 더 많이 볼 수 있다. 물론 공부를 중요시하지 않는 것은 아니다.

그리고 대부분의 공립학교에서는 다양한 사람 또는 다양한 인종을 볼 수 있다. 우리가 미국 영화에서 파티 장면을 자주 볼 수 있는데, 내가 다니던 공립학교는 상당히 작았지만, party, prom, festival 등등 많은 파티들이 있었다. 나는 처음으로 캐나다에 가서 prom이라는 졸업식 파티에 가게 되었는데, prom은 교환학생이라면 한 번은 꼭 가봐야 하는 학교에서 제일 큰 파티이다. 처음 입어보는 드레스와 환상적인 파티 분위기는 나를 매혹시킬 정도로 재미있었다. 그 외에도 여러 가지 많은 파티와 학교활동은 정말 잊을 수 없는 추억이 되고 친구들을 사귈 수 있는 아주 좋은 계기가 되었다.

교환학생은 문화교육, 영어 배우기 등 여러 가지 경험을 쌓기 위해서 참 좋은 프로그램이며, 그 중 공립학교는 정말 최고의 유학생활을 보증해 줄 수 있을 것이다. 여기서 교환학생이 공립학교에서 최고의 추억을 만들 수 있는 팁 몇 가지를 알려주고 싶다.

재미있는 교환학생 생활을 하기 위해서는 친구와 어울리며 영어 실력을 향상시키는 것이 제일 중요하다. 그것을 위해서는 모든 학교활동에 부지런히 참여하는 것이 가장 좋은 방법이다. 미국 아이들은 학교활동을 무척 좋아하기 때문에 그곳에 가면 많은 친구들을 사귈 수 있다. 특히 공립학교는 운동으로 친구들을 많이 사귀기 때문에 운동부에 드는 것도 좋은 방법이다. 그런데 대부분 부모님 없이 외국에 나가게 되는 교환학생이 꼭 알아둬야 할 것이 있다. 공립학교는 사립학교보다는 자유를 더 많이 추구하기 때문에 더 위험할 수가 있다는 점이다. 호스트와 코디네이터에게 항상 어디에 가는지 보고하는 것과 위험할 것 같은 파티는 친구들이 있어도 가지 않는 것이 좋다. 재미를 추구하는 것도 좋지만 안전한 교환학생 생활을 하기 위해서는 호스트의 지시를 따르는 게 가장 좋다.

나는 캐나다에서 1년이라는 시간을 보내고 나의 목표인 미국으로 가게 되었다. 미국에서 다닌 학교는 사립학교인 Lenawee Christian School이다. 미국은 기독교가 많이 분포되어 있기 때문에 미국에서 기독교 학교를 보게 되는 일은 흔한 일이다. 경험자로서 나는 기독교 학교를 추천하고 싶다. 기독교 학교는 충분한 재미를 추구하면서 공부를 많이 도와주는 학교이다. 그리고 훨씬 더 안전하게 미국생활을 할 수 있다.

미국의 사립학교는 한국의 학교 같지는 않더라도, 그만큼 힘이 들고 경쟁을 많이 느낄 수 있는 곳이다. 우리가 얼핏 보기에는 미국 학생들은 공부를 정말 잘하지 않는 것 같지만, 미국의 사립학교 학생들은 정반대이다. 모두 다 대학을 겨냥하고 공립학교와 다르게 공부에 욕심이 많은 아이들을 모아 놓은 것 같았다. 그래서 사립학교에서는 공부를 무시할 수 없다. 가끔은 한국보다 더 세세히 그리고 많은 실험과 지식이 필요하기 때문에 그런 것에 약한 한국 학생들은 훨씬 불리하게 된다. 그리고 또한 내신이 정말 중요하기 때문에 숙제를 하지 않으면 수업을 통고할 수 없게 된다. 미국 사립학교가 쉬울 것 같다고 생각하면 유학생활은 별다른 의미가 없이 돈 낭비가 될 것이다.

미국 사립학교에 잘 적응할 수 있는 몇 가지 팁

내가 미국 사립학교에 다니면서 공부 말고 꼭 필요하다고 생각한 것이 있었다. 그것은 바로 악기와 운동이었다. 악기와 운동을 하나 정도 하게 되면 학교생활이 훨씬 수월하고 재미있게 된다.

물론 넘쳐나는 숙제와 운동을 같이하게 되면 무척 피곤하지만, 친구들도 많이 사귀고 여가생활을 즐길 수 있기 때문에, 그런 특기는 하나 정도 있으면 남부럽지 않게 생활할 수 있다. 이런 여가생활을 추구하지 않는다면 공부 쪽으로 매진하는 것도 좋은 방법이다.

미국 사립학교에서 공부를 잘하는 방법은 우선 선생님들하고 친해지는 것이다. 선생님들하고 친해지게 되면 여러 가지 정보를 얻을 수 있으며 가끔은 시험 볼 때 많은 도움을 얻기도 한다.

또 다른 하나는 노트 필기이다.

미국 학생들은 노트 필기에 많은 시간을 투자한다. 왜냐하면 노트의 많은 것들은 시험의 답이 될 수 있기 때문이다. 노트만큼 시험공부를 잘하게 해 줄 수 있는 것은 없다. 나의 짧은 유학생활에서 이런 방법들이 많은 도움을 주었고 기회를 잡게 해 주었다. 하지만 제일 중요한 건 어느 학교에 가든지 자신감을 가지고 생활하는 것이다. 미국은 자신감만 있으면 안 되는 일이 없다고 생각한다. 정말이지 기회의 땅이라는 말이 딱 맞는 것 같다. 미국은 피아노를 전공하고 싶었던 나에게 의사가 되고 싶다는 다른 희망과 욕심을 가지게 해주었다.

여기서 잠깐, 미국에서 공부를 성공적으로 하는 법을 알기 쉽게 정리해 보겠다.

첫째, 위에서 말했듯이 선생님과 친해지는 것이다. 위에서 말을 했기 때문에 더 이상은 언급하지 않겠다.

둘째, 수업시간에 노트정리는 정확하고 최고로 잘해야 한다. 물론 영어로 듣기 때문에 어려울 수도 있다. 어떤 학생들은 그 어려움을 극복하려고 몇 달 동안은 녹음기로 수업을 녹음해서 공부할 때 다시 듣기도 한다. 미국에서는 수업시간에 적은 노트 내용이 곧 시험 문제가 된다.

셋째, handout. 미국에서는 수업시간에 handout이라는 요점정리 노트나 숙제를 나눠 주는데 그걸 하나도 버리면 안 된다. 그걸 버리면 시험을 볼 때 곤란을 겪을 수 있기 때문이다. 수업시간에 받은 것은 항상 자신의 것으로 만들고 소중히 보관하면 훌륭한 자료로 쓸 수 있다.

넷째, 복습과 예습은 철저히 해야 한다. 한국과 다르게 시험이 자주 있기 때문에 미리 준비해 놓으면 훨씬 편하다. 그리고 학교마다 다르지만 가끔 pop quiz라고 예정 없이 시험을 볼 때가 있는데 그럴 때 복습과 예습은 도움이 많이 된다.

다섯째, 숙제의 중요성을 간과하면 안 된다. 미국은 class마다 숙제가 정말 많이 있다. 숙제를 하지 않으면 성적이 떨어질 뿐만 아니라 숙제에서 한 것들이 시험에도 자주 보이기 때문에 숙제를 하면 시험에서 보너스 문제처럼 쉽게 풀 수가 있다.

대학 결정과 그에 따르는 과정들(대학 입학 과정)

나는 2007년 미국 대학 의예과에 욕심을 내게 되었다. 미국 대학은 한국 대학과는 다른 면이 정말 많다. 대학에 들어가는 것부터 졸업하는 것까지 비슷한 면은 거의 없다. 미국의 많은 대학은 학비가 정말 비싸기 때문에 대부분의 학생들은 비싸고 좋은 대학보다는 처음 몇 년은 조그맣고 학비가 싼 대학에 입학해서 교양과목을 끝마치고 좋은 대학에 편입하여 전공과목을 마치기도 한다.

미국 대학은 어려운 만큼 들어가는 과정도 복잡하고 해야 하는 일이 한두 가지가 아니다. 나는 힘들고, 정보를 잘 몰랐지만 이 글을 읽게 되는 여러분들은 아주 쉽고 부족함이 없는 대학 원서를 작성했으면 좋겠다.

대학 원서에서 꼭 필요한 것들을 꼽아 보면 끝도 없이 많아서 머리가 아플 지경이다. 그렇지만 미국 대학에서는 성적보다는 다른 좋은 점들을 보고 싶어 하기 때문에 어떻게 보면 원서를 많이 넣으면 넣을수록 유리할 수도 있다. 미국 학생들은 대학에 원서를 넣을 때 한국과는 달리 여러 군데를 넣을 수 있다. 그리고 결정을 나중에 해도 전혀 상관없다. 대부분의 학생들은 자기가 원하는 곳, 학비가 저렴한 곳, 등급이 낮은 곳 등을 골라서 원서를 5~10개 정도 넣는다. 만약을 위해서 몇 군데 넣어 두는 것이 안전하게 대학을 고를 수 있는 길이다.

미국 대학도 한국 대학처럼 우선은 성적을 보는 학교들이 대부분이다. 그렇지만 한국처럼 성적을 모든 것의 기준으로 삼지는 않는다. 대부분의 미국 대학들은 다른 분야인 extra schoolwork을 50% 정도 기준으로 삼는다. 이런 점 때문에 공부에 자신이 없으면 다른 학교활동으로 원서를 심사하는 사람들의 마음을 잡는 것이 좋다.

이 방법은 최고의 대학으로 가는 방법으로도 많은 학생들에게 쓰인다. 대학을 비교하고 자기 분야를 맞는 학교를 찾을 때 미국 학생들은 www.collegeboard. com이라는 사이트를 많이 방문한다. 몇 가지의 question을 다 완성하게 되면 자기가 원하는 전공에 맞게, 그리고 성적에 맞게 여러 군데 대학을 한 번에 비교할 수 있도록 아주 자서하게 나온다.

나도 그 사이트 덕분에 모든 것이 나와 맞는 유타대학을 찾을 수 있었다. 작은 대학부터 큰 대학까지 있기 때문에 더욱 도움이 많이 되는 사이트이다. 그리고 이 사이트는 미국에서 SAT를 register할 수 있는 곳으로도 유명하다. 각각의 정보를 많이 이용할 수 있기 때문에 한국 학생들뿐만 아니라 미국 학생들도 많이들 알고 있는 사이트이다.

그렇게 해서 맞는 대학을 10개 정도로 줄여나가면서 좀 더 그 학교에 대해서 자기 스스로 알아보는 것도 좋은 방법 중 하나이다. 그렇게 되면 그 대학에 대해서 아는 것이 조금 더 많아질 것이다.

대학 원서는 한 10월초에 넣는 것이 가장 적당한 기간으로 알고 있지만 꼭 그렇게 하지 않아도 된다. 단, 크리스마스 전에 부모님께 대학입학이라는 선물을 해드리고 싶다면 10월초는 적절한 기간이 될 것이다.

대학 원서를 넣을 때가 되면 정말 많은 문제들이 등장하게 된다. 작은 것부터 큰 것까지 준비를 하지 않으면 대학에서 원서를 보지 않기 때문에 빠르고 정확하게 처리하는 것이 제일 좋다.

필요한 원서들

첫째, 학교 원서이다.

대부분은 인터넷으로 다운로드를 받을 수 있거나 아니면 인터넷으로도 접수할 수 있게 되어 있다. 그렇지만 인터넷으로 하는 것보다는 직접 작성해서 내는 것이 한 번에 보낼 수 있기 때문에 많은 학생들은 그냥 직접 써서 내는 경우가 많다.

원서는 낼 때는 원서비를 포함해야 한다. 학교마다 다르지만 대부분은 50~150달러 정도의 경우가 많다. 내가 처음으로 대학 원서를 쓸 때는 쓰는 곳이 너무 많고 장수가 많아서 정말 힘들고 정신이 없었다. 그래서 나는 A대학에 B대학 원서를 낸 경우도 있었고, C대학 원서 사이에 D대학 원서를 끼워서 C대학에 함께 내는 어이없는 실수를 한 적도 있었다. 나중에 그 대학에서 연락이 왔는데 정말 창피하고 미안해서 어쩔 줄을 몰랐다. 담당자가 내게 전화를 해서 "Are you sure that you really want to go this school?"이라고 물어봤는데, 정말이지 그 말을 아직도 잊을 수가 없다. 얼마나 황당했을까!

둘째, 잔고증명서이다.

대부분의 미국 학교들은 등록금이 비싸기 때문에 다들 학생들이 그 돈을 낼 수 있는지 확인하고 싶어 한다. 통장에 잔고가 충분하지 않을 경우에는 떨어트리기도 한다. 대학에서는 통장 잔고가 대학등록금의 3~4배는 있어야 안심하기도 한다. 그리고 잔고증명서가 없는 원서는 처음부터 아예 쳐다보지도 않는다.

셋째, 자신만의 에세이다.

대학마다 다르지만 어떤 대학은 에세이를 정말 많이 원하고, 어떤 학교는 전혀 보지도 않는다. 하지만 에세이를 원하는 곳은 정말 멋지고 경험이 들어 있는 마음에서 나온 에세이를 원한다. 에세이가 중요한 것 같지는 않지만 그것도 하나의 걸림돌이 될 수 있다.

나는 에세이를 쓰려고 대학에 10번도 넘게 물어 보고 고치고 또 고치면서 정성을 쏟아 부었다. 대학에 가기 위해서는 얼마든지 할 수 있었다.

넷째, 봉사활동, 특별활동, 그리고 클럽활동들에 대한 기록들이다.

위에서 말했지만 미국은 공부 말고도 다른 활동들을 많이 원한다. 봉사활동 기록서는 반드시 필요한 문서이다. 미국 대학에 들어가고 싶다면 고등학교에서 봉사활동을 하는 것이 정말 좋다. 나는 의대를 지원하고 싶었기 때문에 동네에 있는 병원에서 봉사활동을 하곤 했다. 많이 하지는 않았지만 봉사활동을 했다는 증명만으로도 대학 원서에서 좋은 평을 받을 수 있기 때문이다. 봉사활동 기간이 있었기 때문에 나의 의대의 꿈을 더욱 확고히 할 수 있었음이 분명하다.

미국은 봉사활동이 학교에서도 이뤄지기 때문에 그렇게 많은 걱정은 하지 않아도 된다. 주위에 봉사활동 학생을 구하는 곳도 많기 때문에 봉사활동을 구하는 것은 걱정하지 않아도 된다.

또한 특별활동이나 클럽활동들도 정말 많이 중요하다. 특별히 운동 또는 클럽활동은 미국 학생들과는 차이가 많이 나게 되는데, 평생을 미국에서 살아온 학생들은 운동이며 공부 그리고 클럽활동까지 만능

엔터테인먼트들이기 때문이다. 그렇기 때문에 대학에서 입학통지서를 받기 위해서는 우리도 절대 약한 모습을 보이면 안 된다. 그리고 그런 활동을 많이 하면 할수록 내 대학 원서들은 더 다양한 나의 재능과 활동성을 보여 줄 수 있게 된다. 그런 활동이 없으면 내가 아무리 잘한다고 말해도 믿어 주지 않는다.

다섯째, 선생님들의 추천서이다.

어느 대학이든지 선생님의 추천서를 원하지 않는 곳이 없다. 선생님, 그리고 심지어는 다른 사람들로부터 우리가 어떤 사람인지 평을 듣고 싶어 한다. 대학 원서를 심사하는 사람들은 우리가 어떤 사람인지 모르기 때문에 다른 사람들이 우리를 어떻게 생각하고 있으며, 우리가 평소에 어떻게 지냈는지를 추천서를 통해서 알고 싶어 한다. 대학 원서를 넣기 전에 호스트 패밀리나 선생님들께 추천서를 부탁할 때, 우리를 잘 알고 친하다면, 아주 멋진 추천서를 써주신다.

또한 우리는 international student 또는 exchange student이기 때문에 토플, SAT, 또는 ACT를 보지 않아서는 안 된다. 여기서 제일 중요한 것은 바로 토플이다. 요즘 대학에서는 토플 IBT를 많이 원한다. 서부에 위치한 대학들은 대부분 조금 낮은 토플 점수를 원하지만 중부나 동부에 있는 대학들은 조금 높은 토플 점수를 원한다. 토플을 보는 이유는 딱 한가지이다. 우리가 그 대학에서 얼마나 적응을 할 수 있는지를 보기 위해서이다. 그렇기 때문에 토플은 영어가 second language인 학생들은 피해갈 수 없는 관문이다.

그리고 SAT, ACT는 미국 학생들도 다 보는 시험이기 때문에 이것도 피해갈 수가 없다. SAT보다는 ACT가 조금은 쉽고 둘 중에 하나만 봐도 괜찮지만, 동부나 중부의 대학 또는 정말 좋은 대학을 원하는 학생들은 둘 다 보거나 SAT를 보는 것이 더 많이 도움이 될 수 있다.

- 토플시험 – www.ets.org/toefl
- SAT시험 – www.collegeboard.com
- ACT시험 – www.actstudent.org

그리고 마지막으로 제일 중요한 것은 바로 성적표이다.

성적표가 없으면 또한 원서를 보지 않기 때문에 복사한 성적표를 보내야 한다. 그리고 대학어 붙게 되면 그 대학에서 카운슬러한테 직접 성적표를 받기를 원한다. 그럴 때에는 학교 카운슬러를 찾아가서 대학에 붙여 달라고 하면 다들 도와준다.

이런 것 말고도 여권, 1-20복사본 또는 감염주사기록 문서, 유학보험증서 등등 학교마다 더 원하는 것이 다르기 때문에 원서를 넣기 전에 각 대학 사이트에서 한 번 더 체크해 보는 것도 좋다.

그리고 심사하는 사람들이 보기 좋게 제일 앞장에 이 모든 것을 다 요약한 resume이나 또는 자기소개서를 요약해서 적어 놓으면 심사하는 사람들은 매우 좋아한다. 모든 서류가 완벽하면, 길면 두 달 짧으면 3주 만에 대학에서 연락이 온다. 대학을 정하게 되면 또한 할 일이 많아지기 때문에 빨리 결정을 하면 더 많은 이익을 얻을 수 있다.

 ## 대학에 붙고 난 후에 졸업 전까지

여러 대학에 붙게 되면 정말 큰 고민에 빠지게 된다. 나도 여기저기 붙으면 참 좋은 것 같았는데 막상 여러 곳에 붙고 나니깐 정말 어디로 가야 할지 고민이 됐다. 다들 왜 이렇게 좋아 보이고 멋있어 보이는지 정말 힘든 결정이었다. 그 큰 결정을 하기 위해서는 college visit가 중

요하다. College visit는 대학을 방문하면서 수업도 들어 보고 구경을 직접 할 수 있으므로 위치가 멀지 않다면 꼭 해보는 것이 정말 좋다. 그리고 웬만큼 큰 대학이면 꼭 한국 학생이 있고 한국 학생 사이트도 있으므로 찾아보면 그곳에서 정말 많은 도움을 얻을 수 있을 것이다. 공항에서부터 학교투어까지 다 도와주기 때문에 그렇게 많이 걱정하지 않아도 된다. 그리고 대학에 들어가서도 그 사람들로부터 정말 많이 도움을 받을 수 있다.

모든 것이 다 결정되면, 기숙사부터 시작해서 학교 class register까지 해야 하는 일이 많다. 굳이 기숙사에 살지 않아도 되지만 대부분의 freshmen은 기숙사에서 많이 생활을 한다. Off-campus도 많이 신청하기도 한다. 만약에 off-campus을 신청하게 되면 차가 없으면 많이 힘들기 때문에 그 점을 알아두는 것이 좋다. 미국에서 아파트를 알아보고 싶다면 www.rent.com, www.apartment.com 등의 사이트에서 학교 근처의 다양한 아파트에 대한 정보를 얻을 수 있다.

대부분의 학교들은 오리엔테이션에 참석하지 않으면 수업을 등록할 수 없기 때문에 학교에 붙게 되면 오리엔테이션에 꼭 참석하는 것이 좋다. 그리고 오리엔테이션은 신입생이 많기 때문에 가면 도움을 많이 받을 수 있다.

하나 둘씩 준비를 시작하게 되면 끝도 없지만 이렇게 해놓게 되면 금방 대학에 갈 날이 얼마 남지 않게 된다.

대학에 가기 전까지 기다리는 마음이 나는 제일 조마조마하고 너무 긴장이 되어 출국 며칠 전에는 꿈에 부풀어 잠도 못 이룰 정도였다.

 ## 미국에 살면서 느끼고 배운 점

내가 미국에 온 지 벌써 6년이 되었고, 중학생이었던 나는 벌써 대학생이 되어서 다른 유학생들에게 희망을 주고 유학에 대한 조언을 해주는, 남들이 말하는 성공한 유학생이 되었다. 그렇지만 나는 아직도 내가 남들에게 이런 이야기를 해줄 만큼 그렇게 대단하다고 생각하지 않는다.

정말 힘들게 유학을 왔고 그리고 힘들게 지내왔던 내 유학생활. 그 생활은 지금도 그렇게 많이 변하지 않았다. 아직도 영어가 너무 힘들고 외국에 있는 게 그저 뭐가 뭔지 아직도 잘 모르겠다. 다른 책을 쓴 사람들만큼 좋은 대학을 가지 않았고, 그리고 Pre med 학생이지만 아직도 배울 것이 많은 대학교 2학년이기 때문이다. 하지만 좋은 대학을 가는 것보다 내가 원하는 곳 그리고 날 알아줄 수 있는 곳이 나한테는 최고의 성공을 얻은 것 같았다.

그리고 그렇게 좋은 대학을 가지 않아도 충분히 기회가 있고 열심히 하면 성공할 수 있는 게 미국이기 때문에 나는 내 결정에 대해서 절대 후회하지 않는다. 물론 좋은 대학 그리고 좋은 길은 남들이 보기에는 정말 좋아 보이지만 나에게는 부담스럽기도 하고 맞지 않는 것 같기도 하다.

• 호스트를 통해 배운 감사하는 마음

내가 미국생활을 하면서 느낀 것도 정말 많고 그리고 배운 것도 한두 가지가 아니다. 한국에 있을 때 나는 지금의 나하고는 정반대였다. 지금과 너무 달랐던 나에게 이런 결과를 얻게 해준 것은 내가 열심히 했던 것보다도 친구들과 나를 도와주었던 모든 사람들이 덕분이라고 생각한다. 나를 제일 가까이에서, 그리고 제일 많이 도와준 건 아마 호스트일 것이다.

나의 두번째 호스트는 교통사고를 당해서 다리가 불편하신 분이셨다. 내가 있을 때도 수술을 받으시고 고통에 시달리면서도 열심히 사셨다. 그분을 보고 나는 정말 많은 걸 느꼈다. 그분은 나를 딸처럼 대해주시고 나를 위해 모든 걸 다해 주셨다. 아침에는 일어나서 학교 버스를 운전하시고 집에 오셔서는 옷 만드는 일을 하셨다. 그렇게 힘들게 사시던 호스트가 우리 둘을 받아 주셨다는 게 나한테는 정말 대단한 일로 생각되었다. 그리고 너무너무 고마웠다. 호스트는 그렇게 힘들어 하시면서 불평하지 않으셨고 자신의 그런 환경에 항상 감사하면서 사는 분이셨다.

물론 내가 그분의 마음속은 모르지만 정말 멋있는 삶을 사는 분이셨다. 그렇게 힘든 환경에서 남을 도와주고 항상 남들 더 생각하시던 호스트를 보면서 나는 정말 많은 걸 느끼고 배웠다.

나는 남들을 도와주는 걸 좋아하기보다는 나의 이익만 챙기고 그리고 남을 도와준다는 생각은 아예 하지 않았다. 그렇기 때문에 처음에는 호스트를 전혀 이해할 수 없었다. 그런데 그분이 그런 나를 보고 이렇게 말씀해 주셨다. "남을 도와주는 만큼 반드시 자신에게 돌아오는 건 아니지만, 남을 도우면 자신한테 더 좋고, 그리고 귀중한 게 선물로 돌아올지 모른다."

그러면서 나랑 유카리를 받은 것도 그 중에 하나일 것이라고 말씀하셨다. "너희들을 받으면서 나와 내 가족은 새로운 행복을 선물받은 것이다." 나는 그런 호스트를 보면서 정말 눈물이 날 정도로 감동했다. 많은 한국 사람들도 물론 이런 마음을 가지고 있겠지만 환경이 안 되고 너무 바빠서 다른 사람에게 신경 쓰지 못하는 경우가 대부분이다. 나도 그런 사람들 중에 하나였다. 너무 바빠서 다른 사람에게 신경 쓸 수가 없었다. 나만 알고 나만 잘되면 그만이고 다른 사람들에게는 별로 신경 쓰지 않았다. 지금도 남에게 베풀고 남을 더 위한다는 건 힘든 일이다. 호스트처럼 그런 봉사를 하려면 나는 아직도 멀었다는 느낌이 든다. 하지만 조그마한 봉사를 하면서 느끼는 그런 행복을 조금은 알 수 있을 것 같다. 지금은 병원에서 봉사하고, 큰일은 하지 않지만, 이렇게 조그마한 일을 하면서 조금씩 배우고 보람을 찾아가고 있다.

이런 봉사활동을 배우면서 나는 또 다른 걸 느낄 수 있었다. 바로 나도 할 수 있다는 자신감이다. 처음 유학 왔을 때는 전혀 느낄 수 없었던 자신감을 나는 배웠다. '남들도 하는데, 나라고 왜 못해?' 하는 자신감이다. 한국에 있을 때는 많은 경쟁심과 힘든 공부 때문에 그런 자신감은 전혀 느낄 수 없었다. 그리고 한국은 공부 말고는 내가 살아남을 수 없다는 걱정에 시달려야 했기 때문에 나도 그런 걸 벗어날 순 없었다. 물론 미국에 와서도 그런 걸 완전히 벗어날 수 있는 건 아니다. 그렇지만 나도 할 수 있다는 자신감을 얻을 수 있었다. 조금만 노력하면 다시 돌려받을 수 있는 결과들은 나를 더 높은 곳에 이르게 하는 것 같다. 그게 유학을 성공할 수 있는 비결 중 하나다.

나도 할 수 있다. 미국 학생들보다 훨씬 더 잘할 수 있다는 그런 생각만 있으면 다른 건 생각하지 않아도 된다. 솔직히 다른 것은 필요하지 않다. 한번은 미국인 친구가 "한국 사람들은 모두 다 항상 그렇게 똑똑하냐?"고 물었다. 그런데 나는 그냥 이렇게 대답했다. "우리가 항상 똑똑한 것은 아니고 너희들도 우리만큼 노력한다면 우리가 절대 똑똑해 보이지 않을 거야."

그게 사실이다. 미국 아이들은 우리가 똑똑한 것처럼 보이지만 우리는 외국인이기 때문에 더 노력하다 보니깐 그들보다 더 높은 곳에 서 있을 수 있는 것이다. 똑같이 수업을 듣지만 우리는 영어 때문에 더 집중해야만 했고, 그리고 미국 아이들이 10분 만에 그냥 대충 읽는 글을 우리는 사전을 찾아가면서 힘들게 2시간 걸려서 꼼꼼히 읽었기 때문에 그랬던 것이다.

그리고 우리는 우리가 할 수 있다고 생각하기 때문에 미국인들을 이길 수 있는 힘이 생긴 것이다. 이런 생각을 미국인들은 대학에 가면서 느끼는 것 같다. 같은 대학에 있는 미국인 친구 중에 한 아이가 나한테 이렇게 말했다.

"예전에는 너희들이 우리보다 더 똑똑한 것 같아서 참 부러웠다. 그런데 내가 대학에 와서 노력하고 더 공부를 했더니 나도 뭔가를 할 수 있는 것 같은 자신감이 생기고 성적도 훨씬 많이 올랐다."

고등학교 때는 몰랐지만 미국 학생들도 대학에 오면 정말 많이 노력하고 공부를 하는 걸 느끼게 된다. 우리가 똑똑한 게 아니고 그 사람들도 노력하면 우리보다 훨씬 잘할 수 있기 때문에 나는 대학에 와서 그런 자신감을 가지고 또다시 노력하고 미국인들과 동등하게 경쟁하려고 노력하고 있다.

우리가 영어 때문에 공부를 포기하고 싶다는 생각은 정말 쓸데없는 생각이다. 영어는 충분히 쉽고 조금만 노력한다면 이 세상에는 안 되는 것이 없다는 걸 나는 유학을 하면서 알게 되었다. 안 되면 또하고 또하고 그렇게 하다 보면 외국에서 공부하는 것도 별로 어렵지 않다. 물론 공부 말고 다른 것도 다 그럴 것이다.

못한다는, 재능이 없다는 말은 노력하지 않는 사람들이나 하는 말이라고 할 수 있다. 한때 나도 그런 말을 입에 달고 살았지만 그런 시간에 글자 한 자를 더 보거나 나에게 도움이 되는 다른 것을 하나 더 보면 한탄하는 것보다는 훨씬 많이 도움이 될 것이라고 나는 생각한다.

이렇게 책을 쓰면서 내가 배운 게 또 뭐가 있는가 생각해 보았다. 또 하나 얻은 건 자기 감정을 조절할 줄 아는 능력이다. 나는 유학을 하면서 제일 소중한 친구와 멀어졌고 부모님과의 편한 생활 등 그런 많은 걸 포기했다. 하지만 포기했다고 해서 생각나지 않은 것은 아니다. 한때 너무 그리워서 힘들고 미칠 것 같은 적도 있었다. 하지만 그런 감정은 나에게 도움이 되지 않았다.

가끔은 냉정하게, 나에게 소중한 걸 생각하지 않고 옆으로 잠시 미루어 놓을 수 있는 냉철함이 유학생활에 꼭 필요하다는 것을 깨달았다. 내가 한때 힘들고 견딜 수 없어서 한국으로 가고 싶었을 때 나에게는 이런 냉철함이 정말 부족했다. 그저 보고 싶고 꼭 옆에 있어야만 한다고 생각했기 때문에 나는 유학생활을 포기하고 싶었다.

그렇지만 그렇게 유학을 포기하기에는 너무 아까웠기 때문에 나는 더욱 더 강해지는 법을 배워야만 했다. 물론 지금도 그런 냉철함을 가지고 있다고 해서 사람들이 그립지 않고 같이 있고 싶지 않다는 건 아니다. 이런 감정을 억제하기 위해서 나는 정말 많은 걸 해보았다. 처음에는 공부도 정말 열심히 해보고 가끔은 운동도 하고 호스트와 친구들에게 의지도 해보고 봉사활동도 해보았다. 바쁘고 힘들게 살면 조금은 그런 감정이 절제도 되고 나에게는 정말 많이 도움이 되는 것 같았다. 그 중에 제일 도움이 많이 된 건 바로 공부였다. 하면 할수록 성적이 오르는 재미에 다른 걸 잠시 잊을 수 있었다.

어느 한 가지에 집중하는 것은 좋은 방법이다. 유학생활에서는 한국을 그리워하는 것보다는 그 시간에 미국의 좋은 점을 더 찾아가고 더욱 익숙해지려고 노력하는 게 정말 좋다. 그걸 빨리 깨닫는 사람은 유학생활이 외롭지 않고 힘들지 않다. 나도 잊어버리는 게 좋은 방법이라고 느꼈을 때는 컴퓨터도 하지 않고, 미국 친구를 사귀어 보았다. 또 한국 뉴스를 궁금해 하기보다는 미국 뉴스를 보고 한국 가족을 그리워하기보다 미국 가족에 대해서 더 친해지려고 노력했다.

물론 내가 말하는 방법이 모두에게 적용되는 방법은 아닐지도 모른다. 나는 단지 내가 유학생활을 하면서 어떻게 지내왔는지 이야기하는 것이다. 어떤 친구는 가족과 친구를 생각하면 공부도 더 잘되고 기분이 훨씬 좋아진다고 했다. 또 한국 이야기를 하면서 미국생활에서 오는 스트레스를 푼다는 친구들도 보았다.

이렇게 유학생활을 하면서 나는 시민권이나 영주권을 가지고 정착해서 사는 미국인이 정말 부러웠다. 나는 이렇게 떠돌아다니면서 내가 정말 어디에 있어야 맞는 건지 궁금하기도 하고 이런 모험보다는 한곳에 정착해서 내가 원하는 공부를 끝내고 싶다는 생각도 하곤 했다.

내가 공부를 하면서 정말 많이 느낀 게 외국인과 미국인의 다른 대우였다. 학비도 훨씬 싸고 모든 면에서 우리보다 혜택이 많았던 미국인들이 정말 부럽기도 하고 질투도 많이 났다. 고등학교 때도 느끼긴 했지만 대학에 와서 제일 많이 느꼈던 생각 중 하나이다. 나와 같은 외국인들보다 미국인들은 대학에 들어가는 게 조금은 쉬웠고 내가 공부하고 싶은 과목, 특히 의대라는 곳은 외국인보다는 미국인 학생을 선호하기 때문에 그런 면에서 너무나 부당했다. 물론 내가 다른 나라에서 공부하기 때문이겠지만 뭐가 그렇게 우리에게는 복잡하고 할 수 없는 게 많은지……. 또 내가 정말 하고 싶은 일도 외국인이라는 이유 때문에 다른 미국인한테 넘겨지는 경우도 너무 많았다. 그런 걸 보면서 나는 왜 미국에서 태어나지 않았을까? 그럼 훨씬 더 많이 배우고 내가 원하는 걸 더 할 수 있을 텐데 하는 생각을 버릴 수가 없었다. 물론 가끔은 외국인이기 때문에 받는 혜택도 있다. 그렇지만 미국인들이 받는 혜택은 차원이 다르다.

대학원에서는 외국인들과 시민권이 있는 미국인들을 확률적으로 나눠 입학을 허가해 준다. 그러나 의과 분야에서 외국인들의 입학 확률은 너무 적다. 그렇기 때문에 대학에 다니고 있는 많은 외국인들, 특히 한국인들은 밤을 새워 공부를 한다. 어떤 학생들은 밤늦게 문을 닫아 버리는 건물에서 조용히 공부를 하기 위해 누군가가 나오면서 문을 열어 주기를 기다리는 학생들도 있다(밤이 늦으면 들어가는 것은 불가능하고 나오는 것만 가능한 건물임). 이렇듯 미국에서 공부를 하고 있는 우리 한국인들을 포함한 다른 나라의 외국인들은 외국인 대학원 입학 비율 4%에 들기 위해 밤을 새우고 코피를 쏟는다.

대학원 입학을 위해 치열한 열정 속에서 값진 것들도 얻을 수 있지만 미국에서 공부를 하다 보면 다른 사람을 도와주고 이해해 주는 마음 또한 생겨나게 된다. 미국에 오면 느끼겠지만, 친구도, 부모님도 멀리 떨어져 있기 때문에 저절로 외로움을 느끼게 된다. 게다가 언어가 잘 통하지 않기 때문에 답답함도 느끼게 된다. 그래서 다른 한국인들이나 다른 나라에서 미국으로 공부를 하기 위해 온 많은 학생들을 보면 나처럼 무언가를 찾기 위해 미국에 와서 고생을 하고 외로움을 느끼고 있는 게 아닐까 하는 생각에 서로 도와주게 된다.

우리 대학에서도 많은 외국인 학생들이 서로에게 많은 대학원 정보를 주거나 오래된 시험지를 모아서 공부를 돕기도 한다. 그리고 study group을 만들어 그 중에서 뛰어나거나 선행학습을 이미 한 사람을 중심으로 공부를 진행하기도 한다.

이렇게 미국에 오면 나만 잘하면 된다는 생각보다 우리 외국인들이 얼마나 열심히 하는지, 그리고 얼마나 재능이 있는 학생들인지 보여 주고 싶다는 마음을 가지게 된다. 그리고 이러한 마음가짐이 우리를 발전시켜 주고 무엇인가를 이루게 하는 원동력이 되기도 한다.

미국에서 대학생활 또는 고등학교 생활을 하게 되면 나라는 존재가 다르게 느껴지고 달라지기도 한다. 나는 한국 학생이라는 존재감을 가지기 때문이다. 이러한 존재감을 느낄 때 어떤 학생들은 소외감이나 외로움을 견디지 못하고 포기하기도 하지만 대부분의 많은 학생들은 이러한 존재감을 긍정적으로 받아들이고 우리 한국인들이 얼마나 노력하고 성실한지를 보여 주기 위해 열심히 공부한다.

• 미국에서 제일 행복했던 순간

처음에 미국에 도착해서는 긴장도 되고 힘들기도 했지만 나는 벌써 고등학교를 졸업하고 대학생이 되어서 이런 글을 남들에게 보여 줄 만큼 많이 성장한 것 같다. 남들처럼 그렇게 똑똑하지도 않았고 공부에는 전혀 관심이 없었기 때문에 더더욱 나한테 이런 지금 모습은 어색하기만 하다.

모든 수난과 어려운 관문들을 지날 때 항상 그 중간에는 행복한 순간들이 떠오르곤한다. 미국에 와서 항상 힘들고 어렵지는 않았다. 유학을 하면서 내가 행복했던 순간을 이야기해 보고 싶다. 다들 유학을 하면서 정말 다시 돌아봤을 때 웃을 수 있고 그때가 다시 왔으면 하는 그런 순간들이 있을 것이다. 그것이 나한테는 정말 많지만 하나만 이야기한다면 바로 내가 대학에 붙었을 때인 것 같다.

나는 대학에 와서 공부 외에는 한 것이 별로 없었던 것 같다. 처음에는 영어 실력이 부족해서 공부를 시작했고, 그 다음에는 친구를 만들기 위해서 공부를 시작했고, 그 다음에는 남들보다 조금은 잘하고 싶다는 욕심 때문에 공부를 시작했다. 그리고 그렇게 시작한 공부가 정말 빛을 보는 날이었기 때문에 대학에 붙었을 때가 가장 행복한 순간이었다. 내가 좋아하는 것을 포기하고 붙었기 때문에 더욱 값지고 좋았다.

아마도 수능을 잘보고 내가 원했던 대학을 가는 게 이런 느낌이 아닐까 생각한다. 미국에서 공부하는 것은 한국과는 비교도 안 되게 쉽다고 말할 사람도 있을지 모르겠지만, 미국에서 공부하는 아이들도 나름대로 힘들다. 하루하루 시험에 숙제에, 그리고 걱정해야 하는 다른 것들은 한국에서 받는 스트레스에 버금간다.

한국 학생들과 다르게 미국에서 공부하는 학생들은 시험시간에만 알 수 있는 스트레스를 매일매일 느껴야 하기 때문에 어떻게 보면 더욱더 스트레스를 받을 수 있다. 내가 그랬다. 봉사활동에 성적에 다른 활동들을 신경 써야 했기 때문에 정말 힘들었다. 그렇기 때문에 나에게 대학합격 통지서가 온 날은 내 유학생활 중에서 제일 행복한 날이었다.

물론 다른 걸 꼽으라면 많이 있다. 친구들과 sleepover, 할로윈, 그리고 재미있었던 학교 activity 등등 많다. 그렇지만 내가 노력해서 얻은 것보다 더 좋은 것은 아마 없을 것이다. 그날에는 친구들하고 밥도 먹고 호스트 패밀리들과도 외식을 하면서 그날을 정말 즐겼다.

• 대학 합격의 기쁨을 나누다

내가 원하는 대학에 붙었을 때는 뭘 해야 할지 정말 몰랐다. 하지만 기분이 너무 좋았기 때문에 나는 그냥 공부를 잊은 채 매일 놀기만 했다. 심지어는 가끔 숙제를 안 해간 적도 있었다. 대학에 붙은 날 나는 부모님에게도 바로 전화 드리고 친구들한테도 연락을 했다. 그 정도로 남들에게 자랑을 하고 싶었던 소식이었다. 그 뒤로도 몇 개의 대학에서 소식이 왔었다. 그때마다 뭘 어떻게 해야 할지 모르는 건 똑같았다. 그저 그 합격통지서를 보면서 기뻐할뿐이었다. 그러다가 미국 대학은 대학에 붙어도 고등학교 성적표를 원한다는 걸 알고 다시 급하게 공부를 시작했다.

미국생활 중에서 또 하나의 좋은 기억은 유카리라는 일본 친구와 같이한 것이다. 지금은 멀리 있기 때문에 이메일 외에는 연락할 길이 없지만 나한테는 최고의 룸메이트였으면서 힘든 미국생활을 재미있게 만들어 준 유일한 친구였다.

유카리는 나와 함께 같은 집에 있던 일본 유학생이다. 우리는 언어도 달랐고 생각하는 것도 달랐고 심지어는 성격도 같은 점이 별로 없었다. 때문에 유카리를 처음 보았을때 나의 미국생활이 정말 힘들 것이라고 생각했다. 그런데 나와 다르게 성격이 활발했던 유카리는 나를 바꿀 수 있는 능력을 가진 아이였다.

처음 온 학교에 친구도 많고 공부도 잘했던 유카리였기 때문에 화가 난 적도 많았고 질투가 난 적도 있어서 정말 많은 노력을 해서 유카리를 이기려고 한 적도 있었다. 그런 나를 지금 생각해 보면 정말 한심했던 것 같다. 유카리는 나를 진정으로 좋아해 줬고 나한테는 없으면 안될 존재였다. 일본 유학생이었기 때문에 가끔 한국 학생들이 장난으로 독도 이야기를 꺼내며 놀렸을 때 울기 일보직전까지 갔던 마음이 약한 친구였다. 하루는 미국 지도에 나와 있는 Sea of Japan을 Sea of Korea가 맞다고 하루 종일 다툰 적도 있고 일본보다는 한국이 볼거리가 많다고 사진을 들고 자랑을 하며 싸운 적도 있었다. 지금 돌아보면 재미있고 제일 기억에 남는 하나의 추억이 되어 버린 것 같다.

그리고 유난히 좋아하는 음식이 비슷했던 우리는 서로의 소포가 오면 오히려 더 좋아했고 뺏어먹기 바빴다. 요리도 가끔 해 먹던 우리는 서로의 음식을 만들어 주면서 서로가 서로를 알아주기를 원하기도 했다. 사소한 그런 추억들이 어떻게 보면 최고의 추억이 될 수 있고, 그런 사소한 추억이 있어서 내 유학생활이 더 아름다웠고 재미있을 수 있었다. 그때는 방을 같이 썼기 때문에 귀찮기도 했고 혼자만 호스트 패밀리에게 사랑받고 싶기도 했지만 아마 유카리가 없었더라면 정말 재미없고 심심한 유학생활이었을 것이다.

둘다 대학에 가서 이렇게 달라진 서로를 보면서 지금도 서로서로 웃기도 하고 그런 자그마한 이야기를 하면서 다시 볼 수 있어서 정말 좋다. 그리고 덕분에 나는 일본어도 꽤 배운 것 같다. 물론 글씨를 쓸 줄도 모르고 정확히 말을 할 수는 없지만 어느 정도 알아들을 수 있고 서툴지만 대화를 할 수 있었다. 그래서 그랬는지 나에게는 정말 좋은 시간이었다. 새로운 언어를 배울 수 있어서 좋았고 유카리의 말을 가끔 알아들을 수 있어서 그랬는지 정말 재미있기도 하였다. 한국어도 가르쳐 주면서 비슷한 점을 찾을 수도 있었고, 그러면서 서로서로 배우는 것에 재미를 느꼈다.

유카리와는 하루하루 캠핑을 온 기분이 나기도 했다. 우리 호스트집에서는 11시 전에는 무슨 일이 있어도 자야만 했다. 호스트 패밀리들은 다들 일찍 일어나고 일찍 자는 가족이었기 때문에 우리도 그래야만 했다. 물론 나나 유카리는 그 규칙을 지키는 건 쉽지 않았다. 집에 있을 때에는 절대 그런 게 없었고 학원 또는 다른 활동으로 일본이나 한국은 그런 게 없기 때문이다. 그래서 우리 둘을 매일 자그마한 불을 켜고 공부도 하고 아니면 호스트 몰래 놀기도 했다. 몇 번 들키기는 했지만 그만큼 스릴 있고 재미있었던 추억은 없다. 마치 수련회에 와서 숨어다니는 것 같았다. 이런 일을 해서 호스트에게 미움을 사는 건 정말 안 좋지만 가끔은 늦게 자고 싶기도 하고 끝내야 할 숙제가 많았기 때문에 어쩔 수 없었을 때도 있었다.

제일 기억에 남는 추억 중 하나는 바로 Florida 여행이다. 몇 명의 교환학생들과 갔지만 여자라고는 우리 둘밖에 없었다. 그래서 둘만 같이 있게 되고, 그 계기로 서로의 다른 면도 더욱더 알게 된 것 같아서 좋았다. 우리는 둘다 Florida 여행이 처음이었다. 풍광이 너무 멋지고 바다도 어쩜 그렇게 맑은지 바닥까지 다보일 정도였다. 가끔은 돌고래와도 수영을 할 수 있었다. Disney world, Maimi 등등은 재미있는 곳이었다. 다음에 유카리와 함께 다시 한 번 가보고 싶은 곳이기도 하다.

그렇게 아름답고 따뜻하던 곳을 떠나자마자 몇 시간 뒤에 우리는 눈보라 폭풍을 지나가야 했다. 앞이 안 보일 정도로 눈이 왔기 때문에 세상에서 제일 무서운 길이었다. 그래도 우리는 밖에서 잠시 쉬는 동안 사진도 찍으면서 다시는 볼 수 없을 것만 같은 그 많던 눈을 만지고 놀면서 재미있게 시간을 지냈다. 이렇게 유카리와는 재미있는 추억이 많기 때문에 가장 기억에 남는 것 같다.

하지만 우리는 항상 사이가 좋지는 않았다. 친하다가도 금방 싸우기도 했다. 나는 유카리랑 함께 방을 쓰면서 아마도 제일 많이 사람과 싸운 것 같다. 그냥 방에 뭐가 있어도 신경질 내고, 시끄러우면 신경질 내고, 그렇게 우리는 조그마한 일에도 서로에게 삐치고 서로를 미워하기도 했다.

제일 심하게 싸웠던 것은 아마 호스트 때문이었을 것이다. 호스트 시스터는 따지고 드는 유카리를 별로 좋아하지 않았다. 하지만 유카리와 다르게 그냥 낙천적이었기 때문에 호스트 시스터는 유카리보다 항상 나를 더 많이 찾기도 하고 우리 둘이 훨씬 친해졌다. 나는 단지 영어를 배우기 위해 호스트 시스터와 친하고 싶었지만 유카리는 그런 내가 미웠던 것이다.

하루는 내가 유카리를 정말 상처받게 한 것 같다. 유카리를 그냥 놔두고 나는 친구가 많았던 호스트 시스터를 더 챙기고 그 아이와 놀았다. 혼자 있던 유카리는 서러웠던지 나에게 무척 화를 낸 것이 기억난다. 같은 처지였던 유카리를 더 챙겼어야 했는데 그렇지 못했던 나는 정말 미안했다.

이런 많은 일들을 겪으면서 우리는 정말 좋은 친구가 되었고 지금도 연락하면서 서로를 그리워할 정도로 좋은 친구가 되었지만, 우리는 그렇게 1년이라는 시간이 지난 뒤에 헤어져야만 했다. 정말 아쉽고 항상 울음밖에 안 나오는 게 이별인 것 같다. 유카리는 일본으로, 나는 한국으로 돌아갔다. 그리고 유카리는 다시 일본 학교로 돌아가야만 했다. 혼자 미국으로 돌아온 나는 외롭기도 했고 유카리가 너무너무 보고 싶었다. 유카리는 대학 합격 이상으로 좋은 유학 기억을 나에게 남겨 준 친구였다.

모두들 유학을 가면 이렇게 좋은 기억들, 그리고 나쁜 기억들로 머리를 꽉 채운다. 가끔은 힘들기도 했던 기억도 나중에 생각해 보면 잊을 수 없는 좋은 추억이 된다. 이렇게 키워 놓은 나의 기억들을 다시 보면 내가 정말 자랐다는 걸 느낄 수 있고 내 인생에 좋은 추억을 남긴 것 같아서 만족스럽다. 정말 후회하지 않는 유학생활이었다.

• 작은 마을과 도시의 차이

내가 다닌 고등학교는 작은 마을에 있었다. 그리고 고등학교를 졸업하고 대학에 다닐 때부터는 대학이 도시에 위치해 있어서 도시로 갔다. 그렇기 때문에 작은 마을의 장점과 단점, 그리고 도시의 장점과 단점에 대해서 잘 이해할 수 있었다.

내가 처음 미국에 교환학생으로 갔던 곳은 Adrian이었다. 비록 University of Michigan과는 가까운 거리에 있었지만, 도시에 속하지 않는 작은 마을이었다. 조용하고 교육 환경도 좋았기 때문에 공부에 열중하기에는 더할 나위 없이 좋았지만, 내가 살아왔던 북적거리는 도시와는 달랐기 때문에 조금 답답한 면도 있었다.

한국에 있을 때에는 비누가 떨어지거나 샴푸를 사러 가야 할 때, 집 앞에 있는 가게에 가거나 가족과 승용차나 버스를 타고 큰 마트에 갔다. 하지만 이렇게 작은 마을의 경우 가게에 걸어간다거나 버스를 타고 마트에 가는 것은 상상도 하지 못할 일이다. 가게들이 집앞에 있다면 정말 운 좋은 경우이지만 대부분의 집들은 마트와는 멀리 떨어진 곳에 위치해 있다. 하지만 그렇다고 이용할 수 있는 교통수단이 따로 있는 것도 아니고, 호스트 가족들도 언제나 우리를 마트에 데려다 줄 수 있는 것도 아니기 때문에 정말 중요한 물건이 떨어졌을 경우에는 큰 어려움이 생기게 마련이다. 그렇기 때문에 웬만하면 마트에 갔을 때 충분한 양을 구입하거나 필요한 물건을 빼놓지 않도록 목록을 작성하는 것이 좋다.

하지만 이러한 어려움이 있더라도 작은 마을에서 고등학교를 다니게 되면 좋은 추억을 많이 만들게 된다. 작은 동네에서는 아는 사람들도 많이 생기게 되고 파티도 초대되는 경우도 많다. 그리고 친구들도 더 깊게 사귈 수 있게 된다. 나는 지금까지도 Adrian에서 사귀었던 많은 친구들과 즐거웠던 파티들을 생각하면 기분이 좋아지곤 한다.

그리고 Adrian과 같이 크지 않은 마을에 가게 되면 학교에 학생들이 많지 않기 때문에 학교에서 활동할 기회를 많이 준다. 도시에 있는 학교에서는 팀에 들 때 신체조건이라든지 try out을 해서 사람들을 추려 내기도 하지만 Adrian의 학교에서는 그렇지 않았다. 오히려 내가 하려고 하면 더 열심히 가르쳐 주기도 한다. 그리고 팀에 들면서 친구들과 더 가까워지게 되고 학교에 더 적응하기도 쉬워진다.

이렇게 작은 학교에서 학교에 적응을 하기 시작하면 학교생활에 더 적극적이 된다. 영어 때문에 포기하려고 했던 활동들도 친구들이 도와줄 수 있으니 참여하게 되고, 수업을 받으면서도 선생님께서 이런 적극적인 모습을 보고 더욱 도움을 주려고 하시기도 한다. 이렇게 작은 학교에 들어가게 되면 학교생활을 즐겁고 적극적으로 보낼 수 있다.

하지만 영화에서 보는 큰 도시 속의 화려함과 웅장함만을 봐 왔기 때문에 처음에는 많이 실망할 수도 있다. 영화에서는 거리마다 잡지에서 나온 것만 같은 모델 같은 사람들이 걸어다니지만 내가 갔던 Adrian은 그렇지 않았다. 오히려 Adrian은 mall과 많이 떨어져 있었기 때문에 한번 mall에 가기 위해서는 몇 달이고 호스트가 계획할 때까지 기다려야 했다. 좋은 쪽으로 돈을 아낄 수 있는 장점이 있지만, 그래도 영화 속 그 화려한 도시와는 너무 달랐기 때문에 처음에는 너무 실망했던 기억이 난다.

이렇게 나는 작은 마을의 고등학교에서 졸업을 하고 Salt lake city에 있는 대학교에 가게 됐다. Salt Lake City는 Utah 주의 중심 도시인데, LA와 같이 큰 도시는 아니지만 metro city에 속하는 도시였다.

Adrian에 있었을 때 즐겁게 학창시절을 보냈기는 했지만 그래도 마음대로 어디를 갈 수 없다는 답답함이 있었기 때문에 처음에 내가 대학에 가기 위해 이곳을 방문했을 때, 기쁨과 설레임을 감출 수 없었다.

처음에 Salt Lake City에 왔을 때 많은 버스와 전차가 있어 교통이 수월했던 것도 좋았지만 시립도서관과 같은 공공시설이 많았기 때문에 좋기도 했다. 특히 시립도서관은 굉장히 유명했던 건축물이었고, 마치 콜로세움같이 생긴 이 건축물은 멋있고, 안에 들어가서 마음껏 공부할 수 있도록 시설도 좋았다. 게다가 거기에서 한국어로 된 해리포터를 발견해 더욱 놀라웠다. 내가 있었던 작은 마을의 동사무소보다도 작았던 도서관과는 비교할 수도 없었다.

게다가 도시에 오면 더욱 다양한 나라의 사람들을 볼 수 있다. 대학이 있다 보니 한국 사람들도 훨씬 많고 일본, 독일 그리고 폴란드와 같이 많은 나라에서 온 교환학생들이 대학에 다니고 있기 때문이다.

그렇다 보니 대학 안에서는 인종차별과 같은 문제가 없다. 다만 대학 밖이나 어린아이들은 가끔 인종차별을 하는 경우도 있기는 하다.

그리고 교육 시스템도 작은 마을과는 전혀 다르다. 내가

있었던 Adrian도 학생수가 적었기 때문에 선생님의 도움도 많이 받을 수 있었고 수업도 더 집중할 수 있었다.

하지만 이곳의 교육은 더욱 체계적이고 더 많은 체험의 기회가 주어진다. 이곳에 있는 많은 고등학생은 대학교로 lab을 하러 오거나 대학 과목을 먼저 이수하기 위해 대학에 다니기도 한다.

그렇지만 학생수가 많다 보니 선생님으로부터 도움을 받거나 다른 학교활동을 할 기회는 줄어든다. 그래도 정말 열심히 한다면 연구활동의 기회도 주어지고 더 편리한 장소가 제공되기 때문에 많은 외국인들이 실제로 주거하고 있다.

하지만 이렇게 생활이 편리하다 보니, 당연히 물가가 비싸고, 같은 상품과 매장이라도 가격이 비싸진다. 그래서 돈을 많이 절약할 수 있었던 작은 마을과는 달리 Salt Lake City는 돈이 더 많이 든다는 단점이 있다.

게다가 작은 마을에서는 찾아볼 수 없었던 homless people이 많이 있다. 실제로 해치지는 않을지 몰라도 인적이 드문 밤이나 이른 아침에는 혼자 돌아다니기 무섭다. 게다가 이른 아침에 전차를 타고 학교에 가려면 더욱 무섭다. 왜냐하면 추운 새벽날씨를 피하기 위해 homeless people들이 들어오기 때문이다. 게다가 이른 아침에는 다른 사람들도 많이 없기 때문에 더 무섭게 하기도 한다. 그리고 homeless people 말고도 도시이기 때문에 해가 지거나 이른 아침에는 위험하기 때문에 혼자 걸어 다닐 수 없다는 불편함이 있다. 이렇게 다른 분위기 때문에 작은 마을로부터 도시로 나온 많은 사람들이 불편함을 겪는다.

내 동생의 호스트께서는 시카고를 무척이나 싫어 하셨다. 운전하는 것도 너무 무섭다고 하셨는데 homeless people이 자신을 해칠까 무섭기 때문이라고 하셨다. 1년 전 내 동생이 호스트 가족들과 시카고 여행을 갔을 대 어떤 homeless people이 호스트의 차 창문을 두드리며, 여기에 주차하면 안 된다고 했는데, 너무 무서워서 가지고 있던 현금을 모두 주고 와버렸다고 했다.

작은 마을에는 homeless people도 없고, 주변 이웃들이 너무나 순수하고 친절하기 때문에 생겨난 일이었다. 이렇듯 예전에 있었던 Adrian에서는 아침에 등교할 때 문을 잠그지 않고 갈 정도로 안전한 분위기였는데 이곳 Salt Lake City의 분위기는 너무 다르다는 생각을 줄곧 하곤 한다.

그리고 도시에 있다 보니 정말 신기한 일도 많다. 특히 내 동생이 다니고 있었던 Murray High School은 〈High school musical〉과 같은 영화도 촬영하고, 같은 학교에 다니고 있었던 아이가 American idol에서 결승까지 통과해 같이 응원한 적도 있었다. 게다가 내가 다니고 있는 University of Utah에 Mario R Cappechi 박사께서는 유전학을 연구해 지난해에 노벨상을 받은 것도 도시에서 살면서 나를 놀라게 했던 점이다.

이처럼 도시와 작은 마을 사이에서는 다른 점들이 많다. 그리고 장점과 단점도 서로 다르다. 많은 학생들이 교환학생을 신청하고 배정이 나기를 기다리면서 화려한 도시를 꿈꾸기도 하고 조용하고 한적한 작은 마을을 꿈꾸기도 할 것이다.

　그리고 만약 배정이 나서 한적한 작은 마을 또는 화려한 도시로 나가게 됐을 때 이러한 두 장소의 장점과 단점을 잘 알고 적절히 활용해야 한다고 생각한다.

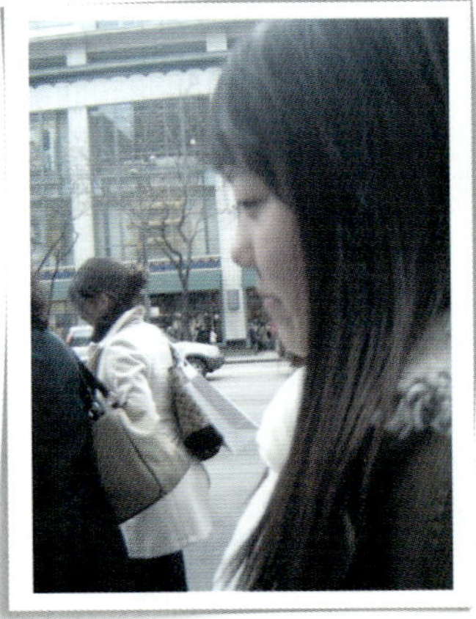

교환학생 일기방

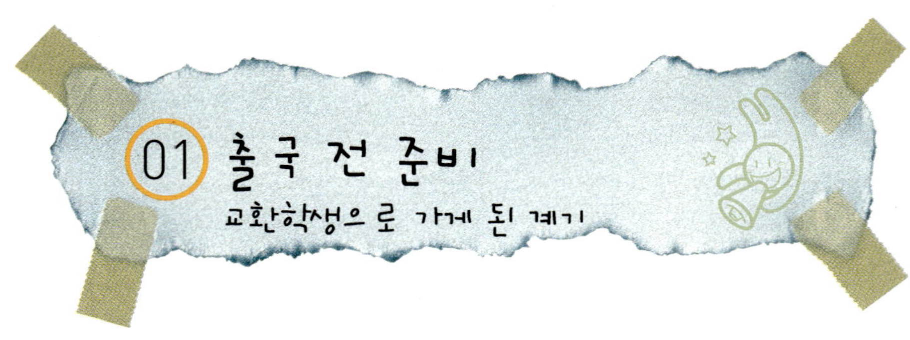

김유리 07.04.03 - 교환학생이 되기까지

내가 중학교 1학년이 되던 해에 아버지께서 처음으로 교환학생에 대한 나의 의견을 물으셨다.

"유리야, 너 혹시 교환학생으로 외국에 가 볼 생각 없니?"

그런데 그때 나는 혼자서 외국에 간다는 것이 두렵기도 하고, 또 스무 살이 되면 독립해서 살아야 할 텐데, 그렇게 되면 앞으로 부모님과 함께 지낼 수 있는 시간도 얼마 없을 것 같다는 생각이 들어서 이렇게 대답했다.

"아빠, 난 그냥 한국에서 열심히 할래."

그렇게 처음에 나는 교환학생에 관심 없이 지냈다. 그러다가 중학교 2학년 가을에 다시 한 번 교환학생에 대해 진지하게 생각하게 되었다. 그때 가족들끼리도 매우 친하게 지내던 소꿉친구의 어머니께서 나의 수학 과외선생님이셨는데, 그 분이 교환학생에 대해서 아주 자세하게 말해 주셨다. 그런데 그 이야기를 듣는 순간 '아, 이거다!' 하는 느낌이 왔다.

흔히들 "교환학생은 자기가 의지가 있어야 된다. 그렇지 않으면 망한다."라고 말한다. 처음에 아버지께서 말씀하실 때는 전혀 갈 마음이 없어서 신경도 안 썼는데, 두 번째 이야기를 들었을 때는 꼭 가야겠다는 의지가 마구마구 솟아났다. 그래서 버스 타고 집에 갈 때 바로 아버지께 전화해서 큰소리로 말했다.

"아빠, 나 미국 유학 갈래. 돈 없으면 캐나다도 상관없어."

그랬더니 마침 뒤에 있던 어느 아줌마가 "어이구, 애가 아주 당차네." 하며 웃으셨다.

그 후 아버지께서 잘 아시는 유학센터에 가서 상담을 했다. 그런데 거기서 유학 말고 교환학생에 대해 소개해 주었다. 그런데 처음에 먼저 교환학생을 권유하시던 아버지께서 막상 일이 닥치자 안 보내 준다고 하셨다. 그래서 너무 속이 상한 나는 집에 돌아와서 엉엉 울었다.

하지만 한번 불붙기 시작한 교환학생에 대한 내 욕망은 사그라들 줄 몰랐고, 그 이후 나 혼자서 교환학생 센터를 찾아다니며 조사했다. 그러던 중 "SLEP 테스트가 공짜"라고 쓰여 있는 곳을 발견했다. ISC Korea가 딱 눈에 들어왔다. 그래서 카페 돌아다니고 홈피 돌아다니다가 '한번 시험이나 봐 보자.' 하는 생각이 들었다. 그래서 부모님을 졸라서 중학교 2학년 10월쯤에 SLEP 테스트를 보러 갔다. 그리고 내가 테스트를 보는 동안 부모님은 설명회를 들으셨다.

그 후 학교에서 대청소를 하고 있던 어느날, 어머니로부터 전화가 걸려왔다.

"유리야, 너 통과했대. 그런데 점수를 조금만 더 맞았으면 장학금까지 받을 수 있었대."

테스트는 몇 번이고 다시 볼 수 있지만, 난 테스트 보는 것 자체를 싫어해서 처음 그 점수로 밀고 나갔다. 지금 와서는 그때 테스트를 한번 더 보고 장학금 받을 걸 하고 후회를 하고 있지만, 그때는 정말 시험

종류는 뭐든지 다 싫었다. 그래서 그 점수로 신청서 받아서 정성들여 열심히 쓰고 싸이월드에 있는 사진을 가져다가 오려 붙이고 일주일 동안 난리법석을 해서 신청서를 보냈다.

그 후 혼자 카페를 방랑하면서 '난 언제쯤 배정이 날까?' 하면서 그 날을 기다렸다. 그러던 중 해가 바뀌어 1월 어느날, 평소에 잘 열어보지 않던 메일함을 열어 봤더니 "Your family from US"라고 적혀 있는 메일이 나를 기다리고 있었다. 나는 콩닥거리는 마음을 진정시키며 메일을 읽었다. 그리고 정성을 들여 답장을 보냈다. 그 후 방학 동안 엄청나게 긴 메일을 서로 주고받았다.

나는 Nebraska Omaha에 배정되었다. 그래서 그날 당장 Nebraska가 어디에 있는지 조사하며 밤을 새워 《먼나라 이웃나라 미국편 3권》을 정복했다.

미국에 계신 그 분들과는 지금도 열심히 메일을 주고받고 있다.

엄혜림 08.03.07 – 교환학생 풀스토리

교환학생인 지금은 정말 행복하지만 2월까지 그러니까 얼마 전까지만 해도 나는 정말 암울했다. 교환학생이 되겠다는 결심을 한 것은 12월쯤이었던 걸로 기억한다. 나는 원래 중1때부터 미국으로 유학가겠다고 '혼자' 마음 굳게 먹고, 친구들에게 다 떠벌리고 다녔다.

"나 있잖아, 미국 갈 거야. 나 고등학교는 미국으로 갈 거야."

친구들은 모두 다 나더러 미쳤다고 말하면서 믿지 않았다.

"뻥이지? 니 주제에 무슨 미국이냐?"

물론 나에 대해 너무나도 잘 아는 친구들이지만, 진짜 문제가 되는 것은 따로 있었다. 바로 돈, 영어실력, 생일이다.

나는 어려서부터 장난감, 옷, 학용품 등등 정말이지 내가 갖고 싶은 것은 다 가질 수 있었고, 하고 싶은 것은 다 하면서 살았다. 가방, 신발, 옷이 모두 유명 상표라서 나는 학교에서 교장 손녀라고 소문나고, 부잣집 딸이라고 소문이 날 정도였다. 그리고 주위에서 다들 그렇게 이야기를 하길래 나도 우리집이 부자인줄 알았다.

그런데 내가 미국에 가겠다고 아빠한테 말했을 때 우리집이 부자가 아닌 걸 알게 되었다. 그냥 평범한 중산층 가정, 진짜 평범하고 평범한 집이었던 것이다. 그 문제만 아니면 아빠도 허락하고 싶다고 하셨다.

그래서 나의 고민은 시작되었다. 그렇게 고민에 빠져 한참을 헤매다가 교환학생제도가 있다는 걸 알게 되었다. 미국을 저렴하게 갈 수 있다는 걸 알게 되었고, 엄마 아빠를 겨우겨우 설득해 ISC Korea 설명회에도 가고, 이러저러 해서 결국 지금 여기까지 오게 되었다.

두 번째 문제인 내 영어실력은 솔직히 말하기 좀 뭐하다. SLEP, 진짜 간당간당하게 합격했다. 점수는 말 못하겠다.

그리고 세 번째 문제인 생일. 교환학생 커트라인은 7월 31일, 내 생일은 8월 8일. 딱 일주일 차이로 조마조마해야 하는 상황이다. 만일 일주일 차이로 나를 안 받아준다고 하면 난 미국에 있는 재단본부를 찾아가서 난리치고 올 거라고 친구들한테 말했다. 만약 일주일 차이로 못 간다면 정말 억울해서 그렇게라도 하고 싶었을 것이다. 물론 다행히 합격했지만.

이것들 말고도 걸림돌 정말 많았다. 나만 왜 이렇게 걸림돌이 많을까 한탄도 했지만 그때마다 소오바의 "기회라는 것은 언제나 처음에는 하나의 위기로서 오게 된다."라는 말을 되뇌면서 열심히 열심히 했다.

11월 11일 기분 좋은 빼빼로 데이.

난 겨울방학이라 한가로이 TV를 보고 있었고, 아빠는 식탁에서 국수를 드시고 계셨다. 그때 엄마께서 아빠께 말씀하셨다.

"혜림이가 할 말이 있대요."

차마 말을 못 꺼내고 있던 나를 도와주기 위해 엄마가 먼저 입을 여신 것이다.

"아빠, 나 유학가고 싶어."

국수를 입에 물고 눈이 똥그래진 우리 아빠.

"뭐?"

"나 유학가고 싶어. 유학 보내 주면 안 돼?"

돌아오는 대답은 예상했던 대로 "안 돼."였다. 당연히 예상했던 대답이었지만 막상 "안 돼."라는 말을 듣는 순간 도저히 눈물을 참을 수 없었다.갑자기 내 눈에서는 마치 장맛비처럼 후두두둑 하고 눈물이 터져 나왔다.

'돈'이 문제라는 건 알고 있었다. 1년에 2,000만 원 정도를 한 아이한테 써야 한다는 건 사실 굉장한 부담이다. 내가 외동딸도 아니고 오빠도 있고 동생도 있는데 아무래도 무리한 일이다. 그래서 미국 말고 필리핀, 태국, 피지, 말레이시아, 인도, 호주, 캐나다, 싱가포르, 영국 등등 갈 만한 곳은 다 알아봤다. 하지만 그럴수록 정말 미국에 가고 싶었다. 왠지 모르게 미국이 더 끌렸다. 약간의 동경심＋호기심＋모험심＋도전심이 합쳐진 결과 그랬을지도 모른다.

그러고 나서 공부하기도 싫고, 일부러 반항하기 위해서 기말고사 공부를 하나도 안 하고 완전히 망쳐 버렸다. 그 후 장장 4개월 동안 아빠를 설득했다. 그러던 중 ISC Korea를 알게 되었고, 인터넷 카페를 알게 되었고, SLEP 간신히 통과하게 되었다.

SLEP 통과 못하면 어차피 교환학생으로 갈 수 없다는 것을 아시는 부모님께서 "너 SLEP 통과 못하면 다시는 미국 가겠다는 소리 하지도 마." 하면서 엄포를 놓으셔서 단어 진짜 열심히 외우고 하느님께 기도도 열심히 했다. 그렇게 해서 합격하고 나서 아빠께 교환학생으로 가겠다고 말씀을 드렸다.

"왜 꼭 나갈려고 하니? 여기서도 잘하면 되잖아?"

역시 반대. 내 눈에선 또 폭포수. 그렇게 두 시간 동안 아빠께 통곡을 하며 말씀드렸는데도 불구하고 반대를 하셔서 하루 종일 한 10시간은 운 것 같다. 방에 들어가서 문 걸어 잠그고 하루 종일 울었다. 점심도 안 먹고 저녁도 안 먹고.

다음날도 하루 종일 멍하니 정신을 놓고 있었다. 저녁에 아빠께서 퇴근하고 집에 돌아오셔서 엄마가 저녁을 차리시고 나더러 밥 먹으라고 부르셨다. 난 안 먹겠다고 대답하고 단식투쟁 작전을 벌일 계획을 세웠다. 그런데 몇 분 후 아빠가 어디론가 전화를 하시는 것 같더니 잠시 후에 ISC Korea로부터 나에게 전화가 왔다.

"혜림 학생, 아버지께서 허락하셨어요."

난 한동안 얼어붙은 듯 아무 말도 못했었다.

"어? 안 기뻐요? 난 혜림 학생이 기뻐할 줄 알았는데?"

"기뻐요. 기쁘죠. 왜 안 기쁘겠어요. 기뻐서 말이 안 나온 거였어요."

전화를 끊자마자 방문을 열고 뛰쳐나가서 아빠를 꼭 안아드렸다.

"정말 너무너무 감사드리고, 또 죄송해요."

그 후로 신청서를 쓰고 다행스럽게도 공립학교에 합격했다.

정말 많은 일이 순식간에 지나간 것 같다.

이제 남은 건 영어공부와 호스트 배정뿐!

그리고 ISC Korea에도 감사드린다. ISC Korea가 정말 많이 도와주셨다. 1월쯤에 내가 울면서 전화 드린 적도 있는데, ISC Korea 덕분에 지금 이렇게 되었는지도 모르겠다.

내가 원래 글을 잘 못써서 뒤죽박죽이면서도 이렇게 주저리주저리 늘어놓은 것은 혹시 힘드신 분들 있으면 이 글이라도 보고 힘 내시길

바라서다. 나 같은 사람도 가는데, 님들도 포기하지 않으시길 바란다.

ISC Korea 카페에서 많은 사람들을 알면서 포기한 사람도 보았다. 물론 돈 때문에. 그 분은 대학교 때 교환학생으로 갈 거니까 그때 꼭 만나자고 약속했다. 여러분도 절대 포기하지 마시길 바란다. 대학교 때 가도 되고, 자기가 돈 벌어서 가도 되고, 방법은 얼마든 있다고 본다. 나 같은 사람도 포기 안 했으니 여러분도 포기하지 마시길 바란다.

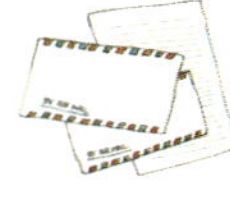

박선영 08.03.21 - 나의 프롤로그

난 경기도 의정부시에 사는 중3 여학생이다.

오늘 학교 친구들한테 "나 2학기 때 미국 가."라고 말하는데 눈물이 났다. 가지 말라고 벌써부터 눈물을 흘리는 친구도 있고, 경쟁자가 준다며 빨리 가라는 친구도 있다. 물론 나랑 헤어지게 되어 서운하면서도 장난으로 그런다는 건 다 안다.

솔직히 내가 이렇게 미국 공립학교 학생으로 지원하게 될 줄은 꿈에도 몰랐다. 난 원래 외국어고등학교를 동경하고 있었다. 그렇다고 해서 내가 영어를 잘한다는 것은 아니다. 어쨌든 중1 때부터 새벽 1시까지 울면서 딕테이션하고, 특목고 가겠다고 위장전입까지 하고, 별의별 짓을 다하고 살았다. 그리고 특목고에 합격하면 그때 꼭 수기에 써야지 하고 마음먹고 있었다. 이젠 교환학생을 위해 포기해야 할 처지가 되었다. 그렇다고 해서 후회하지는 않는다.

한 2주일 전, 그때 독서실에서 《Specialist》라는 듣기 책을 풀고 있는데 갑자기 짜증이 확 밀려왔다. 뭐랄까 책을 집어 던지고 싶은 그런 충동을 느꼈다. 난 분명히 영어를 다 알아 들었고, 내용도 다 이해했는데 문제가 아무래도 이상했다. 내 수준에선 왜 이게 답인지 이해가 안 되는 문제였다. 그러다가 갑자기 '내가 한국에서 백날 이런 문어체 영어 배워봤자 해외 나가서 한마디나 할 수 있을까?' 하는 생각이 들었다.

그러고는 영어 책을 덮고 《수학 정석》 책을 폈는데 이번에는 또 다른 회의감이 들었다. '내가 이 수학 공부를 내 미래를 위해 하는 걸까 아님 대학입시를 위해 하는 걸까?'

그날 집으로 돌아와서 다짜고짜 엄마한테 물었다.

"엄마 제가 유학 보내 달라면 보내 주실 거예요?"

"글쎄 보내 달라면 보내 줘야겠지?"

난 그날 한숨도 못 잤다. '딱 한 번뿐일 나의 지금 이 시절을 혹시나 잘못 보내고 있는 건 아닐까? 나 지금 이렇게 하는 게 잘 하는 걸까?' 하는 생각에 미래에 대한 기대감과 두려움이 한꺼번에 밀려들었다.

유학 가겠다고 맘먹었는데, 솔직히 유학 가서 성공할지 실패할지 자신이 없었다. 거기 가서 100퍼센트 성공할 것이라는 확신이 나한테는 아직 없었다. 그러다가 중1때 읽었던 교환학생에 관한 책이 생각이 나서 다시 찾아 읽었다. 그리고 인터넷에서 교환학생에 대해서 찾아보고, 또 관련 책들을 뒤졌다. 그리고 엄마를 붙잡고 상담을 했는데 엄마의 반응은 별로 긍정적이지 않았다.

"엄만 네가 지금 생활이 힘들다고 해서 회피하려는 걸로 밖엔 보이지 않아. 엄만 네가 그렇게 피해가려고만 하지 말고 지금부터 열심히 준비해서 외고 가는 게 더 좋을 거라 생각해."

난 그때 펑펑 울면서 아니라고 말했다.

"난 회피하려는 거 아니예요. 난 남들 다 목매는 특목고보다 나만의 블루오션을 찾고 싶다고요."

교환학생 정도면 그래도 뭐 블루오션에 속하는 편이라고 생각했다. 그리고 내 머릿속에 있는 모든 지식을 총동원해서 엄마를 설득했다.

"남들은 나를 보고 열심히 산다고 할지도 모르지만, 솔직히 나는 너무 바보같이 사는 것 같아요. 아무 생각 없이 그냥 남들 다 한다니까, 이렇게 하면 좋은 학교 간다니까 텝스 공부하고, 내 진로와는 별로 상관이 없을 수학 진도만 괜히 쭉쭉 빼는 거 같아요. 지금 내 꿈이 뭔지, 내가 진정으로 잘하는 게 뭔지도 모르면서 그냥 너무 생각 없이 남들이 말하는 '좋은 학교' 하나만을 바라보고 온 것 같아요. 하지만 지금이라도 늦지 않았다고 생각해요. 아니, 지금 이 시기가 진로와 가치관을 형성하기에 가장 좋은 시기라고 생각해요. 그리고 10여 개월 동안 외국에 있으면서 좀 더 구체적이고 확실한 미래를 설계해 보고 싶어요. 더 넓은 세상을 경험해 보고, 경험했던 그 세상을 토대로 보다 더 넓은 무대를 목표로 삼고 싶어요."

이렇게 말하니까 엄마는 한참 곰곰이 생각해 보시더니 좋다고 하셨다. 그리고 지난 토요일 학교 끝나고 바로 아빠랑 달려가서 SLEP 시험을 보았다.

그런데 아빠랑 돌아오면서 부딪힌 난관은 돈이었다. 그렇지만 아빠한테도 내 의사를 확실히 밝히고 앞으로의 계획을 이야기했더니 역시나 허락하셨다. 그래서 화요일에 1시간 정도밖에 못 자고 밤을 꼴딱 새워 원서를 만들어 제출했다.

유연형 07.05.06 – 교환학생 준비

처음 교환학생 준비를 시작했을 때, 부모님이 쉽게 허락하지 않으리라는 걸 알았기 때문에, 걱정도 되게 많이 하고, 그만큼 준비도 더 열심히 했다.

처음엔 부모님을 어떻게 설득해야 할지 몰라서 교환학생 현지 일기 같은 것도 많이 읽어 봤는데 그때 읽었던 교환학생 일기가 굉장히 큰 도움이 되었다. 그래서 지금 교환학생 준비하시는 분들께 내가 조금이나마 도움이 될까 해서 이 글을 쓰는 것이다.

처음 교환학생 프로그램이란 걸 들어 본 건 중2 때였다. 그때는 아무렇지도 않게 한 귀로 듣고 한귀로 흘려 버렸다. 그러다가 작년 12월, 기말고사 준비 기간에 교환학생이 어떤 프로그램인지 더 자세하게 알게 되었고, 그때부터 본격적으로 관심을 갖기 시작했다. 하나에 빠지면 어떻게든 끝을 봐야 하는 내 성격에 제대로 시동이 걸린 것이다. 기말고사 기간에 정말 미친 듯이 교환학생에 대해서 알아보고 다녔다.

처음에는 '괜찮은 프로그램이다.' 라는 생각이 들어서 알아본 건데 시간이 갈수록 '무조건 가야겠다.' 라는 생각이 들었다. 입시에서 실패한 걸 자랑할 것도 없어서 남들에게 내색 하진 않았지만, 사실 D외고에 떨어진 게 아직도 조금 씁스름한 것도 있고 해서 그런지 영어만큼은 외고생들보다 잘하고 싶다는 그런 유치한 생각이 내 마음 저 아래에 자리 잡고 있었다. 또 워낙 미국이랑 영어에 관심도 많았다.

처음에는 그냥 대학교나 가서 유학 갈까 하는 생각도 했었다. 그런데 대학교 들어가서 가는 유학은 요즘 굉장히 흔한 편이지만, 미국 공립고등학교에 다니면서 미국인 가정에서 살면서 문화 체험할 수 있는 기회가 흔한 건 아니라는 생각이 앞섰다. 그리고 고등학생과 대학생이, 나이 차이가 그렇게 많이 나는 건 아니지만, 외국어를 배우는 속도의 차이는 현저하게 난다고 생각한다. 똑같은 기간을 가 있더라도 한 살이라도 더 일찍 가면 더 많은 걸 배워 올 수 있을 거라고 생각했다.

그래서 오랜 고민 끝에 '가야겠다.'라는 결정을 내렸고 그때부터 부모님을 설득해 낼 방법을 고민하다가 인터넷 카페 교환학생 일기에서 읽은 '보고서' 방법을 선택했다.

처음 시작할 땐 부모님한테 철저하게 비밀로 하고 시작했다. 밑도 끝도 없이 갑자기 "저, 미국 갈래요."라고 하면 "그래 가라"라고 하실 부모님은 흔치 않을 테니까. 미리 내가 다 준비하고 "저 이만큼 준비가 됐으니까 믿고 보내 주세요."라고 설득하는 게 훨씬 빠를 것 같아서 일단 준비는 혼자 시작했다.

시험기간에, 하루 1시간 정도씩 교환학생에 관련된 자료를 구해서 일단 모두 저장해 놨다. 그렇게 3주를 계속 자료만 모았다. 3주면 21일이고 21일씩 60분이니까 $21 \times 60 = 1,260$분. 말이 1,260분이지. 그 당시로는 엄청난 시간이었다. 시험기간에 그런 짓을 하다니 지금 생각해 보면 미치지 않고서야 어떻게 그럴 수 있을까 하는 생각이 든다.

시험 끝나고 보니까 중복되는 자료도 엄청나게 많았지만, 여하튼 교환학생에 대해서 구할 수 있는 자료는 거의 다 구한 것 같았다. 시험 끝난 날, 친구랑 간단히 뒷풀이만 하고 바로 집으로 들어와서 그동안 모아 놓은 자료들 정리하고, 보고서 개요를 짜기 시작했고, 그 다음날부터 바로 보고서를 쓰기 시작했다. 1주일 반 동안 밤낮 안 가리고 보고서만 썼다. 엄마 몰래 하느라고 독서실 언니 눈치 보면서 겨우겨우 했다.

보고서는 표지 1장, 본문 6장, 편지 2장 해서 모두 9장짜리였는데, 대략 수십 번은 고쳐 쓴 것 같다. 독서실에서 내용 쓰고, 집에 가서 밤에 몰래 고치고 그 다음날 그 내용 또 고치고, 수행평가 때문에 냈던 몇십 개의 보고서 중에 제일 열심히 한 것이었다.

보고서 본문은 일단, 맨 앞장엔 교환학생에 대한 소개를 썼다, 그 뒤로는 교환학생의 장·단점을 적었다. 장점만 쓰면 사실적이지 않을 것 같아서 단점도 적었다. 내가 교환학생이란 프로그램을 통해서 좋은 결과를 거뒀다고 가정했을 때 앞으로 어떻게 공부할 것인지, 교환학생 프로그램을 통해 좋은 결과를 얻지 못했다고 가정했을 때 어떻게 공부할 것인지를 적었다. 그리고 교환학생 수기 2개, 부모님이 반대하시면서 하실 만한 말씀들, 예를 들면 "그 각오로 한국에서 하면 더 잘해 낼 수 있을 텐데, 왜 굳이 미국까지 가려 하느냐" 같은 것에 대한 내 의견 등을 쓰고, 맨 뒤엔 부모님께 드리는 편지를 썼다.

그리고 방학 때 혼자 SLEP 시험도 보러 다니고, 상담도 받으러 다녔다. 그렇게 한달 반 정도 혼자 준비를 하고 드디어 12월 28일, 엄마한테 내가 준비한 걸 보여드리는 날이 다가왔다. 그날 엄마가 스파엘 가자고 하셨는데, 솔직히 거사를 눈앞에 두고 있는데 안 간다고 할까 하다가 '그래 가서 같이 놀면 분위기 더 좋아지겠지. 그럼 엄마가 더 쉽게 OK해 주실지 몰라.' 하는 생각으로 그냥 꾹 참고 따라갔다.

스파를 끝내고 집으로 돌아와서 엄마는 "이제 자라."라고 하시고 안방으로 들어가셨다. 난 내 방으로 들어가서 엄마한테 보여드릴 보고서를 두 손에 들고 15분 정도 방안을 서성거렸다. 그리고 크게 한 번 심호흡을 하고 안방에 가서 준비해 놓은 보고서를 펼쳐 보였다. 생각보다 엄마의 반응이 나쁘진 않았다. 처음엔 성공했다고 생각했는데, 날이 갈수록 엄마의 반응은 영 시원치 않았다. 하지만 아빠한테는 보고서 하나로 OK를 받아냈다.

엄마가 하루는 H외고 선생님으로 계시는 친구 분을 만나고 오시더니 "안 돼! 절대 안 돼!"하셨다. 완전히 돌아선 엄마의 마음 돌리느라고 5일 동안 밤 새가면서 편지 써서 엄마한테 드렸다. 뜻이 있는 곳에 길이 있고, 백번 찍어 안 넘어 가는 나무 없으며, 자식 이기는 부모 없다는 말만 생각하면서 한달 반 동안 보고서 작성하고, 몇날 며칠 울면서 편지 쓰고 했다. 지성이면 감천이라고, 절대 안 된다고 하시던 엄마가 조금씩 마음을 여시더니 결국 '그럼, 한번 해봐라.' 하셨다. 진심은 통한다는 말이 정말 맞는 말인 것 같다.

■ 시험 잘 보는 방법

ISC Korea 공식 카페 http://cafe.daum.net/1318manse에 들어가시면 SLEP 단어 모음과 SLEP 시험 공부하기가 있습니다. 그 단어 위주로 외우고 시험 보시면 많은 도움이 됩니다.

■ SLEP 시험 준비물

1. 최근 3년간 성적증명서
2. 볼펜 (답안지 작성)

박선영 – 긴장되던 SLEP 시험

어제 강남역 앞에 있는 ISC Korea 본사에서 SLEP 시험을 쳤다.

인터넷에서 찾아보면 "SLEP 그거 중3~고1 수준이에요. 쉬우니까 걱정마세요." 하는 말이 많길래 나는 '그 까짓 거' 하면서 갔다. 그런데 아마 강남애들 기준으로 중3~고1이었나 보다. 나 같은 경기도 중3은 풀기 힘들었다.

솔직히 뒷부분에 나온 문제들은 수능보다 어렵다고 느꼈다. 일단 맨 처음에 사진 보고 가장 적절한 문장 고르라는 문제들은 문장은 쉬웠다. 다만 그림이 아니라 사진이라서 알아보기가 힘들었다. 컬러도 아니고 흑백 사진인데 그 사진어서 뭘 잡아내야 되는지가 어려웠다. '네모 반듯한 이게 사무실이냐? 선박이냐? 상자냐?' 이건 아마 ㄴ 개인만의 문제인 듯한데, 하여튼 사진을 알아보기 힘들어서 당황했다.

그리고 중간에 듣기는 쉬워서 솔직히 거의 다 맞는 수준이었다. 맨 마지막에 대화 들려주는 부분에서는 갑자기 재채기가 나오려고 해서 억지로 참느라고 신경쓰다가 문제를 거의 다 놓쳐 버렸다. 나중에 답안지 받아 보니 거기에서 다 틀려 있었다.

그리고 독해는, 앞부분은 정말 쉬웠다. 한 초등~중1 정도 수준이랄까? 그러다가 중간 정도쯤 가면 중2~고1 수준 정도였다. 그리고 맨 마지막 독해 지문은 정말 어려웠다. 길진 않은데 조금 생소한 단어들이 나와서 애를 먹었다. 물론 이 모든 건 내 주관적인 기준에서 그렇다는 이야기이다. 부디 내가 영어를 잘하지 못한다는 걸 염두에 두시길…….

솔직히 정말 못 봤다고 생각해서 결과 기다리는 동안 "45점을 넘지 못해서 떨어지지 않을까?" 하그 정말 진지하게 걱정했는데 다행스럽게도 결과는 53점이 나왔다. 좀 더 잘 봐서 장학금 받았으면 좋았을 텐데 하는 아쉬움도 있지만, 내 실력에 합격한 것만 해도 감사할 따름이다.

어쨌든 그리 쉬운 시험은 아니었다.

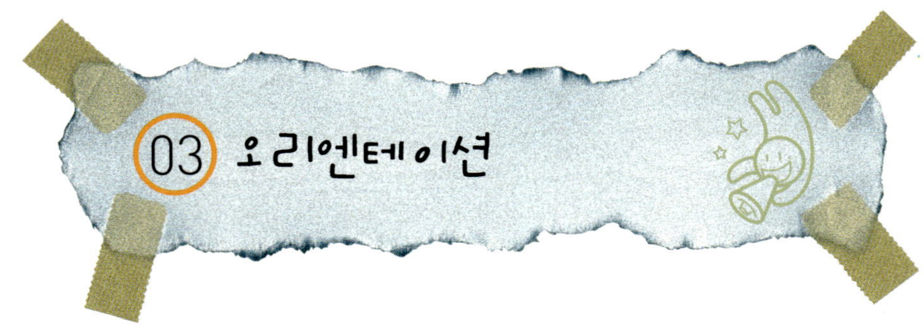

■ 규칙과 법

• CETUSA의 미국 내 행동에 관한 학생 규범은 가장 중요하며, 특히 음주, 마약, 음악 다운로드는 매우 중요하다.

■ 미국 호스트 패밀리와의 생활

• 귀가 시간

• 교제

• 친구와의 모임

• 가도 되는 곳과 안 되는 곳

• 학교 출석

• 학교 성적

• 학교 활동 참가

• 교회 활동 참가

• 어디에 갈 때 통보보다는 허락을 묻는다.

■ 미국 학교에서의 생활

• 누가 규칙/법을 만들고 집행하는가? 그 칸에 주어진 규칙/법을 만들고 집행한다고 생각하는 부분에 체크 표시(V)를 하자.

규칙/법	호스트 패밀리	학교	지방자치	주정부	연방정부	CETUSA
귀가 시간						
흡연						
알코올 섭취						
마약 사용						
모터가 달린 기계의 운전						
학교 시작 시간						
학교 점심 시간						
학교 성적 'C' 유지						
졸업장과 졸업						
운전면허 획득						
학교 출석						
취침 시간						
신청의 위조						
절도와 도둑질 누구와 나가야 하는지						

■ 미국 친구들과의 생활

- 방에서 혼자 공부해서는 친구를 만들 수 없다.

- 수업시간에는 대화할 시간이 없기 때문에 교실에서는 친한 친구를 만들 수가 없다.

- 대부분의 미국 학생들은 교환학생들에게 먼저 다가가지 않는다. 교환학생 자신이 먼저 다가가서 친근하게 해야 한다.

- 친구를 만들기에 가장 좋은 방법은 학교 활동을 하는 것이다. (활동, 클럽, 스포츠 등등)

- 친한 친구를 만드는 것은 시간이 필요하다.

- 많은 미국 십대들은 무리를 지어서 행동한다. 만약 학생이 그룹에 초대받았다면 가서 같이 어울려보자.
- 호스트 패밀리 외의 사람들과 친구를 만드는 것이 가장 좋다. (호스트 형제자매를 학생의 베스트 프렌드라고 생각하지 말자.)

■ 출국 전 숙지사항

• 영작 학습

미국 고등학교의 대부분은 과제물 중 특정한 주제에 대해 여러분들의 의견을 적는 것이 대부분이다. 즉 여러분들의 생각과 문장 능력으로 점수를 부여하기 때문에 출국 전 영작하는 방법을 미리 익히는 것이 좋다. 영작을 학습하는 방법은 다음과 같다.

준비물 : 한글로 된 동화책 혹은 읽기 쉬운 한글로 된 소설책.

검토 및 수정해 줄 수 있는 선생님도 필요하다.

영작을 하기 전 가장 중요한 것은 영작할 책을 선택하는 것이다. 너무 어려운 책은 피하는 것이 좋다.

• 듣기

듣기에 가장 좋은 교재는 미국의 문화와 생활 모습을 담고 있는 영화와 드라마일 것이다. 영화와 드라마는 각각의 장소에서 쓰는 어휘와 행동 모습 그리고 숙지한 단어를 적절하게 활용할 수 있는 정말 좋은 교재이다.

준비물 : 영화 혹은 드라마(미국판)

처음에 영화를 자막 없이 볼 경우 힘들기 때문에 꼭 한두 번 본 영화나 내용을 알고 있는 영화를 선택하기 바란다.

• 미국 역사책 읽기(한글본)

　미국 교과 과목 중 미국 역사 과목이 교환학생들에게는 제일 어려운 과목일 것이다. 따라서 출국 전에 미리 한글로 된 미국 역사책을 두 번 정도 꼭 읽고 출국하는 것이 좋다. 가능하면 그 책을 미국에 가지고 가는 것이 많은 도움이 된다.

• 영문 소설책 읽기

　준비물 : 영문 소설책 그리고 단어장, 영영 사전.

　영문 소설책은 자신이 가장 즐겁게 읽을 수 있는 책이 가장 좋다. 이렇게 하는 이유는 바로 단어 학습을 하기 위함이다. 같은 책을 두 번 읽는데 처음에 책을 읽기 시작할 때는 단어를 외운다고 생각하지 말고 모르는 단어는 단어장에 기입만 한다. 다시 한 번 그 책을 읽을 때는 단어장에 기입된 단어를 한 4~5번 정도 연습장에 적으면 된다. 그렇게 해서 완성하면 그 다음 다른 책으로 넘어 가면 된다.

　위의 모든 내용은 토플과 공립학교 생활에 밀접하게 관계되어 있으니 출국 전 한국에서 꼭 하고 출국해야 한다.

04 배정

• 편모, 편부 배정

최소한의 경비만 받는 자원봉사로서, 홀부모님 배정은 정상적인 배정이다.

• 임시배정

호스트 패밀리를 찾기 전에 며칠 정도 임시로 배정되어 차후 호스트 패밀리 집으로 옮겨지게 된다.

• 더블배정

호스트 부모님의 선택으로 다른 한 명과 함께 같은 집에 배정되는 경우이다.

정재윤 07.06.30 – 오후 3시 첫통화

오늘 호스트 부모님과 첫 통화를 하였다. 이메일을 주고받은 지 벌써 3개월이 넘어가고 있지만, 그동안 전화는 한 번도 하지 않았었다. 나는 친해지고 통화를 해보고 싶었지만 조금 예의를 차리느라 하지 않았고, 호스트 부모님은 내가 부담스러워 하지는 않을까 생각하며 미루고 계셨던 것이다.

내가 3주 전에 용기를 내어서 호스트 부모님께 전화를 했는데, 전화를 할 때마다 계속해서 "You have wrong number~" 하면서 잘못된 번호라는 안내멘트가 수화기 속에서 나왔다. 그래서 그 문제를 호스트 부모님에게 말했고, 호스트 부모님께서 자기들이 나에게 전화를 걸겠다고 하셨다. 전화를 시도하셨지만, 또 여러 가지 엇갈린 탓에 오늘에야 전화를 하게 된 것이다.

그런데 시험을 마치고 친구들과 노래방에 가려고 하는 찰나에 전화가 왔다. 그때 난 버스 안에 있었다. 난 아무 생각도 않고 받았다가 정말 깜짝 놀랐다. "Hi~" 하면서 영어로 이야기하자 버스 안의 사람들이 모두 날 쳐다봤다. 난 정말 부끄러웠고 아직 내가 미국 가는 것을 모르는 친구들은 다들 내가 쇼를 하고 있는 줄 알았다. 친구들이 너무 시끄럽게 떠들고 있어서 한 시간뒤에 다시 전화하기로 했다.

버스에서 내려 친구들과 헤어지고 난 뒤 나는 할 말들을 쭈욱 적어 보았다. 한 시간이 얼마나 길던지 떨려 미치는 줄 알았다.

호스트 엄마는 너무나도 또박또박 정확히 말해 주었고, 이야기를 나누는 동안은 바짝 긴장해 정말 떨려 아무 생각도 없었는데, 전화를 끊고 난 후에는 재미있다는 생각이 들었다. 미국에서 이렇게 긴장 속에 떨면서 살아야 한다니, 너무 신나겠다. 떨림이 좋다.

호스트 엄마는 일주일 뒤에 다시 나에게 전화해 준다고 하면서 끊었다. 그런데 통화를 30분이나 하였고 그 분들이 내 폰으로 전화를 했기 때문에 꽤 통화료가 나올 텐데 걱정되었다. 다음부터는 집으로 전화하라고 해야겠다. 호스트 부모님은 국제전화요금을 크게 신경쓰지 않으시는 것 같다.

오늘 통화에서 내가 혼자서 떠들고 그 분들은 계속 듣고만 있었는데, 과연 알아들었는지 못 알아들었는지는 잘 모르겠다. 그 분들은 내가 무슨 말을 하는지 잘 모르는 눈치였다.

에라, 모르겠다. 정재윤, 앞으로 더 열심히 하자. 아자아자!

 **이하진** 06.07.11 - 호스트 배정

나는 이번에 Ohio 주에 있는 작은 마을 Liberty Center에 배정을 받았다. 그런데 특이하게 미국재단에 계신 분이 내게 전화를 걸어서 배정 사실을 알려 주셨다. 여기서 그 이야기를 하려고 한다.

5월 31일 아침, 항상 그랬듯이 달콤한 잠을 자고 있던 나를 엄마께서 부르셨다.

"하진아 전화 왔다. 외국인인데?"

잠자고 있을 때는 누가 업어가도 모르는 나지만, 외국인 전화가 왔다는 소리에 갑자기 눈이 번쩍 떠지고 말았다. 호스트 배정이 났다는 소식이 아닐까 하는 느낌이 왔기 때문이다. 어쨌든 전화를 받아 "Hello?" 하고 말하였다. 그러자 저쪽에서 자신의 이름과 자신이 재단에서 일한다는 이야기를 하였다.

그러고는 내가 Ohio 주에 배정이 되었으며, 가족은 4명이고 나와 동갑인 16살짜리 여자아이 한 명과 오빠 한 명이 있으며 기독교인들이고 개 2마리를 키운다는 것을 이야기해 주었다. 학교는 전교생이 350여

 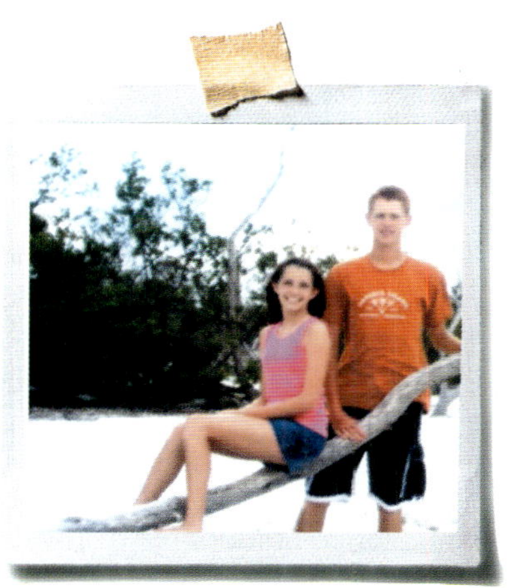

명밖에 되지 않는 작은 학교라고 말하였다. 내가 다 알아듣자, 영어를 참 잘한다며 칭찬도 해주었다.

나는 다른 학생들보다 서류도 늦게 내고 접수도 늦게 해서 배정이 늦게 날 줄 알았는데 정말 일찍 난 셈이다. 서류를 3월에 냈는데 5월 31일에 배정이 났으니 정말 빠른 것이었다. 그 전화를 받고 나니 '진짜 가는구나.' 하는 생각이 들면서 실감이 나기 시작했다.

그런데 분명히 미국재단에서 전화가 왔는데도 배정표는 바로 나오지 않았다. 혹시나 하면서 기다리다 20일이 지난 후에야 메일로 배정표가 날아왔다. 거기에는 호스트 패밀리와 마을에 대한 자세한 정보가 있었다. 배정표를 받고 나니 걱정이 싹 사라지는 게 마음이 놓였다. '일찍 배정이 나서 정말 다행이다.' 라고 생각하면서 그 이후 중간고사 준비에 전념하기로 했다.

드디어 오늘 호스트와 전화를 했다.

공공칠공공 누르고 일번 누르고 호스트 번호 누르고, 신호음이 띠리리리리리리리리링하고 엄청나게 길게 가더니 저쪽에서 부드러운 훈남 목소리가 들려왔다.

"Hellow?"

남자 목소리여서 호스트 아빠겠구나 생각했다. 그래서 "I'm Korean exchange student Yesol Kim!" 하면서 있는 힘껏 발음을 굴렸다. 그런데 돌아오는 대답.

"What? Sorry!"

"Exchange student Yesol Kim!"

나는 다시 한 번 대충 단어만 나열했다.

"Wow, Sol! 엘레레레레블라블라꾸리아."

내가 알아들을 수 있었던 건 'Wow' 하고 'Sol' 뿐이었다. 그 뒤부터는 호스트 아빠가 너무 빠르게 말씀하셔서 정말로 '엘레레레레' 하고 말하는 것처럼 들렸다. 그래서 내가 미리 적어놓았던 걸 읽었다.

"I'm not good at getting what you say in English, so speak slowly, please."

"What?"

"I'm not good English! Speak slow!"

"Oh~ Don't Worry~~~."

이러면서 뭐 Nothing이라는 단어도 나왔는데, 하여튼 내 영어 실력으로는 다 알아들을 수가 없었다. 호스트 아빠가 엄청나게 천천히 말해 주시는데 "엘레 울라 불랄라" 이렇게 밖에 안 들렸다.

그래서 대화 내용의 80%는 거의 "하하~ 하하하~ 하하~ 하하하하! 오~ 와우~ 예아~"의 무한 반복이었다. 대충 기억하자면 호스트 아빠의 형님께서 한국에서 군생활을 하셨는데, 한국어를 좀 하신다는 것과 자기도 배우고 있는 중이라는 이야기였다. 그리고 날씨 이야기 시차 이야기 등등이었다. 그러다가 호스트 엄마를 바꿔 주셨는데 호스트 엄마가 말씀하시는 것도 똑같이 들렸다.

"Wow, Sol! 엘렐레레레 르발라랍라빌."

하지만 호스트 엄마의 목소리는 쾌활 명랑하고 진짜 좋았다.

내가 "My English is poor. Sorry, I'm try."라고 말하자 "Don't Worry! Don't Worry!" 하며 크게 웃으셨다.

나도 덩달아 함께 큰소리로 웃었다. 그리고 대화 도중에 자꾸 'school' 'school' 하시길래 대충 내가 다닐 학교 얘긴가 보다 생각하면서 "오~예~와우~예아~~" 맞장구를 쳤다.

전화는 다시 호스트 아빠로 바뀌었고, 호스트 아빠가 나더러 좋아하는 미국 영화 있느냐고 물어 보시는데 생각나는 게 힐러리 더프 주연의 〈신데렐라 스토리〉뿐이어서 그렇게 대답했다.

"신뒈렐라 스토뤼~."

"What story?"

내 발음이 이상해서 그런가 싶어 계속 말했다.

"신뒈렐라 실델렐랄~ 신뒈렐라~~"

"Oh, Disney?"

하지만 나도 지쳐서 '에라이 묻어가자' 하는 생각이 들었다.

"예~~아이러브 디즈뉘!"

이러면서 대충 내가 얼버무렸다.

전화를 끊고도 한동안 손이 계속 떨렸다. 하지만 재미있었다.

 **조은님** 08.04.28 – 감동의 눈물 : 호스트는 나를 사랑해

그동안 호스트와 연락이 잘 안 되어 너무 힘들었다. 메일을 보내도 답장이 안 오고 전화를 해도 끊어야 된다며 금방 끊었다. 정말 이러다가 호스트 취소되는 건 아닌지 걱정을 많이 하고 속상했다.

그런데 오늘 드디어 그간 연락이 뜸했던 이유가 드러났다. 바로 호스트 엄마인 Grace가 보낸 메일이 그동안 전부 스팸 메일함으로 갔던 것이다. 나는 그것도 모르고 수신확인도 되어 있는데 왜 답장을 안 할까 하면서 많이 기다렸었다.

내가 처음 보낸 메일에 바로 답장을 하셨는데 그게 스팸 메일로 넘어가는 바람에 내가 알지 못해서 답장을 안 하니까 또 보내셨다. 계속해서 스팸 메일로 넘어가다가 어제 내가 보낸 메일에 또 답장을 하셨는데 그것만 방금 전에 제대로 도착했다.

그 동안 벌어진 사건의 실체를 알고 나니 손이 부르르 떨리고 정말이지 한메일이 미웠다. "대체 왜 멀쩡한 메일을 스팸 메일함으로 넣었느냐고오."

아무튼 내게 사진도 보내 주시고 메일도 그렇게 보내 주신 걸 보자마자 너무 기쁘고 감동해서 눈물이 다 나왔다. 나는 정말 기뻐서 운다는 게 무슨 말인지 몰랐는데 이제 알 것 같다.

솔직히 말해서 그동안 메일을 아무리 보내도 답장도 없고 전화를 해도 바로 끊으셔서 너무 힘들었는데 이렇게 한꺼번에 알게 되니 더욱 감동이 컸다.

나는 이렇게 메일을 보내신 줄도 모르고 답장을 받았으면 좋겠다는 둥, 바빠서 그럴 거라고 믿는다는 둥 이상한 말만 계속 했었다.

밑에는 호스트 패밀리 사진이다. 첫번째 사진에서 가장 작은 남자아이가 내 호스트 동생인 Jackson인 것 같다.

Hi Eunnim, Thank you for your call and your e-mail.

It was so nice talking with you and I could understand you very well.

Mick and I are very excited to have you come stay with us and we hope you will enjoy your stay.

At this time we do not have a piano but the school and the church have one so I am sure you will be able to practice at either place.

I have attached a couple of pictures of our family, one of Jackson vacuuming, our family picture from Christmas, and one of Jackson with some family members, I will send more later this week.

I did receive a couple of pictures of you and your family but I could not really see them so if you could send some more that would be great.

At the moment we still have snow on the ground but we are praying that it will be gone very soon as winter has been a long one this year.

I will send you some pictures of our house, we live out in the country with only a couple of other houses but it is a beautiful area and very peaceful. We I have to go get ready for church. I will write again soon. Love Grace

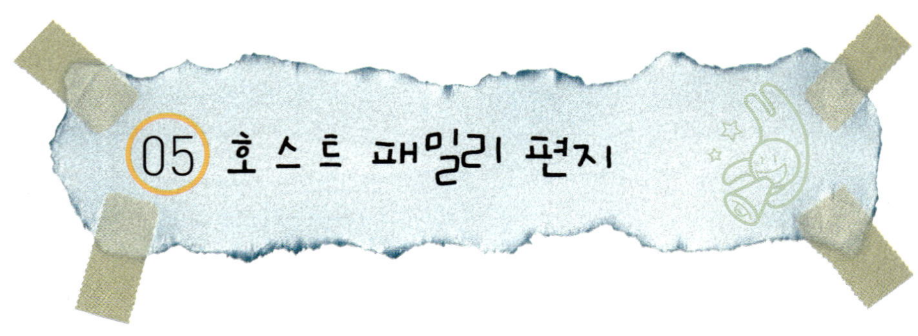

Dear YooRi~

We love your homecoming photograph! You look so cute!

Do you still have highlights in your hair?

Lily also has some highlights (blond). I found a picture of LILY from her winter dance called the "Snow Shuffle". It was on 2/16/08 so I am attaching it for you to see. She is the one in the red dress.

And those are 2 of her friends, ANNIE (in the white dress)and Erin (in the blue dress).

I want to say DO NOT WORRY that maybe you won't get along with Lily. Sheis fun and crazy but can be quiet too.

She will be friendly but will give you space when you need it.

And, she was worried about the EXACT SAME THINGS AS YOU! Because I am a "mom", I think that you will probably end up being very close friends. She plays the HARP. I saw that you play VIOLIN, CLARINET, and PIANO.

Scarlett plays the FLUTE. Also, you, Lily and Scarlett will be in different grades in the school(9th, 10th, and 11th), so you all will have completely different classes. And you also will have your own bedroom if you feel it is too much togetherness for you.

Also, Scarlett will be here for you too. She is a very mature 14-year-old girl. They (Lily & Scarlett) really act like they are the same age. They hangout a lot??but not always together.

Also, there is a very nice, cute boy who lives 4 houses away from us on our street (named "June Seong Son"). He is here this year as an exchange student from Seoul, South Korea, and he will also be here next year-he is in 10th grade right now, but he attends a different high school than Lily and Scarlett. He is coming back here to Michigan because he loves it-that is what his host mother just told me. Isn't that a coincidence?

I will have Lily and Scarlett write to you soon, but Scarlett has a bad cold and is in bed right now trying to sleep, and Lily has lots of homework and is trying to get it all done. They will write to you some time tomorrow I think. We will all send you more photos.

Did you get the picture of the cats? Do you like pets? If not, we can try to keep them away from you, but they really seem to stay away from people who don't like them. They have a built?in sense about

that so there should be no problem. Also, they do not bite or scratch!

Did you get our "HOUSE" pictures from PAULA McNEELY (the

CETUSA Coordinator) yet? If not, I will make sure she sends them to you soon.

Please don't be nervous. We are all a little nervous too! We have never done this before. Please write back.

We will too! The coordinator gave me another e?mail address for you today. Please tell us which one to use.

She said it is "yoori92@gmail.com"? Is that correct? Please let us know which one you prefer.

BYE FOR NOW! TALK TO YOU SOON!! SAY HI to your Mother and Father for us (Mac and Anna). We want them to feel comfortable about you living with us too.

They can write to us too if they want. LOVE, ANNA

박정철 07.11.07 – 호스트에게서 답장이

Dear Jeong,

I was very happy to receive your phone call today. Here are some more pictures. we are looking forward to you coming to live

with us. I am not working right now, looking for a new job, so I have had time to fix things up around the house.

Seth really enjoys going to Catholic Central and I am sure you will enjoy it also. Please do not worry about it not being safe because it is down town Grand Rapids. It is safe, I wouldn not send Seth there if it wasn't. Seth plays baseball for school and is already working out lifting weights and batting practice. He does not play basketball for the school team but does play with friends. He is a good student and I hope you will be in some of his classes.

My parents live close to us (1 mile) and I have 2 sisters (and their families) that also live close. I have a 3rd sister (my twin) & her family that live in Ann Arbor which is about 2 hours from Grand Rapids. Seth's other grandma, aunt, uncle & cousins from his fathers side of the family live about 1 hour from Grand Rapids. He also has a half sister & half brother (from his father's first marriage) living in Lansing (also about 1 hour from Grand Rapids). We look forward to you being able to meet all of them.

I will write again soon. I hope you receive this and the pictures.

Sincerely

임지수 08.04.15 – 호스트 편지 1, 2, 3, 4

■ 호스트 패밀리의 편지 1

We have been doing great. Grant just went to his prom last nite. He has been busy with Track at School.

Gage has been busy playing , we got him a new puppy yesterday.Dad has been hard at work and I have been getting your bedroom ready to paint. it is getting closer to you coming to our house. Are you getting Excited yet?How is your brother and parents doing? Tell them I said hi.I have to run to the mall but will chat with you later. Mom from Oklahoma

■ 호스트 패밀리의 편지 2

I love cats. Here you can get free kittens all the time. we have lots of cats on our farm, but they don't live in the house. our puppy lives in the house right now. He is real little only 6 weeks old. It sounds like your mom is very busy lady. Teachers are very import!ant people. They teach our children.Do you know what date you are coming here yet? School starts August 13th. I would like for you to come a week before so you can get settled and we can go shopping and get you your supplies that you need. it will give you and the boys some time to get to know each other also. Have to go. Have to get groceries and Grant has a Track meet today. Chat at you later.Oklahoma mom

Grant and dad is doing good. They are out riding 4 wheelers today. Gage's full name is: GAGE EUGENE ZELNICEK . we have 10days left of school and then it is summer vacition. Grant will be going to all of the football camps getting ready for football. Summer is our busy season for our business. We travel alot this time of the year. Oklahoma mom

■ 호스트 패밀리의 편지 4

I am glad you liked pictures. You have a handsome family also. We are all doing good. But this is our very busy season for our business. We work long hours preparing the machines to cut our crops. What is your phone number? You can call me at 11:00 PM I am always up that late and problaby is the best time to reach me. We are getting excited about you joining us in august. What is your phone number? Maybe I can call you. Just let me know your schedule. the boys will be out of school this is their last week for the year. Then we have a 3 month break. Well gotta go for now gotta run errands for dad. chat with you later.Oklahoma mom

Hello!

We are soooo very excited to have you come! Can't wait to hear when you will arrive. Do you know yet when you are coming? Please let us know when and where you are to arrive so that we can make plans to pick you up. I copied the local forecast for the next 7 days. We live in Belvidere, Illinois, but Rockford is where our airport is, where they measure the weather, and also where our kids go to school and where we shop.

Did you receive our photos from CETA USA? I've added a couple more to this email. Follow the link to the City of Rockford's website to learn more about our city. Sorry you missed this weekend. It is Labor Day weekend. The end of summer and a great celebration in downtown Rockford. It's called On The Waterfront (as it's located in downtown on the river). There is lots of good food and great music and lots of rides and games too! My stepdad, stepsister, her husband and two daughters are here this weekend visiting. Wish you could've met them. We were all at the festival last night enjoying the music and food. Oh, and the kids love the rides!

I see that you are vegetarian? That's what it says on your profile. You'll have to help me shop for food for you if there's anything that you really like to eat. Otherwise, we always have vegetables and fruit with our dinners and we will surely get you plenty to eat.

Over the Christmas/New Year's break from school, we are taking a family vacation to Steamboat Springs, Colorado. We have a condominium there at The Steamboat Grand Hotel and Condominiums and we all love to snow ski. We also go snowmobiling, dog sledding, or hot air ballooning too. So make sure to bring warm winter wear if you have it!

I hope that you are ready to have fun!

Looking forward to meeting you! Please send us a photo of your family with you in it. We would love to see "Princess of Mushrooms".

Fondly,

Sindy, Joe, Jared, Caleb, and Brittany.

06 송별 파티

김유리 07.07.23 - 유리의 이별파티

　미국으로 출발을 앞두고 내가 친구들에게 고마움의 표시로 KFC 징거버거를 무려 45개 주문했다. 그리고 친구들이 나 몰래 깜짝 파티를 열어줬다. 드라마에서 볼 수 있는 그런 분위기였다. 벽에는 온갖 풍선이 붙어 있고, 칠판에는 분필로 적어 놓은 메시지가 한가득 있었다. "깝유리 잘 다녀와, 유리야 살앙해, 유리야 너가면 난?" 등등의 감동이 물결치는 글들이었다. 그리고 내가 제일 좋아하는 초콜릿 케이크에 양초가 꽂혀 있었는데 갑자기 엉뚱하게 생일 축하노래를 부르는 친구도 있었다. 점심 먹은 지 1시간 15분밖에 안 지났지만 역시 자라나는 새싹들은 먹으면 소화가 잘된다는 징거버거를 순식간에 먹어치웠다.

　또 친구들이 1,000원씩 걷어서 엄청나게 크고 예쁜 레이스 쿠션 사 주었다. 집에까지 들고 오느라 엄청나게 고생했다. 어쨌든 선물까지 챙겨 주는 고마운 친구들이다. 선생님께서는 귀여운 편지지에 편지를 써 주시고 필통에 이쁜 필기도구를 정성스레 담아 주셨다. 정말 잊지 못할 선물이다.

　그리고 하이라이트는 우리 학교에서 제일 노래를 잘하는 2명의 노래 선물이였다. 교내 가요 부르기 대회에서 항상 1등을 하는 잘생긴 2

명의 남학생이 바로 내 앞에서 노래를 불러 주었다. 이 장면은 마치 프러포즈를 받는 것 같은 아름다운 장면이었다. 진짜 감격해서 눈물이 날 정도였다.

 **유연형** 07.08.25 – 감동적인 송별회

다음주 화요일, 그러니까 출국 하루 전날까지 친구들이랑 수업 듣고 자퇴하려고 했는데, 엄마가 친구들한테 폐 끼치는 거라며 빠질 사람은 빨리 빠지는 게 깔끔하고 쿨한 거라고 하시는 바람에 월요일에 급하게 자퇴 결정을 하고 어제 마지막으로 수업하고 오늘 자퇴하게 되었다.

그래서 월요일 저녁에 담임 선생님께 전화 드리고 화요일 저녁에 친구들한테 얘기하게 되었다. 담임 선생님이 은근 슬쩍 흘리시는 걸 듣고 친구들이 송별회를 준비하고 있다는 건 알았는데, 그렇다고 내 입으로 안다고 그러기가 뭐해서 일단 모르는 척하기로 했다.

화요일에 학교에 가서는 아침부터 애들이랑 슬픈 표정 지으면서 장난을 쳤다. 2교시 일어시간에는 담임 선생님이랑 최고로 친하신 일어 선생님이 교실 앞으로 나를 불러내셔서 노래를 부르라고 하셨다. 다음 주에 일어수행평가가 있는데 일어로 노래를 부르는 것이다. 다음 주에는 내가 없으니 여기서 미리 불러 보라고 하셨다.

난 못 부른다고 버티다가 앞으로 끌려 나갔다. 선생님은 첫 수업에서 내 인상이 어땠는지에 대해 말씀하시더니 나랑 누가 제일 친하냐고 물어 보셨다. 그랬더니 애들이 장난으로 나랑 열 마디도 안 해본 남자

애를 지목했다. 결국 나랑 친하지도 않은 그 애는 나에게 잘 갔다오고 술 마시지 말고 담배, 피지말고 마약하지 말라고 얘기해 주었다.

그리고 선생님이 계속 나에게 노래하라고 하셨지만 난 얼굴이 새빨갛게 되도록 못하겠다고 버텼다. 그랬더니 선생님이 "그럼 우리가 연형이한테 해주자." 하셨다. 친구들이 "당신은~ 사랑받기 위해 태어난 사람~" 하고 노래를 불러 주는데 눈물이 나오려고 해서 꾹꾹 눌러 참느라 힘들었다. 결국 쉬는 시간에 엉엉 울었더니 친구들이 와서 왜 우냐고 달래고, 나는 더 크게 울고 말았다.

간신히 진정하고 3, 4, 5, 6교시 수업 무사히 듣고 7교시 수업 준비를 하는데 갑자기 다른 반 친구가 얼굴 새빨개져서 교실로 뛰어들어오더니 덥석 내손을 잡고 복도로 끌고 나갔다. 복도에는 1학년 때 제일 친했던 친구가 케이크를 들고 서 있었고, 애들이 나를 둘러싸고 폭죽을 터뜨려 주었다. 복도 한복판에서 엄청나게 울었다.

훌쩍이면서 7교시 수업을 듣고 종례 전에 애들이 나를 교실 밖으로 불러내 여기저기 끌고 다녔다. 그리고 담임 선생님이랑 잠깐 얘기하고 교실로 다시 돌아왔다.

역시 예상대로 교실불은 꺼져 있었다. 그런데 다 알고 있는 상황인데도 막상 닥치니까 또 감정이 복받쳐 올라서 엄청나게 울었다. 촛불 불어 끄고 케이크 자르고 내가 친구들한테 한마디 하고 담임선생님이 노래를 불러 주시고 한마디 해주셨다. 나는 친구들이랑 껴안고 엉엉 울었다. 정말 이 세상 누구보다 행복한데, 말할 수 없을 정도로 슬픈 복잡 미묘한 순간이었다. 마지막에 담임 선생님이 해 주신 말씀을 듣고 정말 많이 울었다.

"첫 담임 반이어서 애착이 더 가고 38명 그대로 다 3학년에 올려 보내고 싶었는데 이렇게 연형이가 가게 되어서 선생님도 이번 주 초부터 기분이 안 좋다. 연형이가 가서 서류상 정원은 37명이 되었지만 2007년 2학년 4반은 38명이고 그건 영원히 변하지 않는 사실이다."

중1 이후로 제일 좋은 반을 만났는데 헤어져야만 한다는 게 정말 너무 힘들었다. 그리고 졸업 앨범에 있는 친구들도 기억하기 쉽지 않은데, 나는 졸업 앨범에도 없을 테니까 이렇게 좋은 사람들한테 잊혀질지도 모른다는 게 너무 싫었는데 선생님의 그 말씀을 듣고 너무 감동받았다.

오늘 학교에 가서 자퇴하고 집에 왔는데 정말 마음 한구석이 텅 빈 것같이 너무 쓸쓸했다. 친구들은 다 교실에서 수업 듣고 있는데 나 혼자 나오려니…….

여하튼 이제 4일밖에 안 남았으니까 마지막 준비에 박차를 가해서 최고의 교환학생이 되도록 노력하는 일만 남았다.

07 비자 인터뷰

■ 비자 신청시 작성해야 할 정보 (영어로 작성해야 함)

1. 여권 발급 도시

2. 미국에 가본 경험이 있는지? 있다면 최근 방문한 날짜순으로 기입할 것(날짜 정확하게 기입해야 함)

   예) Texas (2005. 5. 15 ~ 2005. 6. 20)

       New York (2007. 7. 20 ~ 2007. 8. 1)

3. 미국에 가본 적이 있으면 미국관광비자 발급 여부와 발급 날짜와 연도 기록할 것

4. 가족 사항 (가족 이름과 관계 명시)

5. 신청자의 친구 2명 정보 기재 (친척이나 가족 외) – 이름, 주소, 전화번호

6. 신청자의 중학교부터 현재 다니고 있는 학교 정보 기재 – 학교 이름, 주소, 전화번호,

   각 학교의 입학 연도와 졸업 연도 기재

7. 지난 10년 동안 방문했던 나라와 방문 연도 표기

   (날짜 정확하게 기입해야 함)

- 항상 웃으면서 대답하기
- 머리끝부터 발끝까지 단정히 하고 가기
- 성의 없는 대답은 절대 금물

 이유진 07.07.26 - 긴장되던 순간

아침 5시에 일어나서 6시 30분 차를 타고 서울에 갔다. 사무실에 도착하니 9시. 사무실에서 다른 분들과 인터뷰 연습을 했다. 그런데 다들 영어를 너무 잘해서 나는 약간 주눅이 들었다. 어쨌든 서류 정리하고 나서 대사관으로 출발했다. 대사관에는 대기하는 줄이 길게 늘어서 있었다. 밖에서 한 시간 조금 넘게 기다리고 안에 들어가서도 거의 한 시간 정도 기다린 것 같다.

그리고 지문도 찍었는데 기계에다가 두 번째 손가락을 대고 있으면 되는 것이었다. 지문을 다 찍고 돌아서는데 기계 조작하는 담당자가 말했다.

"Her finger is very thin. It looks like a stick!"

난 그냥 씩 웃어 줬다. 2층으로 올라갔는데 같이 간 아이들 중에 내가 젤 마지막이었다. 진짜 떨렸다.

기다리고 있는데 어떤 대학생 같은 언니가 비자 거부를 당했다. 그 언니는 울음을 터뜨렸다. 불쌍하다는 생각을 하면서 혹시 나도 저렇게 되는 건 아닐까 걱정도 되었다.가운뎃줄의 인터뷰 담당관이 제일 까다

로워 보였다. 다행히 나는 맨 오른쪽 여자한테서 인터뷰를 했다. 그 여자는 내 서류를 쭉 훑어보더니 통역관한테 뭐라고 말을 했다. 통역관이 나에게 신청서를 누가 썼냐고 물어 봤다. 내가 직접 썼다고 했더니 "그랜드 어쩌고저쩌고(미국 주소 같았는데)를 아느냐"고 물었다. 난 모른다고 하니까 신청서 본인이 쓴 게 맞냐고 다시 물었다. 그래서 나머진 내가 썼는데 "그랜드 어쩌고 그건 뭔지 모르겠다"고 대답했다. 그러자 영사가 컴퓨터로 뭘 검색하는 것 같더니 자기네끼리 뭐라고 얘기했다.

그리고 영사가 "I'm confusing ……" 이러면서 미소를 지었다. 순간 나는 비자 거부당한 줄 알았다. 그런데 영사가 "Anyway……" 하면서 인터뷰를 시작했다.

"What's your school's name?"

"Taean high school."

"Good. What grade are you in?"

"I'm in 11th grade."

"Great. What do your parents do?"

"My father is retired navy officer and my mother is an elementary school's teacher."

그리고 영사가 웃으며 갈했다.

"비자 나갑니다."

나는 그냥 "Thank you!"라고 인사만 하고 맨 처음에 왜 그랬는지 물어 볼 생각도 못했다. 서류 때문에 무슨 문제가 생긴 줄 알고 조마조마해서 어떻게 인터뷰를 했는지 정신이 하나도 없었다.

나까지 포함해서 오늘 함께 간 5명 모두 합격했다. 끝나고 던킨 도너츠를 먹고 한 명 한 명 헤어졌다. 나랑 광주에서 온 유리랑 고속터미

널까지 함께 갔다. 혼자 갔으면 분명히 또 헤매고 다녔을 뻔했는데 정말 정말 다행이었다. 그리고 정말 발톱 빠지는 줄 알았다. 하루 종일 서 있었더니 다리도 땡겼다.

터미널에 도착해서 표를 끊었는데 난 40분이나 기다려야 했고 유리는 바로 차가 있어서 먼저 갔다. 혼자 우두커니 앉아서 별별 생각을 다 했다. 어쨌든 인터뷰 보기 전에 엄청나게 긴장했는데 보고 나서 힘이 쭉 빠졌다. 그리고 개운하다.

08 짐 챙기기

 김유리 2007.07.29 D-3

아빠가 영국에서 오랫동안 계셔서 집에는 이민가방 2개랑 여러 가지 가방이 많다. 이번에 미국에 갈 때 어떤 가방이 좋을까 하고 고민하고 있는데, 아빠가 이민가방 하나랑 기내용 가방 하나로 해결하는 게 가장 편하다고 하셨다. 비행기에 갖고 들어가면 불편해서 둘 다 짐으로 부치려고 한다. 지난주에 일본여행을 다녀왔는데 난 내 가방에 표시를 해 놓지 않아서 짐 찾을 때 애 먹었다. 미국 가서도 힘들 것 같으니 표시가 될 만한 끈을 묶어 놔야겠다.

1. 옷

난 8월에 가니까 곧 여름이 끝나고 그러면 여름옷이 필요 없어질 테니 여름옷은 최소한으로 줄이고 나머지 겨울옷과 가을옷을 조금씩 챙겨 넣었다. 한국에서 옷을 새로 산 건 하나도 없고 모두 입던 옷들이다. 왜냐하면 우리나라와 미국은 유행하는 옷이 완전히 딴판이고 더군다나 내가 좋아하는 브랜드인 CK랑 POLO는 미국이 더 싸다는 걸 알기 때문에 필요한 옷은 미국에 가서 사려고 한다.

2. 문구, 세면용품

샤프심을 한 박스 사간다는 사람이 많은데 내 생각에는 분명히 남을 것 같다. 그래서 5개만 가져간다. 난 문구 욕심이 많아서 다 가져가고 싶지만, 짐을 줄여야 할 형편이라 꼭 필요한 것으로 고르는 게 너무 힘들었다.

그리고 문화체험을 하러 가는 것이니 칫솔, 샴푸 등을 바리바리 싸가는 건 아니라고 본다. 그래서 다 하나씩만, 그것도 샘플같이 작은 것들로 챙겼다.

3. 책

책은 몇 권만 챙겨도 무게가 엄청나다. 그리고 거기까지 가서 한글 책을 읽는 건 별로 좋은 방법이 아니라고 본다. 그래서 아주 작은 문법책 하나, 영한사전, 영영사전 챙기고, 원서 2권, 그리고 난 내년 2월에 SSAT 볼 거라 SSAT 단어집 미리 사놨던 것을 가지고 간다. 나머지 필요하면 아빠가 보내 준다고 했다.

4. 가공식품

햇반, 짜파게티, 라면, 컵라면, 자른 미역을 샀다. 내가 다른 건 몰라도 미역국 하나는 끝내주게 잘 끓여서 호스트 패밀리들 생일날 미역국을 끓여 줄 예정이다. 햇반은 가방에 넣었고, 나머지는 아빠가 짐으로 보내 주기로 했다.

짐 챙기기 팁

미리 노트에다 필요한 것을 써보자. 평소 생활을 상상하면서 목록을

작성하는 것이다.

출국 일주일 전부터 싸도 충분하다. 목록을 작성해서 짐을 싸면 이틀이면 싼다.

유리학생 공항에서

이하진의 선물꾸러미

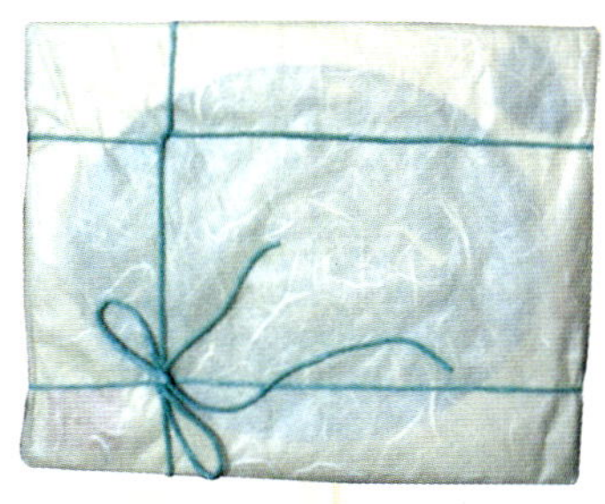

아래는 내가 미국에 가지고 가는 선물들이다.

1. 수저 세트

수저 세트를 사서 한지로 포장한 뒤 노끈으로 예쁘게 묶었다.

2. 옷

우리 아빠께서 나이키 대리점을 운영하셔서 호스트 패밀리에게는 나이키 티셔츠를 한 벌씩 주기로 했다. 역시 한지로 포장한 뒤 노끈으로 묶었다.

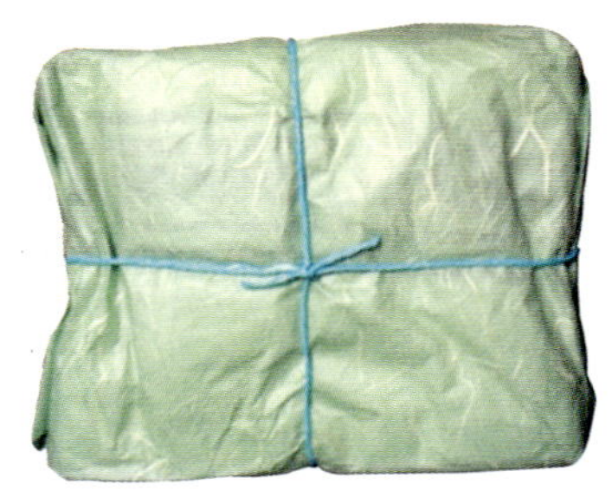
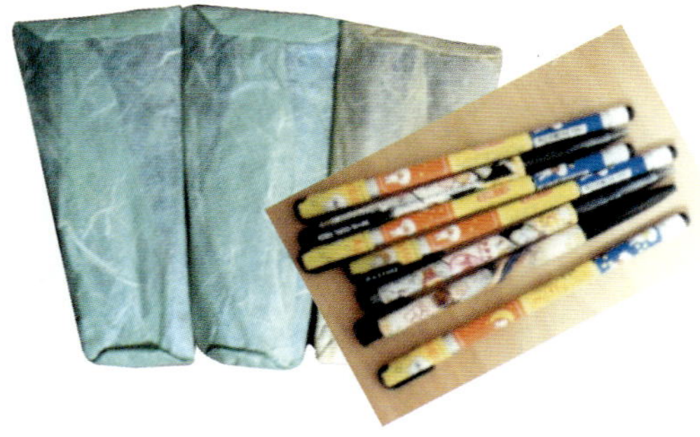

3. 펜

5개에 800원짜리 The Dog 펜 세트, 역시 한지로 포장했다.

그리고 여러 가지 펜을 준비했다.

4. 복주머니

인사동이나 민속품점에서 파는 복주머니를 샀다. 동전을 넣어서 주려고 한다.

5. 열쇠고리

열쇠고리는 시장에서 개당 900원에 샀다.

사진에 있는 것은 우리 이모께서 직접 손바늘로 만드신 것이다.

이 이외에도 공깃돌, 나무 수저, 방울, 양말 등등 많이 샀다. 돈 얼마 안 들이고 선물 사려고 얼마나 노력했는지 모른다. 하지만 결과는 만족스럽다.

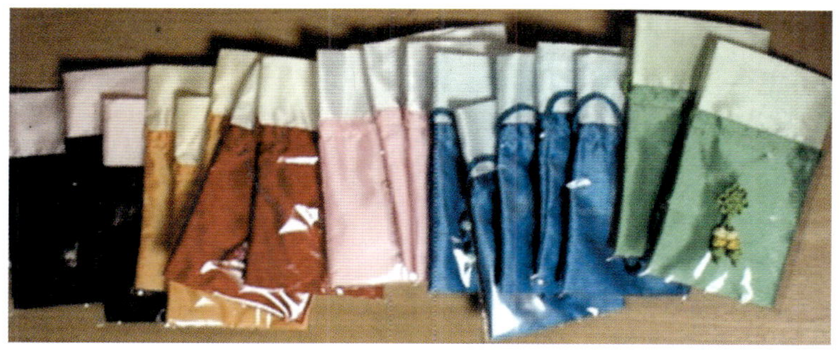

예쁜 이 복주머니 는 이모님께서 직접 손바느질로 만들어 주셨다.

이모님께서 직접 손바느질
로 만드신 것

09 출국

배상희 07.12.26 - 그동안의 일들

2007년 8월 28일 울산에서 서울 김포공항까지 비행기로 왔다. 그리고 김포에서 인천국제공항으로 갔다. 떨리는 마음을 붙잡고 비행기 티켓을 체크하고 아빠랑 헤어진 뒤 입국장으로 들어섰다. 이제 1년 동안 가족들이랑 헤어지고 친구들도 못 본다고 생각하니 뭔가 싱숭생숭한 느낌이 들었다. 심지어 생전 가본 적 없는 미국을 생각하다가 비행기 테러에 대해 깊게 생각하기도 했다. 아무튼 여차저차 면세점도 둘러보고 시간을 보내다가 비행기를 탔다.

나는 인천-나리타-Detroit-Grand Rapids로 가야 했다. 울산에서 타고 온 것까지 하면 5대의 비행기를 타는 셈이다. 혼자서 먼거리를 비행기를 타고 가려니 떨리기도 하고 아직도 그 야릇한 느낌을 잊을 수가 없다. 혼자서 잘 갈 수 있을까 하는 걱정이 앞섰다. 오기 전에 삼촌이 일본에서 비행기 잘못 갈아타서 파키스탄이나 이라크로 가지 말라고 농담 섞인 당부를 했다.

아무튼 사진도 찍고 음식도 먹다 보니 어느새 일본에 도착했다. 이때까지는 비행기에 한국인이 보여서 약간 안심이 되기도 했다. 일본에서 환승하는 곳에 가서 내가 탈 비행기를 확인하고, 다시 한 번 일본 승

무원한테 물어 보았다. 일본 나리타 공항 면세점도 둘러보니 이색적인 것이 많아서 흥미로웠다. 벌써부터 다른 문화들이 날 설레게 했다. 시간이 좀 지나고 내 비행기 시간이 되었다. 이번 비행기는 13시간짜리였다.

마음의 준비를 하고 탔는데 내 자리는 가운데 5개 붙어 있는 것 가장 중간에 있었다. 13시간 동안 그냥 중간에서 불편하게 잠을 3번 잤다. 자고 일어나면 하늘이었고, 다시 자고 일어나면 또 하늘이었다. 그때 하늘을 봤을 땐 밤이었다.

태평양 위를 날고 있는 비행기 안에서 호스트랑 처음 만나면 어떤 말부터 할까 고민하다가 회화연습을 했다. 하지만 도무지 긴장이 되어 제대로 연습을 할 수 없었다. 그래서 포기하고 못 알아들으면 바디랭귀지라도 써서 살아남자는 마음으로 그냥 공항에 내렸다.

드디어 Grand Rapids 공항에 도착했다. 점점 긴장이 되었다. 내려서 두리번거리기도 전에 바로 앞에서 'WELCOME SANG HEE'라고 적은 팻말을 든 호스트 엄마가 "Hello, Sanghee"라고 외쳤다. 달려가 끌어안기도 그렇고, 그때의 기분은 참 묘했다. 난 그냥 살짝 꽃미소를 지으며 다가갔다.

짐을 찾은 다음 차를 타고 Rogans로 갔다. 거기에 호스트 엄마의 부모님이 있었다. 키가 185cm 정도는 되어 보이는 할아버지께 인사를 했다.

처음 비행기에 탈 때부터 뜨거운 무언가가 가슴을 치고 올라오는데 그게 참 특이한 기분이었다. '아, 정말 가는구나' 하는 기분이 들었다. 그리고 내가 워낙 비행을 좋아해서 가는 내내 재밌었다.

Minnesota까지는 잘 타고 왔다. 그런데 Minnesota 공항에 도착한 뒤 시간을 보니 다음 비행기 시간까지 30분밖에 남지 않은 것이었다. 헐레벌떡 입국심사하고 짐 찾고 했는데…… 결국 놓쳤다.

하지만 공항직원의 도움을 받아 다음 비행기로 미룰 수 있었다. 그래서 다음 비행기를 기다리는 동안에 큰 공항을 이리저리 돌아다니면서 처음으로 미국의 문화를 느낄 수 있었다. 저녁도 혼자서 분위기 잡을 수 있는 데로 가서 먹었다. 혼자이지만 잊지 못할 즐거운 시간을 보냈다.

그리고 신기한 경험을 했는데 화장실에서 내가 물을 내리지 않아도 저절로 내려갔다. 난 그 사실을 몰라서 물 내리려는데 갑자기 자동으로 물이 내려가서 당황했다. 물이 막 튀었다. 혹시 Minnesota 공항에서 화장실 가실 분들은 조심조심!

아무튼 다음 비행기를 타려고 22게이트로 갔다. 1시간쯤 기다리다가 사람들이 안 오길래 기분이 이상해서 22번 게이트 직원에게 물어보니 그분은 이곳이 22번 게이트가 맞다고 기다리라고 말했다. 그래서 잠자코 기다리는데 아무리 생각해도 기분이 이상했다. 그래서 비행기 출발 5분 전에 다시 물어 보니 그 분의 대답이 다시 나를 혼란에 빠트렸다.

"23번 게이트군요. 비행기 출발 3분 전이에요. 어서 가세요."

뭐라고 따질 새도 없이 미친 듯이 뛰어갔다. 태어나서 그렇게 빨리 뛴 적이 없었다. 그렇게 뛰어서 23번 게이트에 도착하니 이미 문이 닫혀 있었다. 문을 막 둥둥둥 두드리면서 큰 소리로 외쳤다.

"Hey! Help me!"

어떤 직원이 통로에서 나오더니 비행기가 방금 떠났다고 말했다.

그때는 밤 10시였고 더 이상 다음 비행기가 없었다. 그래서 너무 두렵고 걱정되기 시작했다. 그리고 정말 혼자라는 게 느껴졌다. 눈물이 나오려 했지만 꾹 참았다. 그리고 도움을 요청했다. 그랬더니 근처 호텔에서 묵을 수 있다고 안내해 주었다. 그래서 난 나와 같은 처지의 미국 여자애와 함께 호텔로 향했다. 그 아인 나와 같은 나이였고 뉴저지로 가려다가 비행기를 놓친 경우였다. 처음 본 여자애와 호텔에 함께 들어간다는 게 좀 그랬지만 자야 하니까 어쩔 수가 없었다.

그런데 호텔에 도착해 보니, 너무 좋고 깨끗했다. 게다가 이게 다 공항 측에서 제공하는 거라고 해서 진짜 행복했다. 호스트 엄마께는 죄송하지만 비행기를 놓친 것이 오히려 잘된 일이라는 생각까지 들었다. 사진도 찍고, 미국 여자애랑 금세 친해져서 종알종알 수다 떨고 호텔 음식도 비싼 걸로 시켜서 먹었다. 그렇게 멋진 호텔에서 하룻밤을 자고 그 다음날 비행기를 타고 Tulsa 공항에 잘 도착할 수 있었다.

Tulsa 공항에 도착해서는 드디어 도착했다는 안도감에 너무 좋아서 춤을 추었더니 옆에 있던 할아버지께서 빤히 쳐다보셨다. 그래서 순간 춤을 멈추고 "Hi~" 하고 인사했더니 할아버지도 웃으시며 "Hi, How are you?"라고 센스 있게 대답해 주셨다. 그리고 짐찾고 있는데 누군가가 다가와서 조심스레 물었다.

"얼 유 상가?(Are you Sanga?)" (상아라는 내 이름을 많은 외국인들이 상가라고 부른다.)

고개를 들어보니 호스트 엄마께서 함박웃음을 지으시며 절 쳐다보고 계셨다. 그리고 호스트 시스터 Chelsea도 있었다. 공항에서 같이 사진 찍고 반가워서 막 껴안고 했다.

그리고 미국에 온 지 한달이 지난 지금은 노력한 만큼 행복하게 살고 있다. 학교도 너무 즐겁고 호스트도 너무 좋다. 이번 주 토요일은 시스터 생일이라 친구들하고 볼링 치러 가기로 했다. 빅파티가 열린다고 한다.

수업은 잘 따라가는 중이다. 처음에는 좀 힘들었지만 지금은 괜찮다. 어제 History 시험 본 것은 98점을 받았다. 밤새 공부한 보람이 있었다. 공부도 열심히 놀기도 열심히 하는 교환학생이 되려고 노력하고 있다. 여기서 친구를 사귀려면 먼저 다가가야 하는데, 나는 성격이 워낙 밝은 편이라 친구 사귀는 데는 어려움이 없었다. 한국인은 나까지 2명뿐이라 자연스럽게 관심을 받게 되었지만, 그래도 먼저 인사하고 다가가는 게 중요한 것 같다.

이젠 힘든 일도 스스로 해결하는 능력이 생겼다. 아직은 부족하지만 그 능력을 키워가는 중이다.

이제까지 건강 지켜 주시고 도와 주신 주님께 감사 드리고, 가족들도 고맙고, ISC Korea에도 감사드린다.

10 호스트와의 첫만남

 **고신영** 06.08.03 – 무사히 도착

비행기 타고 멀리 미국까지 날아와 무사히 도착했다. 마중 나온 호스트와 함께 호스트의 집에 도착하고 보니 이건 집이 아니라 궁전이다. 천정이 조금 거짓말 보태서 4m는 되는 것 같다.

난 애들 선물 조그마한 거 바리바리 싸왔는데, 와서 보니 애들이 그런 것에 관심 갖을 이유가 없다. 영화관 스크린만한 TV, 플레이스테이션, DVD는 기본이고, 심지어는 DDR도 있다. 랩톱, 데스크톱 컴퓨터 식구마다 하나씩 갖고 있고 TV가 집안 여기저기 깔려 있는 데다가 뒷뜰에는 발도 안 닿을 만큼 깊고 넓은 수영장이 펼쳐져 있다.

내방에서 샤워하고 침대에 누워 있는데 갑자기 막 눈물이 나왔다. 엄마가 보고 싶기도 하고 막상 1년 동안 말도 잘 안 통하는 사람들과 산다고 생각하니 너무 막막했다. 울다가 자다가 깼다가 또 울다가 자다가 하면서 밤을 꼬박 샜다. 잠은 한 시간도 못 잤다. 아침에 일어나니 눈이 퉁퉁 부어 있었다.

호스트 브라더들은 어젯밤에 새벽 4시까지 놀다가 정오가 다 되어서야 일어났다. 그 애들은 나에게 별로 관심이 없다. 한국 교환학생이 처음이 아니라서 그런가 아니면 동양인이라 무시하는건가, 아니면 사춘기라 그런 건가, 아무튼 자기들끼리만 논다.

난 아무래도 상관없다. '나만 잘하면 되는 거지 뭐.'라고 생각하고 아침에 밥먹고 강아지랑 놀았다. 강아지 이름은 Ginger라는데, 조그맣다. 난 아무도 없을 때 '준기'라고 부른다. 내가 뭐 먹을 땐 쏜살같이 달려와서 앞발을 들고 서 있는다. 그러다가도 먹을 거 다 먹으면 제 장난감 찾아서 혼자 논다.

방에 돌아왔더니 필요한 건 많은데 뭐가 필요한지도 모르겠고, 엄마가 없으니까 뒤죽박죽이 되어 버렸다.

오후에 호스트 엄마께서 주사를 맞으러 가야 한다고 하셨다. 학교에서 요구하는 게 있다나 뭐라나, 하여튼 주사 맞으러 갔는데 Oklahoma 주에서 제공하는 것이라 무료란다. 호스트 엄마께서 자기도 아직 안 맞았다고 팔을 걷고 먼저 나섰다. 그 다음에 내 차례가 되었는데 간호사가 주사바늘을 일자로 세워서 푹 찌른다. 무서웠는데 차마 덩치는 산만한 녀석이 벌벌 떨면 이상하게 생각할까봐 꾹 참고 맞았다. 실제로는 별로 안 아팠다.

Oklahoma는 무지 덥다. 40도를 넘나드는 날씨가 계속된다. 40도가 넘어도 사람이 잘 살 수 있을까 생각했는데 모두들 잘 버티고 있다. 그리고 물이 석회수인 것 같다. 옛날에 California에 갔을 때도 머리를 감으면 머리카락이 뻣뻣해졌는데 여기도 머리카락이 뻣뻣해진다. 남학생들 왁스 바를 필요없다. 그냥 머리 한 번 만지면 그대로 모양이 남는다. 그래서 린스를 꼭 해야 한다. 그래야 그나마 조금 나아지는 것 같다. 그리고 이곳 사람들은 물에 대해 엄청나게 민감하다. 게다가 아침 뉴스를 보니 Oklahoma는 요즘 비가 너무 안 와서 정부에서 제한급수를 실시한다고 했다.

어쨌든 주사 맞고 Sonic이라는 햄버거 가게에 갔는데 호스트 엄마께
서 돈을 내시길래 난 내가 먹은 것을 냈더니 호스트 엄마가 음식값은
절대 내지 말라고 하셨다. 자기네는 외식을 너무 자주하기 때문에 내
가 그때마다 돈을 내면 감당을 못할 거라고 했다.

햄버거 가게에서 나와서 슈퍼에 갔는데 마침 이것저것 살게 많아서
반가왔다. 하지만 여긴 물가가 비싸서 샴푸랑 뭐 하나 샀는데 거의 3만
원이 나왔다.

집에 돌아와서 수영을 했는데 내 몸매를 내가 알기 때문에 남들에게
시각공해를 일으킬 수가 없어서 수영복은 안 입고 했다. 하지만 여기
애들은 남의 시선은 절대 신경 안 쓴다. 앞으로 나도 한번 용기를 가져
볼까 한다.

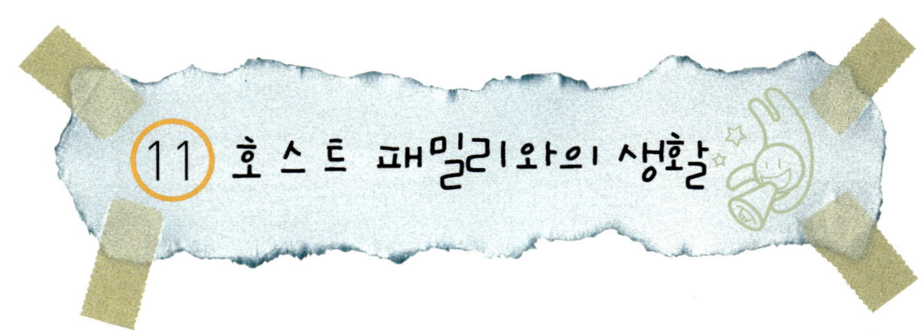

이상아 07.10.09 – Dear my host mom

감사한 호스트 엄마!

정말 늘 감사해요. 제가 나중에 꼭 한국으로 초대해 드릴게요. 제가 지리에 약해서 가이드를 해드리지는 못하겠지만, 저희 언니에게 부탁해 볼게요. 언니가 지리를 잘 알거든요. 한국에 오시면 저희 가족들도 만나시고 멋진 경험하고 가세요.

정말이지 호스트와 교환학생만으로 그치지 말고 미국엄마와 한국딸처럼 살아요. 나중에 세월이 많이 지나서도 연락하며 지내요.

당신은 따뜻하고 저에게 늘 감사한 분이세요. 제가 처음에 엄마라고 부르지 않은 이유는 혹시라도 당황하실까 염려되어 그랬는데, 엄마라고 부르라고 먼저 말씀해 주셔서 저는 정말 기분 좋았어요. 그리고 지금은 "mom~mom~" 하는 말이 입에 배었네요.

정말이지 모든 것이 감사해요. 정성이 담긴 음식들도, 매일밤마다 안아주시는 따뜻한 포옹도, 친엄마처럼 모든 걸 적극적으로 알려주시고 가르쳐 주시고 사랑해 주시는 것 모두 다 감사해요. 정말 이쁜 딸이 될게요, 감사해요 mom!

늘 건강하세요. 사랑해요~!

■ 편지

How are you ? guys ~~ I'm good.

I want to upload my pictures. I took many pictures with friends.

My host mother, she is so good.

Although house is not good, people are nice. So I'm happy. And It's good and big home for me.

But my sister Chelsey, She said to me. My house is not good. sorry.

Chelsey! I'm OK!

I think It's not important for us to live good house.

I'm sure. Make good friends, study English, experience American culture!!

these things, they are really really important!

I am sure! because I adjusted!

My school life is so fun. I will upload my picyures soon!

And I got a A on my art test. I studied hard!

There is another korean exchange student in my school.

She has been living in America for about 7 months..

So I thought she is better than me.

But she got a B on art test!

I was better than her on art test! I was happy. Ho Ho.

But she speaks very well?. Wow ~

And today I ate korean food on lunch time!

art teacher, solomon (his name.) His wife is korean!

So his wife cooked for me and Sera(another korean student)

Food was rice cake!! (dduk buk ki?) kk Any way! It was so good!
Thank you very much.

To mom

Mom. Don't worry about me I'm healthy and happy.

And I know mom/ how to adjust in here and how to live alone.

After 9 months, when we met again in airport, your daughter, Sanga!

I will be a good daughter than now. do you believe me? you can believe in me.

mom! I will live hard for you and God. And always I hope my family will be healthy and happy.

Thank you mom

LOVE,

-In America, Sanga Lee-

Thank you God!

김경희 06.09.25 - 홈스테이 생활과 나의 호스트 패밀리

사랑하는 우리 호스트 패밀리들 덕분에 정말 난 하루하루 행복하게 잘 지내고 있으며 미국생활도 잘 적응할 수 있었다. 내가 처음에 적응 못 하고 힘들어 했을 때 정말 많이 신경 써 주셨던 우리 호스트 엄마 아빠는 정말 최고다.

정말이지 내가 사랑하는 우리 호스트 아빠, 한국에 있는 아빠보다 더 사랑하는 것 같다. 날 무척 챙겨 주시고 아껴 주신다. 처음 여기 왔을 때 내가 잘 못 알아듣자 말씀 천천히 해주시고 알아듣기 쉬운 단어로 말씀해 주시고, 나와 어디 갈 때 항상 종이와 펜을 준비해서 내가 못 알아들으면 직접 써서 보여 주시고, 먼저 한국 음식점에 가자고 말씀해 주시고 필요할 때마다 차로 데려다 주시고 정말 최고다.

한국어 사전까지 사시고, 김치도 맛있게 먹어 주시고, 가끔씩 내 아침을 챙겨 주시고 날 위해서 학교까지 같이 가주시고 교실까지 찾아서 데려다 주시는 정말 착한 우리 호스트 아빠! 너무 너무 사랑한다. 호스트 엄마도 정말 최고다.

햇반이며 김치며 한국 음식 사러 갈 때 돈을 주시면서 보태 쓰라고 하시고 한국 음식 사러 가서 계산할 때 내가 산 햇반을 집으면서 자기가 계산하겠다고 말씀하시면서 내가 괜찮다고 내가 계산한

다고 말하니 하나 정도는 자기가 계산하게 해달라고 말하시는 감동적인 우리 호스트 엄마.

처음 여기 와서 내가 아무것도 안 먹고 방안에서 있을 때, 음식 잔뜩 챙겨서 먹으라고 주시고, "넌 나의 딸이고 우리집 식구니까 편안하게 생활하고 먹고 싶은 것이 있으면 부엌 가서 맘껏 편하게 먹어라" 말씀하신 우리 호스트 엄마.

여기 온 지 얼마 안 됐을 때 "가족들 보고 싶지?" 하면서 가족사진 가져 왔냐고 물으시고 안 가져왔다고 하자 내가 신청서 작성할 때 붙였던 가족사진을 주시면서 가족들 보고 싶을 때 언제든지 보라고 하신 우리 호스트 엄마.

학교에 과목 정하러 갔을 때 교실 일일이 다 찾아다니면서 가르쳐 주시고 라커 사용법도 가르쳐 주신 우리 호스트 엄마. 정말 정말 최고다!

나랑 동갑인 호스트 시스터, 정말 쿨한 소녀다. 풋볼 게임 보러 갈 때 티셔츠 만들어서 친구들과 입고 가는데 호스트 시스터가 내 것까지 챙겨 주어서 정말 감동했다. 자기 친구들과 함께 옷 맞춰서 입을 때도

항상 나를 빠뜨리지 않고 챙겨 준다. 정말 성격 좋고 친구 많고 활발한 호스트 시스터 덕분에 풋볼 게임도 자주 보러 갈 수 있고 학교 행사에 다 참여할 수 있다. 호스트 시스터 덕을 참 많이 본다. 물리 숙제를 같이 할 때 문제를 일일이 소리내어 읽어 주고 엄청나게 배려를 해준다.

아쉬운 건 호스트 시스터가 친구가 워낙 많아서 나와 함께할 시간이 많지 않다는 것이지만, 앞으로는 내가 함께하는 시간을 많이 가져볼 생각이다.

우리 호스트 브라더도 너무 좋다. 호스트 브라더가 괜찮은 녀석이라는 건 알고 있었지만, 성격도 좋고 풋볼도 엄청나게 잘한다고 소문도 자자하다. 애가 어찌나 성격이 좋은지 저녁 먹을 때, 날 위해서 춤을 추는데 진짜 너무 귀엽다. 또 풋볼은 어찌나 잘하던지 풋볼 게임 볼 때면 관중석 여기저기서 호스트 브라더 이름을 부르는 소리를 계속 들을 수 있다. 처음에는 서로 어색해서 인사도 안 하고 그랬는데, 지금은 서로 웃으면서 스스럼 없이 인사한다. 아직은 많이 친한 건 아니지만 그래도 너무 좋다. 그리고 호스트 브라더는 비틀즈를 참 좋아한다. 저번에 비틀즈를 줬더니 순식간에 다 먹어치웠다. 그래서 또 사다 줬더니 무척 좋아했다. 나중에 더 많이 사다 줘야겠다.

우리 호스트 패밀리들 최고다. 일일이 다 말할 수 없을 정도로 나에게 감동을 많이 준다. 나 같으면 우리 호스트 패밀리처럼 절대 못할 것 같다. 정말 최고다. 이런 가족들을 만날 수 있다는 게 너무너무 행복하다. 요즈음엔 하루하루가 행복하다. '지금까지 내 생에 이렇게 하루하루가 즐겁고 행복했던 날이 있었나?' 라는 생각이 들 정도다. 내가 미국생활에 잘 적응할 수 있었던 건 우리 호스트 패밀리들의 도움이 너무너무 크다. 정말 호스트 패밀리들한테 선물 사주고 싶고 저녁 한번 쏘고 싶고 시장 보면 다 내가 계산하고 싶다. 너무 너무 좋은 우리 호스트 패밀리들! 한국에 있는 가족들한테 미안하지만 한국에 있는 가족들 생각이 안 날 정도로 여기 생활이 너무 만족스럽고 호스트 패밀리들이 너무너무 좋다. 난 참 복도 많다.

이런 가족들을 만나다니!

유연형 07.11.17 - Cetusa Thanksgiving Dinner

어제는 CETUSA dinner가 있었다. 한 달에 한 번씩 우리 코디네이터가 담당하고 있는 교환학생들이랑 호스트 패밀리가 모여서 저녁 먹고 이야기하는 시간이다. 어제가 세 번째 미팅이었는데 어제는 Thanksgiving dinner였다.

우리 코디네이터는 한국, 브라질, 독일, 태국, 중국, 홍콩에서 온 교환학생들을 담당하고 있는데 재밌는 사람이다. 그런데 솔직히 미팅 날짜가 다가오면 가기 싫어진다. 귀찮아서 괜히 침대에 누워서 더 빈둥대고 가져갈 음식 다 준비해 놓고도, 괜히 오늘 미팅 있는 것을 모르는 척 뒹굴뒹굴한다. 그냥 한동안은 기대하고 있다가도 괜히 당일이 되면 귀찮아진다.

어제는 이 근처 Calvary church에 모였는데 자기 나라에서 가져온 물건을 가져와서 설명을 했다. 브라질 남자애가 브라질 국기를 가져왔는데 코디네이터가 그 국기를 흔들면서 브라질 국가를 불러보라 했다. 그래서 브라질을 시작으로 각자 자기나라 국가를 부르고 나랑 미현이랑 진이랑 애국가 부르고, 마지막에 호스트 패밀리들이 미국 국가를 불렀다. 머나먼 미국 땅에서 한국인들끼리 애국가를 부르니까, 갑자기 집 생각도 나고 가슴이 뭉클했다.

그렇게 나라별로 국가 부르고 나서 각자 추수감사절에 해당하는 자기 나라의 명절을 소개하기로 했는데 우리나라랑 독일만 했다. 많은 나라에 추석이 없다는 게 진짜 신기했다. 그리고 갑자기 코디네이터가 우리한테 호스트한테 하고 싶은 말 있으면 하라고 했다.

그렇게 서로 이야기하는 시간이 끝나고 우리만의 공식 노래인 〈쿰바야〉를 부르고, 아이들이랑 사진 찍고 헤어졌다. 다음 CETUSA dinner는 12월 7일, 크리스마스 디너이다. 크리스마스라기엔 좀 빠른 감이 없지 않지만, white elephant gift를 가져오라는데 뭘 가져가야 할지 모르겠다.

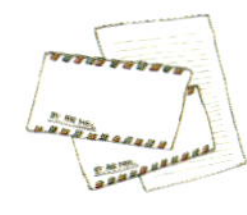

고신영 06.08.14 - 학교개학

8월 11일 금요일, 학교에 갔다. 학교는 조그맣다. 학교에 들어서니 앉아 있는 아이들의 시선이 모두 내게로 집중되었다. 우리 학교에는 동양인이 나밖에 없다. 나는 학교뿐 아니라 이 동네에선 어딜 가나 주목을 받는다. 꼬마들은 아주 대놓고 빤히 쳐다본다. 내가 그렇게 신기하게 생겼나?

여기 애들은 다 착한 것 같다. 내가 인사하면 다 인사한다. 물론 형식적이다.

시간표를 받았는데, 누가 미분적분학을 집어 넣어 놨다. 아무리 한국인이 수학을 잘한다고 해도 그렇지, 난 예외다. 결국 내가 Algebra2로 고쳤다.

미국은 교실을 옮겨다니기 때문에 쉬는 시간이란 개념이 없다. 그리고 월화수목금 듣는 과목이 똑같다.

수업은 못 알아듣겠다. 그나마 생물이랑 화학이 젤 만만하다. 그리고 우리 학교는 선생님 한 분이 여러 과목을 가르치고 한 교실에 9학년부터 12학년까지 다 같이 수업을 받는다. 학생 수는 한 10명 정도다. 무거운 가방 들고 여기저기 옮겨 다니니까 너무 힘들다.

머리 흔드는 거 순간 포착하기

홈커밍퀸 Florisa

나랑 Annette랑 Florisa

9학년 친구

애들은 수업시간에 말장난이나 하고 수업에 관심이 없다. 그런데 미국은 진짜 개방적이다. 남자애들은 수염을 기르고 혀를 뚫고 다니고, 여자애들은 눈을 시커멓게 칠하고 다닌다.

2교시 생물시간 수업 들으러 들어갔더니 어떤 흑인애가 나를 뚫어져라 쳐다보기에 웃는 얼굴로 "Hi~!" 하고 인사했다. 그런데 자세히 보니 잘생겼다. 영어시간엔 귀에 피어싱을 하고 키도 큰 남자애가 내 옆에 앉았는데 난 무서워서 가만 있었다. 그런데 그 아이가 먼저 인사도 해주고 말도 걸어 주었다. 아이들을 대할 때 선입견을 갖지 말고 대하는 것이 중요한 것 같다. 겉은 거칠어 보여도 속마음은 안 그런 것 같다.

첫날이라 그런지 수업은 뒤죽박죽이었다. 학생 숫자가 적고 수업은 많아서 친해질 만한 애가 없다. 모두들 한 수업씩에서만 만나고 여러 수업을 같이 듣는 아이가 없다. 점심을 먹는데 아직 친구를 못 만들어서 혼자 줄을 섰다. 하지만 그럴수록 당당하게 행동하자고 마음먹었다. 그래서 그냥 어떤 여자애 옆에 앉았다. 그 애는 Senior이고 예쁜데 말을 잘 안 했다. 나도 신경 안 쓰고 먹기 시작하자 주위에 애들이 다가왔다. 11학년 12학년 애들이 내 옆에 앉더니 말을 걸었다. 그리고 그 Senior를 가리키며 그애와는 2년 동안 딱 한마디 해봤다고 말했다. 그러자 옆에서 듣고 있던 그 Senior가 드디어 웃었다.

12시 15분이 되자 애들이 약속이라도 한듯 자리에서 일어나 교실로 갔다. 교실에서 노르웨이에서 온 학생을 만났는데, 나와 그 학생은 무슨 말인지 못 알아듣고 멍 하니 앉아 있었다.

한국에서 보낸 우편물이 오늘 미국에 도착했다.

매일 농구 연습할 때 입을 옷과 겨울 코트, 그리고 동생과 엄마가 크리스마스 선물도 보냈다. 호스트 시스터랑 나에게는 동생이 준비한 예쁜 목걸이, 호스트 브라더는 한글 캐릭터 티셔츠, 호스트 엄마에게는 자개보석함을 보냈다. 그리고 빼빼로 데이를 맞아 친구들에게 주라면서 빼빼로를 많이 보냈다.

내가 코디네이터와 일요일에 상담을 한다고 했더니 저금통 모양의 전통인형세트와 초코파이를 선물하라고 보내왔다.

오늘은 Year Book에 들어갈 사진들, 각각 클럽마다 단체 사진을 찍었는데, 나는 Quiz Team, FCA(Fellowship of Christian Athletes), Art Club, SADD(Student Against Destructive Decision), LCAS(Liberty Center Athletic Supporters), 이렇게 5개 팀에 속해 있는 바람에 하루 종일 너무 바빴다. 나는 학교에서 거의 가장 유명한 인물이다.

그냥 복도에 지나다 보면 모르는 애들도 내 이름을 알아서 인사할 정도다. 우리 학년은 모두 다 나를 안다고 해도 틀린 말이 아니다.

점심시간도 모든 친구들이 다 같이 모여 앉아서 먹으니까 너무너무 재밌고, 농구도 연습이 어렵고 힘들긴 하지만 재밌게 하고 있다. 제일 힘든 과목인 Global Studies에서 어제 테스트가 있었는데 96.8% 받았다. 이 점수는 엄청나게 높은 점수이다. 어려운 영어 테스트도 잘 봤다. 많은 아이들이 50% 안 되게 받아서 낙제했음에도 불구하고 나는 98% 받았다. 전날 공부 엄청 많이 했더니 효과를 봤다. 오늘 과학 시험이 있었는데, 그건 어떻게 했는지 모르겠다. Essay는 잘 한 것 같은데 1~2 개 틀린 것 같다.

내 학교생활을 하나 하나 자세하게 적으면 다음과 같다.

■ 학교생활

6:45 일어나서 학교 갈 준비함.

7:10 아침 식사

7:40 학교로 출발

7:50 학교 들어갈 수 있음(Highshool Students는 7:50 이후에만 복도로 들어갈 수 있음.)

학교 스케줄이 매일 바뀜.

(A스케줄, B스케줄, C스케줄, 2hours delay스케줄, 1 hour delay스케줄)

8:03 수업시작

1교시: Choir. 나머지 아이들은 노래를 부르고 나는 피아노 연습을 한다. 어떨 때는 파트 연습 도와주기도 한다. 요즘은 크리스마스가 다가오기 때문에 크리스마스 노래들을 연습하고 있다.

2교시: Career&Quality. 대학교 혹은 커서 직장 같은 걸 알아보는 class지만 요즘은 OGT(Ohio Graduation Test) 공부를 한다. OGT 통과 못 하면 졸업 못한다. OGT 성적이 좋으면 Ohio에 있는 좋은 대학교에 공짜로 갈 수도 있다.

3교시: Art. 내가 제일 좋아하는 과목이라고 할 수 있다. 이때까지 내가 한 미술 작품들은 모두 사진에 담아 두었다. 전부 내 스스로 했지만 진짜 잘 했다. 요즘은 학교 한 군데를 정해서 벽, 바닥, 구조물, 문 같은 것들 3D로 그리는 것을 하고 있다.

4교시: Calculus. 나는 그냥 제일 높은 반인 줄 알았는데 AP Calculus가 제일 높은 반이었다. 나는 10학년이지만 두 번째로 똑똑한 학생이다. Quiz Team에서도 수학은 내가 제일 빠르고 잘 한다. 이 반에서 하는 내용은 새로운 게 많다.

5교시: Global Studies. 내가 제일 어려워하는 과목이지만, 선생님이 Creative해서 하는 것들이 매일매일 색다르고 너무너무 재밌다. WW I에 대해서 배우고 어제 테스트를 했는데 96.8% 받았다. 스스로 만족하는 점수이다. 여기서는 모든 것이 %로 매겨진다. 93% 이상이 A다 한국에서는 90% 이상이 A지만 여기서는 아니다.

6A교시: Lunch. 점심시간은 30분. 한국에서는 1시간이지만 여기서는 반밖에 안 된다. 그래도 여전히 점심시간은 즐겁다.

6B교시: Study Hall. 자습시간 같은 것인데 30분밖에 안 되지만 숙제를 한다. 나의 경우는 다이어리, 여러 가지 다른 것들을 할 수 있는 시간이다.

7교시: English. 이제까지 시에 대해서 배웠다. 시를 분석하는 엄청난 Essay도 해야 했고 반이 낙제한 테스트도 있었다. 다행히 공부를 열심히 한 나는 테스트는 엄청나게 잘 했지만 시 분석은 어떻게 됐는지 모르겠다. English가 좀 어렵긴 하지만 전혀 뒤떨어지지 않는다.

8교시: Phisical Science. 과학시간. 이 수업엔 Student Teacher(교생 선생님?)가 있어서 얼마나 재밌는지 모른다. 특히 이 수업에 있는 모든 애들이 내 Best Friend들이라 정말 정말 재미있다.

배우는 것은 별로 안 어렵지만 단어들이 다 다르다 보니 그게 조금 문제이다. 시험 쳐서 성적 받는 것은 잘 받고 있다. 1st Quarter에 99.5% 받았으니까.

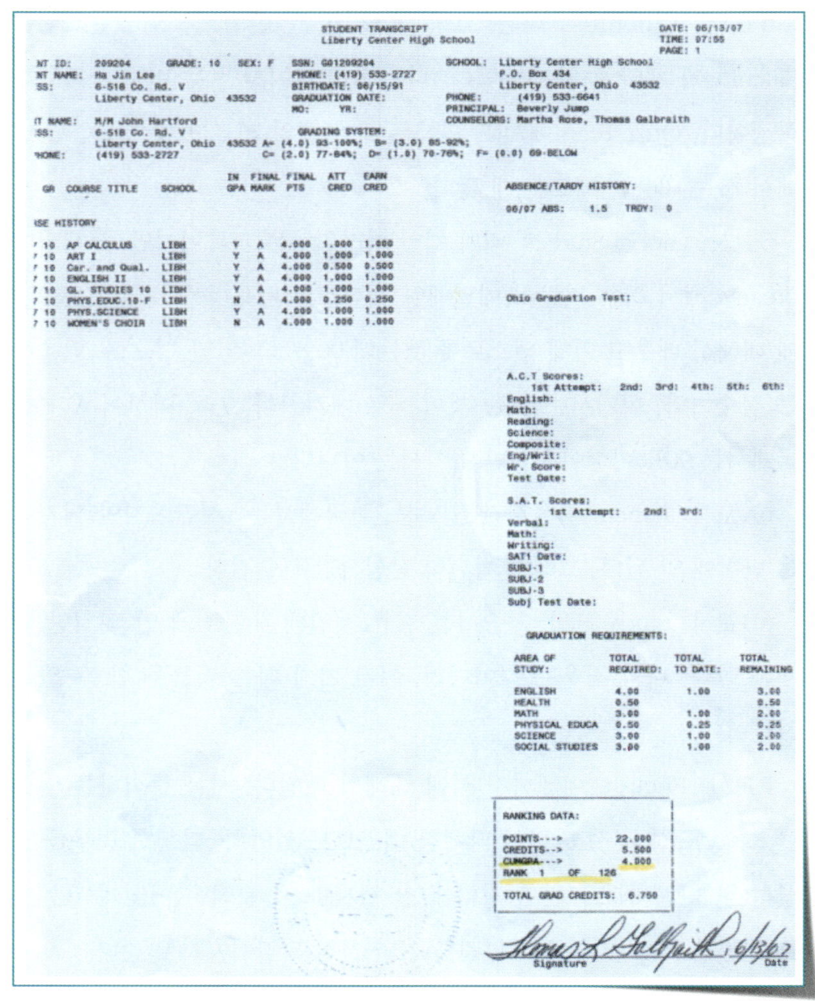

이렇게 하루 학교생활이 끝난다.

처음에는 쉬는 시간이 3분이라 교실로 매일 거의 뛰어다니다시피
했는데 이제는 복도에서 친구들이랑 이야기하고 선생님들이랑 이야기
하고도 절대 교실에 안 늦는다. 쉬는 시간 3분이 이렇게 긴 시간인 줄

몰랐다. 한국 돌아가서 10분 쉬는 시간에 적응할 수 있을지 모르겠다.

내일은 Quiz Match가 있어서 학교가 끝나면 다른 학교에 가야 된다. 나는 참가 안 할 것 같지만 앉아서 우리 팀을 응원할 것이다. Quiz Match가 어떤 건지 전혀 알 수 없다.

이곳 학생들은 모두 개성이 강하다. 무대에서 록콘서트 공연하다가 바로 온 것 같은 애도 있고, 힙합 공연하다가 온 것 같은 애도 있고, 금방 잡지에서 튀어 나온 것 같은 애도 있고, 초등학교 가야 할 걸 잘못 찾아온 것 같은 애도 있고, 아저씨 아줌마 같은 애도 있고, 헬스하다 바로 온 것 같은 애도 있고, 자다가 나온 것같이 파자마 같은 옷을 입고 있는 애도 있다. 지금 여긴 눈이 펑펑 오는데 선글라스 쓰고 슬리퍼 신고 민소매 입은 애들도 있다. 가장 언밸런스한 건 아저씨 같은 애가 핑크색 쿠키먹는 모습이다.

우리 학교 이름은 Central Valley High School이고, California 주 Ceres에 있다. 지은 지 얼마 안 된 새 학교라서 깨끗하고 너무 좋다.

학교가 8월 14일에 시작했는데 나는 8월 27일에 미국에 도착했고 28일에 곧장 학교에 갔다. 서류 다 작성하고 나니까 6교시 들어갈 시간이 되었다. 진짜 떨렸다. 6교시는 합창이었는데 교실에 들어가자마자 49명이 모두 다 내게 시선을 집중시켰다. 나는 선생님한테 가서 교환학생이라고 인사하고, 오늘 처음 왔다고 어디에 앉으면 되냐고 물어봤다. 선생님이 학생들에게 나를 소개해 주고 애들이 박수로 맞아 주었다. 그날 수업은 우왕좌왕 이것저것 따라하다가 끝나 버렸다. 지금 생각하면 정말 우습다.

첫주는 정말 힘들었다. 학교에 아는 애 하나 없으니 더 힘들었다.

Locker combination이 있는데 암만 해도 열리지 않았다. Break time 다 쓰고 그래도 못 열어서 옆에 있는 애한테 부탁해서 겨우겨우 열었다.

우리학교 Break time은 6분인데 캠퍼스가 넓기 때문에 잊어버리고 책을 안 챙겨 놓으면 그냥 지각이다. 그리고 지각 20번이면 Saturday school 들어야 한다. 종 울리고 1초만 늦어도 바로 지각이다. 나중에 들은 바로는 우리 학교가 주변의 다른 학교에 비해 매우 엄격한 편이라고 한다.

1교시 Precalculus

AP calculus 전단계인데 중3 수준부터 고1 수준 정도인 것 같다. 할 만한데 문제는 영어로 하는 수업이라는 것이다. 우리 학교에 처음에

AP calculus가 있었는데 애들이 8명밖에 안 들어서 AP statistic으로 바꿨다고 한다. 어쨌든 할 만하다. 숙제 아무도 안 해가는 클래스다.

2교시 Concert band

이번에 겨우겨우 Marching band season off했다. 매주 월화목 3시간 동안 학교 남아서 연습하느라 죽는 줄 알았다.

게다가 매주 2~4시간 왕복으로 다른 도시들에 Competition 가고, 상은 대회마다 타긴 했지만 1등은 한 번도 못했다. 난 맨 처음에는 플루트였지만 지금은 Marimba를 연주한다. 그래서 pit에 있다. 드럼메이저가 내가 pit 중에 최고라고 했다. 솔로 파트 겨우 8마디지만 그걸로 만족한다.

2학기땐 학업에 열중하기 위해 마케팅으로 클래스를 바꿀 예정이다. 카운슬러랑 얘기 다 끝냈다.

3교시 연극

원래 댄스였는데 바꾼 지 4주 정도 되었다. 바꾸자마자 애들이 모놀로그 프로젝트를 하고 있었는데 교환학생에 대한 모놀로그를 해서 선생님이 뽑은 7명에 들었다. 정말 이럴 때는 교환학생이라서, 외국인이라서, 좋게 봐주는 걸 느낀다.

이런 특혜가 반드시 좋지만은 않다. 정말 잘해서 뽑힌 게 아니라는 생각이 들기 때문이다. 아무튼 이걸로 뽑혀서 이번주 수요일에 Winter fantasy 공연 때 모놀로그를 했다. 무척 떨렸다. 중간에 버벅거리기도 했지만 진짜 잘하려고 친구한테 스크립트를 읽어 보라고 하고 영어 악센트를 열심히 공부했다. 내가 말하는 게 당연히 다를 테니까.

4교시 세계사

항상 숙제를 해가니까 선생님이 나를 무척 성실한 애로 보고 있다. 숙제하는 것이 즐겁지만은 않지만 그래도 어떻게 해서든지 꾸준히 해 가고 있다.

어느날 선생님이 교실 벽에 운동회 때의 만국기를 붙여 놓았는데, 성조기 옆에 태극기를 붙여놨었다. 그날 완전 신나서 sophomore 애들한테 "니들 그거 봤냐?"라고 말했다. 왜냐하면 세계사가 sophomore 클래스니까. 참고로 난 senior다. 세계사도 2학기부터 경제로 바꿀 예정이다. 경제는 senior 것이니까.

저번에 세계사 책 한국에 대한 부분에서 한국전쟁에 관한 내용 정도만 있는 것을 봤다. 그리고 1980년대 서울 사진에 최근 서울 모습이라는 설명이 붙어 있었다. 그리고 동해에는 'Sea of Japan(East Sea)'이라고 표기해 놓았다.

2학기 되기 전에 1학기 마지막 수업 쯤 되면 한국관광공사에서 받은 DVD 들고 가서 애들한테 제대로 된 한국의 모습을 보여 줄 작정이다.

5교시 12학년 영어

중세영어, 고대영어, 골치 아프다. sonett 만들라는데 어쩌면 좋을지 모르겠다. 맨처음에 progress report 받을 때 F였다. 우여곡절 끝에 3주 만에 선생님을 바꿨다. 사실 카운슬러가 어려우면 11학년이나 10학년 영어를 들으라고 했는데 자존심이 있어서 선생님만 바꿔 달라고 해서 겨우겨우 C받고 이젠 B까지 받았다. 이게 다 extra credit의 힘인 것 같다. 리서치 한 달짜리 프로젝트가 있었는데 마지막 주까지 끌다가 2일 남기고 미친 듯이 써가서 일찍 제출했더니 52점 만점에 30점, +extra

10점 받아서 반에서 1등을 했다.

밴드랑 영어를 함께 듣는 친구가 나랑 숙제도 같이 하고 서로 도와주고 했는데 그 친구는 F라서 밤학교(F있는 시니어들 대상으로 학교에서 하는 보충수업 같은 것)까지 갔다. 나는 B. 지금 86%인데 이번 주말에 extra credit 주는 거 잘해 가면 B+나 아니면 A도 가능할 것 같다.

6교시 Choralior

어떤 애들은 지루할 거라고 생각할 수도 있겠다. 합창이다. 근데 이건 좀 다른 합창이다. 남녀 혼성인데 베이스, 테너, 2nd 테너, 알토, 소프라노, 2nd 소프라노가 있다. 뮤지컬 타입인데 노래들이 참 좋다. 어떻게 설명할진 모르겠지만 즐기고 있다. 이번에 GPA 3.1 이상인 애들 대상으로 학교에서 '르네상스 카드'라는 걸 줬는데 나도 받았다.

카드에 각 교시마다 2개의 동그라미가 그려져 있는데 그걸로 시험 못 친 거 5점 올리기, 숙제 한 번 면제, 지각 한 번 면제, 이런 걸로 써 먹을 수 있다. 참, 좋은 제도다. 그런데 어디에 써야 할지 아직 결정 못했다.

미국 일기

I went to my friend's house and we saw comedy movie.

U know what? There was some scene of korea. south and north.

When the scene comes up, we all said "yeah~Korea~~~" and we become really good friends now, and we hang out every break time and lunch time.

And.......... the First Report came to house today. it was pretty good except English.

So I asked some help to teacher today. hmm.........

Nowadays I'm busy to prepare performances.

One is for Band. there will be performance next friday on homecoming football game.

and ....My chior! it is one of my favorite subject. Our performance is like musical. like roadway?

Anyway... last weekend, I visited my hostmom's daughter's house. in hayward.

She is korean, but she don't know anything about korea. yes, she adapted when she was little baby.

So I brought some books and DVDs about Korea, and she want to meet me again.

I think I will go to movie party this friday. to chinese student's new host house.

Her new host sister is also my friend, and she is very charming. u know what? Every exchange students(boys!) like her! they want me to help them. They always ask me about her.

Oh, It is Thanks giving day in Korea! I miss Korean food.

I don't know whether it is good or not, I could not meet any Korean since I came here.

Oh, I just met one woman at the hayward mall...... she gave me a ring!

Anyway...last thursday, my school knocked down. One student brought gun to school!

Though it didn't work, it was real gun. so we cannot move anywhere for 1 hours.

And I heard that that boy is over 18 years old, so he should go into jail.

I really surprised and little scary. Teachers said that knock down was the biggest one that they have ever seen. anyway...... It is getting longer! hahahahaha!

Take care

유연형의 학교소개

❶ Ravenna Bulldogs : 학교 playoffs 때 나온 셔츠인데, 체육시간에도 입고, 날씨 추우면 옷 위에 껴입기도 한다. 나중에 시간이 많이 흘렀을 때 내가 Ravenna를 기억할 수 있는 건 Year book이나 이런 것밖에 없을 것 같아서 최대한 많이 사두려고 한다.

❷ Office : 학교 오피스. 저 문으로 들어가면 카운슬러도 만날 수 있고, 교장 선생님도 계시다. 방과 후에 Drama club 연습하고 있을 때 찍은 거라서, 다 퇴근하시고 불은 꺼져 있다.

❸ Earth science 교실 : 수업 시간에 음료수, 껌, 사탕, 등등 먹고 싶은 거 다 먹을 수 있게 해주는 선생님이라서 내가 좋아한다. 이 수업 시간에는 맨날 sucker를 달고 산다.

❹ Media center : 점심시간에 맨날 여기 와서 숙제 끝내고, 컴퓨터 하고 논다. 여기는 물도 못 마시는 곳이다. 하지만 아이들은 몰래몰래 먹을 것을 먹는데, 만일 걸리면 쫓겨난다. 얼마 전에는 남자애들이 시끄럽게 했다고 그 다음날 점심시간 때 아예 문을 닫아걸었다. 애들의 행동이 올바르지 못했기 때문에 벌주는 것이라고 했다.

박미현의 학교생활

숙제랑 영어 때문에 학교 가기 싫지만, 막상 학교에 들어서면 역시 학교에 있는 게 좋다.

1교시(7:50~9:00) - 오케스트라

아침에 바이올린을 연주하고 나면 기분이 상쾌해진다.

파트너인 Amenda와 옆자리에 앉는 Abby, 앞에 있는 Amy, Michael 그리고 한국말 할 줄 안다고 날 너무너무 좋아하는 Dug! 동갑 남자아인데 키가 나보다 조금 더 크고 유머가 많아서 쉽게 친해졌다. 원래 머리 색깔은 진한 갈색인데 3주 전에 오렌지색으로 염색해서 지금은 머리 윗부분만 남아 있다.

하루는 파트너인 Amenda에게 한글로 "어맨다"라고 적어 줬는데 Dug이 보더니 신기해 하면서 소리를 질러대서 결국은 Dug의 이름도 한글로 적어 줬다. "덕"이라고.

2교시(9:05~10:15) - 생물

이 시간은 수업 내내 웃다 지나간다. 선생님은 30대 초반으로 젊으신 분인데 재밌는 이야기를 잘 하셔서 아이들을 배꼽 잡게 만드신다. 어울리지 않게 레슬링 코치라고 하신다.

수업 특성상 실험도 많이 하는데 파트너인 Abby와 Nicky가 정말 많이 도와준다. 생물 수업 첫날 뒤에 앉는 친구가 내가 한국에서 온 교환학생이라고 애들한테 하나하나 소개해 줘서 정말 편안한 분위기에서 시작했다. Melissa, Gillian, Cody, Cori, Abby, Nicky, Meghan, Darcy, Nick……이름은 모르지만 얼굴은 다 익혔다. 영어 이름 외우기 정말 어렵다.

3교시(10:20~11:30) - 미국사

내가 제일 좋아하는 시간이다. 선생님과 아이들, 너무너무 친근한 분위기라서 금세 적응해 버렸다. 나랑 밥, 아니고 빵 같이 먹는 Tori,

Casey를 포함해 완전 발랄하고 귀여운 Cassie, 패리스 힐튼 닮은 Britney, 엄마가 푸에르토리코 사람이라서 그런지 속눈썹 길고 얼굴 작고 예쁘게 생긴 Taylor, 처음엔 수업 시간에 자고 웬만한 남자가 소화하기 힘들다는 스키니입고 다니길래 양아치인 줄 알았는데, 알고 보니 완전 소심하고 착한 Noah, 인기 만점인 Nicky와 Nick, 키가 좀 작지만 착하고 귀여운 Alex, 그리고 숙제 못 해가도 이해해 주시고 상세하게 가르쳐 주시는 선생님, Mr. Mulder.

성적은 제일 안 좋지만 분위기는 제일 좋은 수업시간이다.

점심시간(11:30~12:10) – 2rd Lunch

애들이 너무 많아서 첫번째 점심시간, 두번째 점심시간이 따로 있다. 난 두 번째 점심시간이 내 차례이다. 첫번째 점심시간은 10시 반에 시작하는데, 그건 점심이라고 할 수 없다. 난 제시간에 먹을 수 있으니 정말 운이 좋다. 난 주로 Tori, Casey, Chelsea, Serra, Nick, Cody, Eric과 점심을 같이 먹는다. 그리고 이름은 모르는 독일 교환학생도 옆에 앉아 먹는다. 아이들이 하도 말을 빨리해서 대부분은 못 알아듣고 그냥 애들 웃을 때 따라 웃는다.

첫날에 Korea에서 왔다니까 "North or South?" 이렇게 물었는데, 이것도 하도 발음 굴리고 빨리해서 못 알아들었다. 처음에는 그냥 "Yes!"라고 대답했더니 이상하다는 듯 쳐다보았다. 30초 뒤에 알아듣고 "Of course South!"라고 말했다. 그러고는 한참을 웃었다.

4교시(12:15~1:25) – 영어

내가 제일 안 좋아하는 시간이다. 선생님이신 Mr. Zielinski는 너무 너무 좋지만 과목이 영어이다 보니 문법, 문학, 이런 거 배우니까 완전

지루하다. 그리고 점심시간 뒤에 수업이 있다 보니 분위기가 축축 처진다. 아는 애들도 다른 시간보다 적다. Justine, Nate, Taylor, Meghan, Eren, Elizabeth, Nicky 등이다. 숙제는 별로 없지만 수업 시간에 하는 과제들이 너무 어려워서 따라가기 힘들다.

5교시(1:30~2:40) - E-commerce

이 시간은 아는 애들이 더 적다. 컴퓨터 시간이다 보니 학년 상관없이 신청을 받는다. 그래서 9학년부터 12학년까지 다 모였는데 서로 어색한 Jodie, Ben, Mark, Andrew, Bryan이다. 애들 중에서도 Jodie랑 Bryan 빼고는 많이 어색하다. 그렇지만 html 같은 거 배우고 하다 보면 정말 재밌어서 친구 사귀고 어색한 마음도 안 든다.

하루가 이렇게 끝나고 스쿨버스를 타고 집에 가는데, 수업을 이해하지 못하다 보니 끝나고 선생님들한테 가서 다시 물어 봐야 된다. 그러다 보면 차 놓치고 호스트 엄마한테 전화해서 데리러 오라고 해야 한다. 좀 미안하지만 선생님이랑 단둘이서 얘기하는 게 재밌다. 우리나라에 대해서 얘기도 해주고 투정도 부리고 한다.

혼혈이어서 그런지 너무 예쁜 Amenda랑. 엄마가 어렸을 때 한국에서 입양되었다고 한다. 반은 한국인 반은 백인의 피가 흐르는 Amenda. 반쪽의 한국인이라도 한국인이라는 걸 너무 자랑스러워하는 Amenda를 보면서 애국심 발동.

원정 경기 때 버스 타고 가면서 애들이랑. 원정 경기 때는 파란색 탑 파란색 바지 그리고 파란색 양말. 나한텐 정말 안 어울린다.

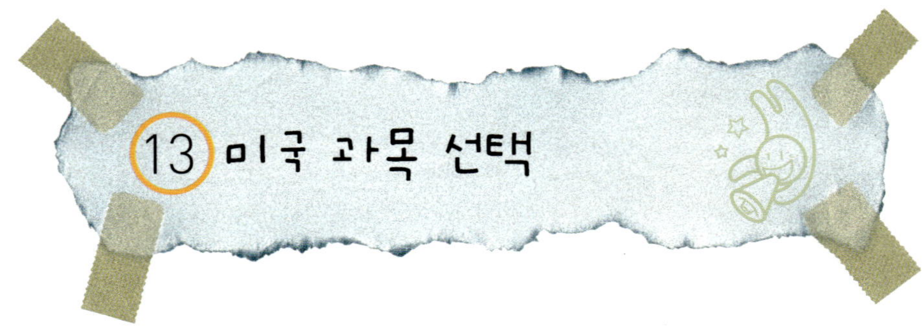

✓ AMERICAN STATE HIGH SCHOOLS COLLEGE PREP. CURRICULUM

(Standard)

4 units of Englisn (honors level preferred)

3 units of Mathematics (Algebra I, Algebra II, Geometry)

1 units of Advanced Math in the 12th grade is recommended for all students

4 units of math beginning with freshmen 2002-2003; the fourth course has Algebra II as prerequisite

2 units of Social Studies (U.S. History, and an elective)

3 units of Science (Biology, A Physical Science, and at least one advanced laboratory science)

2 units of same second language are recommended. Beginning with the freshman

* Two credits in the same second language will be required.

- One unit career/ Technical or fine arts

<table>
<tr><td colspan="2">GRADE SCALE</td></tr>
<tr><td>93 ~ 100</td><td>A</td></tr>
<tr><td>85 ~ 92</td><td>B</td></tr>
<tr><td>77 ~ 84</td><td>C</td></tr>
<tr><td>70 ~ 76</td><td>D</td></tr>
<tr><td>0 ~ 69</td><td>F-failure</td></tr>
</table>

✅ CLASS UNITS PER PROGRAM AREA

4 English

3 Mathematics (Algebra I, Geometry, Algebra II, or one unit of advanced mathematics for which Algebra II is a prerequisite; three unites must have been taken in grades 9-12)

3 Science (Biology, Chemistry, Physics, or one other advanced laboratory science in lieu of Physics)

3 Social Studies (Economics, Legal and Political Systems, U.S. History, and one world studies course)

2 Foreign Languages (two levels of same language)

1 Health/ Physical Education

2 Additional units selected from among English, Mathematics, Science, Social Studies of Foreign Language

4 Electives

✅ **WEIGHTED GRADING SYSTEM**

HONOR GRADUATES Students ranked in the top 15 percent shall graduate as honor students.

VALEDICTORIAN/

SALUTATORIAN The valedictorian and salutatorian shall be declared at the end of end of the fifth six weeks. To be eligible for valedictorian or salutatorian honors, the student must be a fourth year senior enrolled at A.C Jones High School continuously from the beginning of the spring semester of his or her junior year.

The grading scale is as follows:

96~100% = 4.00	89% = 3.13	82% = 2.25	75% = 1.38
95% = 3.88	88% = 3.00	81% = 2.13	74% = 1.25
94% = 3.75	87% = 2.88	80% = 2.00	73% = 1.13
93% = 3.63	86% = 2.75	79% = 1.88	70 =72%= 1.00
92% = 3.50	85% = 2.63	78% = 1.75	〈 69% = 0.00
91% = 3.38	84% = 2.50	77% = 1.63	
90% = 3.25	83% = 2.38	76% = 1.50	

The weighted calculations are based on

1) academic course level ; 2) grading scales; and 3)

the weighting of course grades. One (1) quality point or weight is added to passing grades

earned in Advanced / Honor courses and two (2) quality points are added to passing grades earned in Advanced Placement (AP) courses.

The following courses have a weighted value of **one (1) quality point :**

English Biology

Geometry French III, IV, V

Algebra II Spanish III, IV, V

Pre- Calculus German III, IV, V

Topics Latin III, IV, V

Physical Science Adv. Composition

Adv. Calculus Adv. European History

Adv. Biology Adv. Chemistry

Adv. Physics Adv. U.S History

Adv. Environmental Science

The following courses have a weighted value of **two (2) points :**

AP English AP European History

AP Calculus AP French

AP Biology AP Physics

AP Chemistry AP Environmental Science

AP U.S History

Advanced Placement (AP)

Gifted and Talented (GT)

Pre- Advanced Placement (Pre-AP)

시카고 여행에서

Jennifer랑

레스토랑에서

Katelyn-호스트 시스터, Amanda-사촌,
Stephanie-호스트 시스터, 나,
Grandpa, Jeniffer-호스트 엄마의 동생

버스도 있고 택시도 있고, 마차도 있다

시카고 다운타운 항구

■ 미국 과목 선택

1교시 : Marketing

그다지 어렵진 않고 정말 흥미로운 과목이다. 소비자 심리 같은 것도 배우고 사회시간에 열심히 했던 공급과 수요 이론 같은 것도 배운다. 국제 무역 코디네이터가 꿈이라서 선택한 과목이다. 역시 어려운 점이 있다면 단어 정도랄까. 스비자 나이, 성별, 수입, 지역 같은 거 정해 놓고 상품 프레젠테이션하는 것도 정말 재밌다.

2교시 : Business Law

제일 좋아하는 과목인 동시에 제일 어려운 과목이다. 역시 어려운 점은 용어이다. 마케팅 용어는 그냥 일반적인 단어에 두 가지 뜻이 있는 건데, 이 과목에서는 세 단어씩 붙어서 새로운 용어를 만드니까 그런 점에서 꽤 어려운 듯하다. 하지만 상황 설정해 놓고 검사측과 변호사측이 서로 토론하는 것은 재미있다.

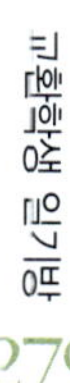

3교시 : Algebra 2

자는 시간이다. 아직까지는 1차방정식 같은 거 복습하고 있어서 그나마 조금 낫지만, 나중에 행렬이랑 함수랑 본격적으로 들어가면 나도 정신 바짝 차리고 들어야 할 것 같다.

미국 수학이 쉬운 게 아니고 과정 자체가 한국보다 1년 정도 뒤로 밀렸다고 보면 될 거 같다. 수학 자체가 쉬운 건 절대 아니다. Algebra 2만 되도 벌써 피곤해진다. 고1 과정하고 수1 과정이 조금씩 섞여 나오기 시작하니까.

4교시 : Biology

그다지 어렵지도 않고 그다지 쉽지도 않고 딱 적당하게 도전할 만한 과목이다. 이것 역시 어려운 건 단어지만 책을 몇 번 읽으면 이해가 되기 시작하는 게 할 만하다.

5교시 : English

힘든 건 고전문학을 이해하는 것이다. 그것 말고는 그다지 어려운 게 없는 듯하다. 문법도 배우는데, 성문종합보다 쉽다.

6교시 : American History

원래 내가 역사를 안 좋아하는지라 흥미 없는 과목이다. 그런데 선생님이 정말 재밌게 가르쳐 주셔서 나름대로 열심히 하고 있다.

모든 과목 숙제는 안 빼먹고 열심히 한다. 덕분에 점수 꽤 잘 받고 있어서 기쁘다. 시험 보는 과목도 전날 교과서 열심히 봐 주고 프린트 열심히 봐 주고, 그러면 공부한 만큼 점수가 나오는 것 같아서 뿌듯하다. 그리고 수업 시간에 비디오를 자주 보는데, 비디오 이해 안 되면 꼭 꼭 빌려다가 집에서 다시 본다. 그러면 선생님이 성실 점수를 주신다.

2009학년도 내신등급제 걸린 불쌍한 고딩 대신 영어 이해 안 되는 불쌍한 교환학생이 조금 더 쉬운 것 같다.

학교 시작하고 한 달 정도 한국에 있을 때보다 더 열심히 공부한 보람이 있는지 모든 과목에서 94~97% 정도 점수를 받았다. 내 자신이 자랑스럽고 기특하다. 수업 알아듣는 건 문제가 없으니까 용어만 극복하면 될 것 같다. 앞으로도 노력! 또 노력!

김재경 06.11.22 – Thanksgiving Day를 앞두고

Thanksgiving day를 앞두고 1st Term 총정리, 여기는 한 학기가 2개의 Term으로 되어 있다.

End of Term Grades

Class	Teacher	Grade	Cit.	Comments
1.SWIMMING1-4	G.MACKAY	A	4	
1.COMPUTERTECHNOLOG	S.FULLMER	A	4	
2.BIOLOGY1-2	J.OBLAD	A-	4	1
2.BIOLOGY1-2	J.OBLAD	A-	4	1
3.FOODANDNUTRITION1	C.KATSILAS	A	4	
3.ENGLISH3-4	CCRE J.MATICH	A-	3	
4.GEOMETRY1-2	S.HANKS	A	4	
4.GEOMETRY1-2	S.HANKS	A	4	

A-도 A라고 친다면 무려 All A!

성적표 받고 나름대로 감동 먹었다. 솔직히 선생님들께서 약간씩 봐 주신 감이 없지 않아 있지만 그래도 무지 감동했다. 할머니랑 둘이 살아서 답답하고 외로울 것 같아 보이겠지만, 엄청 잘 살고 있다.

GPA 3.8에 Citizenship 31!〔GPA: 최대 4.0, Citizenship 최대 32〕

GPA는 All A이면 4.0인데 A- 몇 개가 있어서 0.1 조금 넘게 깎여 버렸다.〔GPA는 성적 관련해서 나온다.〕

Citizenship은 출석 가지고서 점수를 주는데 학교에서 길 잃어버리는 바람에 지각을 몇 번 했던 경험이 있어서 1점 깎여 버렸다.〔워낙 큰 학교라서〕

졸업하려면 둘 다 필요하다고 한다.

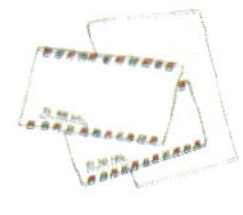

이상아 07.09.18 - Hellow KOREA

학교생활도 즐겁고 호스트랑도 잘 지낸다. 호스트랑 학교에 함께 다니고 수업도 2개나 같이 듣는다. 흐스트랑 붙어 다니니까 자연히 친구를 쉽게 많이 사귈 수 있어서 좋다.

1학기에 다섯 과목, 2학기에 다섯 과목, 3학기에 다섯 과목씩 골라서 듣는 것인데, 나는 1학기는 FCCLA, U.S history, Art, Chorus, English, 이렇게 다섯 과목을 듣고 있다.

1교시 : FCCLA

첫번째 클래스는 요리도 배우고 영화도 보고 여러 가지 특별활동을 하면서 배운다. 정말 재미있다. 'Me-box' 라고 부르는 자신만의 상자를 만들어서 자신의 물건을 넣어 와서 발표하는 시간이 있었다. 나는 내 물건이 별로 없다고 생각해서 걱정했는데 막상 찾아 보니 은근히 많았다. 난 한국에서 가져온 성경책이랑 라면이랑 젓가락, 내가 아끼는 목걸이와 책, 가족사진, 친구사진, 전자수첩, 한국 다이어리 등등을 들고 갔다. 많은 아이들이 참 잘했지만 그 중에서 나도 빛났다. 특히 한 국 라면하고 전자수첩 그리고 친구들하고 찍은 사진이 인기를 얻었다.

라면은 선생님께 드렸는데, 선생님께서 라면 끓이는 법을 알고 계셨다. 그리고 애들이 전자수첩을 보더니 "Is it small computer?" 하고 물어보았다. 내가 기능에 대해서 자세히 설명 해줬더니 다들 "Wow! It's amaizing!" 하면서 놀라는 표정이었다. 전자수첩 가져오길 참 잘했다는 생각이 들었다. 아이들한테도 인기 있고 나도 여러 가지로 도움을 많이 받고 있다.

2교시 : U.S history

Richard 선생님이 너무 재밌고 또 날 이뻐해 주셔서 기다려지는 시간이다. 선생님은 정말 이해심 많으시고 유머러스한 분이라서 너무 좋다. 그리고 무엇보다 Chelsea랑 같이 들어서 더욱 즐겁다.

오늘은 자신의 타운을 만들어서 타운의 Rule을 10가지씩 만들어서 발표하는 시간을 가졌다. 난 내 이름으로 '상아시티'라고 타운 이름을 정했다. 그리고 여러 가지 상상력을 뽐내서 Rule을 10가지 만들어서 발표했다. 솔직히 자신 없어서 머리를 긁적이고 있었는데, 친구인 Bed 가 "걱정하지마. 너 정말 잘할 수 있어."라고 용기를 줘서 열심히 발표했다. 그랬더니 선생님이 "Jessica! I love you! Perfect!" 하면서 칭찬해 주셨다. 오늘 정말 발표 열심히 잘했다. 발표를 하면서 말하는 게 많이 느는 것 같다.

3교시 : Art

이 시간 역시 너무 재밌다. 내 옆에 P.J.라는 디카프리오 닮은 남자 애가 앉아서 더욱 좋다. 나는 어렸을 때부터 그림을 좋아했고, 자주 그려서 제법 그리는데, P.J.가 나더러 그림 잘 그린다고 항상 칭찬해 줘서 기분이 좋다. 잘생긴 애가 맨날 옆에서 쫑알 쫑알! 말도 얼마나 많은지…… 보고 있으면 정말 귀엽다. 덕분에 내 회화실력도 부쩍 늘고 있다.

내 앞에 앉는 Freshmen Tuesday라는 여자애는 정말 착하다. 나는 10학년이고 Freshmen Tuesday는 9학년인데 화장을 너무 잘해서 그런지 나보다 더 어른스러워 보인다.

오늘은 태극기 같은 아이쉐도우를 하고 와서 우리나라 국기를 떠올리게 했다. 그리고 담당 선생님인 Solomon 선생님은 약혼녀가 한국인이라서 나랑도 친하고 수업시간 내내 이야기도 많이 나눈다. 지난번에는 떡볶이도 주셨다. 아무튼 재밌는 클래스!

4교시 : Chorus

이것도 역시 재밌는 클래스다. 거의 여자들이라서 깔깔 거리고 춤추고 난리도 아니다.

오늘 Corinne하고 함께 에프 하이의 노래에 맞춰 춤을 췄다. 아이들이 너무 좋아했고 Chelsea도 알려달라고 그랬는데 선생님이 들어오시는 바람에 멈춰야만 했다. 언제라도 노래부르기 좋아하는 나여서 그런지 이 수업시간이 제일 짧은 것 같다.

5교시 : English

한국인 Serra랑 같이 듣는데 서로 영어로 말한다. 여기가 미국이기 때문에 그런지 한국인끼리 한국말 쓰기가 이상하다. 그래도 심각한 이야기는 한국어로 한다.

Collie랑 Hayden이라고 하는 잘생긴 남학생 두 명이 있는데, 여자애들한테 인기가 아주 많다. 그래서 English 시간에 그 아이들이랑 놀다 보면 어느새 여자아이들이 몰려든다. 생각보다 영어는 어렵지 않았다. 선생님 말씀도 잘 알아들을 수 있다.

오늘 한국 태권도에 대해 설명해 주었다. 아이들 중에 태권도를 하는 애가 있었다. 그래서 같이 설명을 하자고 했더니 좋아했다.

미국 애들 겉모습은 우리보다 훨씬 나이 들어 보이지만 놀 때는 진짜 귀엽다. 한국 필통하고 연필 같은 것을 보고도 귀엽다고 좋아한다. 내가 갖고 있는 학용품들 보고 너무 이쁘다고 'I like it!'을 연발한다.

상아의 학교생활은 쿨하고 즐겁다. 이젠 모르는 애들과도 그냥 스스럼없이 인사할 정도가 되었다. 그리고 한국에 대해 무지한 이곳 아이들에게 한국에 대해 열심히 알리고 있는 중이다.

14 클럽 활동

김재경 06.11.22 - 1st Term 총정리

Club, 무려 세 곳이나 가입했다. 힘든 것은 없는데 다만 클럽 가입비랑 이것저것 활동하다 보면 돈이 약간 들어가게 마련이라서 좀 부담된다. 보통 클럽당 가입비가 10~15달러 정도이다.

1. Key Club

봉사활동 클럽인데, 미국은 봉사활동이 워낙 자연스럽게 인식이 되어 있어서 그런지 활동 자체가 버라이어티하다. 우리나라 같으면 노인정 청소, 병원 잠깐 다녀오는 정도라고 생각하기 마련이지만, 여기는 하는 활동들이 Active하고 되게 큼직큼직하다.

Best Friends랑 모두 함께 든 클럽이라서 지루하지 않고 굉장히 재미있는 클럽이다.

2. Disney Princess Club

이름만 보면 무척 재밌을 것 같은 클럽이다. 그런데 사실 가장 기대되는 클럽이기도 하다. 주로 하는 것은 친목다지기. 그러니까 쉽게 말해서 주로 하는 것이 파티!

워낙에 활성화된 클럽이라서 디즈니 영화에 나오는 주인공들의 이름을 딴 조그만 클럽이 클럽 내에 또 있다. 나랑 가장 친한 Chalice는 Cinderella에 들어 있다.

3. FBLA

Future Buisiness Leaders of America. 한마디로 비즈니스 클럽이다. 지루하고 재미없어 보일지 모르겠지만 내가 가장 좋아하는 클럽이다. 미국 전역에 퍼져 있는 거대한 클럽이라서 Field Trip도 무척 자주 가고, 사탕공장 방문, Leadership Conference, FBLA National Competition 등등 하는 것도 무지무지 많아서 좋다.

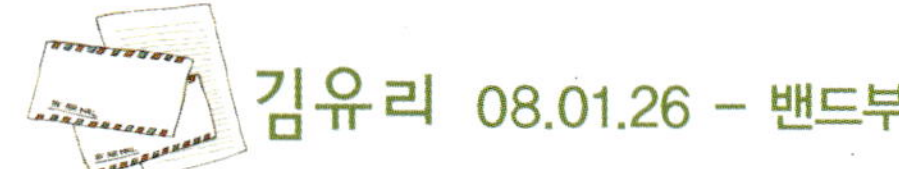

김유리 08.01.26 - 밴드부

나는 클럽활동으로 클라리넷을 연주한다.

미국 오기 전에 악기를 하나라도 제대로 다룰 줄 안다면 엄청나게 좋은 경험을 할 수 있을 거라는 생각이 들었다. 나는 한국에서 피아노를 6년 넘게 배웠고, 바이올린은 2년, 클라리넷은 2년 정도 배우고 미국에 왔다.

여기에 와서 처음 8월에 과목을 정할 때, '과연 내가 클라리넷을 잘할 수 있을까? 밴드에 들어갈 수 있을까?' 라는 걱정 때문에 망설였다. 그런데 호스트 엄마께서 한번 들어가 보라고 해서 카운슬러와 함께 밴드 선생님을 만나러 갔다. 우리 Millard South Highschool에는 밴드가 네 가지 있다. Marching Band(최고 수준), Wind Ensemble(두 번째 수준), Symphonic Band(세 번째 수준), Concert Band(제일 낮은 수준)이다.

나는 Symphonic Band에 들었다. Symphonic Band만 포퀴션이 있는데 소리가 너무 좋다. 실로폰, 마림바, 드럼으로 구성되어 밴드 뒤에서 이것저것 연주하는 것이다. Marching Band 외에 나머지 밴드에는 그런 게 없다. 연주하면 너무 소리가 멋있다.

나는 한 번도 여러 사람과 같이 연주해 본 적이 없어서 처음에 헤맸는데 요즘은 잘한다. 밴드 콘서트 전에는 시간이 남아서 Serra, Henna 등등 친구들과 재밌는 게임도 한다. 서로 손잡고 뒤엉킨 채 원을 만드는, 말로 설명하기 어려운 게임이다. 우리가 그 게임을 하면 중간에 남자애들이 마구 뛰어오면서 게임을 망치곤 한다.

어제 첫 밴드 콘서트가 있었다. 한국에서는 실력이 뛰어나지 않으면 남 앞에서 연주한다는 건 꿈도 꾸지 못했는데 여기서는 잘하든 못하든 따지지 않고 연주를 한다. 어제 Central Middle School, Enderson Middle School 8학년들과 우리 Wind Ensemble, Symphonic Band, Concert Band 모두 같이 연주하고, 각 밴드 따로 연주했다. 유니폼은 Marching Band 유니폼 같은 거였는데 사진기가 없어서 못 찍었다.

공연하고 나서 말로 다 못할 만큼 너무 뿌듯했다. 내가 밴드 일원으로 뭘 이뤄 냈다는 것과 30명이 넘는 밴드 구성원이 서로 합주를 해서 하나의 아름다운 소리를 만들었다는 게 너무 기뻤다.

이하진 07.03.24 – Basketball Banquet

여전히 Musical이랑 Track practice로 인해 하루하루 바쁜 생활을 하고 있다.

어제는 Basketball Banquet이 있었다. Banquet은 어떤 한 스포츠가 끝난 후, 한 2주 정도 후에 모든 선수와 선수들의 엄마 아빠, 모든 코치 등 그 스포츠에 관련이 있는 사람들이 다 같이 모여서 상장도 주고 맛있는 음식도 먹고 하는 날이다.

제일 처음에는 Freshmen 팀 모두가 앞에 나가서 Certificate를 받고, JV가 다음으로 앞에 다 나가서 수여장 같은 것을 받고 JV핀도 받았다.

내가 JV 첫번째 사람으로 앞에 나갔는데, 우리 코치가 나에 대한 추억을 말해 주었다. 농구라는 게임을 한 번도 해본 적이 없지만 무척 빨리 배워서 내가 1년 더 있으면 아마 Varsity로 올라갈지도 모른다고도 했다. 제일 첫 게임에서 1분 남았을 때 코치가 날 내보려고 하자 내가 계속 No만 외쳤던 일 등을 이야기했다.

이렇게 Varsity도 다 수여장을 받고 Individual Awards도 하고, Most Improved, Coaches Award 등등 많은 상을 받았다. 모든 것이 끝나고 제일 마지막에 Toad Burdue 코치가 마지막으로 Special Gift가 있다고 하더니 "Ha-jin Lee, come on up." 하면서 나를 불렀다. 앞에 나가니까 우리학교 Varsity Jacket(20만 원 상당)을 들고는 "I thought she needed something to remember us."라고 말했다. 그 순간부터 나는 감격에 겨워 눈물이 펑펑 쏟아졌다. Banquet에 있었던 모든 사람들이 나를 눈물 나게 만들었다. Banquet이 끝나고 나서 우리 팀에 있는 모든 사람들이 나한테 와서 안아 주고 함께 사진도 찍었다. 그날 나는 Varsity Jacket을 입고 있는 상태로 사진을 얼마나 많이 찍어야 했는지 모른다. 내 친구들 모두가 이런 말들을 해 주었다.

"I'm going to miss you so bad. I love you. This was my best

season ever."

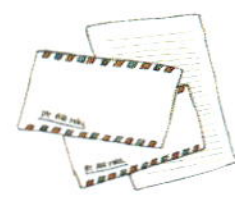 **김유진** 06.11.07 - 방과후 클럽 선택하기

예비교환학생들을 위한 팁! (학교마다 다를 수 있지만 이때까지 내가 경험한 방법들 위주로 적어 보겠다.)

학교를 2시 반에 마치면 할 일도 없고 그렇다고 매일 놀자니 살만 찌는 것 같고, 그럴 때는 방과후 클럽활동을 하는 것이 좋다. 여기서는 아무래도 자기가 시간만 되면 5개를 들든 10개를 들든 아무도 신경 안 쓴다. 나는 지금 Interact 봉사활동 클럽, 스키클럽에 들었다. 겨울 스포츠는 Cheerleading Tryout 중이다. Cheerleading Team을 못 만들게 되면 배구나 Softball Tryout 해보려고 한다. 겨울 스포츠 시즌이 끝나면 JV sports cheer랑 Rowing을 봄 시즌에 할 예정이다.

우리 학교 같은 경우어 매일 6교시에 방송을 해서 어디서 어떤 클럽 미팅이 있다는 내용을 알려준다. 거기 집중하면 거의 대부분 다 알 수 있다. 처음에는 방송을 못 알아들어서 친구들에게 물어보느라 고생 좀 했다. 그리고 미팅 며칠 전에 학교 게시판에 포스터가 붙는다. 그것을 보고 먼저 코치나 선생님을 찾아가서 교환학생이라고 말하고 정보를 얻게 도와달라고 하면 도와준다. 또는 학교 카운슬러한테 가도 정보를 얻을 수 있다.

학교 가서 처음에 영어 잘 안 되고 힘들 때, 첫번째 Pop relly에서 교장선생님이 하신 말 중에 유일하게 알아들은 말이 있다.

"학교에 있는 어른들은 전부 너희 잘되라고 노력한다." 그래서 무슨 문제 있을 때마다 전부 다 선생님께 도와달라고 했더니 정말 잘 도와주셨다. 그뿐만 아니라 문제 해결됨과 동시에 Report card에 아주 성실하고 적극적인 학생으로 기록된다.

고신영 06.09.17 - 슬립오버하다

그간 일주일을 무사히 버티고, 25일 금요일이 되었다. 미국은 주5일이기 때문에 금요일 하교하면 그때부터 주말이다.

대략 2주 전에 난 Jenney의 생일 파티에 초대받았다. 이곳 아이들은 보통 2주 전에 초대를 한다. 미리 시간을 비워 두란 뜻인가 보다. 하여튼 Jenney의 선물을 사려고 지갑을 열었으나 텅 비어 먼지만이 쌓여 있었다. 그래서 내가 한국에서 가져온 선물들을 주섬주섬 봉투에 담아 챙겼고, 파티 전날인 목요일에 Jenney로부터 전화가 왔다. sleep over 할 것이니까 잠옷이랑 챙겨 오라는 내용이었다. 다행히 호스트 엄마께서 허락을 해주셨다. 그래서 학교 갈 때 가방에 잠옷이랑 칫솔, 치약이랑 선물이랑 챙겨갔다.

학교가 끝나고 Jenney 엄마가 차로 데리러 오셔서 Jenney랑 음료수 하나씩 사들고 Jenney네 집으로 갔다.

Jenney 친구인 Sydney랑 또 이름 기억 안 나는 애랑 Cassandra랑 왔다. 알고 보니 Sydney는 나랑 같이 밥먹는 Veronica의 동생이었다. 나랑 Sydney랑 Jenney의 집이 너무 추워서 바깥 계단에 앉아 이런저런 얘기를 하는데 Sydney가 나에게 물었다.

"남자친구 있어?"

"아니 그런 거 안 키워."

"그럼 남자친구 만들 생각은 있어?"

"아니."

'아니, 너는 어떻게 내 얼굴을 보고 그런 말이 나오니? 내가 그래도 양심은 있거든.' 하고 속으로 말하고 있는데 Sydney가 말했다

"정말이니? 어떤 남자애가 널 좋아하는 걸 난 알고 있지롱~!"

'어맛! 허허 뭐? 동양인도 동양인 나름이라고? 그래, 나 아직 안 죽었어!' 그리곤 곧 '참 취향 심하게 독특하시네' 라고 생각을 했다. 뭐 아는 사람은 알겠지만 나는 짧은 머리에 강호동을 능가하는 거칠한 얼굴을 가졌단 말이다. 나를 처음 보는 사람들은 단번에 "허허 장군감이야 남자답게 생겼어." 이런 느낌을 가지기 때문이다. 그래서 나는 관심 없다는 듯 "어 그래?" 하고 말았다.

Jenney가 나오더니 자기네 집에 고추나무가 있다며 열매가 다 떨어지고 하나 남았는데 나보고 먹어 보라고 했다. 엄청나게 매우니 조심하라 그러기에 "한국인들은 더 매운 것도 엄청 먹으니까 잘 봐 둬" 하고는 덥썩 입에 넣었다. 처음엔 아무렇지도 않았지만 10초 정도 지나자 입에서 불이 나기 시작했다. 지금도 생각하면 저절로 침이 고인다. 너무 매워서 덥썩 눈에 보인 Jenney의 코코넛스프라이트를 마셨다. 내 음료수 가지러 가기엔 너무 급해서 그만, 그 코코넛스프라이트를 내가 다 마셔 버리고 얼음까지 싹싹 다 먹어 버렸다. Jenney한테 나중에 꼭 사준다고 약속했지만, 지금도 안 사주고 있다. 언젠간 사줄 것이다.

6시가 약속 시간인데 모두들 일찍 와서 5시쯤에 모두 모였다. 단 Arnett만 빼고.

그래서 Arnett한테 일찍 오라고 연락을 하려고 했는데, Arnett의 전화번호를 아는 사람이 없었다. 그래서 결국 30분 해매서 드디어 전화를 했건만 Arnett가 집에 없었다. 결국 6시에 Arnett가 왔고 우린 원래 시간에 출발했다.

나랑 Arnett랑 Cassandra랑은 Jenney네 엄마 차에 타고 나머지 애들은 Jenney 언니 차에 탔다. 가면서 이런저런 얘기를 했는데, Arnett는 노르웨이 학교 얘기를 해주고 난 한국 학교 얘기를 해줬다. 그리고 내 중학교 졸업식 날 있었던 그 유명한 "엄마, 저 형 치마 입었어." 사건의 이야기도 해줬다.

그런저런 얘기를 하다 보니 토튼에 도착했다. 간단히 저녁을 먹고 영화를 보러갔다. 〈World trade center〉인가 하는 니콜라스 케이지가 나오시는 영화인데 별 내용은 없지만 가족의 소중함을 다시 한 번 일깨워 주는 영화였다. 나랑 Arnett는 별로 알아 듣지 못해서 덜뚱멀뚱 있었는데, 영화가 끝나고 나서 나머지 애들은 코를 훌쩍거리며 울고 있었다.

영화가 끝나고 Arnett랑 Cassandra랑 Sydney는 집에 가고, Jenney랑 나랑 이름 모를 그 아이랑 Jenney 동생 생일파티를 위해 준비물을 몇 개 사러 월마트에 들렀다. 애들이 옷감 파는 곳으로 가더니 이게 좋아 저게 좋아 하면서 한 번씩 몸에 둘렀다. 난 졸려서 벽에 기대서 꾸벅꾸벅 졸고 애들은 커피를 하나씩 집어 들었다. 그리고 소리나는 장난감 파는 데로 가서는 하나씩 다 눌러보다가 그곳 직원한테 눈치 좀 받았다. Jenney는 초딩들이 좋아하는 버튼 누르면 불빛 나는 왕관이랑 봉을 사달라고 엄마를 졸랐고, Jenney 엄마는 절대 안 된다면서 99센트짜리 물건을 안 사주셨다.

애들은 면도기 얘기로 넘어가선 한국 사람들도 면도기를 사용하느냐고 물어보고, 또 왜 자기가 좋아하는 사람한테는 냄비를 선물하느냐고 묻고, 한국 음식 맛있냐고 미국 음식은 다 썩었다고 그러면서 별의별 얘기를 다했다.

그러다가 집에 오면서 보니 하늘에 별이 총총 박혀 있었다. 그런 하늘은 난생 처음 봐서 너무 신기했다. Jenney네 집에 오니 밤 12시가 되었다. Jenney네 어머니가 우리를 위해 바람 넣어서 쓰는 침대 만들어 주시고, 나랑 Jenney랑 이름 모를 그 애랑 잠옷 입고 엄청나게 큰 케이크에 초를 꽂고 Jenney한테 생일 축하 노래를 불러주었다. 케이크 한 조각씩 먹고 TV를 켰는데 Jenney 꿈이 푸드스타일리스트라서 푸드채널을 보면서 또 수다를 떨다가 보니 거의 새벽 2시가 되었다. 침대에 누워서 이불 덥고 계속 조잘조잘조잘 수다를 떨다가 잠이 들어서 한 8시에 일어났다.

아침에 TV를 틀고는 〈스펀지밥〉을 보면서 깔깔깔 거리다가 9시가 되니 호스트 엄마께서 데리러 오셨다. Jenney네 엄마가 우리 호스트 엄마랑 얘기 좀 하고 싶댔는데 Jenney네 엄마가 비즈니스로 통화중이셔서 얼른 옷 갈아입고 그냥 집에 왔다.

16 Homecoming Day

김경희 06.10.01 - 댄스파티

Homecoming day 댄스 파티!

지난주에 드레스를 사러 두 번이나 갔지만, 원하는 드레스를 찾지 못하고 오늘 사러 또 갔다. 그런데 이번엔 사이즈가 다 큰 것밖에 없어서 못 사고 집에 왔다. 하지만 호스트 시스터가 워낙 드레스가 많아서 호스트 드레스 중 하나를 골라서 입었다.

호스트 시스터랑 친구들이랑 호스트 엄마랑 호스트 시스터 방에서 머리하고 화장했다. 호스트 시스터 친구들이 집에 왔는데 모두 다 파트너가 있었다. 나만 솔로였다. 이럴 줄 알았으면 미리미리 파트너 구할 걸 하면서 후회했다. 사진 찍는데도 어찌나 속상했는지 모른다.

다함께 저녁 먹으러 아웃백에 갔다. 댄스 파티가 7시에 시작하는데, 아웃백에 사람이 많아서 웨이터가 늦게 오는 바람에 8시가 넘어서야 학교에 도착할 수 있었다.

Gym에 들어갔는데, 사람도 정말 많고 음악 나오고 분위기가 너무 좋았다. 그런데 어떻게 해야 할지 모르고 그냥 있다가 무작정 수많은 인파 속에 들어갔다.

거기서 혼자서 춤추고 있으면 파트너 없는 남자가 와서 같이 춤추자고 한다고 Philip 오빠가 알려주어서 그렇게 했는데 정말 남학생이 다 가왔다. 그래서 같이 춤췄다. 처음에는 민망하고 창피했는데, 시간이 지나니 그런 것도 없어졌다.

여학생들이 다 맨발로 다니길래 나두 신발 벗어 맡겨놨는데 구두 신고 춤췄으면 아마 20분도 못추고 쓰러졌을 것이다. 맨발로 다른 사람들이랑 춤추고 그랬는데 정말 재밌었다. 10시까지만 하는 게 너무 아쉬웠다. 8시 넘어서 들어가서 정말 많이 놀지도 못했는데…….

전에는 클럽 가서 노는 것을 이해 못했는데 오늘에야 이해하게 되었다. 다만 한 가지 너무 아쉬웠던 건 파트너가 없었다는 것이다. 학교생활 이제 한 달인 나에게 파트너 만들기에는 시간이 너무 짧았다. 사실 홈커밍(Home coming)에 대해서 별로 중요하게 생각을 안 했던지라 꼭 파트너가 있어야 한다는 생각을 못했는데 겪어 보니 파트너가 꼭 필요했다.

아웃백에서도 다들 남자가 알아서 저녁값을 내주는데 나만 혼자서 내가 먹은 거 내가 냈다. 다음에는 정말 파트너랑 제대로 놀 생각이다.

홈커밍 때 친구 사귄다는 말은 절대 이해할 수 없다. 그 어두운 곳에서 음악 틀어 놓고 춤추고 그러는데 친구 사귈 시간이 없다. 그저 다들 춤추기 바쁘다. 그 분위기에서 친구 사귄다는 것 자체가 말이 안 된다.

사진을 올리면 더 좋은 글이 되겠지만 어색한 웃음으로 사진을 찍었기에 차마 못 올리겠다. 대신 홈커밍 댄스 파티에 대해서 궁금해 하시는 분들이 계실 것 같아서 다른 사진을 올린다. 호스트 시스터 Year book에서 찾은 사진이다. 2년 전 내가 다니고 있는 학교의 홈커밍 때 사진이다. 사진을 보니 수위가 약한 춤을 추고 있었을 때 찍은 사진이다. 중간에 몇 번 저렇게 춤을 추긴 하지만 거의 대부분은 빠른 음악에 맞춰서 춤을 춘다.

 **양성희** 06.12.09 – 10월의 exciting day

10월 10일 홈커밍 주간의 시작

파자마 데이. 파자마를 입고 학교에 가는 날이다. 나는 곰돌이 푸우 잠옷을 입고 갔다.

10월 11일 라이벌 데이

라이벌같이 서로 반대되는 옷을 입는 날이다. 예를 들면 공주랑 마녀처럼 옷을 입는데, 한마디로 탤런트 쇼다. 장기자랑 중에 가장 어이없던 건 비틀즈 비슷한 거 던져서 받아먹는 것이었다. 그래도 악기 연주하는 애들은 한 아이가 전문적으로 2~3개 악기는 기본으로 할 줄 안다. 그것은 부럽다고 생각했다. 나도 뭐 좀 배우고 싶다는 생각이 들었다.

10월 12일 디스코 데이

엄청나게 큰 뽀글뽀글 폭탄머리로 사진을 찍었다. 이 날만큼은 사진

찍을 때 "김치~!" 하면서 손가락 펴는 게 허락되는 날이었다. 우리 나라에서 사진찍을 때 손가락 V자로 만드는 게 여기서는 평화의 상징이란다. 하여튼 오늘만큼은 나도 스타!

10월 13일 홈커밍 풋볼 데이

오늘의 채플은 너무 너무 재미있었다. 선생님 얼굴에 파이 던지기도 있었다. 한국에서는 도저히 있을 수 없는 장면이 펼쳐지는 순간이었다. 화끈하고 통쾌하게 파이를 선생님 얼굴에 던지고 그 파이를 선생님 얼굴에 비벼댄다.

그런데 정작 풋볼게임에서 우리는 항상 진다. 점수는 언제나 50대3 수준이다. 홈커밍이라고 해서, 꼭 우리 학교 풋볼 선수들이 초특급파워를 내야 한다는 것은 아니지만, 오늘도 우리는 평소와 다름없이 졌다.

그래도 나와 내 친구들은 오늘 정말 멋졌다.

크래프트 쇼는 정말이지 엄청나게 컸다. 어느 정도 컸는지 말로 설명할 수 없을 정도이다. 미국 자체도 거대한데 그런 거대한 나라에서 사는 미국 사람이 자기네 입으로 큰 크래프트쇼라고 했으니 알아서 상상하시기 바란다.

그리고 대망의 홈커밍 댄스. 저녁 먹고 나서, 홈커밍 댄스에 가서 춤을 추었다. 데이트가 있다고 해도 거의 친구랑 춤추고 놀았다. 지금은 그때 데이트 신청한 남자애한테 미안할 뿐이다.

이상아 07.11.05 – 한복을 입고서

벌써 11월이 오다니 시간이 너무 빠르다. 10월에는 진짜 너무 많은 일들이 있었다. 10월 26일에 콘서트가 이벤트 센터에서 열렸는데 거기서 내가 한국 노래 보아의 〈My prayer〉를 불렀다. 진짜 떨렸지만 그래도 열심히 불렀다. 덕분에 학교 신문과 Year book에 내 사진이 실렸다.

그리고 Halloween day는 정말 너무 재밌었다. 사탕하고 초콜릿을 엄청나게 많이 얻었다. 원래 trick or treat을 중학생들까지만 한다던데 난 봉지들고 나가서 열심히 얻었다. 미국에서 맞는 첫번째 Halloween day라고 많이들 주셨다.

친구들이 한복 너무 예쁘다고 다들 사진을 찍었다.

오른쪽부터 나, Katie, Corinne, Julie, Jamie, Jenney, Jessica, Serra, 그리고 Emily.

교환학생 문화충격 – 나를 바꾼다

10월 21일 Halloween day

Halloween day를 위해 집을 꾸몄다. 천장에 달려 있는 커다란 형광등에다가 거미줄 칭칭 감아 놓고 스티커 마구마구 붙였다. 그리고 호박냄새를 원 없이 맡았다.

나는 호박에 달이랑 마녀랑 그려 놓고 슥석슥석 자르고 호박등을 열심히 만들었다. 약 2시간의 작업시간이 소비된 작품치고는 정말 보잘것없었다. 그래도 칭찬해 주는 나의 호스트 가족들이 너무 고마웠다.

할로윈 때 연극부에서

10월 22일 합창단, 교회가다

나를 포함한 우리 학교 합창단이 교회에 가서 노래를 불렀다. 정말이지 가사 외우느라고 진땀 다 뺐다. 그래도 나는 정말 합창부가 너무 좋다.

10월 24일 과학시간

이 나라 아이들은, 별 접는 거, 학 접는 거, 진짜 신기해 한다. 그래서 내가 많이 접어 주었다.

10월 26일 번코? 벙코?!

번콘가 벙콘가 모르겠지만, 그냥 주사위 던지는 게임이다. 오늘은 우리 집에서 벙코하는 날이다

매달 마지막 금요일에 하는 게임인데, 오늘은 Halloween day도 축하할 겸, 게임도 할 겸 열렸다. 1등은 열두 번의 게임 중에서 무려 열 번이나 거침없이 이기신 분이 차지했다. 나는 여섯 번 이겨서 3등 할 수 있었는데, 여섯 번 이긴 사람이 너무 많아서 또다시 게임을 시작했고, 결국 나는 꼴등하고 말았다.

10월 28일 키클럽

키클럽을 통해 봉사활동 자리를 얻었다. 내가 봉사활동을 하러간 곳은, 많은 아이들이 할로윈 분장을 하고 즐기고 노는 곳인데, 나는 거기서 페이스 페인팅 하고, 도와주고 안내해 주는 역할이었다. 나는 봉사활동을 하러 갔는데도 정말 많이 즐겼다. 꼬마애들이 정말 귀여웠다.

Writer's club 저녁 먹은 후, Borders(서점)에서

10월 31일 할로윈, 할로윈, 그리고 할로윈

할로윈은 너무 좋다. 나의 분장은 가덕이다. 입술도 검정, 옷도 검
정, 장갑도 검정, 머리카락도 검정, 온통 검정색이다. 내 호스트 동생은
공주님 비슷하게 꾸몄다. 사탕이 서랍에 꽉 찼다. 뿌듯하고 행복하다.

콘서트 끝난 뒤

18 Prom

4월 25일 금요일 밤 9시부터 12시까지 Prom, 12시부터 아침 5시까지 After prom이다. Locked in이라고 해서 학생들을 한 장소에 모아놓고 한번 나가면 다시 못 들어오게 한다. 나는 당연히 처음부터 끝까지 있다가 왔다.

금요일에 뷰티숍에 가서 머리하고 손톱하고 들뜬 기분으로 기다렸다. Prom보다 After prom이 더 재밌었다. 다른 애들도 다 같은 의견이었다. Prom은 크리스마스 댄스, 발렌타인 댄스, 이런 거처럼 그냥 댄스파티였다. 다만 규모가 훨씬 크고 음식이 너무 맛있었다. 나는 계속

먹어댔다. 그랬더니 드레스가 조여 오는 그 느낌이 들었다. 춤추고 사진 찍고 먹고 춤추고 사진 찍고 먹고…….

슬로우 댄스(남자랑 여자랑 블루스 추는 것), 라인댄스(다함께 줄서서 추는 것), 그냥 막춤 등등을 추었다. 처음엔 좀 어색했지만 금방 적응했다. 한 남자아이가 슬로우 댄스 추자고 손을 내밀어서 못이기는 척 같이 췄다.

그리고 After prom이 되어 집에 가서 편한 복장으로 갈아입고 다시 모였는데 장소는 달랐다. 체육관 같은 곳인데 꽤 컸다. 랜덤으로 막 이름을 부르면 놀다가 카운터로 가는 거였다. 내 이름이 불리기를 기다리면서 친구들과 놀고 있었는데, "Finally! Yujin Lee!" 하는 스리가 들렸다. 냉큼 갔더니 'Cash $100'이었다. 어떤 애는 TV도 타고, 어떤 애는 냉장고도 타고 즐거웠다. 그리고 Mechanical bull이라고 하는 게 있었는데 마구 돌아가는 소 등에 타고 오래 버티는 것이었다. 나는 세 번의 시도 끝에 꽤 오래 버텼다.

그리고 Money machine이라는 것이 있었는데 이게 제일 재미있었다. 공중전화 부스 정도 크기의 투명한 부스에 한 사람씩 들어가서 문을 닫으면, 위아래에서 바람이 나오고 지폐가 날아다닌다. 그거 잡는 대로 다 내것이 되는 것이다. 1달러짜리, 5달러짜리, 10달러짜리, 20달러짜리 이렇게 종류별로 있는데 20달러짜리에 눈을 고정시키고 그것을 잡으려고 다들 폴짝폴짝 뛰었다. 이건 한 번씩밖에 못하는데 1분 동안 하는 거였다. 나는 30달러를 잡았다.

After prom 음식은 없는 게 없을 정도로 진수성찬이었다. 치킨, 샌드위치, 도넛, 피자, 초콜릿, 별의별 쿠키들, 머핀, 과일, 소세지, 베이컨, 무슨 롤 같은 것 등등 종류가 엄청나게 많았다. 조금 놀다가 배고프

면 가서 실컷 먹고, 또 놀다가 배고프면 먹었다. 그리고 끝날 무렵에는
그 음식들이 하도 많이 남아서 "Please take it home" 하면서 애들한테
막 나눠 주었다. 그래서 피자 한판하고 쿠키들 잔뜩 담아서 집에 가져
왔다. 귀찮다고 그냥 가는 아이들도 있었다.

어쨌든 나의 첫 번째 프롬은 it was so much fun! 내년에는 시니어
로 프롬에 갈 것이고 그땐 더 재밌게 놀 수 있을 것 같다.

19 크리스마스

 **김유리** 07.12.27 – 즐거운 크리스마스를 보낸 후

크리스마스 일주일 전에 호스트 패밀리는 드라이브를 가셨다. 여러 집의 데코레이션을 보기 위해 매년 드라이브를 하신다고 한다.

어떤 집은 한 달에 전기값만 100만 원을 넘게 낸다고 해서 깜짝 놀랐다. 정말 크리스마스가 큰 축제로구나 하는 것을 느꼈다.

한국에서도 크리스마스에 항상 선물을 받았지만, 여기서는 크리스마스 트리 밑에 선물을 쌓아 놓는다. 이곳에서 맞는 크리스마스는 처음이라 흥분되었는지 전날밤 잠이 도저히 안 와서 뒤척이다가 겨우 잠잤다. 항상 9시에 자는 나에게는 있을 수 없는 일이다. 게다가 새벽 4시에 눈이 벌떡 떠졌다. 그래서 화장실 들렀다가 크리스마스 트리 밑이 궁금해서 갔더니, 선물이 무진장 듬뿍 있었다. 입이 떠억 벌어져서 사진 찍고 아침 8시에 내가 산타 역할을 했다.

이 집의 규칙은 매년 한 사람이 산타가 되서 선물을 나눠 주는 것이라고 한다. 선물 나눠 주는 데 2시간 30분이 걸렸다. 그리고 11시에 호스트 아빠의 부모님 집에 가서 선물을 더 받았다. 선물 리스트를 작성해 보았다.

1. 캐러멜 팝콘
2. 캐러멜 초콜릿 한 봉지
3. 1달러
4. 무진장 부드럽고 두꺼운 양말
5. 페퍼민트 립크림 (너무 좋음, 입이 갈라져 피나는 걸 보고 주신 것)

6. 연필
7. 스폰지밥 ornament (트리에 다는 장식품, 내가 스폰지밥 광팬인 걸 아시고)
8. 폴로 랄프로렌 로맨스 향수 (한 병에 5만 원이 넘는 건데, 감동했음)
9. 양초 (양초로 유명한 상점에 간 적이 있는데 내가 좋아하는 양초를 기억하시고 사셨음)
10. 홀리스터 후디 (내가 홀리스터 광팬인 걸 아시고)
11. 잠옷 (무진장 부들부들 한 것)
12. 껌 3통
13. 헤어 트리트먼트 (내가 좋아하는 걸 아시고)

호스트 아빠의 부모님

1. 홀리스터 후디 (역시 내가 홀리스터 광팬인 걸 아시고)
2. itunes gift card $15
3. old navy gift card $25

4. 머리 모양 다듬는 기구

5. Clinique lotion

호스트 엄마의 부모님

1. 진짜 진주로 만든 귀걸이 (감동했음)

 **이하진** 07.01.03 – 크리스마스 이브

크리스마스 2박 3일 전부터는 하루 종일 선물 포장하는 게 일이다.
얼마나 많은 선물이 있는지 계속 하고 또 해도 끝이 없다.

12월 24일 크리스마스 이브

Janae 엄마 쪽 사람들이 모두 우리 집에 오는 날이다. 이쪽 사람들이
랑은 제비뽑기를 해서 걸린 사람한테 큰 선물을 해주고, 또 각자한테
작은 선물을 해주는 그런 방식이다. 나는 Meghan, Janae의 쌍둥이 사
촌 중 한 명에게 선물하고, Janae의 할머니가 내 이름을 가지고 있어
서, 얼마나 선물을 많이 받았는지 모른다. 이날 크리스마스 트리 밑에
선물이 가득하게 쌓였었다.

교회에서 Christmas eve survice가 있어서 거기 갔었다. 예배 끝에
는 모든 사람들이 계속 촛불을 옮기는 의식을 하고, Silent Night를 부
르고 끝났다.

12월 25일 크리스마스 아침

아침에 우리 가족끼리 선물을 주고받는 날이다. 맨 먼저 내 선물이

각자한테 돌아가고, 그 다음이 나, Janae, Ben이 선물을 한 개씩 한 개씩 풀었다. 모두 다 선물을 무척 좋아했다. 한국에서 보내온 선물 중에서 부채를 어떻게 세우는 건지 가르쳐 줬다.

12월 25일 크리스마스 점심 – 저녁

Janae의 할머니, 즉 아빠 쪽 집에 갔다. 이쪽에는 꼬마 애들이 많아서 거실에 앉을 자리가 없을 정도로 선물이 많았다. 여기 파티에서는 Gift Card랑 Money를 많이 받았다. 이날 저녁에는 Janae의 할머니 집에서 하룻밤을 보냈다.

사람들이 내 선물을 다 좋아했고, 특히 한국에서 온 것이라서 무척 신기하게 생각했다. 이렇게 크리스마스가 끝나고 이제 모두가 New Year를 생각하고 있다. 여기는 New Year도 성대하게 치른다.

12월 26, 27, 28일은 NorthWest Ohio Holiday Classic이라고 농구 토너먼트가 있어서 학교에 가야 했다.

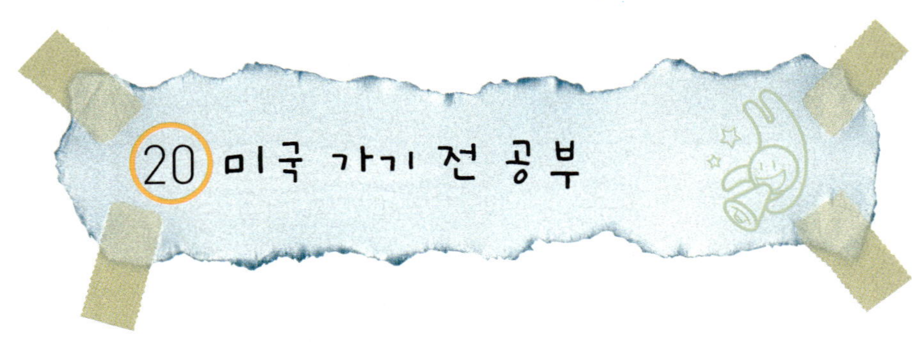

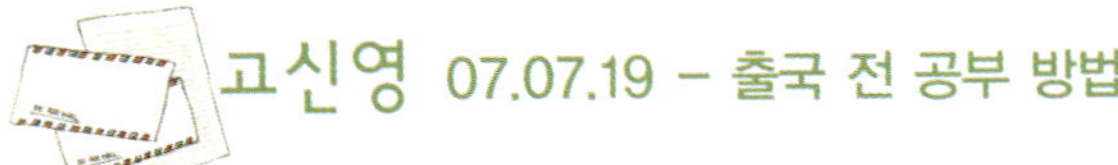
고신영 07.07.19 - 출국 전 공부 방법

많은 분들이 미국에 가기 전에 어떻게 공부할까 걱정을 많이 하는데, 나 역시 그랬다. 나는 문법은 공부해 봤자 미국 가서 별로 써먹지 못할 것이라고 생각해서 책이나 영화를 많이 봤다. 아무래도 회화를 중심으로 공부하는 것이 미국에서 더 쓸모가 있으니까 영화를 보면 도움이 될 것이다. 자막에만 매달리는 것은 별로 도움이 안 된다. 솔직히 내가 봐도 정확하지 않고 대충 번역해 놓은 자막들이 눈에 많이 띈다. 그러니까 자막을 통해서는 slang이나 작은 구문 하나하나까진 정확하게 알 순 없을 것이다.

그보다 더 좋은 것은 책을 많이 읽는 것이다. 쉬운 책이라도 좋으니 차근차근 읽어 보면 정말 자기 실력이 눈에 띄게 달라지는 것을 알 수 있을 것이다. 물론 제일 좋은 방법은 미국에 가서 미국 사람들 속에서 생활하면서 공부하는 것이다. 내가 보기에는 그것보다 더 빠른 방법은 없는 것 같다. 하긴 그러기 위해서 미국에 가는 것이니…….

평소에 영어 공부 열심히 해놓으면 그나마 미국 가서 덜 힘들 것이다.

나는 처음에 좀 힘들었다. 천천히 하는 말이나 쉬운 말은 알아들어도 조금 빠르게 하는 말은 알아듣지 못해서 곤란을 겪었다. 그런데 한 달한 달 지날수록 점차 나아졌다. 거듭 말하지만 영어 실력이 느는 지름길은 미국에 가서 직접 몸으로 부딪치고 깨지면서 익히는 것이고, 그럴 때 덜 부딪치고 덜 깨지면서 익히려면 한국에서 평소에 책이나 영화를 많이 보는 것이다.

책을 읽을 때는 단어 하나하나에 신경 쓰지 말고 전체 흐름을 이해하도록 노력하는 것이 좋다.

영화를 볼 때는 처음엔 부담 없이 자막을 켜 놓고 보고, 두 번째는 자막을 가려 놓고 보고, 계속 돌려 보면서 거의 대사를 외우다시피 하시면 도움이 될 것이다. 나는 같은 영화를 네다섯 번 보니까 많은 도움이 되었다.

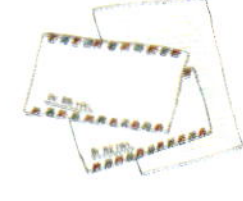

정재윤 07.06.18 - 화상영어

회화학원은 우리집에서 너무 멀고 왔다갔다 하는 시간도 아깝고 전혀 효율적이지 못하다는 생각이 들었다. 그래서 화상영어에 대해서 알아보았는데 꽤나 괜찮은 것 같았다. 헤드셋과 캠을 산 후 신청하였다. 수요일부터 새벽 6시 30분부터 25분 동안 호주에 있는 외국인과 1:1로 대화를 하게 될 것 같다. 벌써부터 설레고 할 말도 다 정해 놓았다.

　미인(美人) 영어과외를 했다. 아름다운 여자와 영어 공부를 한 것은 아니고 단지 미국인이랑 하는 영어과외이다. 솔직히 오늘 아침부터 초긴장 상태였다. 만나기 직전엔 너무 긴장해서 심장이 터질 뻔했는데 막상 만나 보니 상상외로 편하고 너무 재미있었다.

　과외 선생님 직업은 주한미군이다. 솔직히 주한미군에 대한 편견이 없었던 것은 아니다. 뉴스에서　주한미군이 술 마시고 사고 치는 모습도 보았고, 군인이라서 좀 거리감이 있었다. 전화상으로 통화해도 절대 웃지도 않고 그러기에 좀 긴장했다. 그런데 막상 만나 보니 진짜 웃겼다. 인상이 그냥 마음씨 좋은 아저씨 같았고 유머러스했다.

　수업 시간이 2시간이었고, 우리집이 좀 멀어서 우리차로 모시고 와서 모셔다 드리기로 했다. 그런데 평소에 2시간도 안 걸리는 거리인데 오늘은 도로가 생각보다 너무 막혀서 왕복 3시간이나 걸렸다. 그래서 총 5시간 동안 같이 있었는데, 진짜 배꼽 빠지는 줄 알았다. 자신은 별로 웃지도 않으면서 툭툭 던지는 한마디 한마디가 정말 웃겼다.

　어쩌다가 패리스 힐튼 얘기가 나왔는데, 내가 "아! 패리스 힐튼 교도소 들어간다면서요?" 하고 말하니까 "진짜 잘된 일이야. 그렇게 돈만 믿고 흥청망청 사는 애들은, 혼 좀 나봐야 해." 하시면서 아무리 돈이 많아도 세상은 그렇게 살면 안 되는 거라고 하셨다.

　그리고 TV에서는 어떤 프로그램을 주로 보느냐, 뉴스는 주로 어떤 매체를 통해 접하느냐고 묻더니 갑자기 "가장 최근에 북한과 남한과의 사이에 대해서 설명할 수 있니?" 하고 물어서 당황했다.

"엄, 엄, 엄, 잠깐만요." 그랬더니 입으로 기차소리를 내셨다. 그래서 내가 "최근에 기차 연결 됐잖아요." 이러면서 북한 애기 좀 했다. 그런데 한국인인 나보다 오히려 미국인인 선생님이 남북한 관계에 대해 더 많이 아시는 듯 자세하게 보충 설명을 해 줘서 내가 좀 민망했다.

어쨌든 과외선생님도 진짜 잘 만난 것 같았다. 너무 재밌으시고 영어는 항상 써야 하는 거라면서 메신저에서도 만나서 많이 얘기하자고 그러시고 숙제도 많이 내주셨다. 내일까지 최소 A4용지 한 장 분량을 빼곡히 채워서 보내라 하셨다.

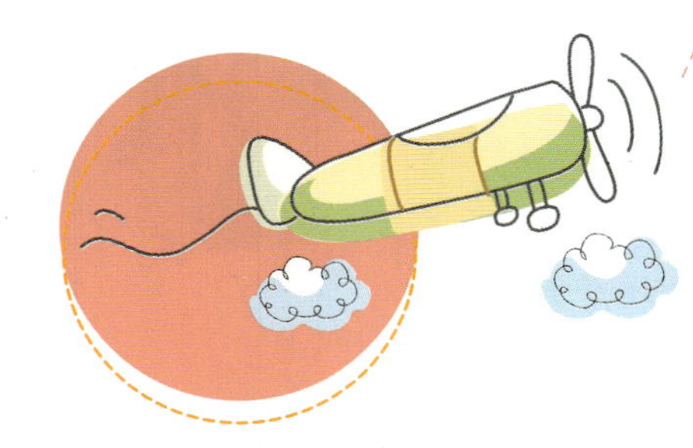

# 교환학생 후기

D-7

앞으로 일주일 있으면 한국으로 돌아간다. 아무 준비도 안 되어 있는 나에게 지금 집으로 돌아갈 준비를 하기엔 일주일은 터무니없이 짧은 시간이다. 아직 사람들하고 제대로 인사도 안 했고, 내방은 아직도 그대로이다. 이것저것 여기저기 늘어져 있는 내 물건들, 서랍을 빽빽이 채우고 있는 내 물건들, 이제 그 물건들을 하나하나 정리할 시간이라는 게 믿기지가 않는다.

교환학생. 나의 내면과 외면을 확 자라나게 해준 수단이라고나 할까. 교환학생으로 오기 전에는 나 스스로 자신감이 있다고 하기엔 뭔가가 부족했었는데, 지금 난 뭐든지 할 수 있다는 자신감에 가득 차있다. 혼자 어디 낯선 곳에 떨어진다고 해도 살아남을 수 있을 것 같다.

교환학생 제도를 처음으로 알게 된 건 아빠를 통해서였다. 고1 2학기 초에 아빠가 아는 분의 딸이 ISC Korea를 통해 교환학생으로 미국에 가 있다는 얘기를 듣고 오셔서 나한테 인터넷으로 한번 검색을 해 보라고 하셨다. 나는 '갑자기 웬 미국?' 하면서 별로 내키지도 않았고 나랑은 상관없는 일이라고 생각했다. 그런데 어느 날 인터넷을 하다가 '교환

학생이 뭐가 한번 찾아나 볼까?' 하는 마음으로 검색하기 시작했고, ISC Korea 카페에 가입도 했다. 그리고 교환학생 프로그램에 대해 알아보면 알아볼수록 더욱 더 관심이 생기기 시작했다.

그도 그럴 것이 중학교 3년 내내 내신관리, 고등학교에 입학, 역시 할 것이라고는 공부, 공부, 공부, 공부, 끝없는 공부였다. 친구들과 경쟁하며 재미라곤 눈곱만치도 없는 시험공부에 수행평가에 지칠 대로 지쳐 있던 나였던 것 같다. (그래도 학교에서 친구들과 선생님 욕하기, 그냥 별 주제 없이 수다 떨기, 급식실로의 질주는 지금도 너무너무 그립다.)

이런 시기에 찾아온 교환학생은 처음엔 그저 멋있어 보였다. 그리고 카페에서 교환학생 선배들의 글을 하나하나 읽어 보면서 "아, 나도 가고 싶다."라는 생각을 하게 되었다. 그리고 고1 겨울방학 전에 아빠, 엄마와의 수차례 대화 끝에 가는 것으로 결정을 내렸다. 아빠, 엄마가 설명회를 듣는 동안 난 SLEP 시험을 보았고, 얼마 후 지원서를 작성하였다. 지원서를 작성하면서 "이게 과연 잘하는 일일까?" 하는 생각을 몇 번이나 했는지 모른다. 왜냐하면 난 확실한 꿈이 없었기 때문에 말로만 듣던 도피유학을 지금 내가 하려고 하는 건 아닌가 하는 생각도 들었다. 하지만 이미 결정을 내렸고, 정말 가고 싶었기에 다시 번복하

고 싶지 않았던 것 같다.

8월 11일 배정이 났다. 장장 8개월간 기다리고 기다린 배정이었다. Oklahoma, 처음 들어본 건 아니었지만 별로 익숙하지 않은 지명이었다. 그게 어디 붙어 있냐고 묻는 친구도 있었다.

출국해야 하는 날짜는 8월 14일이었다. 여기서의 내 생활을 접어 두고 새로운 세계로 갈 준비를 할 날이 단 2일이었다. 물론 염두에 두고는 있었지만 배정이 나기 바로 직전까지는 별로 실감이 안 났었다. 친구들과 만나서 마지막 인사를 하며 정말 많이 울기도 울었고, '가서 꼭 잘해야지' 하고 스스로 다짐도 많이 했다. 그런데 지금 생각하니 정말 아무 준비 없이 무작정 비행기에 올라탄 것 같다. 나 스스로에게 용기상을 주고 싶다.

그리고 지금, 여기에 안 왔더라면 어땠을까 하는 생각을 수 차례 해봤다. 인터넷으로 친구들의 소식을 전해 들으며 친구들과 함께 했던 시간이 얼마나 그리웠는지 모른다. 친구들이 놀러가서 찍은 사진을 보

며 '내가 여기 안 왔더라면 나도 저 중 한 명이었을 텐데' 하고 생각했다. 하지만 절대로 후회는 하지 않는다. 여기에 있는 동안 오기 전엔 상상도 못한 여러 가지, 별의별 일을 다 경험해 봤고, 사건에 하나하나 스스로 대처해 나가면서 그만큼 성숙해졌다고 생각한다.

생각보다 적응도 금방 잘했다. 좋은 친구들도 많이 사귀었고, 나름대로 추억도 많이 만들었다.

더 많은 추억을 만들 걸 하는 후회가 드는 건 어쩔 수 없지만. 친구들과 이메일, 마이스페이스를 통해 계속 연락하기로 했다. 그리고 선생님들, 나를 정말 좋아해 주고 또 내가 정말 좋아하는 이 선생님들을 다시는 못 본다고 생각하니, 벌써부터 눈물이 나오려고 한다. 내가 여기서 이 선생님들을 이렇게 좋아하게 될지 몰랐다.

작년 8월, 여기 있는 이 많은 사람들과 처음 만나 좀 낯설어하다 점점 서로에 대해 알게 되고 어느 순간 친해져서 좋은 관계를 유지해 왔다. 만난 지 엊그제 같은데 이 사람들을 벌써 떠나야 할 시간이 다가온다니 너무 슬프다.

미국에서 원하는 대학을 가기 위해(아직 정한 건 아니지만), 내내 좋은 성적을 유지했다. 성적으로 상도 여러 번 타고 학교활동도 참여하고 ACT시험도 보았다(시기를 좀 놓치는 바람에 주니어 내내 딱 한 번밖에 안 본 게 후회되지만). 그리고 토플 공부를 시작했다. 아직 영어실력은 턱없이 부족하지만 내 미래를 위해 힘차게 나아갈 것이다.

그리고 이렇게 소중한 기회를 갖게 해 주신 울 엄마, 아빠가 너무너무 감사하다. 항상 전화할 때마다 나를 꼭 먼저 생각해 주시는 사랑하는 엄마, 아빠! 그리고 전화 통화를 할 때면 웃을 수밖에 없는 재밌는 울 언니도 너무 고맙다. 마지막으로 이런 기회를 만들어 주신 ISC Korea에도 감사드린다.

김재경 – 교회축제

출국을 2주 앞두고 교회 축제 때 찍은 사진.
왼쪽부터 John, Jacob, Mandy, Laurie.
마리아 할머니한테는 딸 하나랑 아들 둘이 있는데, 첫째 딸이 Anna이고, 둘째가 Mark, 셋째가 John이다.
Laurie랑 Mark랑 부부고, John이랑 Mandy가 부부이다. 그리고 Jacob이 John이랑 Mandy의 아들.
그러니까 Jacob은 마리아 할머니의 손자이다. 내가 정말로 좋아하는 사람들.

Exchange Student Activity 때 찍은 사진. 다른 나라에서 온 교환학생들/ ㄴ-의 코디네이터 Tracy와 David(Tracy는 David 호스트 엄마).

코디네이터를 정말 잘 만나서 그런 건 진 모르겠지만, 한 달에 한 번씩 만나서 재밌는 이것저것을 한다. 두 달 전에 할로윈 즈음에 찍은 사진.(자세히 찾아보면 나도 있다)

학교에서 이러고 논다.

윗줄 – Kristin, Samantha, Kristi
아랫줄 – Holly, Chalice!!

 ## 박미현 – 입국을 10일 앞두고

이제 한국으로 입국할 날이 10일 남았다.

작년 이맘 때 언제 배정이 나나 노심초사하면서 기다렸던 기억이 있다. ISC Korea 덕분에 정말로 좋은 호스트 만나서 지금까지 정말 좋은 관계 유지하고 있다.

우리 학교는 Michigan에 있는 Hudsonville High School이고 학생 수는 대략 1,300명 정도 된다. 그렇지만 메인스쿨에 비해 학생 수가 많은 편이라 Freshmen들을 위한 Freshmen campus가 따로 있다. 그래서 9학년 수업을 들으려면 스쿨버스를 매시간 이용해야 한다. 바로 옆에 있는 것도 아니고 버스로 5분 정도 가야 있기 때문이다. 미국에서도 이런 경우는 드물다고 한다.

학기는 3학기제로 나뉘어 있고, 과목은 총 15과목을 선택할 수 있다. 하지만 헷갈리는 것은, 예를 들어 생물과목 같은 경우에는, 두 학기를 들어야 한다. 1학기-2학기, 2학기-3학기, 아니면 1학기-3학기, 이렇게 나누어서 들을 수도 있다. 그렇지만 이게 똑같은 생물 수업이어도 분명하게 Bio A와 Bio B가 나뉘어 있기 때문에 2과목으로 나뉜다. 그래서 처음에 과목을 선택할 때 정말 힘들었다. 과목 선택은 정말 중요하다. 물론 바꿀 수는 있지만, 그 바꿀 수 있는 기간을 놓쳐 버리면 두고두고 후회하게 된다.

나의 경우에는 이렇게 들었다.

1학기: Orchestra, Biology B, U.S.history A, English 2A, E-Commerce

2학기: Orchestra, Early World history, U.S.history B, PDM(Precal culous and Discrete Mathmetic), Psychology

3학기: Orchestra, PDM, Biology A, Enlgish 2B, Web Design

정말 모두 최고라고 할 만큼 좋은 수업들이었던 것 같다. 선생님과 수업은 워낙 좋았지만 과목 자체는 별로 안 좋아했다.

그리고 작년에 이맘때 교환학생 선배님들마다 미국사가 어렵다고들 해서 겁을 먹었는데 생각보다 어렵진 않았다. 워낙 내가 역사를 좋아한 덕분에 열심히 공부하기도 했지만, 한국이랑은 다르게 영화 같은 것도 많이 보고 프로젝트 형식으로 하니깐 쉽게 이해가 되었다. 한국에서는 그냥 달달 외우기만 했는데, 여기서는 하루에 한 번씩은 꼭 video clip을 봤다. 그래서 한국어서 올 때 미국사 책을 2권이나 가지고 왔었는데 딱 한 번 보고 안 봤다.

그리고 스포츠가 중요하다는 것을 꼭 말하고 싶다. 스포츠는 꼭 해야 한다. '에이, 내가 무슨 운동을 해. 운동신경도 없는데.' 이런 생각일랑 아예 하지 말고 반드시 하기 바란다. 선생님들이 웬만하면 특별대우를 해주시기 때문에 팀에는 쉽게 들어갈 수 있다.

물론 Varsity는 거의 11~12학년들이라 운동도 오래했고 기술들도 있고 해서 들어가기 힘들겠지만, JV로 들어간다면 대부분이 10학년 정도라 그다지 어렵지는 않을 것이다. 난 처음에 Cross country 팀에 들어가려고 했는데, 갓 미국와서 허둥지둥 하다 보니 이미 신청기간을 넘겨서 어쩔 수가 없었다. 그다지 운동을 잘 못하는 사람이라도 Cross country는 무난하게 할 수 있을 것이다.

쉬운 운동이라는 건 아니지만 그냥 오래달리기 정도라서 숨 조절하는 법이랑 기본적인 것들만 배우면 큰 어려움은 없다. 물론 각오가 단단히 되어 있어야겠지만. 내 친구 중에는 하루에 4마일을 뛰는 아이도 있는데, 체력 길러 주는 데는 이만한 운동이 없는 것 같다.

나는 Girls JV Soccer 팀에 들었다. 한국에서는 축구를 한 번도 해본 적은 없지만, 축구를 좋아해서 규칙 같은 것은 다 알고 있었다. 만일 규칙 몰랐으면 아무리 코치님이 특별대우를 해주셔도 들어오기 힘들었을 것이다. 물론 겨울 동안 트레이닝을 받긴 했다.

Soccer 팀에 들어가서 난 정말 많이 변했다. 지는 걸 워낙 싫어하는 성격이라 연습 끝나고도 집에 가서 1~2시간 정도 더 연습했었는데, 이런 게 도움을 많이 준거 같다.

잘 안 되는 부분은 남들보다 더 열심히 했다. '이왕 시작했는데 잘해야 되지 않겠나!' 하는 생각에 죽어라 연습했다. 그 결과 시즌 후반에는 코치님이 나만큼 단기간에 많이 발전한 애는 본 적이 없다고 하셨을 정도로 좋아졌다.

코치님이 시즌 초반에는 80분 경기 중에 15분 정도만 경기하게 하고, 나머지 시간은 벤치에서 앉아 있게 했는데, 시즌 후반에는 실력이 정말 많이 좋아져서 80분 중에 60분을 경기했다. 나는 공격형 미드필더를 맡았는데, 어시스트 2개가 total 성적이다.

그리고 공부도 열심히 했다. 오히려 축구를 시작하고 나서 공부를 더 열심히 했다. 처음에는 축구에 빠져서 축구만 하다 보니 항상 피곤해서 그냥 잤는데, 일주일 지나고 성적이 A-에서 B+로 내려가는 것을 본 후에는 엄청나게 열심히 공부했다.

스포츠는 총 3시즌으로 나뉘는데 우리 학교에서는 가을 시즌 운동으로 Boys soccer, Football, Girls golf, Volleyball, Boys tennis, Boys Waterpolo를 하고, 겨울 시즌 운동으로는 Wrestling, Hockey, Basketball, Cheer, Swimming 과 Bowling을 하고, 봄 시즌 운동으로는 Girls soccer, Girls waterpolo, Track, Boys golf, Softball, Baseball, Girls tennis를 한다.

3시즌을 각각 다른 운동으로 운동하는 애들도 있지만 2시즌 하는 애들도 있고 1시즌만 하는 애들도 있다. 학교에 따라 Girls football 팀이랑 Boys volleyball 팀이 있는 경우도 있긴 하지만, 큰 학교 아니고는 기대하기 힘들다.

아무튼 내 이야기가 조금이나마 예비 교환학생들에게 도움이 됐으면 좋다. 더 많은 사진이나 개인적으로 질문이 있으신 분들은 http://www.cyworld.com/mihyecn1210으로 오셔서 일촌신청하시길 바란다.

CETUSA 모임 때. 이때 장기자랑을 했었는데, 상희언니랑 연형이언니랑 나랑 어떤 한국인 언니 한 명과 뭐 했었지? 말하기도 부끄럽다.

홈커밍 사진. 진짜 오래된 사진이지만, 그래도 난생 처음 드레스라는 걸 입어봤다.

축구, 홈경기였다. 상대팀은 Michigan 최고의 팀, Grand Haven. #3이 바로 나. 포지션은 공격형 미드필더. 내가 어시스트해서 한 골 넣었다.

졌지만 정말 좋은 경기였다. JV로서는 미시건 최고라는 Grand haven이랑 붙어서 이 정도면 잘한 셈이다.

겨울에 했던 스노우볼. 홈커밍 같은 것인데, 조금 규모가 작고 대부분 블루나 블랙계열의 짧은 드레스를 입는다. 옆에 같이 찍은 꼬마는 호스트 브라더의 아들. 이제 갓 5살이 된 Jordan!

우리 학교 교환학생들이랑! 왼쪽부터 Eduarda from Brazil, Mihyeon from S.Korea, Marta V. from Spain, Marta S. from Spain. 얘네 둘이 이름도 똑같아서 성으로 구분한다.

오케스트라 클래스에서 시카고로 2박 3일 여행 갔을 때. Laurie, Emily, Kelly, Olivia, 미현 그리고 Ashely.

우리 학교 main gym에서 graduation assembly라고 해서 진짜 졸업식은 아니고 예행연습 비슷한 것을 할 때. 그래도 예행연습보다는 더 공식적인 행사로서 cap도 쓰고 가운도 입는다.

베트남 교환학생이자 내 호스트 시스터인 Annie가 이 합창단에 있다. 가운뎃줄 왼쪽에서 두번째 사복 입고 있는 학생. senior라도 우리 학교 정책에 따라 교환학생은 cap과 가운을 입을 수 없다. 그래서 조금 더 옆에 있는 러시아 교환학생도 그냥 하얀색 셔츠를 입고 있다.

 ## 하진이의 미국 친구가 보낸 편지

Dear Ha-Jin,

You are such an amazing person I don't even know where to start! Through this year you have been one of my best friends and I can't even begin to tell you how much fun sophomore year was with you here. Words cannot even explain how much I am going to miss you! I love being around you because even when I am in the worst of moods you always find a way to make me laugh and believe me, there aren't many people that can do that! I will never forget Mr. Bryan's English class with you and how we always used to bug Mr. Bryan. Basketball season was just a blast. Thank you for putting Todd in a good mood so we didn't have hard practices all the time! You're my favorite Korean ever! Not to mention you're the only Korean I know, but still you're still my favorite. I will never forget all of the fun times we had together and everything that we've been thorough! All of the parties seeing you break-dance, you trying to teach me sailor moon in Korean, all the fun times at lunch, and just everyday!   It's so sad so see you go and it still hasn't quite hit me yet. I am going to miss you a bunch! I just wish you the best of luck with everything you do. I wish you a safe flight home, and hopefully I will get to see you again soon!! If there is anything I can do just let me

하진이와 친구들

대학입학 수기

# 김민경 – Duquesne University, PA 약대 입학

대부분의 사람들이 미국 유학을 결심하기엔 늦었다고 생각할 나이인 고2가 되었을 때, 나는 미국행을 결심했다. 자신의 미래를 선택하기 위해 냉철한 판단이 요구되는 순간에 나는 인생을 180도 뒤바꾸어 놓을 중대한 선택을 한 것이었다.

중학교 때 학교나 사설기관에서 실시한 적성검사에서 나는 항상 문과 쪽이 이과보다 더 적성에 맞다고 나왔다. 그 이후로 어린 나의 머릿속에는 그냥 '난 문과로 가야 한다' 라는 막연한 생각이 자리 잡았다. 고등학교에서 문과와 이과를 나눠야 할 시기에 나는 중학교 때의 그 적성검사를 떠올리며 문과를 선택했다. 나의 초등학생 시절 장래희망은 과학자였다. 하지만 적성검사라는 그 막연한 컴퓨터 전산기록은 나를 그 꿈에서 멀어지게 하기에 충분했다.

문과에 들어간 이상 문과에 맞는 직업을 선택해야만 했고 그 와중에 문과라고 하면 가장 흔히들 선택하는 직업인 외교관, 심리치료사 정도가 나에게 맞을 것이라고 생각했다.

고등학교 때 '직업인의 탐방' 이라는 시간이 있었는데, 외교관과 심리치료사를 직접 뵙고 얘기도 들어보고 할 기회가 있었다. 그런데 그렇게 직접 이야기를 듣고 내 나름대로 그 직업들에 관한 자료를 조사해 본 후에 나는 내가 그 방면에 관심이 없다는 것을 깨달았다.

나는 의료 계열 쪽에 관심이 있었지만, 문과 고2에서 이과 고2로 돌아가는 일은 한국에서 정말이지 어려운 일이었다. 이때 난 나의 미래를 위하여 고민했고 결국 미국으로 가기로 결심했다. 내가 미국에 가기로 결정을 내리고 부모님에게 말씀 드리기까지, 그리고 부모님의 반대를 설득하기까지의 어려움은 말로 표현할 수 없을 정도로 어마어마했다.

부모님은 물론이고 친척분들까지 한국에서도 공부 잘 하던 내가 왜 굳이 졸업을 1년 반 남겨 둔 시점에서 미국행을 선택하는지 도저히 이해해 주시지 못했다. 많은 대화와 설득 끝에 이해를 해 주셨고 난 결국 미국 남부 지역 Arkansas에 첫 발걸음을 내디뎠다.

그렇게 나의 첫 번째 미국에 대한 경험은 시골 지역인 Arkansas에서 시작되었다. 이번에는 이곳에서 내가 미국을 이해하는 데 많은 시간과 노력이 필요했다. 대부분의 사람들은 영어로 말하는 것보다 듣는 것이 빠르지만 난 반대로 영어로 말은 하겠는데 잘 알아듣지 못하는 편이었다. 그래서 TV를 보면서 영어회화를 익히기 시작했다.

Arkansas의 작은 학교에서 난 여러 시행착오를 거치면서 성장할 수 있었다. 한국에 있었을 때 미국 사람들은 모르는 사이에서도 인사하고 서로 웃어 준다는 말을 들었던 나는 학교에 간 첫날, 최대한 많은 사람들과 눈을 마주치려고 노력했다. 하지만 내가 들었던 이야기와는 다르게 사람들은 나에게 눈길 하나 주지 않았다. 나는 자신감을 상실해 버렸지만 그래도 포기하지 않고 미국 아이들과 대화를 나누어 보려고 노력했다.

첫날 급식실을 찾을 수 없었던 나는 등교 이틀째에는 꼭 점심친구를 만들어서 점심을 같이 먹어야겠다고 생각했다. 그래서 어떤 인상 좋아 보이는 여자아이와 점심약속을 하게 되었고 도서관 앞에서 만나기로 약속을 해 두었다. 처음 사귀는 미국인 친구라는 생각에 나는 아주 들떠 있었고, 그 아이와 많은 대화를 나누기 위하여 머릿속으로 할 말들을 영작해 놓으면서 점심시간이 어서 오기만을 기대하고 있었다. 기다리고 기다리던 점심시간이 왔고, 나는 도서관 앞에서 그 아이를 기다렸다. 5분, 10분, 15분, 20분을 기다려 보았지만 끝내 그 아이는 오지 않았고, 점심시간에 학교 건물 안에 있으면 안 된다는 학교 규칙 때문에 나는 화장실로 숨어들어서 그렇게 점심시간을 보냈다. 이때 설명할 수 없는 배신감이 나의 머릿속을 채웠고, 내가 다시 미국아이한테 말을 걸 수 있을지 의문이 들기까지 했다.

잘해 보겠다는 그 결심과 기대감은 처음부터 현실의 벽에 부딪힌 것이었다. 이 사건으로 자신감을 완전 상실했지만, 나는 포기하지 않았다. 다음날 같은 클래스를 듣는 어떤 남자아이에게 내가 점심을 같이 먹어도 되겠냐고 물어 보았고 그 남자아이가 '물론'이라고 말해서 이번에도 도서관에서 기다리기로 했다. 이번 또한 나의 머릿속에는 영작해 놓은 영어문장들이 둥둥 떠다니면서 미국인 친구와 대화하며 점심 먹을 그 순간을 상상해 보았다. '이번에는 틀림없이 미국인 친구와 점심을 먹을 수 있겠지'라는 생각이 나의 어지러운 머릿속에서 조금 위안이 되었다.

그렇게 기다렸던 점심시간. 그러나 5분, 10분이 지나도록 그 아이는 보이지 않았고 나는 점점 절망의 나락으로 떨어지고 있었다. 두 번씩이나 같은 약속을 바람맞은 나는 기가 막혀서 그냥 내가 존재하고 있던 그 시간, 장소에서 사라져 버렸으면 좋겠다는 생각을 했다. 완전히 얼어붙어 버린 나는 이번에는 무슨 일이 있든지 혼자 급식실을 찾아야겠다고 생각하고 무거운 마음을 안고 이리저리 헤맨 가운데 결국 급식실을 찾아내었다. 그 급식실에 들어서자마자 나는 그 남자아이가 줄에 서서 급식 받기를 기다리고 있는 장면을 보았다. 나는 그 아이에게 가서 "왜 약속장소로 나오지 않았냐?"고 물어 보았지만 돌아오는 대답은 "아, 미안! 깜빡 잊었어"라는 대답뿐이었다. 나는 그렇게 고대하고 중요하게 생각했는데, 전혀 대수롭지 않게 생각하는 그 아이의 태도에 그날도 좀 서글펐다.

처음에는 미국생활이 새롭고 신기하거나 재미있을 것이라는 막연한 생각이 있었지만 현실은 그렇지 않았다. 지금 그 시절을 돌아보면 그렇게 하루하루 시행착오를 겪고 여러 가지를 느끼면서 평소에 생활 속에서 익숙해져서 느끼지 못했던 감사한 마음이라든가, 나 자신에 대해 뒤돌아볼 수 있게 되어서 좀더 성숙할 수 있었다고 생각한다.

내 첫 번째 호스트 가족들은 아빠, 엄마, 9살 여자아이와 7살 남자아이였다. 내가 직면해야 했던 가장 큰 문제는 아무래도 공부에 관한 문제였다. 한국 중고생들은 방과 후에도 학원에 가고 독서실에 다니면서 일상을 보내는 것이 중요하지만 미국에서는 가족들과 함께 보내는 시간을 우선시 한다. 게다가 대부분의 호스트들은 다른 문화에 관심이 많고 배우고 싶어 하는 경우가 있기 때문에 이럴 경우에는 처음부터 자신의 문화를 알려주는 것이 중요하다. 혹시 방에서 공부한다고 하루 종일 보이지 않다가 밥 먹을 때만 모습을 비치는 것은 호스트들이 정말 싫어하는 행동 중에 하나이며 이것으로 문제가 발생하기도 한다. 호스트들은 교환학생들이 자신들을 싫어해서 방안에만 있는 것이라고 오해하기 때문이다. 일단 문제가 생길 듯싶으면 대화로 푸는 것이 가장 현명한 방법이다. 내가 미국의 문화를 이해하고 호스트 가족들이 한국의 문화를 이해하는 것이 아주 중요하다.

나는 미국생활 3년 동안 매년 새로운 호스트를 만나서 생활했는데, 호스트와 대화를 많이 하는 것이 가장 중요한 일이라는 것을 깨달았다. 대화를 하지 않으면 상대방을 이해할 수 없게 되기 때문에 시간이 갈수록 불화가 생기게 된다. 그러다 보면 그 사람이 하는 모든 행동이 미워 보이게 되기 때문에 작은 일에도 민감하게 반응하여 난감한 상황이 연출되기도 한다. Arkansas 가족들은 물론이거니와 New York에서 보낸 2년 동안 난 모든 호스트 가족들과 아주 좋은 관계를 유지했고 그 모든 것은 끊임없는 대화와 이해의 결과였다. 심지어 두 가족은 나를 입양하겠다고 말했다.

미국인들과 대화를 할 때에는 자기 생각을 분명하게 밝히는 것이 좋다. 나는 처음 1년 동안에는 잘 못 알아듣는 말에 무조건 "OK"라고 했는데, 이런 것은 현명치 못한 방법이다. 자기 생각을 정확하게 전달하는 것이 답답하지도 않고 서로를 이해하게 되는 길이다. 무조건 모든 것에 "OK"라고 대답할 경우에 자기 자신이 더 스트레스를 받게 되고 결국 자신의 손해로 돌아온다. 이렇게 되면 서로가 서로를 더 잘 이해할 수 없게 된다. 특히 기본적으로 호스트들은 학생들을 이해하고 싶어 하기 때문에 자신의 의견을 표현하는 것이 중요하다.

미국 친구를 사귈 때는 자신감이 가장 중요하다. 미국 사람들은 한국 사람들보다 조금 활발한 편이라서 한번 말을 걸어 주면 쉽게 친해질 수 있다. 미국 친구들을 사귄다는 것은 영어를 더 생생하게 배울 수 있는 기회를 얻는 것이다. 따라서 아무리 좌절을 하게 되더라도 끝까지 친해지려고 노력하면 결국 친해질 수 있고 자신의 영어 실력도 향상시킬 수 있다.

미국의 경우는 한국과 달리 매 수업마다 교실을 옮겨 다니기 때문에 점심시간이 아니면 딱히 친구를 사귈 수 있는 기회가 없다. 따라서 농구나 배구, 치어리딩 등의 스포츠 활동을 하는 것이 미국 친구를 사귀는 지름길이다.

　교환학생으로 가는 학생들은 떠나기 전에 자신의 진로에 대한 확신을 가지고 떠나는 것이 중요하다. 막연히 영어를 배워야겠다는 목표로 가는 것보다는 진로에 대한 생각을 확실히 하고 가는 것이 여러모로 좋다. 나는 6년제 약대에 대한 생각을 가지게 된 이후로 계속 자료를 뽑고 검색하던 결과 거의 책 두세 권 분량의 정보를 모은 적이 있다. 진로에 대한 확신을 가지고 떠나면 자신이 학교 클럽이나 봉사활동 등을 어떤 것을 하는 것이 좋을까 계획이 잡히고, 또 나중에 대학교 원서에 에세이나 자기소개서(resume)를 쓸 데에도 큰 도움이 된다.

　나는 Mock trial, Cheerleading, Yearbook, International club, Art club, American culture conversation club, Discussion club, FCCLA, Chess club, Student government 등의 과외활동을 하였고, Habitat, Nursing home, Red cross, Mission trip 등의 봉사활동을 하였다.

　자신이 원하는 대학교는 되도록 빨리 정해서 대학에서 원하는 시험 성적이나 기준을 알아놓은 후 준비를 하면 훨씬 수월하다. 적어도 11학년 때부터는 자신이 원하는 대학교 리스트를 뽑아서 대학교를 비교 분석하여 정리해야 한다. www.collegeboard.com에 들어가면 대학교의 비교 분석 외에도 SAT 시험 준비와 장소, 날짜 등을 알 수 있다. 영어시간에 도움이 될 만한 웹 사이트로는 www.Sparknotes.com이 있다. 문학에 대한 자료들이 요약되어 잘 나와 있기 때문에 소설을 읽다가 이해되지 않는 부분을 찾아보면 요약, 정리 등이 보기 쉽게 정리되어 있어 영어 선생님들도 조언을 받는 사이트다.

　미국은 아직도 dreamland인 것 같다. 자신이 어떻게 하느냐에 따라 무한한 가능성이 있는 곳이다. 목표를 가지고 계속 노력한다면 정말 되지 않는 일은 없다. 나는 6년제 약대에 대한 검색을 하던 중에 6년제 약대는 외국인은 불가능하다거나, 입학이 어렵다는 글을 수도 없이 보았지만 자료 검색을 계속해서 결국 지원했던 약대에 붙었다. 인터넷이나 정확하지 않은 정보는 자신이 확인해 보지 않은 이상 마음에 두지 않는 것이 좋다. 만약 소문만 믿고 포기한다면 결국 뭘 해야 할 지 더 혼란스러워 질뿐이다.

마지막 12학년 때 Guidance에게 내가 Valedictorian(전체수석)이라는 말을 들었을 때 정말 믿겨지지 않았다. 나보다 우수한 학생들도 있었기 때문에 난 잘해야 2등이나 3등일 것이라고 생각했었다. 하지만 역시 열심히 한 보람이 밝혀지는 순간이어서 더욱 가슴에 벅찼다. 미국에서 생활하면서 힘든 일들, 말 못할 사연들이 주마등처럼 스쳐 지나갔다. 포기하고 한국으로 돌아갈까 진지하게 고심했던 일, 그냥 한국에 있었으면 대학에 갔겠지라는 후회, 부모님이 걱정하시던 일, 언어문제 등등 많은 일들이 내 가슴을 애타게 하였다. 그러나 이제 모든 일들을 되돌아보고 있는 지금 이 순간 내 선택에 후회는 없다.

한국에 있었다면 대학교에 가서 적성에 맞지 않는 문과 공부를 하다가 결국 이과 공부를 하기 위해 대학을 바꿨을지도 모른다. 남들은 나보고 왜 쉬운 길을 돌아가느냐고 했지만 결국 따지고 보면 적성을 살리며 하고 싶었던 분야를 공부하고 영어 실력까지 얻은 이 길이 나로서는 올바른 선택이었던 것 같다. 힘든 매 순간 함께 해주셨던 하나님과 나의 영원한 지지자인 부모님께 감사드리면서 진심으로 모든 유학생들의 건투를 빈다.

 ## 김민정 – 일본 와세다 대학교 국제학부 입학

고등학교 2학년 때, 나는 갑작스럽게 교환학생으로 미국 유학을 결정하게 되었다. 늦은 나이였고 졸업까지는 겨우 2년이 남은 상태였다. 모두가 무리일 것이라고 했고 후회할지 모른다고도 했다. 다른 사람들은 대학교에 들어간 뒤 유학을 가도 된다고 했지만 나의 생각은 달랐다. 대학교에서 유학을 가게 되면 아무래도 한국인과의 접촉이 잦아 영어가 늘지 않을 것이고, 대학에서는 일단 공부를 우선시해야 된다는 생각을 어려서부터 가지고 있었기 때문에 대학 유학은 아무라도 미국에서 할 수 있는 여러 가지 활동들을 경험하지 못 할 가능성이 크다고 판단했다.

나는 어렸을 때부터 스카우트 활동이나 문화재 탐방 같은 교과 외 활동을 매우 좋아했고, 또 그런 활동에 열심히 참여해 왔다. 또한 영어뿐만 아니라 우리나라 학교에서 지원해 주지 않는 여러 가지 과외 활동에도 굉장히 관심이 많았다. 그 모든 나의 욕심을 채워 줄 수 있는 곳이 바로 고등학교였고, 마냥 꿈이기만 했던 미국 유학을 나는 18살 늦은 봄에 그렇게 결정하게 됐다.

교환학생으로 가기로 결정했던 것이 고등학교 2학년 5월이었다. 교환학생 신청은 늦어도 1~2월에 신청이 마감되기 때문에 5월은 굉장히 지원이 늦은 것이었고 이미 마감한 유학원들도 많았다.

난 스스로 방과 후 근처에 있는 모든 유학원들을 돌아다니며 신청이 가능한지를 문의했고, 드디어 한 유학원을 찾아 가까스로 신청할 수 있게 되었다.

부모님께 양해 없이 무작정 유학원을 찾아 나섰기에 그 다음은 부모님을 설득하는 것이 문제였다. 처음에는 부모님의 반대가 있었지만, 먼 미래를 바라봤을 때 더 이득이라고 며칠 동안 부모님을 설득한 끝에 어렵게 허락을 받아 낼 수 있었다. 나의 부모님은 멀리 있을 때 생각만 해도 가슴이 찡한, 예전이나 지금이나 당연히 내가 가장 존경하는 나의 가장 큰 후원자이며 조언자이고 끝없는 사랑으로 항상 나를 놀라게 하는 분들이다.

교환학생으로 가기로 마음을 굳히기 전에 이미 유학생들의 필독서라고 알려진 《7막7장》 등 여러 관련 도서들을 읽었던 탓에 애초에 '가서 놀자' 라는 생각은 꿈에도 없었다.

교환학생으로 가기 전 나의 궁극적인 목표는 '10개월 뒤 영어 다 알아듣게 만들기', '영어 유창하게 말할 수 있게 하기', '호스트와 잘 어울리고 친구들 많이 만들기' 였다.

어렸을 때부터 영어를 좋아했고 새로운 것과 도전을 좋아했던 나는 낯선 곳에서 경험하게 될, 아직은 상상조차 할 수 없는 것들을 꿈꾸며 긴장과 기대감에 가득 차 있었다.

나는 한국에 있었을 때 학교에서 회장, 부회장을 했고, 토론시간에는 항상 반에서 가장 좋은 점수를 받을 정도로 토론에 자신이 있었다. 그러나 미국에서는 일단 내가 제일 자신 있어 하는 말하기 부분에서 의사소통이 안 되니 너무 답답했고 애가 탔다. 영어 듣기에는 자신이 있었지만 막상 현지에 가니 짧은 영어 혹은 단어밖에 알아들을 수 없어서 활발하게 행동하겠다는 처음 결심과는 달리 기가 죽기 시작했고, 당연히 모두 영어로 된 교과서들은 해석하기에도 버거워서 학교에서 돌아오면 녹초가 되곤 했다. 그렇게 항상 영어를 보면서 스트레스를 받다 보니 나중에는 한국에서는 그렇게 싫어하던 한글로 된 교과서가 미치도록 읽고 싶을 때도 있었다.

미국 역사는 특히 글씨가 작고 한 페이지에 내용이 많아 한 페이지를 번역하고 숙제를 하는 데만 2시간이 넘게 걸리기도 했고, 생물은 라틴어원으로 된 길고 복잡한 단어와 긴 문장들 때문에 거의 매일 있던 숙제를 하기 위해, 특히 초반에는 우리나라 교과서의 3~4배나 되는 두껍고 무거운 교과서들을 집에 가지고 와서 종일 붙들고 있을 정도로 정말 애를 많이 먹었다. 하지만 늦게 온 유학인 만큼 포기하기는 싫었고, 실패한 유학이라는 소리는 더더욱 듣기 싫었기 때문에 오히려 예습까지 하면서 점점 교과서에 나오는 단어들을 익히고 느끼지 못하는 사이에 영어 실력이 늘기 시작했다. 그렇다고 해서 학교에서나 방과 후에도 공부만 하고 있을 수는 없었다.

교환학생은 미국 현지인들과 함께 살면서 문화를 교류하고자 하는 목적도 있기 때문에 종종 학업만을 목적으로 오는 한국 학생들이 잘 어울리지 않는다는 이유로 눈총을 받고 심한 경우에는 관계가 틀어지기도 한다. 그렇게 때문에 학업과 가족 사이에 균형을 이루는 것이 굉장히 중요하다.

마트에서 물건을 사려고 줄을 섰을 때 초면인데도 말을 걸어오는 사람들이 있을 정도로 미국 사람들은 우리나라 사람들과는 달리 처음 보는 사람들과도 스스럼없이 대화를 한다. 따라서 미국 사람들은 말을 많이 하고 대화는 관계를 쌓는 기초가 된다.

학교에 갔다 와서 그날 있었던 일을 호스트에게 말하고 그날의 일을 묻는다면 호스트 가족과 빨리 친해지고 원만한 관계를 유지할 수 있게 된다. 거기에 더해서 집안일을 돕는 것도 점수를 따는 데 도움이 될 수 있다.

나는 항상 설거지와 빨래 개는 걸 도맡아 했는데 나중에는 호스트가 내가 그 일들을 하는 것에 대해 당연시 생각하게 돼서 칭찬도 못 받고 힘만 드는 상황이 벌어지기도 했다. 다른 사람들은 왜 집안일을 네가 다 하냐고 했지만 막상 시작한 일을 그만하면 호스트랑 불화가 생길까 봐 그만두지도 못했던 힘들었던 기억이 있다. 그렇기에 교환학생으로 갔을 때 고마운 마음에 너무 처음부터 집안에 있는 일을 혼자 다 해주려고 하기보다 갔을 때 나도 가족을 일원으로써 뭔가 할 일이 있었으면 좋겠으니 할 일을 정해달라고 하는 편이 낫다.

하지만 그렇게 물어봐도 너는 아무것도 안 해도 되니 가만히 있으라고 하는 경우도 많이 있는데, 그때는 저녁을 만들 때 옆에서 도와주거나 저녁 식탁 차리는 일을 도와주거나 청소차가 오는 날 쓰레기를 밖에 내놓는 일 등을 하면 무난하게 친밀한 관계를 유지할 수 있다. 특히 미국은 우리나라처럼 반찬을 해서 끼니마다 꺼내 놓고 먹는 것이 아니라 늘 새로운 저녁을 만들어 먹기 때문에 주부들이 그날 저녁으로는 뭘 먹을까 고민하는 경우가 많다. 그럴 때 한국의 불고기 같은 음식을 만들어 주면 굉장히 좋아한다.

학교에서는 선생님에게 우선 영어를 아직 잘 못하니 도움을 구한다고 미리 말을 해두면 수업 후 선생님이 따로 불러 이해를 했냐고 물어보거나 다른 학생을 지정해 도와주라고 하는 경우도 있다. 만약에 선생님이 따로 챙겨 주지 않는다면 이것을 불행하다고 생각하지 말고 친구를 사귈 수 있는 기회라고 생각하는 것이 좋다.

'난 영어를 못하니까' 라는 생각으로는 절대로 성공할 수 없다. 비록 지금은 잘 알아듣지도 못하고 말도 잘 안 되지만 시간이 지나면 반드시 나아진다는 생각으로 무엇이든 더 하려고 하고 누구든 더 알려고 하는 것이 좋다. 귀는 3개월만 지나면 다 뚫린다는 말이 있다. 하지만 나는 그 말을 약간의 오만을 섞은 거짓말이라고 생각한다. 아예 처음 가서 아무것도 알아듣지 못하는 사람에게 3개월은 적응의 시간일 뿐이다. 미국에 오고 3개월 뒤 나는 드라마나 CNN을 다 알아들을 수 없어서 굉장히 속상해 했고 어쩌면 너무 늦게 온 건 아닌지 혹시 내가 지진아인가 하는 생각까지 하면서 스트레스를 굉장히 많이 받았다. 물론 3개월이 지나면 수업은 무난히 알아들을 수 있을 정도가 되지만 그것이 미국 사람들이 하는 모든 말을 다 알아 들게 되는 시기의 기준이 되어서는 안 된다.

CNN이나 드라마들을 다 알아들으려면 10개월에서 1년 정도의 시간이 필요하다. 10개월 뒤 머릿속에서 생각한 뒤 웬만한 대화소통이 가능하게 되면 1년 반~2년 정도 지나면 굳이 우리나라 말로 생각하지 않고서도 자연스럽게 영어가 나올 정도가 된다.

물론 사람에 따라 개인차는 있으니 영어가 느는 기간을 생각하고 속상해 하지 말고 현재에 최선을 다하는 것으로 만족하는 것이 좋다. 어떤 공부에서든지 마찬가지겠지만 다른 언어를 습득하는 데에 있어 지름길이나 더 빠른 길은 없다.

영어에 진전이 없다고 느낄 때 오히려 더 들으려고 노력하고 문장 하나라도 더 익숙하게 만들려고 노력하는 것이 영어를 빨리 늘게 하는 가장 좋은 방법이다. 오로지 노력과 의지, 그리고 긍정적인 생각을 갖는다면 어떤 일이든 할 수 있다.

미국에 온 지 3개월이 되던 날 나는 영어가 늘지 않은 것 같은 느낌에 굉장히 스트레스를 많이 받았다. 그래서 그때부터 노트와 펜을 들고 다니며 미국 사람들이 말하는 것을 받아 적고 외우려고 노력했다. 그랬더니 점점 모든 대화를 알아듣게 됐고 나중에는 더 이상 수첩이 필요 없게 되었다. 쑥스러워하지 않고 모르는 것이 있으면 물어 보는 자세 또한 중요하다. 아무리 한국에서 문법을 공부했어도 영어로 대화를 할 때 문법 공식들을 일일이 떠올리면서 맞추기에는 시간이 너무 많이 걸린다. 그럴 때 미국인에게 어떤 것이 맞는 문장인지 물어 보면 시간이 지남에 따라 서서히 저절로 영어 어순이 익혀지고 나중엔 굳이 문법 공식을 떠올리지 않아도 맞는 문장을 만들 수 있게 된다.

학교에서 여러 가지 클럽활동에 참여하면 그만큼 사람들도 많이 만나게 되고 대화의 기회도 늘게 되니 시간이 많다고 쉬거나 놀 생각만 해서는 안 된다. 미국에 있다 보면 우리나라처럼 공부만 하는 것이 아니라 방과 후에 집에서 게임이나 하고 노는 학생들도 많은데, 그렇게 헛되게 시간을 보내지 말고 방과 후 클럽이나 스포츠에 가입해서 되도록 여러 사람들과 접촉하는 것이 영어 실력을 향상시키고 견문을 넓히는 데에 좋다.

내가 공립 교환학생을 끝내고 사립학교에 다니면서 뉴욕에서 살게 된 집에는 예전에 홍콩에서 온 교환학생이 있었는데 호스트가 말하길 "그 애는 너처럼 여러 가지 학교 활동에 참여하지 않고 항상 학교 끝나고 바로 집에 돌아와서 TV만 봤다"며 한심스러워했다. 이처럼 너무 아무것도 참여하지 않고 집에만 있어도 호스트가 달가워하지 않는다. 그러므로 집에 있을 때에는 호스트 가족과 최대한 어울리고 학교에서는 교과목과 방과 후 수업에 최선을 다해 최대한 즐겁게 생활을 한다면 만족할 만한 교환학생 생활을 보낼 수 있을 것이다.

나중에 자신의 교환학생 시절을 되돌아 봤을 때 후회하지 않고, 웃음 지을 만한 추억들을 남기고, 부쩍 향상된 영어 실력으로 더 자신감을 갖게 되고, 힘들게 보내 주신 부모님께도 자랑스러운 딸 아들이 되기 위해서라도 모든 일에 적극적으로 참여하길 바란다.

나의 경우에는 처음 미국에 갔을 때는 안타깝게도 영어를 잘 알아듣지 못해 클럽 모집 마감 시기를 다 놓쳐 가입을 못하고 말았다. 대신 봉사활동과 Choir(합창)클래스를 들었다. 봉사활동 수업시간에는 매주 2회씩 양로원도 찾아가고 Choir 수업에서는 여러 지역을 돌아다니며 공연도 하고 대회에도 나갔다. 나중에는 Choir에서 계기가 되어 개인 보이스 레슨까지 받게 되고 개인공연(recital)을 해서 찬사를 받았던 경험도 있다.

Arkansas에서 머물던 공립 교환학생 시절에는 거의 한 달에 한 번씩 교환학생 단체가 주최하던 교환학생 미팅이 1박 2일로 주말 동안 있었다. 그때 슬로바키아, 몽골, 파키스탄, 독일, 카자흐스탄, 페루, 브라질, 멕시코 등 여러 나라에서 온 교환학생들과도 만나 Arkansas 유적지나 명소들을 돌아다니며 미국의 역사나 문화를 알아가는 데에도 적극적으로 참여했다. 이렇게 교환학생 미팅에 가게 되면 아무래도 뜻하지 않게 알게 되는 미국 역사 등을 익히며 미국 문화를 이해하게 되고 좀 더 친밀감을 느낄 수 있는 계기가 되기 때문에 기회가 닿는다면 모두 참여하는 것이 좋다.

미국 유학 2년째가 되던 해에는 뉴욕에 있는 사립 고등학교로 학교를 옮겼다. 그리고 10개월 간의 미국생활을 마치고 한국에 돌아갔을 때는 또다시 비자 인터뷰 신청을 하러 가기 전에 유학원에서 모의 비자 인터뷰를 했다. 그때 나는 미국에 10개월 갔다 와서 비자 인터뷰를 하러 가는 사람 중에서 영어를 제일 잘 한다는 칭찬을 받기도 했다.

요지부동일 거라고 생각하고 때론 좌절도 했던 내 영어 실력이 미처 알아차리지 못했던 10개월 동안 많이 늘었다는 것을 깨달았을 때 더욱 자신감이 붙었다. 뉴욕의 사립학교에 다니게 됐을 때는 이제 영어도 많이 늘었으니 작년에 못한 클럽활동이나 스포츠를 될 수 있는 한 많이 하자는 결심을 했다. 그래서 Art, 모의재판, 인터내셔널, Yearbook, 미국문화 토론클럽에 가입해 활동했으며, Cheerleading 부원으로 매 경기에 참여해 응원을 하기도 했다. 특히 미국문화 토론클럽은 미국문화에 적응 못 하는 교환학생이나 외국문화가 낯선 미국 학생들에게 대화의 장과 서로의 문화를 이해하고 알아가는 기회가 되었다. 토론클럽은 미국의 정치, 경제, 문화를 좀 더 알아가고 토론하는 기회를 주고자 내가 직접 부원들을 모으고 담당 선생님을 찾은 뒤 교장 선생님의 허락을 받아 만든 클럽이어서 많은 애착이 갔다.

1년 동안 끝나고 총결산 시상식 때에는 성적과 활동이 가장 우수했던 학년별로 단 한 명에게만 주어지는 Outstanding Student of the Year와 Cheerleading Player of the Year를 받는 영광을 누리기도 했다. 마지막 졸업과 대학준비로 바빴던 시니어 때에는 독학으로 SAT와 토플을 공부하느라 과외활동에 많은 시간을 할애할 수는 없었지만 신문부 기자와 Yearbook의 편집장으로만 활동을 하면서 내 손으로 신문도 펴내고 졸업앨범도 만들면서 잊지 못할 추억들을 많이 만들었다. 다른 사람의 집에서 그것도 생전 처음보고 말도 안 통하는 외국인의 집에서 10개월을 보낸다는 것, 나와는 다른 언어를 쓰는 사람들과 다른 문화 안에서 공동체 생활을 한다는 것은 미국에 간다는 이유 하나만으로 부러움을 받을 만한 상황은 아니다.

문화 차이로 인해 아무 뜻 없이 한 나의 행동이 오해가 되어 관계가 심하게 틀어질 때도 있고, 다른 사람의 집에서 살면서 하고 싶은 대로 하지 못하는 것, 가고 싶은 곳에 가지 못하는 것, 먹고 싶은 대로 먹지 못하는 것 등 여러 가지 어려움을 겪을 수도 있다. 아무런 각오도 없이 무작정 가는 미국행은 오히려 패배감만 느끼게 할 수도 있을 것이다. 하지만 목표를 세우고 쓰러지지 않겠다는 각오로 미국행을 택한다면 영어가 중시되는 우리나라, 더 넓게 세계에서 성공적으로 활동할 수 있는 큰 자산이 될 수 있을 것이다.

미국 유학을 통해 개인주의 사회에 살면서 나도 많이 변했다. 예전처럼 상대방을 먼저 생각하기보다는 이제는 나를 먼저 생각하고, 다른 사람의 감정을 생각해가며 피곤하게 나의 감정을 숨기지도 않는다. 오히려 내 의견을 당당히 말할 줄 알게 됐고 어딜 가도 기죽지 않는다. 하지만 오히려 나에게 당당하고 솔직할 때 타인도 그런 나를 더 존중하며 받아들여 줄 수 있고, 나 또한 그런 타인을 함께 존중할 수 있다.

나는 미국 유학을 택한 것을 절대 후회하지 않는다. 나에게는 한국에서 다른 사람들이 경험하지 못하는 장애물과 새로운 환경을 극복한 의지와 결단력이 있고, 그 힘들이 내 안에 고스란히 남아 나를 지탱해 주는 자신감이 되어 있기 때문이다. 다음은 처음 미국 생활을 마치고 한국으로 돌아가기 전 유학원 게시판에 미국에서 1년 동안 겪은 나의 감정을 짤막하게 정리한 글이다.

학창시절의 한 페이지를 재장식하다

문득 생각해 보니까 사람이 80살까지 산다고 생각하면 인생의 1/80이란 세월을 고국이 아닌 미국에서 보냈다. 뭐랄까. 18살의 나이로 고등학교 교환학생 프로그램을 선택했던 게 여러분들이 염려해 주셨던 것처럼 쉬운 결정은 아니었지만 나름대로 의미있는 결정이었다고 생각한다.

이젠 학력주의, 어른들의 기대감, 친구들에 대한 실망, 나에 대한 좌절 따위에 맞서서 내 인생을 내 스스로 개척하고 싶다는 생각을 했다. 그 동안 나는 나로 살아왔고 나에 대한 나름대로의 믿음과 자부심이 외부적인 요인들에 의해서 침해받고 있다는 느낌이 있었다. 거기에 자꾸 무너지고 나약해지고 반항하는데, 그게 나를 더 괴롭혔다. 때론 나를 걱정한답시고 곁에서 빙빙 돌며 오히려 상처만 주는 어른들 때문에 정말 힘들기도 했다. 그렇게 힘들어 하는 나에게 교환학생 프로그램은 인생을 다시 살라는 재생의 기회로 다가왔다.

2005년 1월, 인터넷에서 어느 유학원 팝업창에 1월 교환학생 마지막 신청을 받는다는 내용을 보았다. 1월 이후에는 전혀 접수할 수 없는 줄 알았는데, 어느 날 5월이던가 6월, 동생이 가지고 온 소식에 남아있는 희망 다 걸고 대책 없이 유학원으로 향했었다.

미국에 가기 전에는 '기회의 땅'이라는 그 이름에 매혹돼서 그냥 막연히 가면 '다 잘 될 것이다' '내가 못 하는 게 어디 있겠어' 하는 생각으로 가게 되었다. '기대하지 말자, 기대하면 그만큼 더 상처만 받게 될 거야'라는 생각을 수도 없이 되뇌었건만 막상 기대했던 호의적인 환경과는 너무 다른 환경에 혼자서 좌절도 많이 했다. 동양인에 대한 미국인들의 인식이나 미국인들의 성향 같은 것은 말로만 대강 들었지 몸소 느끼지 못했는데, 그런 것들이 문화충격으로 다가왔다. 한편으론 '아니야 이런 건 각오하고 있었어, 이해해야 돼, 나라에 따라 문화와 환경이 다른 건 너무 당연한 거야'라고 생각은 해도 한편으론 '그래도 어떻게 이럴 수 있지?' 라고 생각되는 면도 없잖아 있었기 때문에 혼란스럽기도 했다.

그렇게 몇 개월이 지나고 해가 바뀌고, 또 그 해의 몇 개월이 지나도 바뀌는 게 없자 '아니야. 난 복 받은 애야. 한국에 있으면 어땠겠어? 한국에 있는 친구들 보기 미안하지도 않아?' 라는 생각 때문에 다른 사람한테 힘들다고 말도 못하고 꾹꾹 참고 있었던 그 생각들이 다시 분노와 절망, 뭔지 모를 서러움으로 다가왔다. 나보다 많이 고생하는 사람이 있는 것도 알지만 그래도 왠지 석연찮던 기분들 때문에 더 이상 참을 수 없어서 한국에 돌아가기 2~3개월 전부터 미국에 있는 교환학생 친구들에게 전화로 서로 속 터놓고 얘기도 하고 위로도 받고, 때론 신세 한탄도 했는데 배부른 소리를 한 것인지도 모르지만 그때 그게 얼마나 큰 도움이 됐는지 모른다. 그때 나를 이해하고 내 얘기를 들어주려고 했던 유경, 혜주, 성경이가 너무너무 고마웠고, 이 친구들이 없었으면 내가 어떻게 견뎠을까 상상하기도 싫다.

그렇게 내 인생을 가치 있게 장식해 줄 한 페이지를 넘기고 또 다른 페이지로 넘어가면서 좀 더 대담하지 못했던 점이나 아쉬운 점을 후회하기보다는 다음 기회에는 같은 후회를 반복하지 않도록 좀 더 담대하게 잊을 수 없는 추억을 만들어 나가려고 노력할 것이다. 힘들었던 기억들을 지우고 싶은 과거로 둬어 두지 말고 현재와 미래를 위한 밑거름으로 삼고 싶다.

새로운 환경이었던 만큼 힘들었던 것도 사실이지만, 얻은 것도 있고 나에게 더욱 단단한 의지를 심어 준 교환학생의 길을 선택했던 것은 결코 후회하지 않는다.

앞으로도 모두들 후회 없는 선택하시길...God Bless You!

# 이태구 – 텍사스 주립대 국제경영학과 입학

나는 미국 Louisiana주 Shreveport에서 3년간의 미국 사립고 유학생활을 마치고 텍사스 주립대학교 국제경영학과를 들어가게 되었다. 한국에서 중학교를 졸업하고 고등학교에 입학했을 때 나는 내신 등급제를 처음으로 적용받는 학년이었다. 물론 내신 점수 따기는 하늘의 별 따기보다 어려웠다. 아침 7시에 학교에 가서 밤 9시에 나오면 숨 쉴 새도 없이 독서실이나 학원으로 가야 했고, 새벽 2시까지는 휴식이란 없었다. 시험 기간에는 학교 독서실에서 밤을 꼬박 새우고 새벽 4시까지 버텨 본 기억이 난다. 그러나 결과는 형편없었다. 나에게는 앞날이 보이지 않았다. 그때 마침 중학교 동창이 교환학생 프로그램을 마치고 와서 그 프로그램을 나에게 추천해 주었다. 나는 남들보다 영어를 늦게 시작했지만 정말 흥미 있게 배우고 있던 참이라 미국 유학이 긍정적으로 느껴졌다. 그래서 교환학생으로 가기 위해 필요한 시험을 친 뒤 바로 가게 되었다.

나는 미국으로 가는 비행기에 타기 전 재단으로부터 내가 가는 학교에 한국 학생이 10명 정도 있다고 들었다. 그 친구들과 사귀지 말라는 당부와 함께. 나는 그 말을 믿고 따랐으며, 그런 덕분에 새 학생으로 인식받는 시기인 처음 두 달 동안 많은 미국 친구들을 사귈 수 있었고, 영어만 사용하였기 때문에 언어의 장벽도 많이 극복할 수 있었다. 그리고 스스로 문제를 해결해 나가는 독립심을 키워 미국생활에 많이 도움이 된 것 같다.

하지만 유학생활이 언제나 순탄했던 것은 아니다. 처음엔 미국 학생들의 장난과 인종차별적 발언들이 견디기 힘들었다. 어딜 가나 '젝키 챈(성룡)'으로 불리기 십상이었고, 나쁜 단어들을 말해 보라고 하며 나의 미숙한 발음에 대해 놀렸다. 그러나 난 그냥 웃으면서 밝은 태도를 잃지 않았으며 그런 말들을 마음에 두지 않았다. 그랬더니 그 친구들도 나의 마음을 이해하곤 결국 좋은 친구가 되었으며 생활도 많이 편해졌다.

미국에서 3년 간 생활하는 동안 나는 두 가족들과 함께 지냈다. 미국 현지 가족과 함께 생활하는 제도인 홈스테이 제도는 하숙집이라는 개념하고는 좀 다르다. 하숙집은 자신이 쓰고 먹는 비용을 부담하며 호스트와 인간적인 관계를 갖지 않는 것이 보통이지만 홈스테이 제도는 자신이 그 집의 가족 구성원이 되면서 정말로 가족같이 집안일도 분담하고 서로 의지하며 생활하는 것이다. 즉 홈스테이라는 것은 학생이 유학을 하는 동안 낳아 준 부모를 대신해서 '학생을 보호하고 보살펴 주는' 부모와 형제의 역할을 하는 가족과 함께 생활하는 제도라고 할 수 있다.

요즘엔 조기유학이 성행해서 미국으로 학생들을 많이 보내는데 학생 인플레이션 현상으로 호스트 가족이 부족한 상황이다. 그래서 보통 학생들이 기숙사로 많이 들어가는데, 내 생각에는 유학생들에게 기숙사 생활은 별로 도움이 못 되는 것 같다. 기숙사엔 보통 유학생들이 대거 생활하는데 영어가 완벽하지 못한 비슷한 수준의 학생들을 같은 곳에 모아 두면 정통 영어를 익히기 힘들며, 감독 및 감시하는 사람들이 상대적으로 숫자가 적기 때문에 학생들이 나쁜 길로 빠지는 경우도 종종 있다.

나는 미국에서 생활하는 동안 미국 사람들은 약속과 규율을 철두철

미하게 지킨다는 인상을 받았다. 한국에선 집이나 약속 장소에 한 5분 정도 늦으면 잘 봐주곤 하는데 호스트의 집에선 5분 늦게 준비했다고 학교에서 집으로 데려다 주지를 않았다. 그게 얼마나 큰 일이었는가 하면 학교에서 집으로 걸어서 1시간이 넘게 걸리기 때문이다. 미국에 선 차가 없으면 꼼짝도 못한다. 그렇게 한 번 고생하고 난 뒤 약속의 중요성을 절실히 깨달았다.

나는 미국에 가서 처음에는 하고 싶은 것들이 너무나 많았다. 방과 후 활동으로 축구를 너무 하고 싶었지만 학교에 축구부가 없었던 관계로 중학교 때부터 해오던 드럼 실력으로 학교 Marching Band에 들어 갔다. 처음에는 일명 "crap(드럼라인에서 초보자를 일컫는 말)"으로 시작해서 졸업생 때는 밴드회장을 맡아 지낼 정도로 실력이 늘었다. 밴드는 내 유학생활 중에서 가장 큰 부분이었고 대학에 가서도 그 열정을 잃지 않고 싶다.

미국에서 생활하며 웃지도 울지도 못하는 경험들이 참 많았다. 한번은 내가 미국인 친구에게 무언가를 재미있게 설명했는데, 이야기가 다 끝난 다음에도 그는 나를 열심히 쳐다보면서 멍하니 있었다. 내 말을 하나도 이해하지 못한 것이었다. 나름대로 회화가 좀 된다고 생각한 나에게는 큰 충격이었고 그 일을 계기로 열심히 발음 연습을 하였다. 또 한국에선 찌개 그릇 하나를 두고 여러 사람이 숟가락으로 떠먹는 게 일반적인데, 미국에선 'double dipping'을 정말 구역질 나는 것으로 생각한다. 처음에 피자를 먹을 일이 있었는데, 치즈 소스가 들어 있어서 맛있게 찍어 먹고 있었다. 그때 호스트 동생이 와서 "너 지금 네가 한 번 입에 댔던 피자 조각으로 찍어 먹는거냐?"고 물어서 그렇다고 대답했더니 두 번 다시 그 소스를 찍어 먹지 않았다. 당혹스럽고 너무 심하게 군다고 생각했었는데 위생을 위한 거라니 대꾸할 수가 없었다.

처음 미국에 갈 때는 영어가 좋아서 외교관의 꿈을 키우고 있었지만, 10학년 때 생물 경시대회에서 입상을 하면서 의사의 길을 고려하게 되었다. 그러나 내가 다니던 학교에선 과학 수업들이 대체로 질이 떨어졌기 때문에 과학에 흥미를 잃은 나는 그 대신 미국 명문 라이스대학교 경제학과를 졸업하고 우리 학교에서 사회학과 경제학 수업을 가르치시는 선생님의 영향을 받아 경영학에 큰 관심이 생겼다. 그리고 그냥 학점을 채우기 위해 들었던 스페인어 수업에서 나에게 외국어 소질이 있음을 발견하여 뭔가 국제적인 일을 하고 싶다는 생각을 했다. 그리하여 대학 진학을 고민할 때 국제 경영학부를 제공하고 스페인어를 구사하는 히스패닉의 인구가 많은 텍사스 주립대학교를 결정하였고 결국 합격에 성공하였다.

나는 지금 19살의 어린 나이지만 방학 두 달 동안 과외 수업을 하고 있다. 돈이 궁해서가 아니라 경영대에 들어가는 미국인들은 보통 고등학교 때 아르바이트 경력이 있기 때문에 나 또한 일찍 사회를 경험하여 경영 감각을 키우고 싶어서 시작하게 되었다. 과외 수업을 하며 돈의 씀씀이와 부모님들의 자식 걱정에 대해 조금이나마 이해할 수 있었으며, 미래 경영학과 수업을 들을 때 과외 경험이 도움이 되리라 굳게 확신하고 있다.

유학생 선배로서 후배들과 학부모님들께 돈이 없으면 유학을 못 간다는 말은 반은 맞고 반은 틀린다고 말하고 싶다. 요즘 부모님들은 적어도 수학 과외 하나에서 많으면 영어, 과학, 논술까지 정말 많은 돈을 자녀 교육에 투자한다. 그렇게 따져 봤을 때 교환학생 1년 동안 드는 비용은 그다지 비싼 돈이 아니라고 생각된다. 정말 자녀가 열심히 할 자신이 있고 유학을 도피가 아닌 기회로 생각한다면 수익률 높은 투자가 될 것 같다. 우리 부모님 또한 갑부가 아니다. 그래서 나에게 미국에 딱 1년을 보내 주기로 하셨다. 나는 그 기간 동안 최대의 효과를 보기 위해 그리고 나에게 많은 돈을 쓰신 부모님께 보답하기 위해 열심히 공부했고 돈도 정말 아껴 썼다. 그 결과 나는 학교 이사장 장학금, 밴드 장학금, 경시대회 장학금, 재단 장학금 등 들을 타낼 수 있었으며 그 결과 3년 동안 미국 사립 고등학교에 다닐 수 있었으며 이번엔 대학도 들어가게 되었다. 미국 유학을 왔다가 돈이 없어 한국으로 돌아간다고 한탄할 시간에 좀 더 노력한다면 길은 열리게 된다는 것을 후배들에게 조언하고 싶다.

마지막으로 저를 이 자리까지 끌어올려 주신 하나님의 은혜에 감사드리고, 항상 물심양면으로 지원해 주시고 격려를 아끼지 않으신 아버지, 어머니, 그리고 동생 지수에게 사랑한다고 말씀 드리고 싶다. 앞으로 내게 어떤 일이 생길지는 모르지만 난 이제껏 어려움을 이겨왔던 경험을 바탕으로 어떤 일이라도 잘 이겨낼 수 있다고 믿는다.

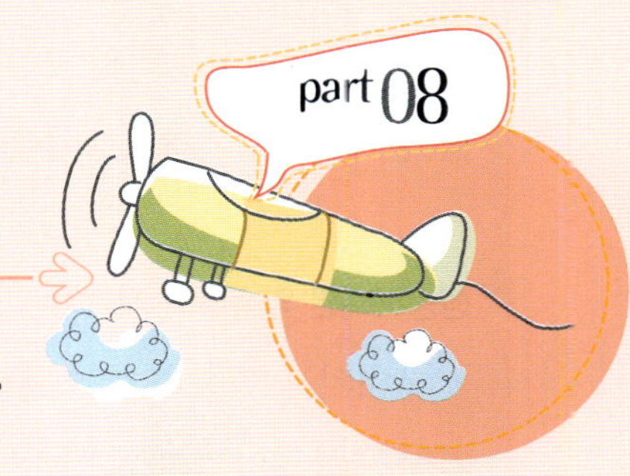

감사의 글

이태구 학생 아버님

9주년을 맞이한 ISC Korea에 진심으로 축하드린다. ISC Korea의 이 대표님, 그동안 갖가지 어려운 여건 속에서도 세계화의 틀을 구성키 위해 서울과 지방을 막론하고 불철주야 바쁘게 활동하여 이 기쁨의 초석이 되셨다. 그리고 세계화의 주역들을 배출하기 위해 어려움을 함께 챙기신 ISC Korea 직원 모두의 노력과 땀의 결실이 교환학생의 수기를 담은 이 한 권의 책으로 출판되어 정말 감회가 새롭다.

성공하려면 약속부터 지켜야

국내외를 막론하고 소위 명문가로 불리는 집안의 자녀교육에는 몇 가지 공통점이 있다. 그들은 자녀가 어릴 때부터 원칙을 갖고 좋은 습관을 기르도록 교육한다. 남들이 보면 혀를 내두를 정도로 철저한 그들의 가정교육은 입시공부쯤은 '저리 가라'고 할 정도로 강도가 높다.

예를 들어 존 F. 케네디 전 미국 대통령은 어릴 때 어머니 로즈 케네디에게 배운 습관이 자신을 대통령으로 만들었다고 회고했다. 로즈 케네디는 식사시간을 반드시 지키도록 하면서 시간과 약속의 중요성을 가르쳤다고 한다. 약속은 얼마나 잘 지키느냐가 성공의 열쇠가 된다고 가르쳤던 것이다. 기업의 경우 약속은 수십억 원을 들인 광고보다 훨씬 탁월한 브랜드 이미지 효과를 얻을 수 있는 유용한 수단이다. 고객과의 약속을 얼마나 잘 이행하느냐에 따라 기업 이미지가 결정되기 때문이다. 미국의 '페더럴 익스프레스'라는 회사는 어떠한 경우에도 '24시간 이내 배달'이라는 약속을 철저히 지키는 기업으로 유명했다.

이 회사는 폭풍우로 다리가 끊어진 지역에도 '24시간 내 배달' 약속을 지키기 위해 헬리콥터를 띄워 물건을 전달해 준 일화로 유명세를 탔다. 물건을 전달받은 고객이 스스로 돈을 들여 "배달원님 감사합니다"라는 신문광고를 내었기 때문이다. 이 회사는 나중에 회사 이름을 바꿨는데, 그 이름이 바로 지금의 '페덱스(Fedex)'다. 상황을 뛰어넘는 약속이 고객의 마음을 움직였고, 기업 이미지로 연결된 대표적인 사례다.

개인도 마찬가지다. 학교를 다니거나 직장을 다니거나 약속의 중요성, 특히 시간 약속의 중요성을 분명히 알아야 한다. 시간 약속을 지키는 습관을 만들기 전에는 어떠한 습관도 만들어서는 안 된다. 성공한 사람치고 약속시간에 늦는 사람은 아무도 없다. 그들은 시간 약속에 관해서는 말 그대로 '칼 같은' 사람들이다. 이는 단순히 늦지 않는다는 뜻이 아니다. 한 다국적기업 회장은 예정보다 일찍 약속장소에 도착하면 차를 세우지 않고 주변을 빙빙 돌거나 차 안에서 신문을 보는 한이 있더라도 약속된 시간에 정확하게 도착하는 습관으로 유명하다.

과거 우리나라에는 '코리아타임'이라는 것이 있었다. 우리나라 사람들은 약속 시간을 잘 지키지 않는다는 의미다. 30분 정도 늦는 것은 그리 부담스럽지도, 미안하지도 않은 정도라는 이기적인 뜻이 담겨 있다. 세계화가 진전하면서 이 코리안 타임은 거의 사라졌다. 하지만 안타깝게도 아직도 약속 시간을 우습게 여기는 문화는 완전히 뿌리 뽑히지 않았다.

약속에도 기술이 있다. 상대를 감동시키는 최고의 약속 기술은 상대방의 기대를 뛰어넘어 무모하리만큼 과감한 약속을 하는 것이다. 그리고 그 약속을 꼭 지키는 것이다. 이렇게 되면 상대방은 그 약속을 한 사람을 결코 잊지 못한다. 그 순간부터 차별화가 시작되는 것이다. 성공하고 싶다면 다른 모든 습관에 앞서 약속을 지키는 습관을 기르는 것이 첫 번째 해야 할 일이다.

교환학생으로 미국이든 캐나다든 어느 나라로 다녀오든지 간에 출발할 때는 한국 사람과 절대 만나지도 않고 한국말도 안 하겠다고 약속한 사람들이 현지에 가서 적응의 어려움을 이겨내지 못하고 무참하게 무너지는 경우가 많아 소득 없는 투자에 부모만 고생하는 꼴이 발생하는 일이 종종 있다.

정말로 눈 딱 감고 시도해 보라. 나는 어떤 일이든 할 수 있다고.

I can do everything.

함께하는 상대에게 진실한 마음을

1968년, 미국의 교육학자 로버트 로젠털과 레너드 제이콥슨은 샌프란시스코의 한 초등학교 학생들을 대상으로 지능검사를 실시했다. 그리고 이 검사의 실제 점수와 무관하게 무작위로 뽑은 학생들의 명단을 해당 교사들에게 알려주면서 "객관적으로 지적 능력이나 학업 성취 가능성이 높다고 판명된 학생들"이라는 거짓 정보를 함께 흘렸다.

몇 개월 후 이들은 다시 전체 학생들의 지능검사를 실시했다. 그런데 처음 검사와 비교해 보았더니 놀라운 점이 발견됐다. 명단에 속했던 학생들이 다른 일반 학생보다 평균 점수가 높았을 뿐 아니라 예전에 비해 성적이 큰 폭으로 향상된 것이었다.

교사들은 명단에 포함된 아이들의 가능성을 믿고 정성껏 돌보고 칭찬했으며, 아이들은 선생님이 자신에게 관심을 보이자 공부에 대한 열성과 태도가 달라져 자신의 잠재능력을 발휘하게 된 것이었다.

이러한 실험을 바탕으로, 로젠털과 제이콥슨은 누군가에 대한 사람들의 믿음, 기대, 예측이 상대에게 그대로 실현되는 경향을 가리켜 '피그말리온 효과'라고 불렀다.

피그말리온은 그리스 신화에 나오는 키프로스의 왕자로, 뛰어난 조각가였다. 주위의 여성들에게 호감을 느끼지 못했던 그는 상아로 자신이 상상하는 여성 입상을 만들고는 이 조각상을 사랑하게 된다. 그의 극진한 마음을 헤아린 미의 여신 아프로디테는 조각상에 생명을 불어넣어 준다. 피그말리온은 생명을 얻은 그 조각상과 혼인했다.

피그말리온 효과는 '자기충족적(Self-fulfilling prophecy)', 즉 어떻게 행동할 것이라는 주위의 예언이나 기대가 행위자에게 영향을 미쳐 결국 그렇게 행동하도록 만든다는 이론이다.

처음에는 뭔가를 기대할 수 있는 상대가 아니더라도 마음속으로 그런 사람이라고 믿고 행동함으로써 상대를 자신이 원하는 대로 변하게 만드는 신비한 능력이 우리 마음에 있다는 것이다.

마음의 위력은 '플라시보 효과'로도 설명된다. '플라시보 효과'란 아무런 효과도 없는 가짜 약을 복용하고도 증상이 호전되는 현상을 말한다. 가짜 약을 진짜 약이라고 믿는 사람의 뇌 안에서 엔돌핀의 진통작용이 일어난다. 마음은 더 이상 뇌물질의 물리·화학적 변화에 따라 발생하는 수동적 존재가 아닌 것이다.

정말 효과가 좋은 약을 먹더라도 환자가 그 약의 효능을 불신하면 70%밖에 효과를 보지 못한다고 한다. 반대로 약의 효능을 환자가 절대적으로 믿는다면 130%의 효과가 나타난다고 한다. 믿느냐 안 믿느냐에 따라 2배 가까운 차이가 나는 셈이다.

'피그말리온 효과'는 그야말로 학생 지도에 그대로 적용된다. 선생님의 기대치에 따라 반 학생들의 태도와 성과가 달라진다. 반 학생들은 선생님이 자신들에게 긍정적 기대를 한다고 판단하면 자연스럽게 학습 목표 달성을 위한 동기가 부여돼 좋은 성과를 낳지만, 반대로 담임 선생님이 자신들에게 부정적 기대를 한다는 판단이 서면 학생들은 동기를 잃어 좋은 성과를 내지 못하게 되어 버리는 것이다.

어떤 일을 실행할 때는 자신에게, 그리고 그 일을 함께 실행하는 상대방에게 진실한 믿음을 보내야 한다. 믿음과 기대에 따라 그 일의 결과는 확연히 달라지게 된다.

ISC Korea의 발전도 결국 CEO 및 직원들의 헌신적인 보살핌과 내실 있는 경영의 바탕 위에 고객에 대한 믿음과 기대에 의해 성숙한 오늘이 있지 않았을까 생각한다.

ISC Korea의 무궁한 발전을 기원한다.

2008년 7월
경남 창원에서
이태구 아빠 이우명

문진영 학생 어머님

지금으로부터 5년 전(2003년) 딸 아이가 갑자기 교환학생으로 미국 유학을 가겠다고 나에게 ISC Korea를 소개했고, 지금까지 인연을 맺게 되었다. 피아노를 전공하겠다던 딸아이가 갑자기 유학을 가겠다고 하니 선뜻 허락하기가 어려웠다. 학교 공부도 중학교 때 중상위권이었고 영어를 특별하게 잘하는 것도 아니었지만 고집이 너무 완강해서 교환학생으로 보냈다. 미국에서의 학고 수업은 한국에서 수학, 과학을 못했던 진영이를 변화하게 만들었다. 실습 위주의 수업이 꿈을 바꾸는 계기가 되었던 것이다.

미국의 호스트 패밀리와 함께 살면서 검소하고 봉사하는 정신을 배우게 됐고, 해부학 수업을 하면서 본인의 적성을 발견하게 되어 문과에서 이과로 바꾸고 8개 대학에 합격하게 되었다. 미시간 대학, 미시간 주립대, 유타 주립대…… 등등. 결국 의예과 등록금이 저렴한 유타 주립대을 선택하여 지금 1학년에 재학 중이다.

내가 얼마 전에 미국에 다녀왔는데, 아이가 도서관에서 아르바이트도 하고, 병원에 가서 봉사활동도 하고, 누구의 도움 없이 모든 걸 스스로 다 알아서 하는 모습을 보았다. 게다가 몇 번의 시험도 우수한 성적을 받아 이젠 장학금을 받는 기회도 잡으려고 하고 있으며, 하나씩 하나씩 자신의 꿈을 일궈 나가는 아이의 모습을 보고 기특하기도 하고 대견하기도 하였다. 한국에 있을 땐 친구들과 놀러 다니던 말썽꾸러기 딸이 의젓하게 자신의 꿈을 향해서 열심히 공부하는 모습이 너무도 고마워 이렇게 펜을 들었다.

　혹시 진영이와 같은 학생이 있다면, 지금 말썽꾸러기라 해도, 성적이 안 좋다고 해도, 혹은 지금 잘한다고 하더라도 그 자리에서 안주하지 말고 무한한 가능성을 가지고 넓은 세계로 나가 자신의 꿈을 키울 수 있기를 바라는 마음으로 이 글을 남긴다.

2008년 7월

사랑하는 두딸

문진영(유타 주립대 의예과 1학년)

문지연의

엄마 조형자

부록

출국시 정보

참가 절차

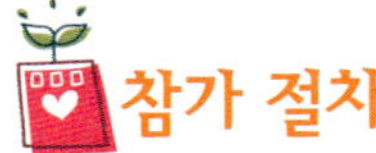

신청문의 – 설명회 참가 및 전화 상담

↓

슬렙시험(SLEP TEST) 및 영어 인터뷰

↓

합격 발표

↓

참가 확정/ 참가비 입금

↓

신청서 작성

↓

신청서 미국 발송

↓

DS-2019 / I-20 도착

↓

국내 오리엔테이션

↓

비자인터뷰

↓

배정 (학교 및 호스트 패밀리)

↓

출국

↓

현지 배정 지역 도착

 # 신청서류 안내

▣ 프로그램신청시 제출서류

신청서, 최근 3년 성적증명서, 생활기록부, SLEP점수, 구두 인터뷰,

비자 사진 2장, 프로필 사진 10장, 약관

▣ 신청서 내용

1) 학생정보

2) 취미사항

3) 학생의 호스트 패밀리 편지

4) 부모님의 호스트 패밀리 편지

5) 질문 사항

6) 가족사진, 친구사진

7) 건강진단서

8) STANDARDS OF CONDUCT

9) RELEASES

10) 추천서

11) 구두 인터뷰

A LETTER FROM YOU

This letter is the most important part of your application. Your letter will help the Host Family understand your true personality. Your letter should be as friendly and personal as possible. Do not repeat any information that has been provided in other sections of this application. Please sign your compete name to the letter.

This letter must be in English and typed or neatly written. Please limit your letter to one page.

Dear, My host family.

Hello? my name is Yoo Ri Kim. I'm happy to that I will meet you. Let me introduce my family, my father, he is an interior designer, he have a curly hair so many people saw his back they think he is a woman. He is very funny I am the only child in my family so he always play with me, just like a friend. He has a personality, he doesn't like same as a people do. That is same as me. I don't want to same as people do. I always find different thing that people don't do. My mother is always think me. She always listen to me, and when I have a agony she think with that problem and give some solution to me. Every time she said "If friend is angry to you, think about why she or he angry to you, just think about what is your fault, don't think about she or he is bad." This is always help me that I have a problem with something she always emphasize my fault. She always scrap some good information in the newspaper and give to me. My dream was a announcer, but when I read a "The Devil wears Prada", I change my dream, a fashion designer. It will be fantastic, I make trend, and people were that I design!! so I think I have to experience from another country's culture. so these one of the reasons that I application this program. I like science, it is very mysterious so that attract me. If I have a opportunity that I can study the science deeply I want to study. In my school every break time I always talk with my friend. My nick name is chatterbox, that is my friend make it to me. I like every sports; swim, badminton, bicycle, running, I was representation my school in the competition of running. I got a silver medal. One of my hobby is scrap all of information of the car. I like a car, so I always go to the exhibition of the car. I am very positive   so I can adapt very quickly!!

From. Yoo Ri

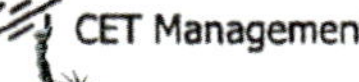

CET Management

A LETTER FROM YOUR PARENTS

This letter, along with your child's, will normally have the most influence on prospective families. To help the Host Family understand your child's personality, background, life-style and habits, you should provide detailed and personal data. Information that has been provided in other sections of this application should not be repeated. Please sign your complete name to the letter.

This letter must be in English and typed or neatly written. **Please limit your letter to one page.**

Dear Host family

Hello.

How are you doing . I think winter is on it's way . I hope you and your family are feeling great even if it's cold weather.

I'm Yu-Jin's mother who is going to U.S. for an exchange student. Introducing my daughter, she is the Youngest of two daughter who is loved by all members in ordinary and peaceful family. Also she is under her father, a navel officer, who is kind and generous and I, an elementary school teacher, am a person who rules is crucial . She is nice, calm, kind and helpful. Beside she is getting along with her friends.

Tender-hearted as she is, she is responsible, keeps rules well, and has a good attitude. Her academic ability in school is very advances and works hard.
In addition, she will accept or understand positively your explanation when she doesn't know.
It's rare to have hard time to make her get up.
She wakes up well for herself, sometimes she get sleep so deeply that she can't get up. But just call "Yu-jin" and she wakes up easily. I hope Yu-Jin adapt to U.S life confidently. So she can enjoy her life and have a fun there.
I believe Yu-Jin will be a good exchange student as she has hoped.
Please, take care of my daughter Yu-Jin.
Thank you very much.

Nov. 25. 2006
Kim Jae Sook

CET Management

YOUR INTERESTS

Please tell us about yourself:

What is your religious affiliation? _________________
When do you participate? ○ Weekly   ○ Monthly   ○ Holidays   ○ Never
If your host family's religion is different than your own, would you be willing to participate? ○ Yes ○ No

Do you smoke?   ○ Yes ⊗ No   Can you adjust to a home where others smoke?   ○ Yes ○ No
Do you like animals?   ⊗ Yes ○ No   List any pets you have at home _________________
Are you a vegetarian?   ○ Yes ⊗ No

In this section, place an "X" in front of the activities you enjoy. Circle the "X" of the 5 activities you enjoy most.

____ Aerobics	____ American Football	____ Archery	X Attend sporting events
____ Ballet	____ Baseball	____ Basketball	____ Bicycling
X Board/Card games	____ Camping	____ Chess	____ Classical Music
⊗ Computers	____ Cooking	____ Crafts	____ Debating
____ Drama	____ Drawing	____ Fishing	____ Gardening
⊗ Going to movies	____ Golf	____ Gymnastics	____ Hiking
____ Horseback riding	____ Ice Hockey	____ Ice Skating	____ Jazz Dance
____ Martial Arts	____ NASCAR	____ Painting	X Photography
____ Play Individual Sports	X Play Team Sports	⊗ Popular Music	X Reading
____ Roller Blades	____ Running	____ Sailing	____ Scouts
____ Singing	____ Skateboarding	X Skiing-snow	____ Skiing-water
____ Snowboarding	____ Soccer	____ Surfing	____ Swimming
____ Tennis	⊗ Traveling	____ Visiting Museums	____ Volleyball
____ Windsurfing	____ Wrestling	____ Writing	⊗ Other _window shopping_

In this section, place an "X" in front of your personality traits. Circle the "X" of your top 5 traits.

____ Active	⊗ Adaptable	⊗ Bright	____ Calm	____ Charming
____ Cheerful	____ Communicative	X Considerate	⊗ Curious	____ Emotional
____ Enthusiastic	____ Extroverted	____ Flexible	____ Formal	X Friendly
____ Humorous	____ Independent	____ Informal	____ Intellectual	____ Intelligent
____ Intuitive	X Kind	____ Mature	____ Motivated	____ Natural
____ Neat	____ Open	____ Optimistic	____ Organized	____ Patient
X Polite	____ Quiet	____ Relaxed	____ Reliable	____ Realistic
____ Reserved	⊗ Respectful	____ Responsible	____ Sensitive	____ Serious
____ Shy	⊗ Sincere	X Smiling	____ Spontaneous	____ Studious
____ Talkative	X Tolerant	____ Traditional	____ Well-mannered	

FOREIGN LANGUAGES YOU SPEAK OR HAVE STUDIED: LIST MUSICAL INTRUMENTS YOU PLAY:

Language   Years of Study   Proficiency   _a piano_
English   7   _intermediate level_

What grade in school are you currently attending? _10 grades_   Next Year? _11 grades_
Have you or will you have graduated from secondary school when you begin your program? ○ Yes ⊗ No

For applicants in the U.S. only: Most placements are made so that the student will attend a no tuition public high school. Each year we have some Host Families whose children attend a Catholic, Protestant or nonreligious private high school. Many of these families would like their exchange student to attend the private high school with their host brothers and/or sisters. You may be offered the opportunity to attend a private school. If so, would your family consider paying tuition for this privilege?   ○ Yes ⊗ No

If you answered, "Yes". Which tuition range are you willing to pay?
  ○ Up to $4,500   ○ $4,500 to $6,000   ○ $6,000 and up

CET Management

QUESTIONNAIRE

This section is intended to let your future Host Family know something about your character, ideas and experiences. Please answer the questions below as thoroughly as possible.

1. Besides the benefits of cultural exchange and the chance to perfect your foreign language skills, give at least two other reasons why you want to study abroad.

   I want to participate in this program. Because I think experience is important in my life. And I'll have experience which I haven't had in korea. and I want to have an open-mind through this program. And I want to test my ability to adapt to strange environment.

2. Living in a foreign country is difficult. It calls for the ability to adjust to and accept great differences. Why do you feel you are mature enough to live in a foreign country?

   I have experienced American cultures through books, songs, movies and internet. I have chatted a lot with Americans through the American blog 'Myspace'. I am interested in American culture. And I'm ready to learn what ever the American culture is.

3. Give an example of your openness to people and new ideas.

   When I moved to middle school from elementary school, many things were new t Everything was different from friends and teachers to studying. Of course, First It wa hard to get used to them but gradually I could get over them by going through each of t

4. Give an example of your sensitivity to the feelings of others.

   I feel everyone has different thinking when I usually discuss books with my friends. But this fact is fresh to me and I accept this different thinking as natural. And I feel my thinking is deep and wide.

5. While you are living abroad, many things are likely to be very different from your own country. This can include foods, your school, your Host Family's social standing, your Host Family's rules and expectations regarding curfews and your household responsibilities. Describe how you plan to adjust to these differences.

   I'll try to adjust myself to hostfamily's social standing, rules and foods and curfews through lots of conversation and understanding. I think I am member of housefamily. So I will try to house chores with my family.

6. What do you anticipate will be the three most difficult problems you will encounter? Give examples of how you will deal with them.

   1. Communication : I have been studying English for years. I think my reading ability is rather good but my communication ability is rather low in America. 2. Becoming fat! : I like eating and I have heard American food has much fat. So I worry about my weight in America But I'll try to control my diet to keep proper weight.

7. What do you expect from your Host Family relationship? What can you contribute to this relationship?

   I want to see various places in America with hostfamily. And I want to talk about their culture and go for my culture. So I have been investigating to culture and remains of korea which is unknown

8. What do you think is unique and different about you?

   I like thinking by myself, especialy about human life, what people think and what we naturally accept from our society. I try to draw a picture which can portray my thoughts and unique, not ordinary. I like to be more independent rather than dependent on someone or something.

9. Many students have dreams, aspirations and passionate pursuits. Please describe any you have.

   I have curiosity about unfamiliar world. whether it is knowledge, new things, country or people. I have strong and endless curiosity.

CET CET Management

QUESTIONNAIRE

10. **After you finish school, what are your career goals and describe how you will achieve them.**
I have two dreams. One is to be a fashion designer. So I have been studying English hard to enter a fashion school abroad. And I always try to think in a creative way. And I practice drawing everyday. The other is to be a doctor. So I study hard and read science magazine every month.

11. **If you could positively impact the global community, how would you do so?**
I want to be a doctor to save many people's lives. I would like to help many people who are dying without being cured properly. "If I have a skill to cure and save people, how wonderful it is," I think.

12. **Describe any part-time jobs, work experience or volunteer experiences you may have had.**
I helped to clean my school's toilet for 1 year when I was 7 grade. It was very interesting experience! And I help to arrange the books in library every vacation. Although it was very hard work, I felt happy. While I was arranging the books in the library, I found new books and the value of the books so it was a wonderful experience.

13. **Describe the activities your family pursues together.**
My family usually see plays and movies together. and we go to a tomb when we missed my ancestors. We go shopping and we participate in lots of festivals.

14. **Have you ever lived outside your own country? (If yes, please answer where and when.)**
No. I haven't

15. **Describe your foreign travel and international experiences**
When I was a child, I visited Tailand, China and Japan with my family, and I went to Japan and China again on a school excursion when I was 7 grade and 8 grade. While staying in Japan, I took a bath in hot spring and dressed Ukata, a Japanese traditional clothe, with my friend. When I traveling to two countries, I found that each country has its own feature even though they are closed, and it made me exciting!

16. **Have you participated in an academic year program abroad previously? (If yes, please describe.)**
No. I haven't

17. **Is there anything you would like to add?**
I will do my best in U.S

CET Management

PHOTOS (Attach the required photos to the following 2 pages.)

Please attach and describe <u>current</u> informative pictures of yourself, family, friends, special occasions, memorable events, etc.
Appropriate photos are those that can assist a Host Family in learning more about you and the way you live.

Describe the photo above. When I went to holiday trip with my family !

Describe the photo above. me and my parents in a living room and my father and me on my bed, my mother and me in my room !

PHOTOS

Please attach and describe <u>current</u> informative pictures of yourself, family, friends, special occasions, memorable events, etc. Appropriate photos are those that can assist a Host Family in learning more about you and the way you live.

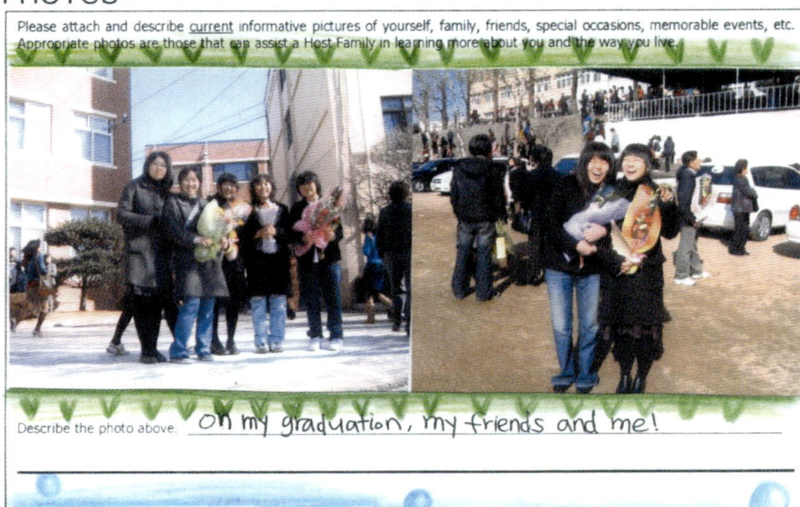

Describe the photo above. On my graduation, my friends and me!

Describe the photo above. Do you know 'sticker photo'? left photo is sticker photo! isn't it pretty? and right photo is my friend, Yun-Yeong and me in a restaurant! 😊

 ## 출국 준비물

■ 항공기 탁송물품의 허용 중량

일반인의 경우 20kg으로 한정도어 있으나 항공사별로 조금씩의 차이가
있다.

■ 준비물(욕실에서 사용되는 물건은 전부 다 준비해야 함)

- 배정표, 항공표, 여권은 반드시 손가방에 넣어서 가야 함.

- 이야깃거리가 되는 것 준비 – 가족사진, 월드컵 책자, 2002년 월드컵
  작은 화보집 및 한국을 알릴 수 있는 작은 안내책자 등.

- 선물 – 작고 저렴한 것. 영문 한국소개 책, 한국 전통인형, 부채, 열쇠
  고리 및 하회탈 등.

- 화장실 물품 모두 가지고 가기 – 칫솔, 치약, 신발, 솔, 긴 때수건, 때수
  건 등.

- 여권, 비자 넘버는 따로 적어서 보관해 두자.

- 각종 서류들 복사 및 준비, 항공권, 입학확인서, 호스트 패밀리 주소 및
  전화번호, 한국 공관 연락처 및 비상시 연락처

- 비자용 사진 2장 여권 사진 2장 – 여권 분실 시 대비해서 사용.

- 남학생은 속옷, 겉옷 등 갈아입을 옷은 충분히 가지고 가야 한다.

- 선글라스, 스포츠 웨어, 신발, 우산, 손톱깎기 등은 짐가방에 넣어서 가
  야 한다.

- 휴대용 재봉도구(반짇고리) 및 여학생은 생리용품

- 손목시계, 자명종 2개 – 규칙적인 생활을 위해서

- 디지털 카메라 – 가벼운 것 없어져도 괜찮은 값싼 것

- 계산기, 전자사전

- 영어 회화교재 – 가볍고 작은 것으로 하나쯤 가져 가는 게 좋다.

- 필기도구 – 노트, 펜 조금

- 휴대폰, 염색은 안 됨.

- 노트북 – 출국 직후에는 미국생활 적응이 중요하므로 불필요함.

- 전기 제품은 건전지 사용 가능한 것 이외에는 가지고 가지 말 것 – 미국과 캐나다는 110V, 소형 녹음기, 충전기 및 충전용 건전지, 공테이프는 60분용으로 5개 이상 (110V 변압코드)

- 진단서 및 처방전(개인적으로 건강에 문제가 있다면 의사 진단서와 처방전을 준비해야 함. 병원이나 약국 이용 시 필요함.)

- 미국 역사책(한글번역본)

 학교 성적에 관한 한국과 미국의 가치관 차이

미국 사람들은 한국 사람들과 달리 학교 성적보다는 가족이 함께하는 시간을 더 중요하게 생각한다. 이러한 관점의 차이로 인해 한국 학생들이 오해를 받기도 한다. 성적을 절대적 가치로 받아들일 수밖에 없는 교육 환경에서 자란 한국 학생들은 성적 1~2점 떨어지는 일이나 학교 시작일에 학교에 가지 않는 것을 무척 큰일로 생각하는 경향이 있다. 하지만 미국 사람들도 똑같이 생각할 것이라고 보면 안 된다. 몇몇 학생은 학교 시작하고 며칠 늦게 호스트 배정이 되기도 하고 출국을 학교 시작일보다 조금 늦게 출국하기도 하는데 이것은 매년 흔히 있는 일이다. 이런 것에 관해서도 바라보는 시각이 미국 재단과 호스트와 한국 교환학생들 사이에 너무나 큰 차이를 가지고 있다.

예를 들어 학교 시작일이 9월 13일인 학교의 배정표가 9월 15일에 한국에 도착한다고 해도 본 프로그램이 일반 유학 프로그램이 아니므로 미국 재단과 학교에서는 큰일이라고 생각하지 않는다. 미국 재단과 학교에서는 학생이 9월 13일 미국 학교가 개학 예정이라도 20일쯤 배정된 학교로 가서 교환학생 프로그램에 참가하면 된다고 생각한다.

그리고 미국 일반 가정에선 가족여행을 위해서 학교에 양해를 구하고 체험학습을 떠나는 경우가 흔히 있다. 그런데 미국에서 학점받기 위한 프로그램도 아닌, 문화교류 프로그램에 참가한 한국 학생들이 학교 공부에만 관심을 두거나 자신의 시간을 학교 성적에만 집중한다면 문제가 발생할 수도 있다. 이것은 매년 미국 재단과 호스트 가정이 심각하게 걱정하고 있는 문제이기도 하다. 이에 관해서는 설명회를 통해서 항상 충분히 설명하고 있지만 한국 교환학생들의 사고방식을 금방 바꾸기가 쉽지 않다.

단지 학교와 학점에만 관심이 있는 학생이라면 교환학생 공·사립 프로그램이 아니라, 일반 유학을 신청해야 한다. 교환학생 프로그램은 저렴한 비용으로 미국에 유학 가는 프로그램이 아니라 호스트와 시간도 많이 보내야 하는 문화교류 프로그램이므로 학교 시작일 이후 조금 늦게 학교에 간다고 해서 크게 문제가 되는 것은 아니다. 필요하다면 미국 재단에서 해당 미국 학교로 전화를 해서 조금 늦게 학생이 도착한다고 사전에 알리거나 호스트에게 조금 늦게 도착한다고 이야기하면 된다.

미국 재단 직원들 모두 10~30년 이상씩 이 문화교류 프로그램 분야에 일한 사람들이므로 한국 교환학생이 싸게 유학하려는 의도로 미국 교환학생 프로그램을 악용한다는 것을 잘 알고 있다. 또한 이로 인해 미국 호스트 가정에서 한국 학생이 일으키는 문제점에 관해서도 너무 잘 알고 있다. 다시 한 번 강조하지만 미국에서는 성적 1~2점은 big deal이 아니다. 미국 가정에서 10대 청소년에게 기대하는 것은 1순위가 family time이고 그 다음이 성적이다. 미국 사회에서는 학교에 하루 이틀 늦게 간다고 해서 큰일이라고 생각하지 않는다.

미국에 교환학생으로 도착한 이후에 겪게 되는 문화적 차이는 이뿐만이 아닐 것이다. 그런데 그때마다 한국식 사고와 한국 기준으로 미국 호스트나 재단에 자신이 원하는 것들을 요구하는 한국 교환학생들이 매년 한두 명씩 있다. 우린 미국 문화를 배우고 한국 문화를 알릴 기회를 얻기 위해서 미국에 가는 것이지 한국식으로 살기 위해서 미국 교환학생 프로그램에 지원한 것이 아니다. 어떤 미국 호스트 가정도 한국식 사고를 강요하는 교환학생의 아집을 참아 주고 인내해 주고 기다려 줄 순 없다. 따라서 프로그램 과정에서 이런 문화적 차이로 인한 문제가 심각하게 발생할 경우, 어쩔 수 없이 종종 미국 재단에서 프로그램을 종료하기도 한다.

 ## 출국시 반드시 알아야 할 사항들

출국 시 여권과 DS-2019 또는 I-20는 반드시 지참하고 출국할 것! 미국 대사관의 비자 인터뷰 이후, 인터뷰 통과자는 비자를 집으로 보내 준다. 비자는 여권 속에 스티커 형식으로 붙어 있다. 비자 수령 후 반드시 다음 사항을 확인해야 한다.

U.S. Department of State

CERTIFICATE OF ELIGIBILITY FOR EXCHANGE VISITOR (J-1) STATUS

OMB APPROVAL NO 1405-0119
EXPIRES: 04-30-2008
ESTIMATED BURDEN TIME. 45 min
*See Page 2

| 1. Family Name: Lee | First Name: Han-Gi | Middle Name: | Gender: MALE | N0C04536926 |

Date of Birth (mm-dd-yyyy): 04-20-1992   City of Birth: Dae-Gu   Country of Birth: SOUTH KOREA   Citizenship Country Code: KS   Citizenship Country: SOUTH KOREA

Legal Permanent Residence Country Code: KS   Legal Permanent Residence Country: SOUTH KOREA   Position Code: 223   Position: SECONDARY SCHOOL STUDENT

J-1

U.S. Address: 100 South Rock Street
CENTRALIA, WA 98531

2. Program Sponsor: Council for Educational Travel USA   Exchange Visitor Program Number: P-3-05677

Participating Program Official Description:
STUDENT SECONDARY

Purpose of this form: Begin new program; accompanied by number (3) of immediate family members.

3. Form Covers Period:
From (mm-dd-yyyy): 08-15-2007
To (mm-dd-yyyy): 06-30-2008

4. Exchange Visitor Category:
STUDENT SECONDARY
Subject/Field Code: 53.0299   Subject/Field Code Remarks: none

5. During the period covered by this form, the total estimated financial support (in U.S. $) is to be provided to the exchange visitor by:
Personal funds : $4,000.00
Total : $4,000.00

6. U.S. DEPARTMENT OF STATE / DHS USE OR CERTIFICATION BY RESPONSIBLE OFFICER THAT A NOTIFICATION COPY OF THIS FORM HAS BEEN PROVIDED TO THE U.S. DEPARTMENT OF STATE (INCLUDE DATE).

7. Sherry Osborn
Name of Official Preparing Form
100 South Rock Street
Centralia, WA 98531
Address of Responsible Officer or Alternate Responsible Officer
Signature of Responsible Officer or Alternate Responsible Officer

Alternate Responsible Officer
Title
616-365-9940
Telephone Number
06-27-2007
Date (mm-dd-yyyy)

8. Statement of Responsible Officer for Releasing Sponsor (FOR TRANSFER OF PROGRAMS)
Effective date (mm-dd-yyyy): _______ . Transfer of this exchange visitor from program number _______ sponsored by _______ to the program specified in item 2 is necessary or highly desirable and is in conformity with the objectives of the Mutual Educational and Cultural Exchange Act of 1961, as amended.

Signature of Responsible Officer or Alternate Responsible Officer   Date (mm-dd-yyyy) of Signature

PRELIMINARY ENDORSEMENT OF CONSULAR OR IMMIGRATION OFFICER REGARDING SECTION 212(e) OF THE IMMIGRATION AND NATIONALITY ACT AND PL 94-484, AS AMENDED (see item 1 (or of page 2).

The Exchange Visitor in the above program:

1. [ ] Not subject to the two-year residence requirement.

2. [ ] Subject to two-year residence requirement based on:

   A. [ ] Government financing and/or
   B. [ ] The Exchange Visitor Skills List and/or
   C. [ ] PL 94-484 as amended

(ALL USAID PARTICIPANTS G-3-00263 AND ALL ALIEN PHYSICIANS SPONSORED BY P-3-04510 ARE SUBJECT TO THE TWO-YEAR HOME RESIDENCE REQUIREMENT)

Name   Title

Signature of Consular or Immigration Officer   Date (mm-dd-yyyy)

THE U. S. DEPARTMENT OF STATE RESERVES THE RIGHT TO MAKE FINAL DETERMINATION REGARDING 212 (e).

TRAVEL VALIDATION BY RESPONSIBLE OFFICER
(Maximum validation period is one year*).

*EXCEPT: Maximum validation period is up to six months for Short-term Scholars and four months for Camp Counselors and Summer Travel/Work.

(1) Exchange Visitor is in good standing at the present time

Date (mm-dd-yyyy)

Signature of Responsible Officer or Alternate Responsible Officer

(2) Exchange Visitor is in good standing at the present time

Date (mm-dd-yyyy)

Signature of Responsible Officer or Alternate Responsible Officer

EXCHANGE VISITOR CERTIFICATION: I have read and agree with the statement on item 2 on page 2 of this document.

Signature of Applicant   Place   Date (mm-dd-yyyy)

DS-2019
02-2006

Page 1 of

1. 여권과 DS-2019나 I-20를 반드시 미국에 가지고 가야 한다.(DS-2019와 I-20는 비자 인터뷰 시 봉투 안에 있다. 인터뷰 마치고 나서 집에서 잘 보관했다가 출국 때 지참한다.)

2. 여권에 있는 미국 비자에 있는 사진이 본인이 맞는지 확인한다.

3. 다음은 DS-2019 샘플이다. 출국 시 반드시 지참해야 한다.

12시부터 7시정도 까지 진행된 isckorea 오리엔테이션^^

모두 수고 많으셨구요. ~♥

무엇보다도 몇시간동안 재밌게 말씀 잘 해주신 isc지사장님께 박수를~^^

여러분들~오리엔테이션 내용

잊으시면 안되요~^^

지~막지막으로

이쁘고 산뜻한 ISCKOREA 로고가 새겨진 연두색 티셔츠를

입은 2008년9월 출국예정학생

모두 다 함께 '단체사진' 찍었습니다. ^^

 **감사의 말**

Thanks to~

"두려움의 끝에는 빛나는 보석이 있습니다."

우리의 보석 같은 이들.

미국에서 공부하랴 봉사하랴 너무나 바쁜데도 불구하고 애써서 원고를 써준, 진영, 지연, 그리고, ISC Korea에서 빛나는 활약을 하고 있는 나민, 대학준비에 여념이 없는 바쁜 재윤이, 그리고 생생하고 재미있는 일기를 올려 주신 우리 교환학생 - 김재경, 김경희, 고신영, 정재윤, 양성희, 박정철 배상희, 조영은, 박미현, 김유리, 임지수, 이정민, 이유진, 엄혜림, 김현정, 유연형, 이하진, 김유진, 김예슬, 박미현, 이상아, 그리고 이번에 대학에 멋지게 합격해 수기를 써준, 이태구, 이태구 아버님, 문진영 어머님, 김민경, 김민정에게 감사의 마음을 전합니다.

이 책이 교환학생을 다녀온 모든 이들에게 명예훈장 같은, 또 앞으로 교환학생을 꿈꾸고 계획하는 모든 예비교환학생에게 작은 꿈과 도움을 줄 수 있길 소망합니다.